# 보이스피싱과 대포통장의 정체

# 보이스피싱과 대포통장의 정체 (상)

**초판 1쇄 인쇄**   2014년 02월 10일
**초판 1쇄 발행**   2014년 02월 17일

**지은이**      이 기 동
**펴낸이**      손 형 국
**펴낸곳**      (주)북랩
**출판등록**     2004. 12. 1(제2012-000051호)
**주소**       153-786 서울시 금천구 가산디지털 1로 168,
            우림라이온스밸리 B동 B113, 114호
**홈페이지**     www.book.co.kr
**전화번호**     (02)2026-5777
**팩스**       (02)2026-5747

ISBN      979-11-5585-148-7 04810(종이책)
          979-11-5585-152-4 04810(세트)
          979-11-5585-149-4 05810(전자책)

이 도서의 국립중앙도서관 출판시도서목록(CIP)은 서지정보유통지원시스템 홈페이지(http://seoji.nl.go.kr)와
국가자료공동목록시스템(http://www.nl.go.kr/kolisnet)에서 이용하실 수 있습니다.
( CIP제어번호 : 2014003774 )

# 보이스피싱과
# 대포통장의
# 정체

상

이기동 지음

booklab

예금. 신탁

save
Set by money for the future.

## 저자의 말

이 글은 제가 경험한 실화를 바탕으로 쓴 소설입니다.

이 책을 펴내기에 앞서 저는 부족한 부분이 정말 많은 사람입니다.

하지만 국민에게 좋은 지혜를 드리기 위해 제가 경험했던 것, 눈으로 보았던 것, 제가 느꼈던 것을 거짓 없이 모든 것을 말씀드릴 테니 국민 여러분은 마음속에 지혜를 챙겨놓으셔서 두 번 다시는 사기범의 날카 로운 칼날에 우는 사람들이 없었으면 하는 바람에서 글을 써 내려가 겠습니다.

생각지도 못한 정황에서 자고 일어났는데 내 통장에서 돈이 사라져 버렸다.

생각지도 못한 정황에서 핸드폰 요금을 이렇게 많이 쓴 적이 없는데 핸드폰 요금이 폭탄 결제되어 청구서가 집에 날아온다.

생각지도 못한 정황에서 판사가 돈을 갚으라고 배상 판결을 내린다.

생각지도 못한 정황에서 판사가 벌금을 내라고 신고한다.

생각지도 못한 정황에서 판사가 징역을 선고해서 전과자라는 낙인이 찍힌다.

내가 분명히 큰돈을 사기 당했음에도 불구하고 분명히 경찰에 신고 를 했는데도 누가 내 돈을 가지고 갔는지 알 수도 없고, 사기를 당하고 도 마음고생을 한다.

왜 이런 현상이 자꾸 반복되는 것이고 주위에서 일어나는 것인지 이제부터 제가 하나하나 펼쳐 드리겠습니다.

저는 2007~2008년 중국 보이스피싱 총책들에게 수천 개의 대포통장을 양도하고 전자금융거래법위반으로 징역형을 선고받아 지금은 형을 종료하고 복숭아농사를 지으면서 짬짬이 글을 쓰고 있는 이기동입니다.

아직도 보이스피싱은 물론이고 파밍, 스미싱, 인터넷사기, 카드 복제, 불량식품, 인터넷 불법마약 유통, 사행성 도박, 불법 성매매 등 온갖 금융범죄가 기승을 부리고 있는데 나라에서는 확실한 대책방법이 없는 것 같아 제가 경험한 지혜를 가르쳐드리고자 이렇게 글을 쓰게 되었습니다.

신문이나 뉴스를 통해, 또는 주위 사람들에게 보이스피싱 당하는 정황, 사기 당했던 얘기 한 번 쯤은 보거나 들었을 겁니다.

그럴 때마다 어떤 생각을 합니까?

'저 사기당한 사람 진짜 바보네.'

'저 사기당한 사람 진짜 멍청하네.'

누구나 이러한 생각을 해보았을 겁니다.

하지만 이 사람들은 바보라서, 부족해서 사기를 당하는 것이 아닙니다.

사기범들이 공공기관을 사칭해서 개인정보를 들여다보고, 전화발신

조작하고, 정교한 팀워크를 짜서 피해자의 맥을 짚어서 전화를 거는데 그 누가 사기를 안 당하겠습니까?

예전에 어눌한 조선족 말투로 소포가 반송되어왔다는 식의 보이스피싱은 이제 구 버전이 되어버렸습니다.

반면에 피해자들은 수화기 너머 들려오는 사기범들의 목소리가 누구의 목소리인지 판단할 수 없습니다.

그렇기 때문에 돈을 지키려는 사람(피해자)과 돈을 빼앗으려는 사람(사기범) 사이에는 동등한 게임 자체가 안 된다 이겁니다.

한해에 적게는 1만 명, 많게는 17만 명이나 되는 엄청난 피해자들이 1,100억 원이 넘는 엄청난 피해금액을 사기당하고 있는데 이제는 정말 남의 일이 아닙니다.

내가 이 17만 명 중에 포함되지 않는다는 보장이 없기 때문입니다.

우리나라도 우리나라지만 지금 전 세계는 보이스피싱으로 골머리를 싸매고 있습니다.


자, 그럼 이 알고도 당하는 보이스피싱의 정체는 무엇인가?

그리고 사기와 대포통장으로 인한 보이스피싱 사기의 차이점이 무엇인가?

보이스피싱 조직 계보와 구성요원은 어떻게 되어 있는 것인가?

무엇을 대포통장이라 하는가?

또 무엇을 대포폰이라고 하는가?

대포폰과 대포통장은 누가 만들어주는 것인가?

대포폰과 대포통장을 만들어준 사람은 어떠한 처벌을 받는가?

대포폰과 대포통장이 얼마에 거래되어 보이스피싱 인출책에게 얼마를 받고 어떻게 올라가게 되는가?

인출은 도대체 누가 하며, 얼마의 배당을 받고 어디서 누구의 지시를 받고 이렇게 움직이는가?

그리고 개인정보는 하나에 얼마가 거래되며, 어떻게 개인정보를 빼내어 어떻게 해서 총괄하는 기관에게 올라가는 것인가?

한국에서 총괄하는 기관은 어느 기관이며, 누구의 지시를 받고 움직이는가?

이렇게 기승을 부리는 무궁무진한 보이스피싱은 누구의 머리에서 나오는 것인가?

해외에서 총지휘를 내리는 기관은 어느 기관이며, 어떻게 전화발신 조작해서 어떻게 피해자를 현혹시켜 돈을 가로채가는 것인가?


이제 제가 상세히 하나하나 가르쳐 드리겠습니다.

보이스피싱은 누군가를 타깃으로 삼고 범죄를 저지르는 것이 아니라 전 세계 사람이 범죄표적 대상이니 여러분은 마음속에 좋은 지혜를 챙겨놓으시길 바랍니다.

이 글을 읽고 혹시 피해자가 나라면 핸드폰을 만들어주었겠느냐?

피해자가 나라면 통장을 만들어주었겠느냐?

피해자가 나라면 인출했겠느냐?

피해자가 나 자신이라면 사기를 당했겠느냐?

스스로 자가진단을 내려 보시기 바랍니다.

특히 어린 자녀를 둔 부모님들,

그리고 대학 입시철을 맞이해서 입학서류를 넣어놓고 합격을 기다리는 학생들,

남녀노소 할 것 없이 결혼을 준비 중인 사람들,

그리고 목돈이 필요해서 대출서류를 넣어놓고 대출 승인을 기다리는 서민들,

초등, 중등, 고등, 대학생들,

은행 계좌를 가지고 있는 사람들,

체크카드, 현금카드, 신용카드를 가지고 있는 사람들,

신용불량자들, 노숙자들,

힘든 경제에 일자리 구하려는 청년실업자들,

전업주부들, 생활비가 없어 고생하고 있는 아버지들,

사리분별이 흐릿한 할머니들과 할아버지들.

모든 국민에게 꼭 필요한 지혜이니 꼭 한번 들어 봐주시길 바랍니다.

사기를 당한 사람만이 피해자가 아니라 범죄에 쓰일 줄 알고 통장이나 핸드폰을 만들어주었든, 범죄에 쓰일 줄 모르고 통장이나 핸드폰을 만들어주었든, 범죄수익금인 줄 모르고 인출했든 모든 국민이 피해자라는 것을 꼭 기억해주시고 부모들은 자녀에게, 자녀들은 나이 많으신 어른들에게, 선생님들은 학생들에게 꼭 가르쳐주셨으면 합니다.

이것이 이 책의 핵심이고 제일 중요한 부분입니다.

사기라고 생각했을 때는 이미 늦습니다.

더욱더 지능화된 수법으로 당신의 지갑을 노리고 있습니다.

더욱더 지능화된 수법으로 당신의 통장 매입을 노리고 있습니다.

더욱더 지능화된 수법으로 당신의 핸드폰 매입을 노리고 있습니다.

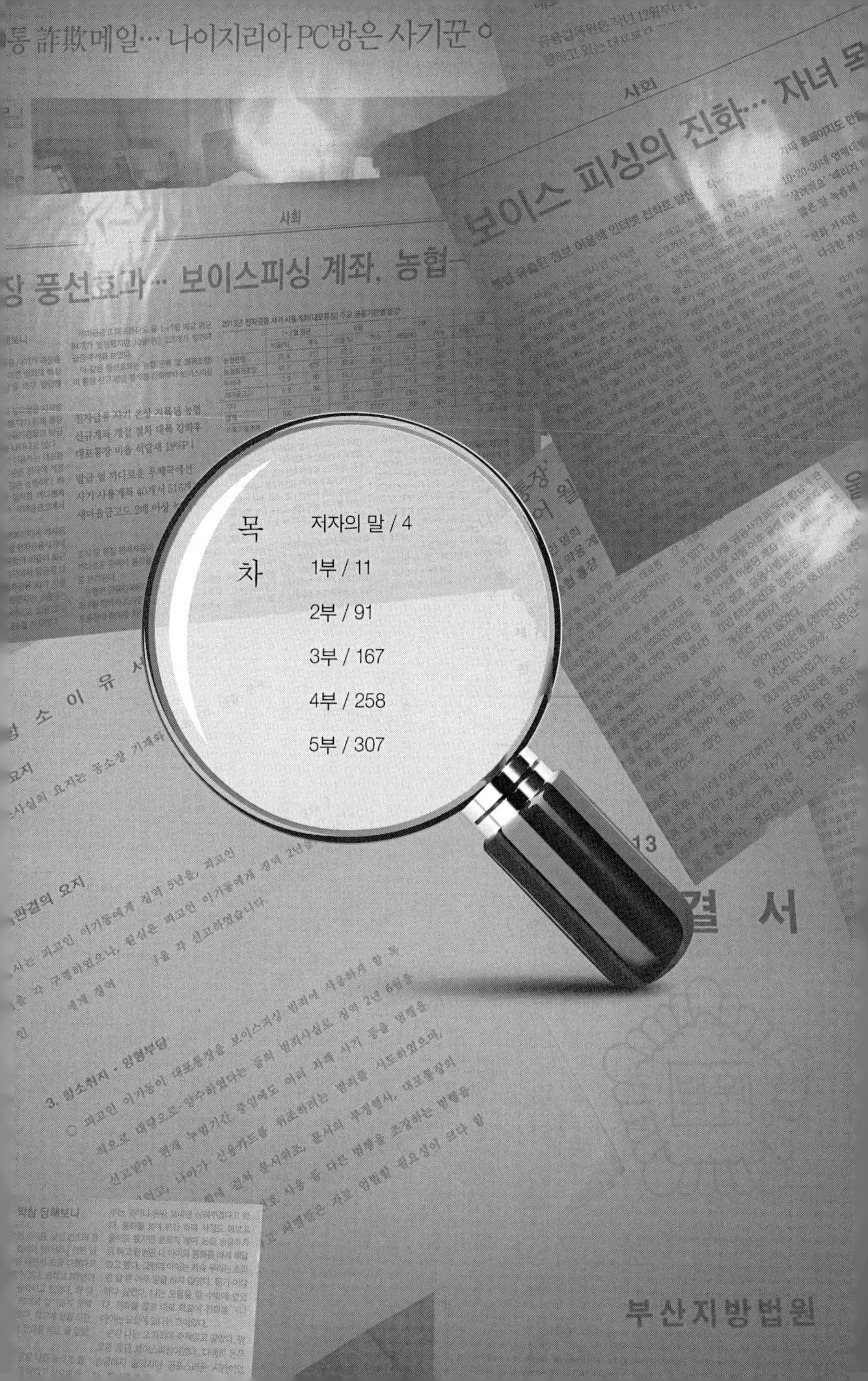


목차

보이스피싱과
대포통장의
정체

# 1부

## ☸ 건달 생활을 시작하다

나는 1982년 부산에서 1남 1녀 중 둘째로 첫울음을 터뜨렸다.

청소년 시절 학교보다는 오락실과 만화방, 공부보다는 싸움이나 나쁜 짓을 수도 없이 해온 나는 결국 소년원, 구치소, 교도소를 드나들며 범죄자로 인생을 살아야 했다.

그러던 중 나이 스물세 살에 친구들, 아우들, 형들과 가족 같은 분위기에서 나만의 색깔을 강하게 표현하기 위해 건달이 되기로 결심했다. 나는 부산에서도 알아주는 ××××나이트 앞에 1년 아래 동생 치용이와 제수씨, 은실 씨에게 포장마차를 차려주고 수익의 반반을 나누었다. 조

11

직생활을 하며 여유롭지는 않았지만 나름대로 재미있게 살고 있었다.

좋은 자리인 만큼 탐내는 사람들이 많이 있었지만 이런 것들이 건달의 특권이다.

허가 없는 니 땅 내 땅도 아닌 인도 위에 밤만 되면 사람들의 유동인구가 많고 나이트 손님들도 많은 자리라서 장사는 잘되는 편이었다. 물론 세금도 자릿세도 낼 턱이 없었다.


오늘도 어김없이 구루마를 펴고 은실 씨와 친구 희진 씨가 장사준비를 하고 있는데, 바로 뒤쪽 편의점 사장이 참다 참다 못해 은실 씨에게 한마디 한다. 이 편의점 사장은 오랜 시간 많은 손해와 불편함을 겪다가 남자들이 없는 틈을 타서 은실 씨에게 한마디 한다.

"우리는 허가 내고 비싼 권리금에 비싼 달세 내가면서 장사하는데 아가씨들은 불법으로 장사하면서 남의 가게 정문 다 막아놓고 지금 뭐하는 거냐? 이것은 잘못된 것 아니냐?"면서 편의점 사장이 아가씨들에게 막말을 한다.

내일도 장사하면 구청에 신고해서 싹 쓸어버릴 것이니 그리 알라며 장사하고 싶으면 해보라 면서 협박한다.

은실 씨도 협박을 듣다못해 "나는 여기 종업원이고 사장한테 직접 얘기하지 그 소리를 왜 나한테 하냐?"면서 말대꾸를 한다.

그러고는 은실 씨가 치용이에게 전화를 했다.

치용이와 나는 떡볶이집에서 튀김과 떡볶이, 오뎅을 먹고 조그만 어린이용 오락기에 앉아서 철권 튀김 쏘기 오락을 하고 있었다.

한창 집중해서 철권 게임을 하고 있는데 치용이가 "잠시 실례하겠습니다. 때리기 없깁니다, 형님!" 그러고는 전화를 받는다.

"왜?"

치용이가 전화를 받는다.

"포장마차 장사하고 있는데 편의점 사장이 뭐라고 한다. 빨리 와봐라."

"알았다."면서 치용이가 전화를 마친다.

그러고는 "형님! 통화하고 있는데 때리기가 어디 있습니까? 매너 게임 하시죠?" 하고 투덜거린다.

"마, 매너라고 했나? 누가 집중해서 게임하고 있는데 딴 짓 하라고 하더노? 매너는 니가 더 안 좋네. 쓸데없는 소리 말고 빨리 튀김 계산해라."

"우와~ 형님 이거는 아니다 아닙니까?"

"아니긴 뭐가 아니고~ 은실 씨 뭐라고 하던데?"

"포장마차에 무슨 일 있어 가봐야 할 것 같습니다."

"그래 가자. 튀김값 계산해라."

"알겠습니다. 아줌마 전부 다해서 얼마입니까?"

"2만 원입니다."

"잘 먹었습니다."라며 튀김집을 나왔다.

그리고 차를 타고 5분도 안 되는 거리라서 금방 포장마차에 도착했다. 은실에게 치용이가 "왜? 무슨 일인데?" 하고 묻는다.

"편의점 아저씨가 구청에 신고해서 싹 쓸어버린다고 포장마차 치우란 다. 내일부터 장사하지마라며 뭐라고 하길래 전화했다."

"무슨 건달이 귀뚜라미 눈치보고 살아야 하냐?"며 구시렁대더니, 치용 이가 편의점으로 들어간다.

"사장님 이리 나오보소."

편의점 사장이 눈을 말똥말똥 뜨며 오늘은 나도 참을 수 없다는 표정 을 지으며 나온다.

"내 가게 장사 하지 말라고 했습니까?"

"솔직히 양심이 있으면 젊은 사람들이 영업하는 남의 집 앞에서 이러 면 됩니까?" 편의점 사장이 말한다.

"장사하는데 늙고 젊은 것이 대수요?" 치용이가 말한다.

"조용해봐라, 인마! 일단 얘기 한번 들어보자. 뭐가 잘못되었단 말이요! 말 한번 해보라며?" 내가 말을 건넸다.

"사람 다니는 인도에 파라솔 쳐놓고 남의 가게 문 다 막아놓고 장사하면 됩니까?" 하고 묻는다.

"어이~ 아저씨! 뭔가 착각하고 있는 것 같은데, 이 인도가 아저씨 땅이오?" 내가 말했다.

"아저씨는 편의점 가게만 잘 지키면 됩니다. 이 아가씨는 아르바이트생이니 힘없는 여자에게 공갈치지 말고 할 얘기 있으면 나한테 얘기하십시오."

그러고는 내가 명함을 하나 건넸다.

"그리고 문을 막았다면 옆으로 땡겨드릴 테니 구청 직원 힘 빌리지 말고 서로가 도와가면서 삽시다."라면서 내가 말했다.

사장은 기가 막힌 표정을 짓고 그날은 대충 넘어갔다.

그리고 며칠 뒤 구청에서 단속이 나왔다. 포장마차에서 치용이와 내가 우동 한 그릇을 먹고 있는데 불법영업신고가 들어왔다며 포장마차 집기류와 파라솔을 용달차에 실으려고 하자 치용이가 구청직원과 승강이를 벌인다.

"어이, 아저씨! 다 먹고 살자고 하는 짓인데 경고도 없이 이렇게 싣고 가면 됩니까?" 강하게 어필한다.

그러자 구청직원 단속반이 "처음이라서 오늘은 돌아갑니다. 다음에 또 신고 들어오면 그땐 집기 안 돌려드릴 테니 그리 아시오." 그러고는 집기류를 내려놓고 치용에게 경고하면서 단속반이 "지금 당장치우세요."라면서 가버린다.

편의점 사장은 속이 시원했는지 치용이와 나, 은실 씨가 당하는 모습을 보고 환하게 웃고 있다.

치용이가 편의점에 들어가서 사장보고 "당신이 신고했소?" 한마디 한다.

편의점 아저씨가 웃으면서 "아니, 제가 신고 안 했는데요." 하는 것이다. 우리는 그 사람이 신고한 거라고 무조건 확신했다.

치용이가 참다 참다 못해 막말을 한마디 한다.

"마! 나이 좀 있다고 어른 대우 좀 해주려고 했는데. 이리 오보소." 하면서 흥분한다.

기가 찬 편의점 사장이 자식뻘밖에 되지 않는 치용이가 욕하는 것을 듣고 흥분한다.

"너 지금 뭐라고 했어?" 하면서 편의점 사장도 흥분하고 있다.

"편의점 문 닫을 때까지 내한테 한번 맞아볼랍니까?" 치용이가 말한다.

사장이 어이없는 표정을 짓자 치용이가 "참고로 편의점은 추석, 설날도 안 쉰다는 거 사장이라서 더 잘 알겠네."라고 치용이가 말한다. "오늘 내한테 죽자."라고 하는 것이다.

사장이 "이놈 새끼가 어디서 어른한테 말을 함부로 하냐?"고 하는 순간, 내가 "마! 치용이 그만해라. 아무리 열 받아도 나이 많은 사람에게 말을 함부로 하면 되나?" "저 새끼 말하는 것 한번 보십시오." 치용이가 흥분한다.

"그리고 아저씨! 아저씨도 잘한 거 하나도 없으니 오늘은 그만합시다. 분명히 문을 막는다고 해서 내가 옆으로 땡겨 드렸고 그쪽도 장사하는 데 지장 없으니 한번만 오늘 같은 일 반복되면 그때는 나도 장사 접고 사장님도 장사 그만 하는 줄 아시오. 참고로 우리는 잃을 게 없는 사람입니다. 이것은 부탁이 아니라 충고이니 더 이상 이 선을 넘었다가는 사고 납니다."라면서 "치용아 가자! 은실 씨는 계속 장사하던 대로 하면 됩니다."라고 가버렸다.

오히려 더 세게 나오는 나를 보며 편의점 사장도 기가 찬 표정을 짓는다.

그러고는 "장사 한 번만 하기만 해봐라."면서 사장이 구시렁댄다.

그리고 치용이와 나는 소주방에서 소주를 한잔했다. 내가 치용에게 소주를 한 잔 따르며 입을 열었다.

"화가 나도 인마! 마인드컨트롤이 돼야지. 흥분하면 사고 난다. 어데 저런 귀뚜라미들 때문에 개값 물려줄 일 있나? 속에서 찌끄레기 올라오는 것은 나나 너나 똑같다. 사소한 것에 목숨 걸지 마라."

"형님께서는 정말 내공이 대단한 것 같습니다."

"와! 인마." 내가 말했다.

"아까 그 정황에서 흥분도 하지 않고 꼬박꼬박 예의를 갖추어주는 것을 보니 말입니다."

"마, 귀뚜라미(민간인)하고 건달하고 말 섞는 자체가 쪽이다. 무슨 말인지 알제? 불필요한 말은 줄이고 쥐도 궁지에 몰리면 고양이를 문다는 말이 있듯이 그런 말을 이럴 때 쓰는 것이다. 주위에 사람들이 많이 보고 있으면 저런 귀뚜라미들은 지가 옳다고 생각하면 목소리 커지고 달려든다는 거 명심해라. 장사는 하던 대로 하면 된다."

"또 구청에 신고하면요?"

"구청에 신고하면 뭐 구루마, 파라솔 던져주고 편의점 사장도 샤타를 내려버려야지."

"방법이라도 있습니까?"

"일단 지켜보자."

며칠이 흘렀다. 편의점 사장은 구청에 신고를 해도 달라진 것이 하나도 없자 오늘은 결판을 내기 위해 구청에 또 신고하기 위해 전화를 건다.

"구청이죠?"

"네."

"하단오거리 ○○편의점 앞 인도에 불법 포장마차 장사해서 불이익 받았다고 몇 번을 신고 했는데 계속 장사하는 저것들은 도대체 뭐요? 일단 당신들 손에서 해결 안 되면 구청장 바꾸어보소."

"구청장님은 지금 자리에 안 계십니다."

"저 양아치 새끼들한테 돈이라도 받았소? 그래서 해결 못하는 겁니까?"

흥분한 편의점 사장이 오열을 토해내며 입에서 나오는 대로 말하고 있다.

"아니, 무슨 말을 그렇게 하세요?"

"그니깐 오해 받기 싫으면 오늘 장사 못하게 구루마, 집기, 파라솔 다 싣고 가란 말이요! 오늘 중으로 정리 안 되면 청와대 민원실에 내용증명 떼서 책임 확실히 물을 것이니 그리 아시오. 오해 안 받게 행동 잘하시오." 하면서 편의점 사장이 전화를 끊어버린다.

이어 황당한 구청직원이 단속용역직원에게 "이런 전화가 왔으니 오늘 해결 짓지 않으면 청와대 민원실에 내용증명 떼서 책임 묻는다고 하니 확실히 정리해야 합니다."라고 말한다. "양아치들한테 돈을 받았느니 그런 소리까지 하니 오해 받지 않으려면 정리해야 한다."고 단속반 직원에게 말한다.

"참, 돈이나 받고 이런 오해라도 받으면 기분이라도 안 나쁠 텐데. 세상 참 희한한 세상이네." 하면서 용역직원들은 직무유기로 고발당할 수도 있기 때문에 서둘러 불법 포장마차 단속에 나선다.

목적지에 도착하니 넓은 인도에 파라솔을 치고 장사하고 있었다.

치용이와 나는 포장마차에서 오뎅을 먹고 있는데 용역직원이 세 명이 내리더니 편의점에 들어간다.

"신고 받고 왔는데, 사장님이 저 포장마차 주인들에게 우리가 돈 받았다고 했습니까?"

"그런 것이 아니라 신고를 해도 해결을 안 해주니 그냥 한 말이요."

"사람을 뭘로 보고 그런 소리 합니까? 장난이라도 그런 소리 하지 마소."

그리고는 용달차에 파라솔, 구루마, 의자, 집기를 실어버린다.

"저번에 경고했죠. 한 번만 이런 일 더 있으면 이제는 용서 없다구요."

그러자 치용이가 편의점 사장을 보고 흥분하는 순간 내가 "치용아, 그만해라. 이제 버릴 때도 되었으니 은실 씨도 오늘은 일이 없을 것 같으니 희진 씨하고 소주나 한잔하고 일찍 들어가 쉬십시오." 그리고 용역직원들에게 "안 그래도 구루마 타이어 녹이 슬어서 버리려고 했는데 폐기하는 돈 안 들어가서 저희는 이익 보았습니다. 수고하세요."라면서. "치용아! 가자."라면서 차에 탔다.

"형님! 열 안 받습니까?"

"마! 내가 포장마차 사장인데 왜 열이 안 받겠노? 일단 을숙도 휴게실에서 자판기 커피나 한잔 하자."

우리는 을숙도 벤치에 앉아서 자판기 커피를 한잔 마셨다.

"이제 어떻게 합니까?"

"건달이 한 번 받으면 3배는 돌려줘야 건달 아이가?" 내가 말했다.

"니 동생 상용이 몇 살이고?"

"열일곱 살입니다."

"상용이한테 얘기해서 신고한 편의점 가서 술이랑 담배 사오라고 시키고 증거물로 술이랑 담배 사 오는 거 차 안에서 폰으로 찍어놓아라. 한번으로 안 된다. 상용이 친구들 나이 좀 들어 보이는 애들로 세 명 물색해서 벌금이 아니라 아예 영업정지로 확실하게 샤타 내려야 한다. 그리 준비해라."

"이야! 형님께서는 생각이 저하고 완전히 180도 다른 것 같습니다."

"마! 저런 것들이 얄팍한 방법으로 잔머리 쓰면 우리도 똑같이 해주면된다. 자기 가게 앞에서 장사 좀 한다고 저렇게 신고하는데 한 대 때리기라도 했다간 정말 우리 꾀에 우리가 넘어간다. 무슨 말인지 알겠제?"

"잘 알겠습니다."

치용이 동생 상용이도 학교를 자퇴하고 건달 지망생으로 형들이 시키면 시키는 대로 하는 동생이었다.

치용이는 상용이를 만나 세뇌를 시키고 친구 세 명과 상용이를 포함한 네 명이 2인 1조가 되어 담배, 맥주, 소주를 사러 보냈다.

아침에는 담배, 저녁에는 술. 하루에 한 조에 한 번씩, 두 조가 3일 동안 열두 번 미성년자에게 술 파는 정황을 만들고 사진을 찍었다. 편의점 아르바이트생은 물론이고 편의점 사장까지 아이들이 덩치도 크고 수염도 많이 있고 성숙해보여서 신분증을 꺼내라는 말도 하지 않고 술, 담배를 판매한 것이다.

그러고는 치용이가 3일째 되는 날 증거물을 들고 경찰서에 고소장을 제출했다. 미성년자인 자기 동생과 친구들에게 술을 팔았다는 고소장이다.

편의점 사장이 경찰서에서 조사를 받는다.

자기는 미성년자에게 술과 담배를 판 적이 없다고 강력히 부인했지만 상용이와 상용이 친구들과의 대질심문과정에서 편의점 사장도 황당한 표정을 짓는다.

"형사님 보십시오. 저 애들이 어딜 봐서 미성년자입니까?"

폭삭 삭아 보이는 아이들을 보며 편의점 사장이 말한다.

그러자 형사가 "미성년자인지 아닌지는 신분증으로 확인해야지 얼굴로만 보고 판단하니 이런 불상사가 생기는 겁니다."라고 말했다.

그러고는 치용이의 폰으로 찍은 명백한 증거와 대질심문으로 편의점 사장에게 자백을 받자 편의점 사장도 검찰의 날카로운 칼날을 피해가지는 못했다.

치용이도 한 술 더 뜬다.

"형사님, 저 편의점 사장 진짜 악덕업주이니 절대 용서해주지 말고 강력한 처벌을 원한다."며 "다시는 이런 짓 못하도록 편의점 샤타 완전히 내려주시오." 하면서 경찰서를 나왔다.

경찰서에서 조사 받고 나오는 편의점 사장에게 내가 한마디 했다.

"아저씨, 내가 뭐라고 했소. 여기서 넘지 말아야 할 선을 넘으면 나도 장사 접고 아저씨도 샤타 내린다고 분명히 충고했을 텐데. 다 자업자득이니 그리 아시고 영업정지에 형사처벌 벌금까지 내려면 타격이 클 것인데 앞으로는 열심히 사시오."

그러자 치용이가 속이 다 시원하다는 표정을 짓는다.

"세상이 많이 변한 만큼 이제 건달들도 지혜롭게 풀어나가야 할 것이니 너도 깊은 생각하고 행동으로 실천해야 할 것이다. 자존심까지 참아가면서 참으라는 소리가 아니다. 남자가 주먹을 쓸 때는 써야지. 말로 해보고 도저히 안 되었을 때 그때 마지막으로 주먹이 나가는 것이다. 알겠나?"

"잘 알겠습니다."

경찰서에서 나와 차를 타고 동네로 가는 도중에 3년 선배인 달수 형에게서 전화가 왔다. 이 사람은 건달 생활하는 형이 아니라 돈 버는 쪽에 끼가 많고 호스트바 실장으로 있는 머리가 좋은 형이다.

"기동아, 바쁘나?"

"아니, 왜 그러십니까?"

바쁘지 않으면 김해 형 호스트바 가게에 한번 오라는 것이었다.

"무슨 일 있습니까?"

가게에 외상값이 너무 많이 깔려 수금이 되지 않고 있는데 시간 내서 외상값을 좀 수금해 달라는 것이다. "오늘은 안 되고 며칠 있다가 제가 가게로 올라가겠습니다."라고 전화를 마쳤다.

그리고 며칠이 흘렀다. 동생 치용이와 식당에서 밥을 먹고 있는데 달수 형에게서 다시 전화가 왔다. 오늘 안 바쁘면 김해 호스트바 가게로 올라오라고 하기에 별 약속이 없던 나는 밤 9시까지 가게로 간다고 했다.

동생 치용이를 데리고 김해 호스트바(고추) 가게로 올라갔다. 오랜만에 보는 달수 형이라 반가워서 악수하고 안부를 나누었다. 달수 형은 건달 생활하는 형이 아니었음에도 불구하고 나에게 평소에 용돈도 많이 챙겨주며 나를 아껴주는 형이었다.

가게로 올라가 룸에서 차를 한잔 마시고 있는데 호스트바 사장이라며 김 사장을 소개해주었다.

"기동아 인사해라. 내가 모시는 사장님이다."

"처음 뵙겠습니다. 이기동입니다." 악수하며 인사했다.

"형님! 인사 받으시죠. 치용아! 인사드려라. 형님 많이 도와주시는 달수 형이다."

"처음 뵙겠습니다. 김치용입니다."

"그래, 형은 달수다."

나를 보며 달수 형이 한마디 한다.

"동생이 야무지게 생겼네."

"감사합니다." 하고 내가 말했다.

김 사장은 얘기 많이 들었다며 수고비는 챙겨줄 테니 수고 좀 해달라고 했다.

그리고 김 사장은 자리에서 일어났고 달수 형이 수십 개의 차용증을 가지고 오며 씩 웃었다.

"요즘 살 만하나?"

"살 만하기는요? 세상이 밝아져서 요즘에는 귀뚜라미들이 건달로 인정을 안 해줍니다."라고 했다. "그게 무슨 말이고?" 묻는다. 포장마차를 접게 된 정황을 얘기하니 "참, 세상에 별 희한한 놈들이 다 있네?"라며 황당한 표정을 짓는다.

"그래도 이 부산 바닥에서 우리를 건달로 인정해주는 사람들이 두 명 있습니다."

"그게 누군데?"

"오고 가면서 돈 안 내고 붕어빵 하나씩 쭈아 먹어도 신고 안하는 붕어빵 아줌마. 그리고 갑작스럽게 새벽에 행사 잡혀 정장이 준비 안 됐을 때 새벽 3시에 세탁소 문 들고 차면 문 열어서 정장 내주는 세탁소 아저씨. 이 두 명 말고는 우리를 건달로 인정을 안 해줍니다."라고 우스개삼아 얘기했다. 그 말에 달수 형님도 기가 찼는지 웃는다. 그러고는 차용증을 보여준다.

차용증을 보니 100만 원, 200만 원도 아닌 30만 원에서 50만 원짜리 차용증이 대부분이었다.

"형, 이런 푼돈도 못 받습니까? 이런 돈 안 주는 사람이나 못 받는 사람이나 나는 똑같다고 생각합니다."

평소에 건달 형들 심부름으로 거친 남자들 상대로 돈을 많이 받아 보았기 때문에 금액도 적은 금액이고 상대가 여자라는 것에 대해 자신이 있었다.

일단 호스트바에서 가까운 가게부터 수금을 시작했다.

호스트바에 외상을 달아놓은 여자들 대부분이 주위에 있는 업소 아가씨들, 다방 아가씨들이었다. 일단 ○○룸에 수금하기 위해 올라갔다.

가게 문을 열고 들어가자 술집 마담이 눈웃음을 치며 안내했다.

룸으로 들어가 소파에 앉자 마담이 처음 보는 손님인데 만나서 반갑다고 했다.

"혹시 가게에 ㅇㅇㅇ이라는 아가씨 있습니까?"

마담이 이상한 표정을 지으며 "왜 그러시는지?" 하며 묻는다.

"ㅇㅇㅇ 아가씨가 장사도 잘하고 잘 논다 하길래 술을 한잔 먹으러 왔다."며 아가씨를 불러 달라고 했다.

잠시만 기다리라며 마담은 ㅇㅇㅇ 아가씨를 데리고 왔고 마담에게 자리를 비켜달라고 했다.

"ㅇㅇㅇ 아가씨 맞습니까?"

"누구세요?"

"고추호스트바에서 왔습니다. 젊은 사람이 얼마 안 되는 돈 가지고 이렇게 용달 태우면 됩니까? 안 됩니까?"

"빠른 시일 내에 갚을 테니 우리 마담언니한테는 말하지 말라."고 한다. "마담한테 얘기는 안 할 건데 기다리지는 못하겠다. 지금 당장 해결하라."고 하니 계좌번호를 적어 달라고 했고 30분 안에 입금해준다고 했다.

30분 안에 입금 안 해주면 가게에서 또 얼굴 봐야 하니 신경 써달라고 하고 가게를 나왔다.

그리고 ㅇㅇ다방에 수금하러 갔다.

다방에 불쑥 들어가서 돈 가지고 오라 하면 채무자도 입장이 난감하고 쪽팔리니 돈을 받는 것도 목적이지만 최대한 채무자의 입장을 난감하지 않게 하는 것도 중요했다.

가까운 공원에 주차한 다음 다방에 전화를 걸어 외상값이 있던 초양에게 ㅇㅇ공원 주차장에 그랜저 XG 검은색 ××××로 커피 두 잔을 주문하고 초양을 기다렸다.

15분 정도가 지나자 초양이 배달을 왔고, 커피 주문했냐고 씩 웃으며 물어본다. 그래서 주문했다고 하니 차문을 열고 뒷좌석에 앉아 보온병에서 커피를 꺼낸다.

"오빠, 커피 어떻게 타드릴까요?" 묻는다. 치용이가 웃으면서 "이리로 올라 타봐라."면서 센스 있는 말을 던진다. 그러자 아가씨는 당황한 표정을 지었다.

"커피는 그냥 진하게 타주면 된다."고 내가 말했다.

다방에 일한 지 몇 달이 되었어도 이렇게 공원에 차를 배달 오기는 처음이라고 농담을 던진다.

우리도 외상값 수금을 몇 년 해보았어도 40만 원 가지고 이렇게 똘마이 오래 잡는 사람은 처음이라고 웃으면서 얘기했다.

"그게 무슨 말이에요?" 하면서 초양이 황당한 표정을 지었다.

"고추호스트바에서 왔는데 얼마 되지 않는 돈 가지고 너무 똘마이 씨게 잡는 거 아닙니까?"

"그러려고 그런 것은 아닌데 여유가 없어서 죄송하다."며 빠른 시일 내에 갚겠다고 했다.

지금 이 상황을 모면하려는 수작인 거 같아 빠른 시일까지 못 기다리니까 지금 당장 해결하라고 하니 지금은 돈이 없다고 한다.

"그럼 다방 사장한테 받아갈 테니 ○○○씨가 다방 사장한테 돈을 갚으세요."라고 말하니 며칠만 기다려 달라고 사정한다.

돈 받는 일은 입장 봐주고 그쪽 사정까지 다 이해해주면 절대 수금할 수 없고 돈을 떼이게 마련이다. 그렇다고 폭력까지 써가면서 채무자를 협박하는 것도 찬성할 일은 못되지만 어느 정도 지켜야 할 선을 딱딱 지키면서 일을 보는 것이 나의 지혜였다.

아가씨가 돈이 없다며 오늘은 절대 돈 나올 데가 없다고 해서 나도 아가씨를 차에 태우고 다방 사장님께 돈을 받아가기 위해 ○○다방으로 출발하려고 했다. 치용이가 창문을 열더니 오토맨에게 오라고 손짓한다.

오토맨이 "무슨 일이라도 있습니까?" 묻기에 "별일 아니니 니네 다방 가게로 갈 것이니 앞장서."라고 얘기했다. 그러자 "무슨 일인데요?" 하고 오토맨이 물었다. "인마! 가자면 가지 말이 많노? 니 같은 귀뚜라미한테 내가 그런 거까지 보고해야 하냐?"며 빨리 앞장서라고 했다. 오토맨이 초양에게 무슨 일이 있냐고 묻자, 그냥 가게로 가면 된다며 앞장서라고 했다.

다방에는 아가씨들 몇 명과 건장하게 생긴 남자 사장이 장사하기 위해 배달 준비하고 있었다.

○○다방 사장이 나에게 누구시냐고 묻는다.

"○○○씨와 채무관계가 있는 사람인데 수금이 안 되어 이렇게 실례하게 되었습니다."

다방 사장이 황당한 표정을 짓는다.

"그렇게 황당한 표정 짓지 마시고 직원이 갑갑한 입장이 되었는데 사장님이 해결 좀 해주셨으면 하는데……"

"무슨 채무관계입니까?"

"그것은 개인 사정이라 말씀드리기가 곤란하고 내용은 아가씨한테 직접 들으시고 얼마 안 되는 돈이니 해결 좀 해주십시오."

"얼마입니까?"

"40만 원입니다."

"40만 원만 드리면 완전히 해결되는 것입니까?"

"그렇습니다."라고 하며 40만 원 받고 ○○○씨에게 차용증을 건넸다.

다방 사장은 나에게 사과했고, 나는 ○○○아가씨도 나름대로 사정이 있었으니 너무 야단치지 말라며 다방을 나왔다.

2박 3일에 걸쳐 1,800만 원이나 되는 차용 금액에서 1,400만 원을 수금했다.

고추호스트바에 올라가 김 사장에게 수금한 돈을 건넸다.

달수 형도 환하게 웃으며 고생 많이 했다고 어깨를 툭 쳤다. 그러고는 수고비라면서 동생과 술한잔 먹으라며 200만 원을 챙겨주었다. "역시 기동이네."라며.

사장이 "이런 일적인 부분이 아니더라도 종종 얼굴 보면서 식사나 합시다."라고 말하는 것이다.

"저도 앞으로 연락 자주 드리겠습니다. 감사합니다."라고 하며 200만 원을 받았다.

그날따라 고추호스트바에 선수들이 출근을 많이 하지 않은 상태였고, 손님들이 몰려오니 초이스가 될 턱이 없었다.

여자 손님들은 접대하는 남자 도우미들을 '선수'라고 하는데, 남자들도 룸에 술을 마시러 가면 이왕 비싼 돈 내고 먹는 술이라면 예쁜 아가씨와 파트너가 되어서 술을 마시는 것이 당연한 일이었다.

여자들 또한 이왕 비싼 돈 내고 남자 파트너를 앉히고 스트레스를 풀려면 잘생긴 남자를 앉히고 술을 먹기 원할 것이다.

젊은 여자 손님 네 명이 가게를 찾아왔다.

웨이터가 "잠시만요. 일단 이쁜 누나들 룸으로 모시고 시작하실게요." 하면서 손님들을 룸으로 안내했고 젊고 괜찮은 선수 세 명과 사모님들이나 아줌마 상대로 비위를 맞추어주는 나이가 좀 있는 선수 다섯 명 등 선수 8명을 데리고 손님 룸으로 초이스를 하기 위해 마담 달수 형이 뒤따라 들어갔다.

젊은 선수 세 명은 초이스가 되었지만 나이든 선수 다섯 명은 모두 캔슬 당했다.

어떻게든 달수(마담) 형이 여자 손님들에게 이빨을 까서 술을 팔아보려고 했지만, 손님들은 비싼 돈 내고 술 먹는데 우리 아버지 같은 사람들하고 즐길 생각 없다며 아까 들어올 때 카운터 앞에서 얘기하던 사람은 누구냐면서 초이스 된 세 명과 카운터에 있던 사람 이렇게 네 명을 룸으로 넣으라고 했다.

그래서 달수 형이 나에게 왔다. 옆에 동생 치용이가 있었기 때문에 잠시 기동이랑 얘기 좀 할 게 있는데 자리 좀 비켜달라고 한다.

"무슨 말인데 동생까지 보냅니까?"

"기동아! 니한테 참 할 얘기는 아닌 것 같은데 부탁 한번만 하자."

"뭔데요? 제가 들어 드릴 수 있는 것은 들어 드릴게요."

"좀 전에 온 손님이 니가 마음에 든다고 니하고 같이 술한잔 먹고 싶다고 하는데 룸에 한번 들어가 줄 수 있겠나?"

"아따, 형님 시킬 것만 시키시죠? 제가 일도 할 줄 모르고 깡패가 호바선수는 아니지 않습니까? 사회적 직위와 체면이 있지. 그리고 손님이 저를 언제 봤다고 마음에 든다고 합니까?"

"아까 내하고 카운터에 앉아서 얘기하는 모습을 보고 스타일 괜찮다고 그렇게 생각한 것 같은데, 그리고 뭐 일이야 룸에 아가씨 앉혀놓고 니가 술 먹으러 왔다고 생각하고 그렇게만 놀다 가면 된다."

솔직히 여자 손님들이 남자들보다 더 진상처럼 논다는 소리는 들었어도 직접 경험해보지는 못했기 때문에 호기심에서도 해보고 싶은 생각은 있었지만, 동생이 같이 왔기 때문에 영 찝찝한 부분이 이만저만이 아니었다.

"기동아! 저 손님들 매너도 좋고 단골손님이라서 입장이 좀 곤란한데 부탁 좀 하자."

호기심 반, 두려움 반, 설렘 반, 부끄러움 반에 간신히 허락했고, 일단 같이 온 동생 치용에게 형이 일이 좀 있어서 어딜 좀 가야 한다며 아까 김 사장한테 받은 200만 원 중에서 100만 원을 치용에게 건네며 먼저 부산으로 내려가라고 했다.

항상 무슨 일이든 사고는 돈 때문에 나는 법. 좋은 일을 하든 나쁜 일을 하든 돈 배당이 중요한 것임을 알고 있던 나는 형이라서 돈을 많이 가지고 가고 동생이라서 적게 가지는 그런 말도 안 되는 법칙을 제일 싫어했다.

형님들을 모시면서 똑같은 경험해보았지만 나 같은 생각을 갖고 있는

형들은 몇 명 되지 않았다,

분명히 형들과 같이 일해서 얼마나 큰돈을 벌었는지 알고 있는데도 불구하고 거지 개평 주듯 자존심 상하게 하는 일들이 종종 있었다.

내가 싫으면 타인도 싫은 법이고 내가 좋으면 타인도 좋은 법이라는 생각에 나는 내가 모셨던 형들처럼 내가 데리고 다니는 동생들에게 서운하게 하고 싶지 않았다.

그래서 절반인 100만 원을 딱 떼어주고 형은 택시를 타고 가면 되니까 타고 왔던 내 차를 동생보고 타고 가라면서 부산으로 돌려보냈다.

그리고 고추호스트바를 올라갔다.

대기하고 있던 선수 세 명 그리고 마담 달수(형), 나는 손님들이 있는 룸으로 들어갔다.

마담이 간단히 소개하라며 환하게 웃는다.

마담이 "1번 소개 하세요."라고 하자 "안녕하세요! 1번 뚫어뻥입니다."

그러자 손님들이 "왜요?" 한다.

"누나들의 답답한 마음을 뚫어뻥으로 확 뚫어 드릴 것입니다."

"마음을 뚫어주면 시원하긴 시원할 텐데, 뚫어뻥은 좀 더럽잖아!" 하면서 농담을 건넨다.

그래서 1번 선수는 원래 노는 것은 더럽게 놀아야 즐거움이 배가 된다고 했다.

2번 선수가 인사한다.

"안녕하세요! 2번 이쑤시개입니다."

"왜 이쑤시개인데요?"

한번 꽂히면 절대 안 빠진다는 것이었다. "한번 꽂았는데 쉽게 빠지면 매력이 없잖아요." 한다.

3번 선수가 인사한다.

"안녕하세요! 3번 두더지입니다."

"왜요?"

"캄캄한 어둠속에서도 길을 잃지 않고 구멍을 잘 찾아서 두더지입니다. 캄캄하다는 이유로 두더지가 구멍을 못 찾으면 쪽팔린다 아입니까?"

"4번 인사하세요."

너무 부끄럽고 어색한 나머지 "오늘 처음 일하는 것이라 이름을 짓지 못했는데 아무튼 재미있게 해드리겠다."고 말했다.

그리고 미향이라는 아가씨가 자기 옆에 앉으라며 손짓했다.

처음 이런 곳에서 하는 일이라 서먹서먹했고 아무것도 몰랐던 나는 평소에 룸에 친구들과 술을 마시러 갔을 때처럼 음료수를 하나 따서 목을 축였다.

그러자 제 파트너가 아닌 마주 앉아 있던 손님이 "야! 너 얼음 세팅 하지 않고 뭐하는데?" 하는 것이었다.

옆의 선수들 하는 것을 곁눈으로 보고 대충 따라 했지만 양 사이드에서 손님들의 잔소리가 이만저만이 아니었다.

"언니 파트너나 신경 써라. 왜 내 파트너한테 잔소리하는데." 하면서 내 편을 들어주었고 "괜찮아요."라면서 "언니가 원래 성격이 시원시원한 사람이라 술을 먹으면 저러는데 뒤끝은 없다며 이해해 달라."고 했고 자기가 대신 사과한다고 했다.

내 파트너가 나에게 살짝 말을 건넨다.

"여기서 일하는 사람 아니죠?"

비싼 돈 주고 술 먹으러 온 손님들에게 이곳에서 일하는 사람이 아니라고 하면 자존심 상할까 봐 "아닙니다. 이곳에 일하는 사람 맞는데 일한 지가 얼마 되지 않아서 적응이 되지 않아 그런 것이니 이해해 달라."고 했다.

내가 친구들과 룸에 술 마시러 갔을 때는 정말 파트너에게만큼은 편안하게 해주었다고 생각했는데 입장이 바뀌어보니 또 그런 것만은 아니었다.

내 파트너는 마음이 넓고 이해심이 깊었는데, 앞에 앉아 있는 손님이 소파에 등을 기대고 앉아 있다고 잔소리하고, 룸에서 나갈 때 말도 하지 않고 나간다고 잔소리하고 사사건건 잔소리를 하기에 짜증이 좀 나 있었다.

그래서 대기실에서 전화 한 통을 하며 담배를 피우고 있는데 달수 형이 "재미있지?" 하며 웃는 것이었다.

"아따, 재미있긴요. 건달 생활하면서 형님 모시면서도 이런 잔소리는 안 들어보았습니다. 무슨 잔소리가 그리 심한지 잔소리할 것으로 잔소리를 해야지. 역시 앉아서 오줌 누는 여자는 여자인 것 같습니다."라고 하면서 짜증 반 웃음 반 형과 대화를 나누다가 룸으로 들어갔다.

룸으로 들어가는 순간 앞에 앉은 손님이 또 잔소리를 시작했다.

선수가 손님을 두고 20분씩 자리를 비우면 되냐면서 도저히 못 참겠다며 마담을 데려오라고 했다.

마담이 들어오자 앞에 앉은 손님이 "선수 관리를 어떻게 하는 거예요?" 하면서 마담에게 큰소리를 치는 것이다.

"선수들이 무슨 잘못한 것이라도 있습니까?"

"선수가 얼음 세팅도 할 줄 모르고, 소파에 등 기대고 앉아서 손님을 기망하고, 룸에서 나갈 때 얘기도 하지 않고 나가서 두 탕 뛰고 오는 건지 10분, 20분씩 늦게 들어오고. 이거 잘못된 것 아닙니까?" 하면서 잔소리를 한다.

이에 마담이 나에게 윙크하며 "기동 씨, 선수는 앉을 때 등을 기대고 앉는 것이 아닙니다. 그리고 화장실 오갈 때나 자리에서 일어날 때는 파트너에게 양해를 구하고 다니는 것이 기본입니다. 기동 씨!" 하는 것이다.

"잘 알겠습니다."라고 하며 나도 방긋 웃었다.

그러고는 마담이 "기동 씨는 잠깐 저 좀 봅시다." 하면서 밖으로 나가버렸다.

파트너에게 "잠깐 실례 좀 하겠습니다."라고 양해를 구하고 마담 형에게 갔다.

형은 괜히 자기 때문에 미안하다면서 사과했고, 이왕 노는 거 재미있게 룸에 술 마시러 왔다고 생각하고 양주 두 병을 내 이름으로 서비스 줄 테니 즐기라고 했다.

그러고는 손님들이 있는 룸으로 들어갔다.

"마담한테 잔소리 많이 들었죠?" 하면서 내 파트너가 살짝 미안한 표정으로 말을 건넸다.

"아닙니다. 모르면 잔소리라도 들어가면서라도 배워야죠. 제가 너무 몰라서 죄송했습니다."

그러고는 웨이터가 이 양주 두 병은 기동 씨가 사는 것이라며 양주 두 병을 내려놓고 간다.

즐겨야 한다는 생각에 긴장을 풀고 폭탄주를 한 잔씩 말아서 분위기를 띄웠다. 그러자 앞에 앉은 손님도 양주 두병 서비스에 기분이 풀렸는지 분위기가 뜨거워졌다.

누가 손님인지 누가 일하는 사람인지 구분이 안 될 정도로 재미있게 놀았고, 결국 5시간이라는 긴 시간 동안 손님의 시중을 들었다.

그러고는 파트너가 전화번호를 물어보는 것이었다.

전화번호를 가르쳐주었고, 맛있는 식사 한 끼 사줄 테니 조금 있다가 밖에서 보자는 것이었다.

그러고는 손님들이 가게를 나갔다.

마담 형이 고맙다면서 고생 많이 했다며 형이랑 밥 한 끼 먹으러 가자고 했는데, 아까 손님이랑 밥 약속 있다며 거절했다. 그러자 달수 형이 한마디 한다. "그래도 참 니도 할 건 다하네." 하면서 웃는다. "고생했다. 다음에 또 보자."면서 가게를 나왔다.

그러고는 20분 뒤 아까 파트너였던 미향 씨에게 전화가 왔다.

고추호스트바 밑으로 죽 내려오면 ○○횟집이 있으니 거기로 오라는 것이었다.

누구랑 있냐고 물으니 기동 씨랑 데이트하고 싶어서 같이 온 언니들은 전부 보냈고 혼자 있다는 것이었다.

"그럼 저도 미향 씨랑 데이트하고 싶으니 혼자 가겠습니다."라고 말하며 횟집으로 갔다.

횟집에 들어섰을 때는 새벽 5시경이었다.

테이블에는 미향 씨가 담배를 피우며 앉아 있었고 나는 씩 웃으면서 마주 보고 앉았다.

"기동 씨! 뭐 먹고 싶으세요?"

"나는 아무거나 다 잘 먹으니 미향 씨 먹고 싶은 것 주문하세요."

"가을에는 전어가 제 맛인데 그럼 우리 전어 먹어요."

"기동 씨! 호스트바에서 일하는 사람 아니죠?" 묻는 것이다.

이제는 술값 계산도 다 끝났고 숨길 이유가 없는 것 같아 오늘 어이없게 일하게 된 정황을 얘기했다.

"아~ 그랬구나?" 하면서 미향 씨가 환하게 웃었다.

자기가 딱 느꼈을 때 여기서 일하는 사람이 아니었다고 했다.

"호스트바 자주 다니시나요?"

"자주는 아닌데 가게에 일하는 언니들이랑 한 달에 한 번씩은 오는 편이에요. 며칠 전 남자친구랑 헤어졌고, 오늘은 제 생일이라서 언니들이 한턱 쏜 거에요."

"생일이라구요? 늦었지만 생일 축하합니다."

미향 씨가 고맙다고 한다.

"아까 가게에서 얘기하지 그랬어요. 그럼 제가 케이크라도 하나 사드렸을 건데요."

"아니에요. 다 컸는데 케이크는 무슨 케이크예요. 말로만 들어도 감사합니다."

"정말 예전 남자친구 나쁜 사람이네요."

"왜요?"

"이렇게 착하고 예쁜 미향 씨 마음을 아프게 하니깐요."

"아니에요. 이제는 끝인데요, 뭐."

예전에 그래도 한때는 사랑했던 사람이니까 건강하고 행복하길 간절히 바랄 뿐이라고 했다. 마음이 정말 천사 같았고, 그렇게 미인도 아니고 그렇게 많이 가진 것도 없는 평범한 사람이었는데 다른 사람에게는 없는 매력이 느껴지는 것 같았다.

"기동 씨는 애인 있나요?"

"없습니다."

이 여자를 가져야겠다는 생각에 나도 모르게 작업을 시작했다.

"여자의 과거를 묻는 것은 범죄행위라고 하지만, 오늘은 제가 범죄자가 되어 미향 씨에게 다가가고 싶은데 피해자가 한번 되어주시지 않겠습니까?"

"그게 무슨 말이에요? 헤어진 지 얼마나 되었다구요."

"미향 씨! 제가 생긴 것은 이렇게 조금 섭섭하게 생겨도 나름 건강하고 센스 있고 매력 있는 사람이니 우리 예쁜 사랑 한번 해봅시다. 남자의 진한 향기가 무엇인지 제가 한번 보여드릴게요."라고 말을 건넸다.

그러니 미향 씨가 환하게 웃어주었다.

"기동 씨는 호스트바 선수가 아니라 가는 사람 안 잡고 오는 사람 안 막는 여자 꼬시는 선수 맞죠?" 하면서 농담을 건넸다.

"아닙니다. 막을 것은 막고 잡을 것은 잡는 사람이니 우리 예쁜 사랑 한번 해봅시다. 제가 만나는 동안 재미있게 해드릴게요. 그리고 우리 나이도 동갑인데 말 편안하게 하자." 하면서 새끼손가락 걸고 연인이 되었다.

그리고 여자와 남자가 같이 있으면 같이 자고 싶은 것이 사람의 마음인데, 이 여자한테만큼은 우리 오늘 같이 있자는 소리가 쉽게 나오지 않았다.

"미향아, 내일 불타는 토요일인데 우리 양산 통도환타지아에 놀러 가자."

"그래."

우리는 간단히 소주를 마시고 헤어졌다.

토요일 오전 10시에 미향이를 만나서 차를 타고 통도환타지아로 달렸다.

주차장에 주차하고 자유이용권 팔찌를 차고 미향이는 도깨비불 머리띠, 나는 바람개비 머리띠를 하나씩 쓰고 바이킹, 밤바카 등 이리저리 놀이기구를 타고 즐겼다.

하루가 정신없이 흘러갔고 저녁이 되었다. 배가 출출해서 삼겹살을 먹으러 고깃집으로 들어갔다. 오늘만큼은 같이 자야겠다는 나의 욕심이 앞섰다.

"미향아! 우리 오늘 같이 있자."

"기동아! 너 그렇게 안 봤는데 너무 엉큼한 거 아니가?" 하는 것이 미향의 대답이었다.

"좋아하는 남녀가 교제하면서 만나면 같이 자고 같이 있고 싶은 것은 누구나 당연한 거 아니가?"

"우리 더 친해지면 같이 있을 기회는 언제든지 있을 것이니 더 친해지고 나서 생각하자."

그리고 몇 번을 만나다가 어느덧 만난 지 한 달이 흘러갔다.

일주일에 한두 번은 만나서 데이트하는 연인이었다.

그날도 호프집에서 만나 데이트하고 있는데 미향이가 다음 주 목요일부터 일요일까지 쉬는 날이니 여행을 가자고 했다.

"어디 가고 싶은데?"

제주도로 가고 싶다는 말에 나도 가고는 싶었지만 비용이 많이 들 것 같아 그것이 걱정이었다.

미향이가 하는 말이 공돈이 100만 원 정도 생겼는데 그것으로 가면 되니까 부담 갖지 말라고 했다.

"니가 100만 원 내면 나는 200만 원 내야 한다 아이가?" 하니 "왜? 꼭 그래야 하는 이유라도 있나? 다음에 돈 많이 벌면 맛난 거 많이 사주고 좋은 데 여행 시켜주면 되지?" 하는 것이다. 정말로 마음도 천사 같았다. "일단 알았다. 예쁜 추억 만들러 한번 가보자."고 했다.

그리고 금요일 2시 비행기를 예약했고, 목요일부터 휴일이었던 미향이는 짐을 싸들고 금요일에 출발하기로 했음에도 불구하고 만나서 데이트를 즐겼다.

목요일 저녁에 광안리에 가서 바닷가 구경을 하며 간단하게 소주를 한잔 마시고, 내일 먼 길 가려면 일찍 쉬어야 하니까 오늘은 그만 쉬자고 했다.

그리고 광안리 주변에 있는 모텔로 발길을 옮겼다.

모텔은 전부 오래된 허름한 건물밖에 없었고, 대충 잠만 자야지 하는 생각에 ○○모텔로 들어갔다.

3만 5천 원이나 내고 들어갔음에도 여인숙인지 모텔인지 구분하기 어려울 만큼 건물 시설이 좋지 않았고 일단 방에 들어가 샤워하기 위해 옷을 벗었다.

온몸에 반팔 문신이었던 날 보며 겁에 질린 미향이 한마디 한다.

"야! 등에 뭔데?"

여기서 말까지 무섭게 하면 미향이가 더욱더 긴장할 것 같아서 센스 있는 말로 "아! 이거 우리 부모님께서 어렸을 때 아 이자 묵을 것 같아서 표시해놓은 것 아이가!" 하니 미향이가 황당한 표정 반, 웃음 반으로

"아무리 그래도 그렇지 무슨 표시를 이렇게 무식하게 해놓았는데. 안 아프다나?" 하는 것이다.

"아프더라도 아 이자 묵으면 안 된다 아니가." 하면서 나도 씩 웃으면서 샤워하러 목욕탕으로 들어갔다.

구석구석 깨끗이 씻고 샤워하고 나왔다.

미향은 이상한 눈으로 나를 쳐다보았고 "나쁜 사람 아니니깐 그리 이상한 사람으로 보지 말라."며 환하게 웃었다. "누가 나쁜 사람이라고 하더나? 혹시 찔리는 것 있나?" 하는 것이다.

그러고는 미향도 수건을 들고 샤워하러 목욕탕으로 들어갔다.

담배를 한 개비 피우며 오늘은 섹스를 할 수 있다는 설렘에 미향을 기다렸다.

미향인 샤워를 한 후 섹시한 모습으로 목욕탕에서 나왔고, 침대에 같이 누웠다.

팔베개를 해주며 "미향아, 우리 한번 하자." 하니까 "기동아, 우리 첫날밤인데 첫날밤을 이렇게 허름한 곳에서 하기 싫다. 내일 제주도 가면 제주도에서 하자."는 것이다.

그것이 무슨 상관인데 제주도에서도 하고 오늘도 하자고 하니 안할 거라고 딱 거절했다.

한두 번 더 조르다가 짜증이 나서 침대 구석에서 벽을 보며 삐친 척 잠을 자려고 폼을 잡았다.

그러자 미향이가 벽 보고 자지 말고 자기 얼굴 보고 자라며 계속 재촉했고, 등에 커다란 도깨비 문신이 있어 등에도 두 눈이 있었던 나는 등을 가리키며 여기 보고 있으니깐 빨리 자자며 웃음으로 대신했다.

그러자 무섭다며 도깨비 등을 때렸고 우린 그렇게 잠이 들었다.

다음날 김해공항으로 가서 비행기를 타고 제주도로 갔다.

아우디 차를 렌트해서 성산 일출봉, 천지연폭포, 성 박물관을 여행하며 간밤에 허름한 모텔에서의 약속대로 제주도 그랜드호텔에서 미향과 뜨거운 첫날밤을 보내고, 재미있는 추억을 만들며 연인 사이로 예쁜 사랑을 하며 3년이라는 세월이 흘러갔다.


## ☸ 보이스피싱 세계로 들어서다

어느덧 스물일곱 살이 되던 해, 3년 만에 호스트바 실장으로 있던 달수 형에게 전화가 왔다. 형은 내가 모시는 조직 형님들에게 룸에 아가씨를 넣어주겠다, 다방에 아가씨를 넣어주겠다며 약 1억 원이라는 큰돈을 사기를 쳐서 형님들에게 기소 중지가 내려져 있는 상황이었다.

검찰에서 기소중지가 내려진 것이 아니라 건달들도 구리게 번 검은 돈으로 사기를 당한 것이기 때문에 법적으로 신고하지 못하는 돈이어서 동생들에게 달수 형을 잡아오는 사람에게 천만 원 포상금을 걸어놓은 상태라 조금 노는 사람들이라면 달수 형을 잡으려고 눈에 불을 켜고 다녔다.

달수 형이 전화가 와서 한다는 소리가 잘 지냈냐며 만나자고 했다.

"형 어찌된 것입니까?" 하자 자세한 것은 만나서 얘기하자고 했다.

"지금 어디십니까?"

"서울에서 출발한 지 2시간 정도 되었는데 지금 고속도로 타고 대전 쯤 왔다. 창원 상남동에서 11시까지 만나자."고 했다.

"부산이면 부산이지 왜 또 창원입니까?"

부산에는 형이 만나지 말아야 할 사람들이 많아서 불편해서 창원에서 보자고 했다.

"기동아! 올 땐 혼자 오나?"

"아닙니다. 치용이하고 같이 가겠습니다."

중요한 애기를 해야 하니 혼자 오라고 하는 것이었다.

"내 심복 같은 동생이니 믿을 만합니다. 그리고 형님, 지금 형님 잡아오는 사람에게 천만 원 포상금이 걸려 있는데 저를 어떻게 믿고 만나자고 하는 겁니까?"

"기동아, 다른 사람은 몰라도 니는 그렇게 못하는 것을 잘 안다."

그게 오랜 시간 쌓아온 형과 나의 정이었다.

"일단 11까지 창원 상남동에서 뵙겠습니다." 하며 전화를 끊었다.

부산에서 창원까지는 1시간이면 도착하는데 1시간 정도 여유가 있어서 하단 을숙도 휴게소에서 커피를 한잔 마시며 동생 치용이랑 얘기했다.

"치용아! 지금 이 상황에 니라면 어떻게 하겠노?"

"전 형님께서 하자는 대로, 시키면 시키는 대로 하겠습니다."라고 동생 치용이가 말했다.

달수 형이 사업적으로 할 얘기가 있다고 하던데, 사업아이템이 천만 원보다 가치가 있으면 없었던 일로 하고 영 말도 안 되는 소리를 하면 일단 형님들한테 잡아서 넘기고 천만 원 포상금 받는 것이라고 작전을 짜고 약속시간 11시를 지키기 위해 창원 상남동으로 출발했다.

창원 상남동 행복은행 지점에서 3년 만에 달수 형을 만났다. 검은색 고급 승용차에 아래위로 쫙 빼입은 달수 형 모습이 남자인 내가 봐도 좀 멋있었다.

차에서 내려 달수 형과 악수하며 "잘 있었습니까?" 하고 물으니 "내야 잘 지내지." 하는 것이었다.

일단 어디 들어가서 얘기하자며 자기 차에 타라고 했다.

동생 치용이더러 달수 형 차를 따라오라고 하고, 나는 달수 형 차 조수석에 타고 업소 골목으로 출발했다.

창원 상남동 하면 전국에서 손가락에 꼽히는 업소 골목이었다.

정말 아파트만한 술집 간판들이 여기저기에 있었고, 제일 큰 간판이 걸린 술집에 차를 주차시키고 들어갔다.

"형님 너무 무리하시는 거 아닙니까?" 내가 얘기하니 "오랜만에 동생 만나서 사업적인 얘기하는데 이 정도는 접대해야 안 되겠나?" 말하는 것이다.

룸으로 들어가서 소파에 앉았다.

마담이 들어와 아가씨들 초이스 하시겠냐며 물었고, 동생과 지금 사업적인 중요한 얘기를 좀 해야겠으니 아가씨는 약 1시간 뒤에 넣어주고 일단 밸런타인 30년산 한 병을 넣으라고 했다.

"밸런타인 한 병은 잘 아는 가게에 가격 절충을 하고 들어가도 한 병에 60만 원씩은 하는 고급술인데 남자 세 명이 앉아가지고 아가씨도 없이 무슨 이렇게 비싼 술을 시킵니까?" 물어보니 형이 여유가 있어서 그러는 거니 부담 갖지 말고 마시라고 했다.

나는 소주나 맥주를 좋아하는 편이지 한 병에 60만 원씩 하는 양주는 내 스타일이 아니었다.

"여유가 있으면 동생 용돈이나 챙겨주십시오."

"당연히 용돈은 챙겨줘야 안 되겠나!"

"일단 사업적인 얘기라는 게 무엇입니까?"

형이 요즘 중국에 있는데, 중국에서 보이스피싱 콜센터에 대장을 맞고 있단다. "보이스피싱을 하려면 대포통장이 있어야 하는데, 요즘 대포통장이 부족해서 일을 못하고 있어 기동이 니가 인맥도 좋고 머리가 똑똑하니 통장 모집책 대장을 한번 하라."고 권했다.

"통장 한 개당 얼마씩 주실 것입니까?" 내가 물으니 "다른 사람은 1개당 50만 원씩 쳐주는데 기동이 니한테는 내가 머 잘라먹기야 하겠나!" 80 쳐준다고 했다.

누구나 이익 없는 장사는 하지 않는 법. 나한테 80만 원에 대포통장을 받아 가면 달수 형은 아무리 남기지 못해도 100만 원을 받아 20만 원은 남겨 먹겠구나 생각했다. "제가 통장 갖다 주면 형님은 무슨 이익이 있습니까?" 내가 물었다. 형도 통장 한 개에 10만 원씩 남겨 먹는다고 한다.

"그럼 통장을 만들어준 사람들은 어떠한 불이익을 받습니까?" 물으니 아직까지 통장 사고파는 것은 처벌할 수 있는 조항이 없어 내가 시키는 대로 하면 벌금 200만 원 정도 나오고 솜방망이 처벌로 끝난다고 했다.

머릿속에서 돈 계산을 한번 해보았다.

통장 잔액이 0인 통장이 개당 80만 원이고 은행도 종류별로 많았던 터라 통장 만드는 일은 일도 아니었지만, 처벌 조항이 없다는 것을 믿어야 할지 그것이 조금 찝찝했다.

일단 내 명의로 통장을 한번 만들기로 결심했다.

내가 경험해보아서 정말 솜방망이 처벌로 끝나는지 마루타로 실험하는 과정이 필요했다. 그래야 다른 사람들에게도 통장을 만들어 달라고 할 수 있기 때문이다.

"통장을 어떤 식으로 만들면 됩니까?"

신용은행, 희망은행, 화목은행, 사랑은행, 성실은행, 행복은행, 다정은행, 믿음은행, 두리은행, 도움은행, 정직은행, 근면은행, 봉사은행, 이렇게 전국 1금융 2금융 열세 곳을 돌면서 통장과 카드를 만들어오라고 했다.

"기동아! 이제 서로 돈 벌 기회가 왔으니 니가 신경 좀 써주고, 통장 팔아서 구속 같은 것은 절대 되지 않으니 겁먹지 말고 자기가 시키는 대로만 하라."고 했다.

오늘은 신 나게 마시고 내일부터 신경 써서 통장을 만들어 달라고 했다.

그날 아가씨들을 초이스 해서 정말 스트레스도 많이 풀고 술도 엄청나게 마셨다.

그때부터 걷잡을 수 없는 보이스피싱 통장 모집책 대장 일에 빠지게 되었다.

다음날 동생 치용이랑 시내에서 은행을 돌며 통장을 만들었다.

통장 1개를 만드는 데 소비되는 시간은 20분 정도인데, 은행에 고객이 많아서 순서를 기다리는 것이 일이었다.

은행직원들은 대포통장을 만들러 왔는지도 모르고 친절하게 "저희 행복은행을 이용해주셔서 감사합니다."라며 방긋 웃으며 인사했다.

통장 13개를 만드는 것이 그렇게 힘든 일인지 몰랐다. 그래도 사업이라 생각하고 돈을 벌 수 있다는 생각에 동생 치용이 13개, 나 13개 이렇게 통장을 다 만들었다.

달수 형에게 전화를 했다.

"통장 13개씩 비밀번호를 동일하게 다 만들었는데 어떻게 할까요?"

일단 형이 만나자고 해서 부산시 하단동에 있는 ○○커피숍에서 만났다.

달수 형에게 통장 26개를 양도하고 2,200만 원을 받았다.

"기동아!"

"네 형님. 일주일 뒤에 경찰서에서 연락이 올 거다. 경찰서에 조사받으러 오라고 하면 형한테 통장을 주었다고 하면 절대 안 된다."

"그럼 뭐라고 해야 합니까?"

"인터넷 광고를 보니 통장 한 개 만들어주면 10만 원씩 준다고 하길래 동생 치용이랑 13개씩 만들어주었는데, 통장을 다 만들어 서울로 KTX 열차에 실어서 보내달라고 하길래 통장 받고 돈을 입금해준다고 해서 보내주었더니 돈도 10원짜리 하나도 받지 못했다. 우리도 사기를 당한 것이니 그 사람 제발 좀 잡아달라며 오히려 큰소리를 치라."는 것이었다.

"그럼 전화번호는요?"

"형이 가지고 다니는 010-××××-×××× 이거 가르쳐주면 된다."

"형은 안 위험합니까?"

"중국사람 명의로 된 대포폰이고 전화번호 알아봐야 너희들 경찰서 들어갈 때쯤엔 핸드폰 버리면 되니까 시키는 대로 하라."는 것이었다.

그리고 달수 형과 헤어졌고, 열흘 뒤에 부산 ○○경찰서에서 소환장이 날아왔다.

평소에 경찰서에서 조사를 수십 번 받아보았던 나는 아무리 생각해보아도 별로 큰 잘못을 한 것이 없는 것 같아 ○○경찰서 조사계에 조사를 받으러 갔다.

경찰이 조사를 시작했다.

"이기동 씨는 묵비권 행사를 할 수 있으며 변호사 선임할 수 있다."며 겁을 준다.

"이기동 씨."

"네."

"이기동 씨 계좌가 보이스피싱 사기계좌에 사용되었는데 어찌된 일입니까?"

"그것이 무슨 말입니까?"

"○월 ○일 하단동에서 개설한 신규통장 만들어서 어디에 썼습니까?"

"인터넷 광고 보니까 통장 한 개 만들어주면 10만 원 준다고 해서 생활도 어렵고 해서 돈이 필요해서 만들어주었는데 돈도 받지 못한 채 사기를 당했습니다."

그러자 경찰이 황당한 표정을 지으며 "그것이 무슨 말입니까?" 하고 되묻는다.

"네이버나 야후 포털 사이트에 들어가서 '통장 삽니다' 한번 쳐보세요. 그럼 수많은 통장 매입하는 블로그가 뜰 것입니다. 그 광고를 보고 전화했더니 비밀번호 다 동일하게 해서 시중 은행 통장 만들어서 보내달라고 해서 보내주었는데, 돈은 받지도 못하고 연락이 안 되는 상황입니다."

"그 사람 얼굴은 보았습니까?"

"아니오."

"그럼 통장은 어떻게 양도했습니까?"

"KTX 퀵 화물로 서울로 보내라고 하길래 서울로 보냈습니다."

"그럼 그 사람 전화번호는 알고 있습니까?"

"네."

그때 달수 형이 가르쳐준 중국사람 명의의 대포폰을 경찰에게 가르쳐주었다.

그러고 나서 경찰이 구 법전 신 법전을 꺼내 기소할 수 있는 조항을 찾아보았지만 통장 사고파는 것에 대해서는 특별한 형사적 처벌방법이 없다며 약식벌금이 나올 것이니 앞으로는 통장 만들어서 다른 사람에게 양도하면 안 된다고 했다.

그래서 내가 쇼를 좀 했다.

"이보세요, 경찰관님! 저도 사기를 당한 피해자입니다. 금전적으로 이익 본 것도 없고 사기를 당한 피해자한테 벌금은 무슨 벌금입니까?"

벌금 내는 것도 억울하다며 하소연했지만 그것은 판사나 검사들이 판단하는 것이라며 앞으로는 억울한 일조차 당하기 싫으면 쉽게 돈 벌 생각하지 말고 열심히 살라는 것이 경찰의 말이었다.

2시간 정도 조사를 받고 나왔다.

"이야, 정말 돈 벌기 쉽네!"

며칠 전에 달수 형에게 1,100만 원을 받았으니 벌금 200 정도를 내도 900만 원이 이익이었다.

주위에 동생들, 친구들, 형들 명의로 통장 만들어서 장사할 생각하니 짧은 시간에 큰돈을 벌 수 있다는 설렘에 가슴이 두근거렸다.

나는 관할이 ○○구라서 ○○경찰서에서 조사를 받았고, 같이 통장을 만들어준 동생 치용이는 ○○구 관할이라서 ○○경찰서에서 나와 똑같은 방법으로 조사를 받았다.

조사를 받고 온 치용이가 "형님! 달수 형이 시키는 대로 조사받았더니 그냥 공돈 900만 원이 생겼네요. 형님! 사람한테는 평생 세 번의 기회가 찾아온다고 했는데 세 번 중 한 번이 지금 찾아온 것 같습니다. 제 주위에도 통장 만들어줄 사람들이 줄을 섰는데, 한 사람당 통장 13개를 만들어오는 조건으로 500만 원씩만 남겨 먹어도 큰돈을 벌 수 있을 것 같습니다. 형님! 분명히 나쁜 일은 맞는데 처벌 조항이 없으니 형님과 저한테 딱 어울리는 일입니다. 열심히 한번 해보겠습니다."라며 나에게 충성을 맹세했다.

그리고 며칠 후 달수 형을 만났다.

커피숍에서 차를 한잔 마시며 "봐라, 기동아. 형 얘기가 맞제?" 형이 시키는 대로 하면 절대 징역 갈 일 없고 돈 많이 벌 수 있으니 이제부터는 통장 매입 좀 신경을 써달라고 한다. 서로 돈 벌 수 있는 기회가 왔으니…….

"알겠습니다."

"절대 위의 상선을 불어서는 안 된다. 경찰 조사에서 갑갑한 장면이 나오면 전화번호만 가르쳐주고 상선을 공중으로 띄우는 그런 방법을 쓰며 축소시켜야 한다."는 것이 달수 형의 말이었다.

그리고 중국 명의로 된 대포폰 전화기 5대를 나에게 건네준다.

내가 가지고 다니는 핸드폰은 발신 추적이 될 수 있으니 일할 때는 대포폰으로 걸고 받으며 일하는 동생들에게 하나씩 나누어주라고 했다.

그리고 치용이랑 파트별로 나누어 통장 매입을 본격적으로 시작했다.

동생들, 친구들, 형들 그리고 여동생, 여자 친구, 누나까지 통장 13개를 만들어오면 500만 원을 준다는 조건에 금전적으로 힘든 사람들은 돈만 보고 무조건 승낙했다.

통장을 만들어주는 사람들은 자신에게 어떠한 불이익이 있는지 물어본다. 통장을 만들어주고 나서 열흘 정도 지나면 경찰서에서 연락이 올 것이다. 그러면 인터넷에 포털 사이트 광고를 보니 통장 한 개를 만들어주면 10만 원씩 준다고 해서 통장 13개를 다 만들고 비밀번호까지 적어서 KTX 열차로 서울역에 보내주었는데, 그 뒤로는 전화를 받지 않았다고 하고 돈도 우리도 받지 못했다며 나도 피해자라고 오히려 큰소리를 치면 된다고 했다.

그리고 통장을 받아간 사람의 전화번호를 가르쳐 달라고 하면 내 중국 명의로 된 대포폰 전화번호를 경찰들에게 가르쳐주라고 알리바이까지 계획했다.

중국 명의로 된 대포폰은 달수 형이 나에게 준 핸드폰이며, 통장주와 내가 알리바이까지 짜고 치는 범죄이기 때문에 경찰들은 수사를 할 수 없었다.

통장을 만들어주는 사람들도 범죄에 사용될 줄 알고 통장을 만들어준 혐의가 포착되면 형사 처벌을 강하게 받겠지만 오히려 자기도 피해자라며 금전적 이익을 본 것이 없다고 말하는데 경찰들도 정말 갑갑할 수밖에 없는 사건이었다.

보이스피싱으로 인해 수많은 피해자가 늘어나고 있음에도 마땅히 처벌할 수 있는 조항도 없고, 이런 사기범들은 법을 악용하여 더욱더 많은 범죄를 저지르고 있었다.

이런 식으로 통장을 매입하니 통장을 만들어준 사람들이 경찰서에서 직접 조사를 받아보았기 때문에 솜방망이 처벌을 받는다는 것을 그 누구보다 잘 알고 있었다. 조사를 받는 경찰들 머리 꼭대기에 앉아 있기 때문에 그 사람이 또 다른 친구를 데리고 오고 수수료를 받아먹으면서 그 사람 또한 돈을 남겨 먹으면서 다른 사람들에게 통장 매입해서 다단계 현상이 일어나는 것이다.

이런 현상이 계속 반복되다 보니 나라에서 강력한 대책을 마련하였다. 통장을 만들어준 사람들에게 벌금을 강하게 물린 것이다. 통장을 13개 만들어주는 조건으로 500만 원을 받아 경찰서에서 조사를 한 번 받고 200~300만 원 벌금을 내고 통장 만들어준 사람이 200~300 정도는 이익이 있어야 통장을 만들어주는데 벌금을 500을 때리니 배보다 배꼽이 더 크기 때문에 통장 만들어주는 사람들이 한계가 온 것이었다.

이런 상황에서 치용이는 역시 하나를 가르쳐주면 둘을 아는 동생이었다.

"형님 좋은 아이템이 있습니다."

"뭔데?"

"요즘은 통장을 만들어주면 벌금이 많이 나와서 아는 지인들에게 만들어 달라고 하면 여럿 죽이는 일이니 사리분별이 흐릿한 중학교, 고등학교 학생들 상대로 통장 매입해야 할 것 같습니다."

내 주위에서도 통장을 만들어준 사람들이 벌금이 많이 나왔다며 수시로 전화가 오긴 했지만, 그래도 돈을 벌기 위해서는 통장 매입해야 했다.

"그래! 중·고등학생들은 용돈이 많이 필요하기 때문에 돈도 궁할 것이고, 통장 1개당 30만 원씩이 아닌 10만 원만 줘도 좋다고 할 것인데. 내일부터 중학생, 고등학생 잡아서 통장 매입에 들어가자."

"잘 알겠습니다. 형님!"

"일단 얼굴이 팔릴 수도 있으니 우리가 살고 있는 사하구, 북구를 재회한 다른 구에 가서 움직이자."

"알겠습니다."

이것은 나중에 일어날 정황을 생각해서 한 수 앞을 내다보고 움직인 판단이었다.


다음날 서구에 있는 ○○고등학교를 찾아갔다.

하교시간에 누가 봐도 껄렁껄렁한 학생 네 명이 내려온다.

치용이가 이리 와보라며 손짓한다. 이에 학생들은 "무슨 일인데요?" 하고 묻는다. 쉽게 돈 벌 수 있는 좋은 일이 있다며 치용이가 꾄다.

겁에 질린 학생들이 장고 끝에 치용이와 나를 골목길로 따라온다.

학생들은 돈이라도 빼앗길까 봐 겁에 질린 얼굴이었다.

"마! 형이 너희들 돈 빼앗으려고 그러는 거 아니야. 너희한테도 좋은 일이고 형도 도움을 받아야 하니 들어줄 수 있으면 들어 달라."고 했다. 치용이가 담배 한 개비씩 꺼내면서 아들에게 불을 붙여준다.

"무슨 부탁입니까?"

"형들이 월급 통장이 좀 필요한데 통장 좀 만들어줄 수 있나?" 치용이가 말한다.

"통장은 만들어줄 수 있는데, 월급 통장 필요하면 형들 통장 만들어서 쓰면 되죠?" 하면서 당돌한 학생 하나가 말한다.

"형도 그러고 싶은데 형이 신용-불량자라서 통장 거래를 할 수 없으니 이렇게 부탁하는 거 아니겠나?"

"그 대신에 하나 통장 만들어주면 10만 원씩 줄게."

"진짜요?"

"당연한 거 아니가?"

치용이가 가방에서 돈다발을 꺼내며 유혹한다.

"어떻게 만들면 되는데요?"

조금 전까지 만해도 삥 뜯길까 봐 겁에 질린 아이들의 눈이 초롱초롱해졌다.

"모든 비밀번호를 동일하게 하고 통장과 현금카드만 만들면 된다."

"통장을 한 사람당 많이 만들어도 되나요?" 한 학생이 묻는다.

"당연하지. 한 사람당 13개씩 사랑은행, 희망은행, 화목은행, 두리은행, 성실은행, 행복은행, 근면은행, 봉사은행, 정직은행, 도움은행, 신용은행, 다정은행, 평화은행 이렇게 만들어주면 된다."

"돈은요?"

"통장 만들어오면 바로 그날 줄 것이니 그리 알아라."

"오늘은 늦었으니 그럼 내일 학교 안 가고 통장 만들겠습니다."라고 한다. 학생들은 학교보다는 돈이 더 소중했기 때문이다.

"형 핸드폰이니 내일 통장 다 만들고 이리로 전화하면 된다."며 치용이 달수 형이 준 대포폰 전화번호를 가르쳐주었다.

그리고 친구들 한 명 더 데리고 오면 한 사람당 30만 원씩 더 준다며 감언이설로 유혹한다.

"진짜예요?"

"당연한 거 아니가?"

이런 식으로 통장을 매입하는 물량도 어마어마했다.

미성년자라 신분증이 없어도 학생증만 있으면 통장을 만들 수 있다는 것을 악용했고, 학생들은 학교도 결석한 채 통장을 만들러 다녔다.

당연히 이 통장이 보이스피싱에 사용되는지도 모르고 있고, 통장을 만들어주는 행위가 범죄행위인 줄도 알 턱이 없었기 때문이다.

일주일 뒤면 통장을 만들어준 학생들이 경찰조사를 받아야 한다는 것을 알고, 한 학교당 일주일에 걸쳐 매입을 받았다, 그래야 우리도 경찰을 피해 갈 수 있었기 때문이다.

사건사고가 일어나면 경찰이 잠복하고 있다는 것을 잘 알고 있기 때문에 한 번 갔던 학교는 두 번 다시 가지 않는 것이 우리의 지혜였다.

하지만 이런 재미도 오래 가지 못했다.

형사들이 전담반을 만들어서 학교 앞에 수시로 잠복을 치고 있었기 때문에, 그리고 선생님들도 학교 앞에서 이상한 아저씨들이 통장을 만들어 달라고 하면 큰일 난다는 교육을 했기 때문에 학생들을 대상으로 한 통장 매입도 어려워졌다.

통장을 만들어준 학생들이 경찰에 줄줄이 소환되어 경찰조사를 받았지만 정말로 모르고 한 일이었기 때문에 강하게 처벌할 수도 없었다.

그렇다고 몰랐다는 이유 하나만으로, 어리다는 이유 하나만으로 용서받을 수도 없었다. 재미를 보고 부당이득을 챙기면 불이익도 받는 법. 경찰이 통장을 만들어준 학생들에게 묻는다.

"통장 만들어준 사람 이름 알고 있나?"

"모릅니다. 전화번호는 알고 있습니다."

하지만 그것은 대포폰이었기 때문에 수사를 할 수도 없었다.

"야, 이 새끼들아! 학생들이 하라는 공부는 안하고 쓸데없이 통장을 만들어주어서 여러 사람 피해 입히고 그래!"

다시는 그러지 말라며 검사약식 벌금으로 500만 원을 물린다.

학생들도 학부모들도 도저히 이해되지 않아 울고불고 죄가 되는지 몰랐다고 하소연해도 성인이 되기 전 하루아침에 전과자라는 낙인이 찍힌다.

정말로 몰랐다는 것이 전부인데, 통장을 만들어주는 행위가 범죄행위인 줄 모르기 때문에 그것이 이슈가 되어 피해자들은 갈수록 늘어났다.


## ☸ 중국 행 비행기를 타다

통장 장사를 해서 돈을 벌기는 벌었지만 더 큰 욕심이 생겼다.

'어떻게 하면 벌금도 내지 않고 통장을 매입할 수 있을까?' 하는 생각하고 있는데 달수 형에게 전화가 왔다.

"기동아! 이곳 보이스피싱 총책들하고 회의가 있는데, 니한테 사람들 소개도 시켜줄 겸 이 일을 계속하려면 일하는 것도 한번 봐야 하지 않겠냐?"며 여권을 만들어서 중국에 한번 오라고 했다.

'이런 일을 하니 해외여행도 가는구나!' 하는 생각에 마음이 무척 설레기 시작했고 여권을 만들어 중국에 가기로 결심했다.

시청에서 여권을 만들고 중국에 가기 전에 달수 형에게 전화를 걸었다.

"중국에 가려면 비자가 있어야 하던데 중국 어디로 갑니까?"

"위해로 오면 된다."

"그러면 여행사에서 비자를 발급받고 비행기 표 예약되면 다시 전화를 드리겠습니다."라고 말하니 달수 형이 "기동아 무조건 혼자 와야 한다. 니 동생들 입 무겁고 의리 있는 것은 아는데 여러 사람들 오면 중국에 같이 일하는 사람들이 별로 좋아하지 않고 보안이 생명이니 꼭 혼자 오라."고 하며 전화를 끊었다.

비행기를 타기 위해 인천국제공항으로 갔다.

태어나서 해외도 처음이고, 그것도 혼자서 가는 것이라 새롭기도 하고 두려웠다.

비행기를 타기 전에 달수 형에게 전화를 했다.

"형님! 조금 있으면 출발하는데 한국 물건 중에 뭐 필요한 거 없습니까?"

"기동아! 면세점 가서 담배를 좀 사와라."

"무슨 담배요?" 하고 물으니 중화담배라는 담배를 2보루를 사오라고 한다.

중화담배인지, 중호담배인지, 중우담배인지 처음 듣는 담배라 무슨 담배인지 몰라서 조금 어색했지만, 면세점 담배 파는 창구에서 힘없는 목소리로 "중화담배 있습니까?" 하고 종업원에게 물으니 "19번 창구로 가보세요." 하는 것이었다. '아, 담배 이름은 중화담배가 틀림없구나.' 하는 생각에 19번 창구로 가서 "중화담배 있습니까?" 물으니 종업원이 23번 창구로 가보라고 한다. '도대체 무슨 담배이기에 담배 파는 창구마다 이렇게 뺑뺑이를 돌리며 물건이 없다고 하는 것일까?' 하는 생각으로 23번 창구로 발걸음을 옮겼다.

23번 창구로 가서 "중화담배 있습니까?" 물으니 "저기 빨간 갑에 들어 있는 것이 중화담배입니다."라고 공손히 말하며 안내를 해주었다.

2보루를 들고 계산대에 가서 얼마냐고 물으니 50% 세금을 빼고 DC한 금액이 15만 원이었다.

머릿속으로 대충 암산해보니 담배 한 갑이 만 오천 원 정도 했고, 무슨 담배가 이렇게 비싼지 마음속으로 내가 계산을 잘못한 것인지 이해되지 않았다.

담배가 왜 이리 비싸냐고 종업원에게 되묻고 싶었지만 이럴 때는 가만히 있는 것이 상책이라는 생각에 쇼핑백을 들고 출국하는 곳으로 발걸음을 옮겼다.

그리고 중국행 비행기를 타고 1시간 30분 만에 중국 위해공항에 도착했다.

처음 와보는 곳이라 어디로 가야 할지도 모르겠고 일단 사람들이 많이 나가는 곳으로 따라 나갔다.

그리고 달수 형에게 전화를 했다.

"형님! 여기 위해에 도착했습니다. 어디십니까?"

지금 가고 있으니 조금만 기다리라고 하는 것이었다.

"그럼 택시 승강장 쪽에 벤치에 앉아 있을 테니 그쪽으로 빨리 오십시오!" 하면서 전화를 끊었다.

벤치에 앉아 담배를 한 대 피우고 있는데 한 30분이 지났다.

공항에 있던 그 많은 사람들이 아는 지인들, 택시, 승용차, 버스 등을 타고 사라지고 벤치에 외롭게 앉아 있는데, 이상하고 험하게 생긴 덩치 큰 중국인 세 명이 나에게 다가와 중국말로 막 뭐라고 한다.

'이 사람들 뭐라는 거지?' 하는 생각에 대화가 되지 않아 답답했지만, 명함을 하나 건네고는 중국 사람이 씩 웃었다.

명함에는 한국말로 '출장 안마'라는 글자와 야한 사진이 그려져 있어서 '아, 나보고 지금 안마를 받으러 가자고 하는 거구나?' 하는 생각에 고개를 흔들고 손사래를 치며 노노하고 표현했더니 저만치 사라졌다.

형님께 다시 전화했다.

1시간이 조금 넘었기 때문에 슬슬 짜증이 났고 "아따, 형님 옵니까? 안 옵니까?"라고 말하니 "미안하다. 지금 가고 있다. 거리가 너무 멀어서 그러니 조금만 더 기다리라."고 하는 것이었다.

"얼마나 걸립니까?"

"최대한 빨리 가고 있으니 조금만 더 기다려."

그리고 또 다른 이상하게 생긴 중국인 두 명이 와서 중국말로 막 뭐라고 한다. 대화가 안 되어 너무나 답답했고, 또다시 명함 하나를 나에게 건네준다.

노노하면서 거절했고, 2시 30분 정도 지나자 그제야 달수 형이 공항에 도착했다.

"아따, 형님! 멀리서 귀한 손님이 왔는데 용달 너무 씨게 태우는 거 아닙니까?" 하니 늦지 않고 시간에 온다고 서둘렀는데 거리가 너무 멀어서 그러니 이해를 좀 하라고 했다.

형님과 같이 온 일행 중에 조선족 동생이라고 인사를 시켜준다.

"기동아 니보다 1년 아래 동생이고, 니가 중국에 있는 동안 많이 도와줄 것이란다."라며 친하게 지내라고 했다.

"반갑다. 이기동이다."

"네, 저는 최진광입니다."라며 우리는 서로 인사를 주고받았다.

그리고 늦기 전에 빨리 목적지에 도착해야 한다며 서둘러서 택시를 탔다.

"차 안 가지고 왔습니까?" 하고 물으니 거리가 너무 멀어서 길도 잘 모르고 택시가 빠를 것 같아서 택시를 타고 왔다고 했다.

택시는 진짜 상태가 안 좋았다. 한국과 비교한다면 거짓말 조금 보태서 90년대 포니 정도와 비교할 수 있을 만큼 상태가 안 좋았다.

택시 안에 있는 옵션이라고는 핸들과 요금 미터기가 전부였다.

창문을 여는 것도 수동으로 돌려 여는 것이고, 속력도 60킬로를 넘기지 않으며 저속 운전을 했다.

"형님! 목적지까지는 얼마나 걸립니까?" 웃으면서 하는 말이 10시간 정도 걸린다는 것이었다.

"아따, 형님! 장난 그만하시고 얼마나 걸립니까?"

"장난은 무슨 장난이고? 진짜로 10시간 걸려. 이것도 중국에서는 가까운 거리야."라고 하면서 살짝 미소를 짓는 것이었다.

"기동아, 중국에서는 끝에서 끝까지 가는데 보름이 걸리는 데도 있단다. 그만큼 넓고 무섭고 희한한 사람들도 많으니까 중국에 있는 동안에는 국제고아 되지 않게 조심해서 행동하라."며 주의 사항을 얘기해주었다.

"여기도 사람 사는 곳인데 사람 사는 데가 다 똑같지 뭐 다른 게 있겠습니까?" 하며 나도 웃었다.

"그리고 기동아, 형이 담배 사오라고 한 것 사왔나?" 하고 물었다.

"형님, 담배 한 갑에 무슨 만 오천 원이나 합니까? 그리고 담배를 보니 메이드 인 차이나라고 적혀 있는데 중국담배 중국에서 사서 피우면 되지 무겁게 뭐하러 사오라고 합니까?"

웃으면서 형이 말한다. 이 담배는 비싼 만큼 정말 있는 사람들만 피우는 담배이고, 중국에서는 대부분 사람들이 하루 일당이 1만 원 미만이기 때문에 없는 사람은 절대 이 담배를 사 피울 수 없다고 했다.

중국은 슈퍼마켓, 편의점에서 파는 양주와 담배는 전부가 짜가라서 담배가 맛도 없고 이상한데, 면세점에서 파는 것만큼은 감정된 진품이라 부탁한 것이라고 했다.

인구가 많은 만큼 이상한 사람들도 너무 많고 범죄도 전 세계에서 중국 사람들을 따라올 수 없다고 했다.

"형님 여기서 제가 누굴 만나고 해야 할 일이 무엇입니까?"

목적지에 도착하면 중국 보이스피싱 총책들을 인사시켜줄 것이란다.

그럼 이제 한 식구들이나 마찬가지니까 서로 믿고 보안이 철저해야 하니 니가 할 일들을 얘기해주겠다고 했다.

10시간 30분이 지나서야 목적지에 도착했다. 오전에 출발했는데 시간은 벌써 밤 11시가 되어 있었다.

달수 형이 내가 있을 곳이라며 오피스텔을 소개한다.

오피스텔로 들어가니 별명이 '용가리'라는 조선족 사람이 있었다.

"기동아, 인사해라. 앞으로 같이 일할 용가리 형이다."

"처음 뵙겠습니다, 이기동입니다."

어눌한 조선족 말투로 "그래 반갑다, 용가리다." 하는 것이었다.

그리고는 달수 형, 조선족 동생 최진광, 그리고 조선족 형 용가리는 '빙'이라는 마약을 손에 들고 얇은 은박지에 마약 가루를 올려서 약한 라이터 불을 이용해 연기를 만들어서 마약을 흡입한다.

"기동아, 니도 여기 와서 한번 해라."

용가리 형이 유혹한다.

혹시나 하는 마음에 "형님, 그게 무엇입니까?" 내가 물으니 울트라 정력제라고 거짓말을 하는 것이었다.

"나는 그런 거 안 합니다."라고 딱 거절하니 "기동아, 이거 안하면 오늘 한족 여자 한 명 홍콩 보낼 수 있겠나?" 하는 것이었다. 그리고는 책상 서랍에서 짝퉁 씨알리스를 꺼낸다. 그러면서 이거라도 하나 먹으라는 것이다.

"저는 그런 거 안 먹습니다. 나이도 어린데 벌써 그런 거 먹으면 됩니까? 그런 거 안해도 홍콩 보낼 수 있으니 걱정하지 마십시오!" 하면서 웃음으로 서먹한 분위기를 바꾸어놓았다.

보도 카탈로그를 보여주면서 마음에 드는 여자 세 명을 골라보라는 것이었다.

카탈로그를 보니 전부가 미인이었고, 그중에서도 제일 예쁜 세 명을 초이스 했다.

그러고는 세 명 중 1명은 다른 손님이랑 벌써 일하러 간 상태였고 두 명 중에 마음에 드는 한 명을 고르라고 했다.

그래서 긴 생머리에 섹시하게 생긴 아가씨를 초이스 했다.

달수 형이 "기동아! 오늘은 먼 길 온다고 고생했으니 옆방에 가 쉬어." 라고 했다.

오피스텔 건물 전체가 보이스피싱 조직들이 운영하는 사무실이었다. 그러고는 조금 전에 초이스 했던 아가씨와 옆방으로 왔다.

샤워하고 나왔는데 보도 아가씨가 마약을 흡입하고 있었다. 눈을 말똥말똥 뜨고 웃으면서 나에게 마약을 하라고 권한다. 고개를 흔들며 노노하면서 거절했다.

참 이해가 안 되는 생활이었다. 중국이라는 나라는 마약을 너무 손쉽게 구할 수 있었고, 마약을 하는 것이 한국에서 흡연하는 것과 비슷할 정도로 마약하는 사람이 많이 있었다.

중국 여자와 시원하게 성관계를 한번 해야 하는데 대화가 되지 않아서 답답한 적이 한두 번이 아니었고, 서로 대화가 안 될 때는 세계 공통어인 영어를 해야 한다고 들은 바가 있었는데 영어를 잘하는 편은 아니지만 어설프게 좀 하기는 했는데 이 아가씨는 영어를 전혀 알아듣지 못했다.

손짓과 표정으로 귀머거리, 벙어리처럼 하룻밤 슬픈 사랑을 보냈고, 다음날 날이 밝았다.

점심때쯤 달수 형이 데리러 왔다.

"잘 잤나?"

"예, 형님. 편히 쉬셨습니까?"

"그래. 일단 밥 먹으러 가자."

그리고 밥집으로 가는 도중에 달수 형은 구멍가게에 들러서 담배와 라이터를 샀다.

그리고는 라이터의 비닐을 벗겨 불이 켜지는지 세 번을 켜보는 것이었다.

"그것은 왜 켜봅니까?"

"중국에 있으면서 습관이 되어버렸다. 중국 물건은 거의 90% 이상이 짜가라서 라이터 또한 한두 번 불을 켰을 때는 불이 분명히 켜졌는데 세 번째부터는 불이 켜지지 않는 불량이 많아서 불량품인지 아닌지 구멍가게 주인 있는 데서 확인해야 될 것 아니냐?"면서 황당한 웃음을 지었다.

"이것 봐라. 라이터 불이 안 켜진다 아이가? 이래 되면 내가 확인 안했으면 또 사기당하는 거 아이가?" 하면서 웃는다.

달수 형은 그래도 어설프게 중국말을 좀 했고, 어설픈 중국말로 얼마냐고 물으니 구멍가게 아저씨가 30원이라고 한다.

달수 형이 100원짜리 지폐를 구멍가게 주인한테 건네니 구멍가게 아저씨가 100원짜리 지폐를 형광등에 비추어 뚫어지게 보는 것이었다.

"저 아저씨 지금 뭐하는 겁니까?"

"우리도 저그들 못 믿듯이 저그도 우리를 못 믿는지 위조지폐인지 아닌지 감별하는 중"이라고 하는 것이다.

참 이해가 안 되는 부분이 많았고 재미있는 일도 많은 나라였다.

중국이지만 한국인이 자주 이용한다는 한국인 식당으로 들어갔다.

진광이, 용가리형이 점심식사를 하러 왔고, 좋은 시간을 보냈냐면서 빙긋 웃는다.

"무슨 대화가 돼야 이빨을 까서 감동도 좀 주고 작업할 것인데, 이건 뭐 벙어리도 아니고 손짓 발짓해서 분위기도 안 나고 그냥 한번 하고 잤습니다." 하니 "그러니깐 울트라 정력제를 먹어야 된다고 했잖아?" 하는 것이다. "그거 먹으면 무슨 대화가 됩니까?" 물으니 "대화는 안 되어도 텔레파시가 통한다 아니가?" 하면서 웃는 것이었다.

오늘 저녁에 중요한 사람들을 만날 것이니 밥 먹고 좀 쉬고 있으라고 했다.

중국에서 된장찌개를 먹을 거라곤 상상도 해보지 않았는데, 평소에 된장찌개를 좋아했던 나는 중국에서 처음으로 된장찌개의 맛을 보았다.

솔직히 한국에서 먹는 것보다 맛은 없었다.

밥을 먹고 있는데 한국에서 여자 친구 미향에게 전화가 왔다.

식사하고 있는 사람들이 있어 전화를 받는 것은 예의가 아닌 것 같아 잠시 실례하겠다고 말하며 자리에 일어나 식당 밖으로 나갔다.

식당 위치가 조금 구석진 곳에 있었고 구석에서 담배를 한 대 피우며 통화를 했다.

"자기야! 언제 부산에 오는데?"

"사흘 정도 걸려야 할 것 같은데?"

"나 안 보고 싶나?"

"당연히 보고 싶지."

"중국에서 이상한 여자들하고 자고 그러면 성병 걸리니 그런 거 조심해."라면서 걱정 아닌 걱정해주었다. "고무장갑 세 개 끼고 하는데 무슨 일이야 있겠나?" 하니 "그게 애인한테 할 소리가? 그래도 안한다는 소리는 안하네." 하는 것이었다.

"밥을 먹다가 전화를 받는 거라서 조금 있다가 내가 다시 전화할게." 하면서 전화를 끊었다.

그리고 식당으로 들어가려고 하는데, 구석에서 평범하게 생긴 사람 한 명이 손에 칼을 들고는 내 손에 든 핸드폰을 가리키며 중국말로 마구 뭐라고 했다.

'도대체 무엇 때문에 그러지?' 마음속으로 생각해보았지만 좋은 일이 아닌 것만은 틀림없었다.

순간 대처하려고 했지만 대화가 안 되었던 나는 일단 약하게 나가면 당하겠다는 생각에 새우눈을 해서 곁눈으로 옆을 보니 땅바닥에 짱돌이 있었다. 손에 돌을 들고 중국인을 바라보며 욕을 하면서 돌을 던지려고 모션을 잡았다.

그러자 중국인이 도망을 가버렸다.

도망가는 것을 보고 나도 돌을 던지고 식당으로 뛰어 들어갔다.

식당에서 밥을 먹던 형이 왜 이리 늦었냐고 물었다. "형님! 식당 앞에서 통화하고 있는데 어떤 사람이 손에 칼을 들고는 제 손에 든 핸드폰을 보고 막 뭐라고 하던데, 무엇 때문에 그러는 것입니까?" 물으니 중국 사람들은 한국 사람들이 들고 다니는 핸드폰을 너무 가지고 싶어 한다고 했다.

삼성 핸드폰이 세계에서 알아주는 명품인 것만큼 내가 가지고 있던 핸드폰도 최고 신형으로, 하얀색 3G 핸드폰이었다.

그래서 그 핸드폰을 빼앗기 위해 나한테 깡치는 행동이었으니 앞으로는 길거리에 다닐 때 될 수 있으면 전화기를 꺼내지 말고 집에서 통화하라고 했다.

정말로 한국 사람의 상식으로는 이해가 안 되는 부분이었지만, 로마에 가면 로마의 법을 따라야 한다고 했다. 중국에 와서 중국 법을 따르려다가 많이 당황했다.


그러고는 사무실에서 조금 쉬다가 밤이 되었다.

달수 형과 용가리 형이 소개시켜줄 사람이 있다며 같이 가자고 한다.

유흥의 거리로 나가서 어느 술집의 룸으로 들어갔다.

중국에는 땅이 넓어서 그런지 무엇이든 건물 자체가 시원시원하게 크게 잘 지어져 있었다.

룸에 들어가니 한국에서 다니던 술집하고는 규모 자체가 달랐다.

룸에는 남자 두 명이 앉아 있었다.

용가리 형이 인사를 시켜준다. 앞으로 같이 일할 A조 인출대장 아난이다.

"처음 뵙겠습니다. 이기동입니다."라고 하며 인사를 했다.

"기동아! 아난하고 아마이는 한족이라서 한국말을 잘 못 알아듣는단다."

진광이가 한국말을 잘하고 중국말도 잘하는 조선족이니까 통역해줄 것이란다. 중국에는 못 만들어내는 것이 없으니 필요한 것 있으면 부담갖지 말고 부탁하라고 했다.

내일은 보이스피싱 콜 치는 현장에 가서 일하는 것을 보여줄 테니 이제부터 하나씩 배워가며 적응하라고 했다.

그러고는 예쁜 아가씨들이 초이스를 하기 위해 들어왔고, 용가리 형이 그래도 아가씨랑 술한잔 하려면 대화가 돼야 하지 않겠냐며 한국말 할 줄 아는 사람으로 동생 옆에 앉으라며 얘기했고, 아가씨들끼리 속닥거리더니 한 여자가 내 옆에 앉았다.

어눌한 목소리로 한국 사람이냐고 물었고, 그렇다고 하니 자기는 북한 사람이라고 했다. 북한과 남한은 어찌 보면 한 민족인데, 그것도 제3국에서 이렇게 인연이 되었다는 것이 너무 신기했다.

전부 짝이 지어져 분위기가 뜨거워졌고, 용가리 형이 오늘은 마음껏 마시라며 건배 제의를 한다.

그러고는 술 먹는 자리에서 여자 남자 할 것 없이 전부 '빙'이라는 마약을 흡입한다.

중국이라는 나라는 마약으로 한 번 망한 나라임에도 옛날이나 지금이나 마약하는 습관은 여전한 것 같았다.

북한 여자인 파트너가 나한테도 마약을 하라고 권한다.

나는 그런 거 안 한다고 하니 이게 얼마나 좋은 건데 돈 주고도 못 사는 것이라며 끝까지 유혹한다.

형들과 동생들도 중국에 온 기념으로 한번 해보라고 자꾸 유혹했지만, 그래도 나는 절대 넘지 말아야 할 선을 넘지 않았다. 내 주위에 형, 동생, 친구들이 마약을 해서 폐인이 된 것을 너무나도 많이 보았기 때문에 그것은 아니라는 생각에 절대 흔들리지 않았다.

"마약이 생각나면 술 마시면 되죠." 하면서 술을 오버해서 많이 마셔버렸다. 술도 짝퉁인지 마셔보니 뒤끝도 좋지 않았고, 그날은 태어나서 해외에서 그것도 북한 아가씨와 처음으로 술을 마신 날이어서 평생 기억에 남는 날이었다.

그러고는 다음날 보이스피싱 콜센터 사무실로 사람들이 다 모였다.

용가리 형님께서 보이스피싱 연구원 팀장이라며 한국인 김 팀장을 인사시켜주었다. 그리고 개인정보를 빼내는 팀장이라며 해커인 한국인 강 팀장을 소개했다. 보이스피싱 사무실은 정말 큰 규모였다.

빌라 10세대 정도 되는 건물이 모두 다 범죄를 하는 조직이었다. 회의실 2층에서 보이스피싱 대장들이 모여 회의를 시작했다.

계보도는 이러했다.

보이스피싱 총책 용가리 형, 콜센터 실장 달수 형, 보이스피싱 연구원 팀장 김 팀장, 인출대장 A조 아난, B조 아마이, 통장 모집책 대장 이기동, 개인정보 빼내는 팀의 강 팀장. 이 사람들이 보이스피싱에 주도적으로 일하는 사람이었다.

총책이란 콜 치는 콜센터를 관리하며 한국과 중국을 총지휘하는 기관이다.

예전에 어눌한 조선족 목소리로 소포가 반송되어왔다는 그런 보이스피싱은 구 버전이 되어버렸다. 말 잘하는 한국 사람이 직접 해외에서 전화발신 조작해서 보이스피싱 사기를 치는 기관이다. 그 콜센터에서 한국인 조달과 관리를 달수 형이 하는 것이다.

범죄 수익금의 인출은 한국에서 이루어진다.

인출대장이 한국에 내려와 있는 보이스피싱 조직 중 최고 상선이며, 한국에서 총지휘하는 기관이다.

통장 모집책 대장은 한국에서 여러 가지 방법으로 수많은 대포통장을 양도해서 인출대장에게 양도하는 기관이다.

개인정보는 수작업으로 빼내는 방법이 있고 해커들이 포털 사이트를 공격해서 해킹을 통해 기계적으로 빼내는 방법이 있다.

이렇게 하나하나 따지면 아무것도 아닌 것 같지만 이 조직들이 합쳐지면 얼마나 무섭고 엄청난 보이스피싱 범죄가 이루어지는지 지켜보길 바란다.

총책(일명 따거)은 중국 사람이다.

콜센터 실장은 한국 사람이다. 콜센터 직원들도 달수 형과 친분이 있는 남녀 한국 사람이다.

보이스피싱 연구원 팀들은 한국에서 중죄를 지어 고향으로 못 가는 기소중지자로서 대부분 한국을 위해 일하던 공무원들이며 공공기관에서 일하던 사람이다.

"근면은행입니다. 검찰청입니다. 카드사입니다. 자녀가 납치되었습니다. 금융감독원입니다. 대학교입니다. 대출회사입니다." 등등 무궁무진한 보이스피싱, 파밍, 스미싱 수법이 지능화되는 것도 보이스피싱 연구원 팀들의 끊임없는 노력 때문이다.

인출 팀에는 사람이 세 명 정도 있다. 여기서 인출대장은 총책이 최고로 믿을 수 있는 사람이며 직원들은 중국 유학생들에게 아르바이트를 시켜준다고 유혹해서 인출 일을 시키는 바지사장이다.

통장 모집책은 보이스피싱에서 대포통장이 최고 중요한 준비물로, 한국에서 최고로 인원이 많고 최고로 사고도 많이 일어나며 최고로 이익이 많은 팀들이다.

사기범들에게 대포통장이란 심장과도 같으며 대포통장이 없으면 일할 수 없다.

한국에서는 대포통장이 큰 이슈가 되고 있음에도 확실한 대책이 없어 통장 매입하는 사람들은 그것을 악용해서 여러 가지 방법으로 통장을 매입하고 있다.

개인정보를 빼내는 팀 해커들은 대부분 중국 사람들이며 포털 사이트에 개인정보를 빼내어 주민번호, 이름, 전화번호, 직장, 주소, 취미 등등 건당 30원에 보이스피싱 총책들에게 거래하고 있다.

그리고 수작업으로 빼내는 개인정보는 대부분 자녀가 납치되었다는 등의 큰 사건으로, 큰 건인 만큼 건당 50~100만 원을 받고 중국 총책에게 거래되고 있다.

보이스피싱 연구원 팀장이 나에게 말을 건다. "기동 씨, 통장을 많이 매입할 수 있는 방법을 가르쳐줄 테니 한국에 내려가서 실행해 달라."고 했다.

첫 번째, 위조를 원하는 사람은 남녀 상관없이 사진만 있으면 신분증, 운전면허증, 학생증은 무제한으로 만들어줄 테니 그것으로 입출금통장을 만들라고 지시한다.

두 번째, 부산역이나 공원에 가면 노숙자들이 많으니 노숙자들에게 통장을 매입하라고 지시한다.

세 번째, 인터넷에 통장 매입한다는 광고를 내고 통장을 매입하라고 지시한다.

인터넷이나 신문, 전단지 그리고 스팸문자, 스팸메일에 신용불량자도 대출해준다는 광고를 내고 이에 속아 전화를 걸어온 사람들에게 통장을 매입하는 방법이라고 하면 최고로 많은 통장을 매입할 수 있을 것이라고 지시한다.

그리고 하나 더, 한국에 가면 말 잘하고 똘망진 아가씨를 한 명 구하라고 했다.

그 아가씨는 무슨 일을 해야 하는지 물어보았다.

피해자들도 이제 같은 수법으로는 사기를 잘 당하지 않아서 보이스하나 개발했는데, 수작업으로 개인정보를 빼내야 하는데 위험 부담도 적고 돈벌이가 되는 일이니 측근으로 입 무거운 사람을 뽑아서 쓰라고 했다.

"무슨 일인지 구체적으로 알아야 일을 시켜도 시키지요."

구체적으로 무슨 일인지 말을 해보라고 하니 엄청난 범죄 시나리오를 가르쳐준다.

집에 어린 자녀 A라는 사람이 있다. A라는 자녀가 부모님께 밖에서 놀다 온다며 집을 나선다. 그럼 이 A라는 자녀는 PC방을 가든 놀이터를 가든 오락실을 가든 만화방을 간다. 이때 내가 섭외해놓은 아가씨들이 그 A라는 아이한테 접근해서 이벤트회사에서 나왔는데 설문지조사를 해주면 최신 유행하는 게임기를 준다며 어린 자녀 A를 유혹하면 된다. 그럼 A라는 아이는 게임기에 혹하여 설문지 조사에 응하게 될 것이다. 설문지 조사에는 별 내용이 없다. 아버지 이름, 어머니 이름, 아버지 핸드폰 번호, 어머니 핸드폰 번호 이것뿐이다. 이 설문지를 작성하면 아가씨가 아이에게 너도 핸드폰 가지고 있냐고 물어본다. 그럼 요즘 좀 사는 집 애들은 핸드폰을 거의 가지고 다니기 때문에 핸드폰이 있다고 하면 핸드폰에 게임 하나 업그레이드 시켜준다며 핸드폰 전원을 끄라고 한다. 범죄를 할 준비가 완료되면 이 아가씨가 중국에 있는 총책들에게 전화를 걸어 개인정보를 알려주면 그 뒤에 알아서 한다며 이 일을 부탁했다.

그 대신에 개인정보를 하나 빼는 조건으로 보이스피싱에 성공하든 못하든 아가씨들에게 각각 100만 원씩 준다고 했고, 그럴 일은 없지만 만약에 일이 잘못되면 아가씨들은 알바천국 광고를 보니 아르바이트 일하면 많은 돈을 벌 수 있다고 해서 중국 명의로 된 대포폰 전화번호를 가르쳐주며 무슨 일인지는 모르겠고 이 사람이 시켜서 했다고 하고 조사를 받으면 솜방망이 처벌을 받고 풀려날 수 있다고 했다.

그래서 내가 "꼭 여자야만 합니까?" 하고 물으니 여자가 더 안전하다는 것이 연구원 팀장의 말이었다.

남자가 어린아이들에게 접근하면 혹시라도 주위에서 보면 구린 냄새가 나지만 아가씨들이 유혹하면 그래도 남자보다는 의심을 덜 받는다는 게 중요한 쟁점이었다.

범죄 내용을 생각하며 연구원 팀장이 얘기하는 지령을 상상해보았다. 통장 매입하는 부분에서는 내 밑에서 생활하는 동생들인 치용, 태성, 원창, 승찬, 봉진, 수식에게 일을 시키면서 진행하면 될 것 같았고, 개인정보 수작업을 빼내는 일은 호스트바에서 만나 지금 사귀고 있는 미향이가 딱 맞는 적임자였다.

그래서 용가리 형과 팀장에게 "통장 매입하는 일과 개인정보 빼내는 일까지는 제가 알아서 정리하겠습니다. 누구나 일을 하건 범죄를 하건 돈이 되어야 하는 법입니다. 그 일을 했을 때 통장 1개당 얼마를 주실 것입니까?" 물으니 용가리 형이 장고 끝에 대답했다.

"지금까지 한국에서 통장 매입하는 사람들 중에 통장 값을 많이 쳐주어도 60만 원 이상 준 적이 없었는데 기동이 니는 달수와 친분이 있고 정말 열심히 일하라는 의미에서 80만 원을 주겠다."고 했다.

그리고 개인정보를 빼내는 조건으로는 아이를 잡아놓고, 핸드폰 끄고, 부모님들 연락처 알아내서 상선에게 알려주는 것까지 하면 우리 쪽에서 보이스피싱에 실패하건 성공하건 건당 100만 원씩 여자들에게 각각 준다고 했다.

나도 범죄에 대해 상상을 깊게 해보았지만, 미향이 또한 어려운 일이 아니었고 통장을 매입하는 일 또한 어렵지 않을 것이란 생각에 쉽게 큰

돈을 벌 수 있을 것 같은 예감에 문득 설레었다.

보이스피싱에 중요한 역할을 하는 사람들과 장시간 얘기를 나누었고, 보이스피싱 콜 치는 현장을 눈으로 한번 봐야 한다며 콜 치는 사무실을 방문했다.

사무실에서는 인터넷 무선전화를 설치해 남녀 모두가 개인정보를 훤히 들여다보고 한국 사람들을 향해 무작정 전화를 걸었다.

사기범들이 공공기관을 향해 무작정 전화를 걸었다.

사기범들이 공공기관을 사칭해서 정교한 팀을 짜서 피해자들을 현혹시키는데 그 누가 사기를 당하지 않겠는가?

피해를 입은 사람들은 수화기 너머로 들려오는 사기범들의 목소리가 누구의 목소리인지 알 수 없다.

사기범들이 정교한 팀워크를 짜서 공공기관을 사칭해 개인정보를 훤히 다 들여다보고 있는데 돈을 지키려고 하는 사람(피해자)과 돈을 빼앗으려 하는 사람(사기범) 사이에서 동등한 게임을 기대하기는 어려울 것이다.

그 짧은 시간에도 수많은 사람이 보이스피싱을 당하는 모습을 직접 눈으로 확인할 수 있었다.


## ☸ 본격적인 보이스피싱 활동에 돌입하다

중국에 간 지 나흘째 되던 날, 보이스피싱 총책들과 인사하고 조선족 통역을 맡은 최진광, 인출대장을 맡은 아난, 아마이 이렇게 같이 한국으로 입국했다.

최진광 그리고 아난, 아마이는 안산에 있는 중국인이 모여 있는 곳으로 일을 준비하러 갔고 나는 같이 일할 동생들을 만나러 부산으로 내려갔다.

겨우 나흘 만에 돌아온 고향인데도 무척 색다른 느낌이 들었다.

나의 나와바리인 하단에서 동생들과 약속을 정하고 밤 10시경에 룸 살롱에서 만났다.

1년 아래 동생들인 치용, 수식, 원창, 봉진, 승찬 그리고 2년 아래 동생인 태성 이렇게 여섯 명은 범죄 계획을 하기 위해 모였다.

"돈을 벌 기회가 왔다. 내가 시키는 일은 무슨 일이든 할 수 있겠나?"

"돈이 된다면 무슨 일이든 해야 하지 않겠습니까?"

치용이가 입을 열었다.

"형님께서는 고지식한 사람이라 강도짓, 사람 직이는 일 이런 것은 아닐 테고 무슨 일입니까?"

"형이 중국에 갔다 왔는데 지령을 받아왔다. 우리가 해야 할 일은 대포통장 매입이다. 개당 50만 원씩 형이 매입할 테니 최대한 많은 물량을 확보하길 바란다."

"형님! 어떤 식으로 통장을 매입해야 합니까?"

수식이가 입을 연다.

"일단 너희들은 학교에 가면 안 되니 너희들이 최고로 믿을 수 있는 사람으로 생년월일 그리고 증명사진을 찍어서 메일로 전송하면 1인당 100개 정도의 신분증을 위조해줄 것이다. 그것을 들고 시중은행 13곳을 돌면서 비밀번호 전부 동일하게 통장, 현금카드만 만들어오면 된다. 그럼 통장 만들어오는 당사자에게 개당 20만 원씩 주고 너희들이 30만 원씩 이익을 남기면 될 것이다."

통장을 만들 때는 은행에서 신분증만 있으면 절차가 별로 까다롭지 않다는 허점을 악용한 것이다.

동생들도 범죄 생각을 상상하니 큰돈을 벌 수 있을 거라는 확신이 생겼는지 "이야~ 형님! 그거 진짜 멋진 아이디어입니다."라며 원창이가 말했다.

"우리한테 매입한 통장은 형님이 얼마에 팝니까?" 야시 같은 동생 봉진이가 물었다.

"마, 너거한테 50만 원에 받은 통장 80만 원에 넘기는 거니깐 30만 원씩 배당이 똑같으니 쓸데없는 생각 말고 일이나 열심히 해라."

사고라는 것은 항상 돈 때문에 나는 것이니 밑에 통장 만들어오는 바지들을 허투루 보지 말고 개당 20만 원씩 정확하게 챙겨줘야 한다.

"그리고 만약 그럴 일은 없겠지만 사고 나면 너희들 선에서 끊어야 한다."

그러니 동생들이 "형님, 어디 범죄 원투합니까? 통장은 힘대로 만들어 올 테니 통장 재고나 만들지 말라."며 웃는다.

그리고 내일은 부산역, 구포역, 대청공원, 어린이대공원, 지하철 등을 돌면서 노숙자를 상대로 통장을 만들러 갈 테니 그리 알고 있으라며 건배 제의를 했다.

"오늘은 내가 살 테니 힘대로 마셔라."


다음날 동생들과 2인 1조가 되어 노숙자들을 상대로 통장을 매입하러 갔다.

원창, 수식, 나는 부산역으로 가고 치용, 봉진은 구포역, 태성, 승찬은 지하철역을 범죄 장소로 삼았다.

모든 사고는 거의 대부분 전화통화 내역 때문에 발각되기 때문에 중국사람 명의로 된 대포폰을 동생들에게 하나씩 나눠주었다. 봉진이가 전화기를 보더니 "상태가 진짜 안 좋네. 아직도 이런 전화기가 돌아다닙니까?" 한다. 10년 전에 유행했던 전화기를 사람들이 싼값에 매입해서 몇 년이 지난 지금 외국인 명의를 넣어 15만 원씩 비싼 가격에 유통되고 있었다.

"이게 바로 걸면 걸리는 걸리버 아이가? 인마, 전화기 좋은 거 들고 다니면 상 주나? 걸고 받고만 되면 되지. 꼭 일도 제대로 못하는 게 연장 탓해요."

"앞으로는 통화할 때 기존에 쓰던 전화기는 쓰지 말고 이 대포폰으로 통화해야 한다. 대포폰으로는 일적인 부분을 제외한 사적인 전화는 절대 하면 안 된다는 것을 명심해라."

"알겠습니다."라고 대답하며 각자 자기 구역으로 이동했다.

다음날 각자의 위치에서 통장 매입에 나섰다. 그때는 2007년 12월이었는데, 때가 때인 만큼 부산역에는 추위에 떨며 걱정과 근심이 가득한 노숙자가 여러 명 포착되었다.

일단 상태가 좋은 사람부터 다가가 말을 걸었다. 집에는 일하러 간다면서 나서서 갈 데가 없어 방황하고 있는 사람인지 손에는 직업을 구하기 위해 벼룩신문, 교차로 등이 한 가득이었다.

따뜻한 커피를 하나 건네며 "아저씨 무슨 고민 있습니까?" 하고 말을 건넸다.

"세상에 고민 없는 사람이 있습니까?"라며 흐뭇한 표정을 지으며 아저씨가 말한다.

"우리가 사업을 하는데 개인통장이 필요해서 그런데 통장을 만들어 줄 수 있습니까?"

"사업을 하는데 통장이 필요하면 그쪽 통장으로 사업하면 되지 왜 타인 통장이 필요한 건데요?"

"외국인 노동자 급여 통장이나 인터넷 PC포커 게임머니 돈 환전하는데 통장이 많이 필요하니 부탁 좀 합시다. 그 대신에 통장 1개당 20만 원씩 드릴게요."

그랬더니 노숙자가 하는 말이 "진짜 20만 원 주십니까?" 하는 것이다.

"당연한 거 아닙니까? 그 정도 대여비는 드려야죠."

"그럼 몇 개나 필요하신데요?"

"많으면 많을수록 좋으니 일단 지금부터 통장 좀 만들어주십시오." 하면서 원창이보고 따라 붙으라고 지시한다.

원창이가 아저씨를 데리고 은행을 돌아다닌다.

"고생 좀 해라."

"잘 알겠습니다."

"통장을 다 만들면 전화 드리겠습니다."라고 원창이가 출발한다.

또 한 명이 포착이 되었다. 부산역에서 노숙하는 사람들 중 사연 없는 사람이 없겠지만, 이 사람은 다른 사람과는 달리 정말 상태가 안 좋았다.

상태가 안 좋다는 얘기는 노숙자도 A급, B급, C급이 있는데, A급, B급은 옷도 평범하게 입고 외모도 그런 대로 머리도 감고 면도도 하고 다닌다. 이런 사람들은 대화도 되고 우리가 하나를 가르치면 둘은 알아서 척척 알아서 통장을 만드는데, C급인 사람은 옷도 다 떨어지고 이것저것 묻어서 지저분하여 냄새도 많이 난다. 또 망나니처럼 면도도 하지 않아 이런 사람이 은행에 들어가는 순간 은행직원은 물론 다른 사람들까지 쳐다보게 된다.

그런 C급 중에서도 상태가 진짜 좋지 않은 노숙자 한 명이 포착되었다.

수식이를 보며 "마, 저 사람이다." 하며 눈짓을 주니 수식이가 한마디 한다.

"형님! 아무리 통장이 급해도 저 노숙자는 아닌 것 같습니다."

"마, 다 돈인데 이것저것 재고하면 되겠나?"

문제는 은행에서 저런 사람들은 통장을 안 만들어주고 괜한 의심만 받는다는 게 원창의 말이었다.

"마, 머리 좀 써라. 머리 두었다가 뭐하노?"

일단 형이 하는 거 보라면서 노숙자에게 향했다.

통장을 만들려면 다른 것은 다 필요 없고 신분증이 있어야 일이 진행되는데, 신분증이 없을 확률도 거의 50%였다.

"어이! 아저씨!"

내가 아저씨를 불렀다.

느닷없이 아저씨가 "왜요?" 하며 대답한다.

"통장이 필요해서 통장을 매입하고 있는데 통장 좀 만들어줄 수 있습니까?" 하고 물으니 내가 무슨 소리를 하는지 알아듣지 못하는 것 같았다.

일단 굶주림에 많이 힘들어하는 것 같아 김밥집로 데리고 갔다. 김밥집에서 라면과 김밥을 주문하고 노숙자에게 먹으라고 권한다.

노숙자는 얼마나 굶주렸는지 숨도 쉬지 않고 씹지도 않고 허겁지겁 음식물을 삼켜버렸다.

"아저씨 주민등록증 있습니까?"

"아니 없는데요."

"집이 어디입니까?"

"집은 없는데요."

집이 없다니 그럼 지금까지 어디서 살았냐고 물어보니 친동생하고 모라에서 살았다는 것이었다.

그럼 "모라동사무소에 가서 주민등록증 재발급 가능합니까?" 물으니 아마도 가능할 것이라고 했다.

일단 동생 수식이 보고 시장통에 가서 사이즈에 맞는 추리닝을 한 벌 사오라고 했다.

"추리닝은 뭐하시게요?"

"마, 노숙자 옷 갈아 입혀야 되지 않겠나? 돈 벌려면 이 정도 투자는 하고 머리를 써야지."

"역시 형님은 머리가 좋으십니다." 하고 빙긋 웃으며 수식이 뛰어가 시장통에서 2만 원짜리 추리닝을 한 벌 사왔다.

노숙자가 입고 있던 옷을 벗기고 추리닝을 입히니 옷은 어느 정도 평범한 사람 축에 들어갔는데, 임꺽정 같은 수염 그리고 며칠 감지 않은 머리가 NG였다.

일단 목욕탕에 데리고 가서 씻겨야겠다.

부산역 근처에 보니 ○○사우나가 있었다.

노숙자, 수식, 나 이렇게 셋이 사우나에 들어가 노숙자에게 면도기와 샴푸를 손에 쥐어주며 "아저씨, 면도도 깨끗이 하고 사람 좀 되어서 나오소!" 그리고 깨끗이 천천히 씻으라고 했다.

다른 동생들은 잘하고 있는지 살짝 걱정이 되었다.

그래서 테이블에 앉아 구포역 지하철에 돌아다니며 노숙자 상대로 통장을 만들고 있는 동생들에게 전화를 했다. 봉진에게 전화를 걸었다.

"통장 만들고 있나?"

대낮인데도 술이 취한 목소리로 시끌벅적하게 "예, 형님! 열심히 하고 있습니다."라고 하는 것이었다.

"마, 니 지금 술 먹고 있나? 뭐하고 있는데?"

"형님! 호랑이를 잡으려면 호랑이 굴에 들어가야지요."

"그래, 호랑이고 고양이고 그게 중요한 게 아니라 니는 뭔데? 통장 매입 안하고 대낮부터 똥술 처먹고 취권 쓰고 있노?"

"똥술인지 황금술인지는 지켜보십시오. 술을 먹든 목적은 통장 아닙니까? 통장만 많이 만들어오면 되는 거 아닙니까?"

"그래, 지금 뭐하고 있는데? 인마! 다들 통장 만들고 있는데 니는 술이나 먹고 있노?"

"이것도 다 통장 만들기 위한 작전입니다."

봉진이는 노숙자로 위장해서 신문지를 깔고 새우깡에 소주를 사들고 가서 노숙자와 친분을 쌓은 다음에 통장을 매입하려는 계획이었다.

노숙자들에게 통장 1개를 만들어주면 10만 원씩 준다는 유혹을 하고는 오늘은 교육을 하고 시간이 늦어서 내일 통장을 만들기로 6명을 예약을 잡아놓은 상태에서 노숙자들과 소주를 한잔 하고 있었다. 그래도 기특하다는 생각에 "마, 정신 바짝 차리고 해라. 얼~음하게 행동하지 말고."

"알겠습니다. 걱정 마십시오."

구포역에 가 있는 치용에게 "마, 통장 만들고 있나?" 물어보니 "네, 형님. 지금 은행 데리고 다니면서 5개째 만들고 있습니다."

"그래, 사고 없이 신중하게 움직이라." 고생하라면서 나중에 보자고 했다.

그리고 지하철역을 돌면서 통장을 만들고 있는 승찬에게 전화를 했다.

"마, 어찌 되어가노?"

"열심히 하고 있습니다."라고 대답한다.

"마, 열심히 하는 것은 알고 있는데 통장 만들었나? 안 만들었나? 그기 중요한 거다."

"지금 물색하고 있는 중입니다."

"알았다. 고생해."라며 나중에 보자고 통화를 마쳤다. 원창이에게서도 전화가 왔다.

"형님, 지금 통장 6개째 만들러 들어왔습니다. 다 만들고 어떻게 할까요?"

"260만 원 주고 보내라."

"보내고 어디로 가면 됩니까?"

"일단 형도 지금 통장 만들러 가야 하니 일단 다 만들고 다시 통화하자."

"알겠습니다."

그리고는 노숙자가 목욕탕에 씻고 있는 사이에 기다릴 겸 해서 수식이가 "형님, 오늘 저녁에 술 한잔 쏘기 바둑 한번 괜찮겠습니까?" 한다.

사우나, 찜질방, 사무실 등에서 종종 바둑을 두었던 우리 둘은 실력이 비슷비슷해서 내기를 해도 늘 박빙이었다.

"좋다. 오늘 바에서 20만 원치 술 사기. 됐나?" 물으니 "좋습니다."라고 대답한다.

"내가 형이니 백을 잡을게." 하고 바둑을 두었다. 시작한 지 얼마 되지 않아서 내가 흑의 큰 대마를 가두어놓은 상태였다.

남은 공간에 이제 마무리만 잘하면 승리에 큰 변화가 없었던 상황이어서 "마, 그냥 기권하고 노숙자 데리고 가자."고 하니 20만 원 타이틀이 컸는지 "형님! 바둑은 개과를 해보기 전까지는 알 수 없다."는 것이 동생의 말이었다.

그러고는 한 5분 정도 지났을까? 동생이 웃으면서 "형님, 세상에는 죽었다 살아나는 게 세 가지가 있습니다. 그게 무엇인 줄 아십니까?" 하고 묻는다. "잘 모르겠는데?" 하니 첫 번째는 예수님이고, 두 번째는 남자면 누구나 달고 다니는 좆이며, 세 번째는 바로 이 바둑이라는 것이었다.

그게 무슨 소리인지 어리둥절했지만 바둑판을 보니 좀 전에 잡아두었던 대마가 살아나서 한수 차이로 백의 대마를 가두어버리고 말았다.

속에서 찌끄레기가 올라왔지만 내가 졌다며 저녁에 술을 사기로 했다. 다 씻고 나온 노숙자를 데리고 함께 사상 동사무소로 향했다.

깨끗이 씻겨서 면도까지 하고 새 추리닝을 갈아입히니 어느 정도 사람이 된 것 같았다. 하지만 노숙자는 노숙자였다. 입을 여니 이빨이 다 썩어서 입 냄새가 많이 나서 "될 수 있으면 은행 들어가서 통장 만들 때 입 많이 열지 마소." 하고 내가 말했다. 그러자 수식이가 코를 잡더니 "와! 형님, 입에서 장풍 쏘는 것 같습니다."라고 하는 것이다, 그만큼 입 냄새가 심했다.

우리가 가져온 승용차를 타고 다니면 혹시 차량번호가 추적되어 탈이 날 것 같아서 완전범죄를 저지르기 위해 택시를 타고 모라동 동사무소로 달렸다.

주민등록증을 만들려면 증명사진이 있어야 하기 때문에 동사무소 옆에 있는 사진관에서 증명사진을 찍고 동사무소를 올라가 신분증을 재

발급 받았다.

그러고는 돌아다니며 13곳의 은행을 돌며 통장을 만들었다.

노숙자에게 통장 1개당 20만 원씩 해서 260만 원은 주어야 하는데, 이리저리 사람 만들기 위해 돌아다니며 투자한 게 있어서 160만 원을 가로채고 100만 원만 주었다.

그러자 노숙자는 진짜 힘들어서 그러는데 통장은 얼마든지 만들어줄 테니 50만 원만 더 달라고 했고, 대포폰 전화번호를 불러주면서 일단 일주일 뒤에 다시 만나서 그때 통장을 더 만들면 100만 원 더 준다고 마음을 부풀려놓고 통장과 비밀번호 그리고 주민등록 복사본을 받았다. 오늘 할 일을 다 한 것 같아서 부산역에 주차해놓은 차를 가지러 택시를 타고 갔다.

그러고는 하단동에서 구포역으로 지하철을 돌면서 통장을 매입하러 간 동생들을 만났다. 삼겹살집에서 밥을 먹으며 구포역으로 매입을 잡으러 간 치용이한테 통장을 몇 개 만들었냐고 물었다.

13개 만들었다고 했다. 그래도 하루 일당은 했네.

지하철을 돌면서 통장을 매입하러 간 승찬이에게 "니는 몇 개를 만들었노?" 물었다.

"형님! 시간이 너무 늦어서 은행이 끝나는 바람에 5개밖에 못 만들었습니다."

"시간이 촉박해서 통장을 다 못 만들 것 같으면 내일 일찍 만나서 움직이기 시작하지 마라. 괜히 오늘 5개 만들고 내일 8개 이어 만들다가 집에 들어가서 가족들이나 친구들에게 통장 만들어주었다는 말이 나오면 요즘 뉴스에서 보이스피싱에 쓰이는 대포통장이 이슈가 되어 시끄러운데 괜히 찝찝하다. 무슨 말인지 알제? 사고라는 것은 생각지도 못하는 곳에서 나는 것이니 명심해라."

"알겠습니다."

"그럼 내일은 어떻게 할까요?"

그냥 새로운 사람을 다시 물색하고 그 사람은 절대 만나지 말라고 했다. 봉진이는 오늘 제가 통장을 제일 못 만들었지만, 내일은 6명 예약을 잡아놓았기 때문에 통장 매입에 걱정 없다며 큰소리를 뻥뻥 친다.

"인마! 통장 들고 와서 큰소리치라. 일은 좆도 하도 못하는 게 말은 많아가지고."

"형님, 내일 제가 분명히 통장 힘대로 들고 오겠습니다."

"마, 일단 알았다. 내일 지켜보자."

부산역에서 만든 통장이 26개, 구포역에서 만든 것이 13개, 지하철을 돌아다니면서 만든 것이 5개였다. 통장을 처분하기 위해 안산에 있는 조선족 최진광에게 전화를 걸었다.

"형이다."

"예, 형님."

"오늘 통장 네 사람 명의로 44개 만들었다. 어떻게 할까?"

"이야! 진짜 많이 만들었네요. 형이 가지고 안산으로 올라오면 안 됩니까?"

"부산에서 안산까지 거리가 어딘데. 내일도 일해야 하니깐 못 올라간다. 그럼 안산 고속버스 터미널로 화물택배로 보낼 테니 그리로 가서 받아라."

"알겠습니다."

"통장 비밀번호. 신분증 복사본 그리고 통장, 현금카드 정리 좀 잘해서 보내고 화물번호도 가르쳐주세요."

통장을 깨끗이 정리해서 명의자들 헷갈리지 않게 고무밴드로 깔끔하게 정리해서 노포동 고속버스터미널로 장소를 옮겼다.

노포동 고속버스터미널에 도착하니 7시 30분 정도 되었고, 수화물센터에 가서 안산으로 물건을 하나 보낸다고 얘기했다.

"무슨 물건인데요?"

깨지는 물건이면 신경을 써야 한다고 해서 통장이라고 하면 이상하게 생각할까 봐 그냥 책이라면서 둘러댔다.

"요금은 7천 원입니다."

안산으로 출발하는 고속버스에 통장을 맡긴 채 송장번호를 받고 고속버스터미널을 빠져 나왔다.

최진광에게 전화를 걸었다. "진광아, 물건 보냈다. ○○고속 부산에서 8시 출발 안산 고속버스터미널 12시 도착이란다. 오늘 늦어서 못 찾을 것 같으면 내일 찾아라."

"아닙니다. 오늘 12시에 찾겠습니다."

"통장 값은 어떻게 할 거고? 44개 3천 520만 원이다."

"물건 받고 1,500만 원 입금해 드리고, 이틀 뒤 저녁까지 잔금 처리하겠습니다. 오늘뿐만 아니라 돈 결제는 물건 받고 절반, 그리고 이틀 저녁 되는 날 잔금 처리하는 방식으로 하겠습니다."

"알았다. 통장 값 기다리는 동생들이 많으니 실수하면 안 된다."

"알겠습니다."

일단 오늘 동생들과 돌아다니면서 고생한 것 치고는 꽤 괜찮은 수입이었다.

동생들에게 통장에 대한 물건 값을 제대로 쳐주고 오전에 동생 수식이랑 바둑내기를 해서 술을 사기로 한 약속도 있었고 해서 고생한 동생들을 데리고 술을 한잔 먹으러 갔다. 치용이가 "또 형님께서 술 삽니까? 오늘은 제가 사겠습니다."라고 한다.

"마, 오늘 죽었다 살아나는 바람에 형이 사야 하니 그리 알아라."

"그게 무슨 말입니까?"

그러자 수식이가 웃으면서 그런 게 있다면서 얘기한다.

자주 가는 술집에 양주를 3병 시켜놓고 동생들이랑 얘기를 나누었다.

"할만 하드나?"

"돈이 되니깐 재미있던데요."

"오늘 한 것처럼만 하면 되니깐 항상 보안에 신경 쓰고 술은 조금만 먹고 들어가자. 내일도 일을 하러 가야 하고, 주민등록증 위조할 사진 빨리 정리해서 ○○○@○○○.net로 전송해 놓아라. 빨리 정리해서 안전하게 통장 매입하자."

노숙자를 상대로 통장 매입하는 일은 구포역, 부산역에 소문이 돌면 통장 매입하기가 까다롭고 경찰이 잠복을 치고 있을 수도 있으니 서둘러서 주민등록증 작업하는 것에 신경을 써달라고 했다.

내 생각이 아니라 사실 부산역에서 구포역에서 통장을 매입하는 동일 사건이 자꾸 일어나니 경찰들이 잠복을 치고 있다가 결국 동생 승찬이가 검거되었다.

동일 전과도 없었고 폭력 전과만 있었던 승찬이는 이런 쪽에 유사한 전과도 없어 경찰 조사에서 내가 시키는 대로 조사를 받았다.

경찰이 물었다.

"통장 매입해서 누구한테 주었나?"

"인터넷으로 통장 매입한다는 광고를 보고 통장 개당 15만 원씩 준다고 해서 10만 원에 노숙자들한테 매입해서 010-××××-×××× 이 사람한테 보냈는데, 그 사람한테 돈도 받지 못한 채 사기를 당했다. 나도 피해자입니다."

이 말을 듣고 조사하는 경찰은 황당한 표정을 지을 수밖에 없었고, 사기를 칠 수 있도록 통장을 양도해주었으니 사기방조죄로 기소한다고 했다.

"어이! 경찰아저씨, 무언가 착각하고 계시는 것 같은데, 나는 사기를 치라고 통장을 양도 한 것이 아닙니다."

"그러면 무엇 때문에 통장을 양도했는데?"

"나도 통장이 어디에 쓰이는지 궁금해서 물어보니 나한테 사간 통장이 외국인 노동자 급여 통장으로 쓰인다고 했고, 인터넷 PC포커머니 환전하는 데 쓴다고 해서 거래를 한 것입니다. 그러고 나서 부당한 이익을 챙겼다면 잘못이 있겠지만, 돈도 받지 못한 채 사기를 당했는데 무슨 소리 하는 겁니까?" 하면서 오히려 승찬이가 경찰들 머리꼭대기에 앉아서 큰소리를 쳤다.

다른 것은 몰라도 깡패들이 경찰들한테 겁먹지 않고 조사받는 것 하나만큼은 어디를 가도 부족한 게 없었다.

"어이! 천승찬 니가 양도한 통장이 보이스피싱에 범죄 수익금을 가로채가는 도구로 악용되었는데 니가 몰랐다는 것은 내 상식으로 말이 안 돼! 오늘은 내가 확실한 증거를 찾지 못해 보내주는데, 또다시 똑같은 건으로 조사를 받을 때에는 범죄에 사용될 줄 모르고 통장을 양도했다는 것은 안 통하니깐 똑바로 살아라! 그때는 절대 안 봐준다."

승찬이는 웃으면서 "고생하십시오." 하고 경찰에게 인사하며 경찰서를 빠져나왔다.

이제 통장을 만들어주는 노숙자 피해자들이 많이 늘어나서 경찰들도 부산역, 구포역, 공원, 지하철역 부근에서 노숙자들을 상대로 통장을 매입한다는 정보를 알아채고 잠복근무하고 있어 통장 매입하는 과정에 어려움이 많았다.

승찬이가 경찰서에서 증거 불충분으로 석방되었다는 소리를 듣고 하단 삼겹살집에서 만났다.

"일은 잘되었나?"

"형님께서 가르쳐주신 알리바이로 내가 보이스피싱에 사용될 줄 모르고 나도 오히려 돈도 받지 못한 채 사기를 당했다고 도로 큰소리를 치니 경찰도 어쩔 줄을 몰라 하며 보내주었습니다."

"마, 이제는 똑같은 수법으로는 우리도 양치기 소년으로 오해받아 빠져나올 수 없으니 하나를 하더라도 신중하게 제대로 해야 한다. 구속영장 떨어지고 나서 돈 번 것이 있네 없네 갇혀가지고 고향 생각이나 하지 말고 승찬이뿐만 아니라 전부 다 정신 차리고 행동해라. 알겠나?"

"예, 형님."

"그리고 주민등록증 위조할 사람들은 메일로 언제 보낼끼고?"

원창, 치용이는 벌써 보냈다고 말했다.

나머지 동생들은 "내일 오후 2시까지 정리해서 다 보내겠습니다."라고 말한다.

"형은 오늘 미향이랑 약속이 있으니 먼저 일어난다. 내일 일찍 일어나서 움직여야 하니 술 많이 먹지 말고 일찍 들어가서 쉬어라. 내일 보자."

"내일 뵙겠습니다. 형님!"


## ☸ 점점 더 깊은 수렁 속으로 빠져들다

동아대학교 앞 ○○커피숍에서 8시까지 미향이와 약속해놓은 상태였다.

미향이는 사상 르네시떼에서 옷 장사를 하였다. 처음 장사를 시작했을 때는 어느 정도 장사가 되어 생활이 유지되었는데 요즘엔 불경기에 빚이 늘어나서 죽는 소리를 한두 번 하는 것이 아니었다.

커피숍에서는 미향이가 10분 정도 먼저 와서 기다리고 있었다.

"많이 기다렸나?"

"아니 나도 이제 왔는데."

겉으로는 내색하지 않았지만 10분 정도 늦었다는 것에 대해 화가 나 있다는 것을 얼굴이 증명했다.

네 넓은 이마에 '나 많이 기다려서 삐졌음' 하고 쓰여 있구만, 뭘.

"미안하다. 동생들하고 중요한 얘기가 있어 조금 늦었다."

"자기야! 요즘 연락도 잘 안하고 도대체 뭐하고 돌아다니는데? 딴 여자 생겼나?"

"딴 여자는 무슨 딴 여자고? 좋은 기회가 와서 잡으려고 준비하는 과정이니 자기가 이해를 해줘."

"무슨 일인데?"

"아직 내가 더 준비하면 그때 얘기해줄게……. 그리고 너도 요즘 힘들제. 내가 안전하고 좋은 일자리 소개시켜줄 테니 하던 옷가게 정리하고 내하고 같이 일하자."

"무슨 일인데? 돈은 얼마나 줄 건데?"

"미향아!"

"응?"

"내 밑제?"

"그게 생뚱맞게 무슨 소린데?"

"나는 니 사랑하는 사람이고 우리는 애인 사이이다. 맞제? 나는 미향이 니 절대 잘못되게 안 할 거니까 내가 시키는 대로만 하면 된다. 그렇게 나쁜 일도 아니고 그렇게 좋은 일도 아니야. 세상에 조금이라도 거짓이 없으면 이 세상은 절대 시스템 자체가 돈을 벌지 못하게 되어 있단다. 돈은 하루에 100만 원은 벌 수 있을 거다."

"야, 이기동! 장난하지 말고."

"내가 지금 이렇게 분위기 잡고 장난하는 것으로 보이나?"

"도대체 무슨 일인데?"

"니는 무조건 내가 시키는 대로만 해야 한다."

내 상식으로는 수작업으로 설문지 조사를 해서 개인정보를 빼낸다 하더라도 미향이가 빼낸 개인정보가 보이스피싱(자녀 납치)에 사용되었다는 내용은 몰라도 될 것 같아서 그냥 설문지 조사만 해주면 된다고 했다.

"설문지 조사하는데 무슨 하루 일당을 100만 원씩 주는데……."

"그것은 나도 잘 모르겠다. 중국에 있는 사장이 돈을 주는 것이고 나는 시키면 시키는 대로 그냥 하는 것이다."

"자기야! 그 사람들 사기꾼 아니가?"

"야! 내 이기동이다. 내가 어딜 가서 사기당하고 다니는 거 봤나?"

"그건 그렇긴 한데 일 하는 거 치고는 너무 많은 돈을 주니깐 솔직히 의심이 가는 것은 사실이잖아. 도대체 무슨 일이고 어떻게 하면 되는데?"

"내가 설문지와 닌텐도 게임기를 줄 테니깐 이것을 들고 설문지 조사를 해주면 되는 거야. 부유한 동네에 가서 오락실, 게임방, 놀이터에서 놀고 있는 6~10살 정도 되는 어린아이에게 접근해서 게임 이벤트회사에서 나왔는데 설문지 조사를 해주면 추첨을 통해 닌텐도 게임기를 준다고 하면서 설문지 조사만 해주면 된다. 닌텐도 게임기는 음악, 동영상 게임 등 어린아이들에게 인기 있는 게임기라서 어린아이들이 유혹을 뿌리치기가 힘든 일이라는 것을 악용하는 것이다. 어린아이가 설문지 조사를 다하면 어린아이에게 핸드폰이 있냐고 물어 봐. 요즘 아이들은 대부분 핸드폰을 다 가지고 다니기 때문에 핸드폰이 없다고 하면 그냥 두고 있다고 하면 핸드폰에 게임 업그레이드 하나 시켜줄 것이니 핸드폰 전원을 끄라고 한다. 아이가 핸드폰 전원을 끄고 나면 설문지 조사한 종이에 있는 아이 이름 그리고 아이 아버지 핸드폰 번호, 아이 어머니의 핸드폰 번호, 아이 집 전화번호를 내가 가르쳐주는 전화번호에 전화해서 가르쳐주기만 하면 된단다."

"이렇게 쉬운 일인데 100만 원이나 준다는 게 말이 돼?"

"마, 해보면 그리 쉬운 일도 아니니깐 일단 해봐라."

"아니 일하는 것은 문제가 아닌데 정말 돈 주는 거 맞나?"

"그래 돈은 확실히 준다."

"니 혼자 일하러 다니면 힘드니깐 내 동생 치용이랑 같이 다니면서 하면 된다. 미향아! 별일 아닌 것 같지만 해보면 힘들 것이니 치용이가 시키는 대로 하면 아무 이상이 없을 것이란다. 그리고 앞으로 내하고 통화할 때는 이 전화기를 써라."

중국인 명의로 된 대포폰을 미향에게 하나 주었다.

"이 전화는 일할 때만 쓰고 절대 친구들, 가족들 그리고 개인 용도로 쓰면 안 된다. 알겠제? 일 안할 때는 꺼놓고. 그리고 그럴 일은 없겠지만 일이 잘못되어 경찰에 조사를 받으러 가면 르네시떼 옷 장사를 하다 빚이 많아져서 장사를 할 수 없게 되어 인터넷 알바천국에 설문지 조사를 해주면 쉽게 돈을 많이 준다고 해서 이 일을 하게 되었다. 내가 오늘 PC방에서 알바천국에 등록해놓을 테니 경찰에서 그 사장 전화번호 불라고 하면 내 대포폰 010-××××-×××× 이거 가르쳐주면 된다. 무슨 소리인지 알제? 모든 정황은 설명하되 나라는 사람은 공중에 띄워야 한다. 경찰이 이 일을 시킨 사람이 누구냐고 물으면 이름은 모르고 알바천국에서 일하기 위해 처음 전화 건 그 전화번호밖에 모른다고 해라. 그리고 돈은 얼마 받았냐고 물으면 돈은 받지도 못했다, 월급으로 300만 원 준다고 해서 내 돈으로 경비 써가면서 내일 일한 돈 준다고 하길래 나도 사기를 당했다. 이렇게만 말하면 된다. 정확하게 일 시작한 날부터 모든 것을 얘기하되 내 이름하고 치용 이름만 공중에 띄우면 된다. 무슨 말인지 알겠제?"

"이렇게까지 하면서 꼭 해야 되는 이유가 있나?"

"일단 위에서 시키니까 나도 하는 것이다. 돈도 되는 것이고……. 니 하기 싫으면 안 해도 된다. 못하겠으면 하지 마라. 괜히 잘못되어서 일 크게 만들지 말고……."

"니가 말한 대로라면 내가 할게. 진짜 잘못되는 거 없제?"

"바보야! 내가 니 잘못되게 하겠나? 하지만 내가 시키는 대로 안하면 진짜 잘못 되니까 그거 명심해야 한다."

"그 사람 얼굴은 봤냐고 물으면 두 번 봤다고 해라. 몇 살처럼 보였냐고 물으면 40대 초반. 어디서 만났냐고 물으면 엄궁동 커피숍에서 만났다고 하고. 며칠 있다가 치용이랑 진짜 거기서 만나서 알리바이를 확실히 맞춰야 한다."

"기동아, 오늘 술 한잔 먹고 싶다. 술 한잔 사도."

"알았다."

그러고는 바에 가서 양주를 한 병 시켜 먹고 오랫동안 하지 못했던 대화하며 모텔에 가서 오랜만에 예쁜 사랑을 했다.

"기동아! 내 니만 믿는 거 알제? 나는 니가 하자는 대로 할 테니깐 절대 나 버리면 안 된다."

"알겠다."


다음날 동생들이 신분증 위조할 사람들 증명사진을 메일로 보냈다고 전화가 왔다. 서둘러서 신분증을 위조해야 할 것 같아 중국에 있는 달수 형에게 전화를 했다.

"형님! 기동입니다. 증명사진 메일로 보내놓았으니 서둘러서 신분증 좀 만들어주십시오."

"몇 명이나 보냈는데?"

"4명 보냈습니다. 한 사람당 100개씩 400개 보내주십시오."

"일단 서둘러서 만들 테니 일하는 사람들은 확실한 사람들 맞제?"

"네, 맞습니다."

"이것은 신분증을 위조해서 통장을 만드는 것이기 때문에 공문서 위조가 들어간다. 돈을 많이 버는 만큼 위험 부담이 큰일이기 때문에 진짜 신중히 일해야 한다."

"알겠습니다."

"그리고 수작업으로 개인정보 빼내는 여자는 섭외했나?"

"똑똑한 여자로 정리해놓았습니다. 걱정하지 말고 돈이나 사고 내지 말고 제때 정리해주십시오."

"그건 걱정하지 마라."

"일단 넉넉잡아서 얼마나 걸리겠습니까?"

"열흘 정도 생각하고 있어라."

"알겠습니다. 용가리 형님과 중국 식구들도 다들 잘 있죠?"

"그래, 다들 기동이 니한테 기대가 크니깐 이 기회에 열심히 해서 돈 좀 벌자."

"알겠습니다."

"그럼, 또 통화하자."

미향이와 치용이가 개인정보 빼내는 일로 팀을 이루어야 하기 때문에 그것을 정리하기 위해 치용에게 전화를 했다.

"치용아!"

"예, 형님!"

"밥 먹었나?"

"예, 먹었습니다."

"그럼, 차나 한잔 하자. 하단 ○○커피숍으로 3시까지 나온나."

"알겠습니다."

미향에게도 전화를 걸어서 치용이와 3시쯤에 같이 좀 만나야 하니 4시경에 시간 좀 내라고 통화를 마쳤다. 그리고 치용이를 만났다.

"치용아! 다른 사람을 시키려고 하니깐 형 여자 친구도 걸려 있고 니만큼 믿을 사람이 없는데, 미향이랑 팀이 되어 개인정보 수작업으로 빼내는 일 할 수 있겠나? 돈은 형이 안 서운하게 챙겨줄게."

"제가 무슨 권한이라도 있습니까? 형님께서 시키면 시키는 대로 해야 안 되겠습니까? 어떻게 하면 됩니까?"

"형이 생각했을 때 사고가 날 확률은 거의 없다. 하지만 사람 일이라는 것은 모르는 일이니 자꾸 동일한 사건이 같은 동네에서 나면 분명히 경찰들이 잠복을 치고 기다릴 것이다. 그러니깐 될 수 있으면 한 번 갔던 곳은 가지 말고 니가 교통정리를 잘해줘야 한다."

"경기도 올라가면 차는 뭐 타고 다닙니까?"

"불편하더라도 승용차는 타고 다니지 말고 택시나 지하철을 타고 다녀야 한다."

"주민등록증 위조해서 렌트해서 다니면 안 됩니까?"

치용이가 지하철과 택시는 아닌 것 같아 되묻는다. 언제 차량번호 딸 줄 모르니 그것은 현명한 방법이 아니다.

"돈도 중요하지만 일단 학교 안 가는 게 우선 아이가?"

"경비는 형이 챙겨줄게."

"알겠습니다."

"미향이는 여기서 빠져나온 개인정보가 보이스피싱에 쓰인다는 것은 절대 몰라야 하며, 그럴 일은 없겠지만 만약에 사고가 나도 알리바이를 다 짜놓아서 미향에게 얘기해놓았으니 니 이름하고 내 이름을 부르는 일은 절대 없을 것이다. 위에 상선이 검거되면 모든 게 오픈이 되어 일이 걷잡을 수 없게 커지니 니 선에서 정리될 수 있도록 그리 하면 된다. 개인정보 1개 빼는 조건으로 미향이랑 100만 원씩 줄 테니깐 정신 바짝 차려야 한다."

"알겠습니다."

마침 시간이 4시가 되어서 미향이가 커피숍에 도착했다.

치용이가 일어서서 인사를 한다.

"반갑습니다, 형수님!"

"형님한테는 얘기 들었죠?"

"네. 이제 형수님하고 저하고 돈 많이 벌 수 있는 좋은 기회가 왔으니 열심히 한번 해봅시다. 형수님은 제가 시키는 대로만 하시면 됩니다."

"알겠어요."

치용에게 범죄 방법을 모두 오픈해서 알려주었기 때문에 잘하리라 믿고 지켜볼 수밖에 없었다.

"일은 언제부터 하면 됩니까?"

"다음 주나 되면 시작할 것 같은데……."

"알겠습니다."

"그리고 일할 땐 노출될 수 있으니 당분간은 만나는 것을 금한다. 알겠제?"

"그럼 이 일을 언제까지 하는데?" 미향이가 묻는다.

"하다가 하기 싫으면 말만 해라. 내가 스톱시켜줄게. 일단 나중이 되면 하고 싶어도 못한다. 그러니깐 이런 일 있을 때 부지런히 열심히 해서 돈 모아 두어라. 알겠나?"

"알겠습니다."

그러고는 며칠이 지나서 중국에서 달수 형에게 전화가 왔다.

"기동아! 신분증 작업 다 되었다. 어디로 보내줄까? 주소를 불러봐라."

"어떻게 보내시려구요?"

"택배로 보내야지."

"위험하지 않습니까?"

"그런 것은 형이 알아서 하니까 걱정하지 마라."

"알겠습니다. 그럼 형만 믿고 저희 집 주소 불러드립니다."

"오늘 보내면 2박 3일 정도 걸리니깐 그리 알아라."

"알겠습니다."

"그래, 물건 받고 또 통화하자."

사흘 만에 택배에서 전화가 왔다.

"이기동 씨 핸드폰 맞습니까?"

"예."

"택배가 하나 왔는데 언제쯤 방문할까요?"

"집에 있으니 아무 때나 오시면 됩니다."

택배기사가 오후 2시경에 집을 찾아왔다. 박스를 하나 주면서 사인해달라고 해서 사인을 했다. 박스를 뜯어보니 위조된 신분증은 없었고 두꺼운 백과사전 4권이 들어 있었다. 중국에 달수 형에게 전화를 했다.

"형님! 택배는 받았는데 신분증은 없고 백과사전만 4권 왔는데요."

"백과사전 두꺼운 겉표지를 칼로 찢어보면 한 겉표지당 신분증 50개씩 양쪽으로 100개, 4권 400개 보냈으니 신중하게 해라. 덜렁대면 진짜 큰 사고 난다. 그리고 신분증으로 통장을 만들고 나서 아깝다고 또 들고 다니거나 집에 두지 말고 통장 13개씩 만든 신분증은 무조건 폐기 조치해라. 증거를 없애야 한다. 무슨 말인지 알제?"

"일단 알겠습니다."

"언제부터 일 시작할 거고?"

"오늘 목요일이니까 주말에 똑바로 교육시켜서 월요일부터 출발하겠습니다."

"그래 고생해라."

"또 전화 드리겠습니다."

두꺼운 책 겉표지를 칼로 뜯어보니 두꺼운 판이 전부 위조된 신분증이었다.

감탄이 저절로 났고 동생들에게 전화를 했다.

"봉진아!"

"예, 형님!"

"지금 막 신분증 받았으니 밤 8시까지 느그 집에서 만나자."

"알겠습니다."

봉진이 집은 부모님께서 거제도에서 장사를 하셔서 친동생인 상진이와 둘이 살기 때문에 범죄계획을 하거나 중요한 대화를 할 때 유용하게 쓰였다.

"수식, 태성, 치용, 승찬, 원창에게 전화해서 8시까지 형이 늦지 않게 오라고 한다고 전화 한 통씩 돌려라."

"알겠습니다. 나중에 뵙겠습니다."

위조된 신분증을 보니 정말 신기했고 감쪽같았다. 사진 1개당 100개씩을 위조했는데 주민번호와 이름만 다를 뿐 100개에 한 사람의 사진이 위조되어 있었다.

8시에 위조된 신분증을 차에 싣고 봉진이 집으로 향했다. 일찍부터 동생들이 봉진이 집에서 기다리고 있었다.

벨을 누르니 봉진이가 나온다.

"누구세요?"

"형이다."

문이 열리자 동생들이 인사를 한다.

"형님! 반갑습니다."

"그래, 며칠 동안 잘 지냈나?"

"잘 못 지냈습니다."

"왜? 통장을 어떻게 만들어야 잘 만들었다고 소문이 날지 그거 생각한다고 며칠 잠을 설쳤습니다."

"미친 자슥 아이가? 마! 통장 만든 거 소문나면 자슥아 징역 간다. 알겠나?"

봉진이가 환하게 웃는다.

"다들 앉아 봐라."

원창이에게 차키를 주면서 "차 트렁크에 쇼핑백 가방이 2개 있다. 가지고 오너라."

원창이가 주차장에 갔다가 쇼핑백 2개를 들고 올라온다.

"이게 주민등록증이다. 신기하제?"

"우와~ 형님! 중국에는 정말 못 만드는 게 없는 것 같습니다."

나도 신기해서 그런 소리를 중국에 있을 때 용가리 형에게 한 적이 있었는데, 용가리 형이 하는 소리가 중국에는 밥상다리 빼고는 다 만든다는 것이었다. 그래서 내가 밥상다리는 만들기 쉬운데 그것은 왜 못 만드냐고 물으니 밥상은 개나 소나 다 만드는 것이기 때문에 안 만든다며 웃었던 기억이 났다.

그래서 그 얘기를 동생들에게 해주니 박장대소한다.

"자, 이제부터 정말 정신 차려야 한다. 이것을 들고 통장을 만들다가 사고가 나면 정말 일이 커진다. 무조건 상선을 불어서는 안 되며 그럴 일은 없겠지만 만일 잘못되더라도 너희들 선에서 정리해야 한다. 무슨 말인지 알제?"

동생들을 수차례 교육을 했다.

"공부든 사업이든 모든 일할 때는 준비가 되고 계획해야 좋은 결과를 얻을 수 있지만, 범죄만큼은 계획하면 치밀하게 돈을 많이 벌 수 있지만 반대로 검거되었을 때만큼은 판사한테 징역을 배로 받는다는 거 명심하고 무조건 대포폰 전화번호 가르쳐주면서 이 사람한테 돈 주고 팔려고 했는데 돈도 받지 못한 채 나도 사기를 당했다고 우겨야 된다는 사실 잊어서는 안 된다. 그리고 주민등록증은 누가 만들었냐고 물어보면 인터넷 광고 보고 만들었으며 그 사람 전화번호 대라고 하면 그것 또한 중국인 명의로 되어 있는 대포폰을 가르쳐주고 나라는 사람을 무조건 공중에 띄워야 솜방망이 처벌을 받을 수 있다는 거 명심해라.

보이스피싱에 쓰일 대포통장 목적으로 신분증을 위조해서 조직적으로 움직였다고 하면 진짜 일이 커지니 무슨 소리인지 알제? 그리고 신분증 1개로 통장 13개를 만들면 그 신분증은 가지고 다니지 말고 무조건 수건으로 지문을 닦아서 가위로 잘라서 태우거나 폐기하길 바란다. 사고라는 것은 항상 생각지도 못한 곳에서 나는 것이니 다른 사람들 시키지 말고 귀찮아도 느그들이 확실히 정리해라. 모르는 게 있으면 멋대로 행동하지 말고 전화해서 물어보고, 치용이와 태성이는 다른 할 일이 있어 형하고 움직이니까 그리 알아라. 일은 월요일부터 시작한다. 휴일 통장 만드는 애들 만나서 정리해놓고 형은 월요일부터 서울에 올라가 있으니 통화도 자주하고 전국에 은행이 여러 군데 있으니 한번 갔던 은행은 가지 말아야 한다. 시키는 대로 하면 사고 날 위험이 없으니 신경 바짝 써라."

그러자 2년 아래 동생 태성이가 묻는다.

"형님! 저하고는 무슨 일을 합니까?"

"니는 형하고 서울 올라가서 형 옆에서 심부름 좀 하고 일을 도와야 한다. 형 옆에 딱 달라붙어야 하니 그리 알아라."

"알겠습니다."

"형도 토요일이 되면 태성이, 치용이를 데리고 경기도 쪽으로 올라갈 것이다. 너희들도 알아서 빠른 시일에 최대한 통장만 많이 만들면 된다는 것을 명심하고 오늘은 일찍 헤어진다.

# 2부

## ⚓ 대포통장 만드는 데 혈안이 되다

토요일, 나의 대포승용차를 타고 미향, 치용, 태성을 데리고 인천으로 올라갔다. 부동산을 통해 방 2개짜리 투룸을 구해 일단 의식주 생활할 수 있는 본부를 만들었다. 평생 살 집이 아니라서 '중고나라'에서 이불하고 식기를 대충 사서 넣고 어느 정도 사람 사는 집의 틀을 갖추었다.

토요일, 일요일은 집을 대충 정리해놓고 부산에 있는 동생들에게 전화를 한 통씩 돌렸다.

"수식아! 준비 다되었나?"

"예, 형님, 걱정 마십시오. 저는 부산에는 얼굴이 많이 알려져서 통장 만들 사람 데리고 대구에 올라와 있습니다."

"그래, 어디를 가든 안전하게 통장만 많이 만들면 된다. 월요일부터 통장 만드는 데는 지장이 없제?"

"예, 형님!"

"고생해라."

다음은 승찬이한테 전화를 걸었다.

"승찬아! 준비 다되었나?"

"제가 또 준비하면 또 한준비 하지 않습니까?"

"마, 허풍떨지 말고 일이나 제대로 해라. 또 경찰한테 체포되가 유치장에 갇혀 가지고 고향생각하지 말고."

"알겠습니다."

"수식이는 대구에 갔다고 하던데 니는 어디고?"

"저는 부산에서 조금 만들다가 창원이나 마산으로 갈까 합니다."

"알았다, 고생해라."

원창이에게 전화를 걸었다.

"원창아! 준비 다되었나?"

"예, 행님. 이제 저도 돈 벌 기회가 온 거 같은데 목숨을 바쳐 열심히 한번 해봐야 안 되겠습니까?"

"그래, 항상 조심하고 모르는 것 있으면 전화해서 물어봐라. 혼자 덜렁대지 말고. 무슨 말인지 알제?"

"예, 형님!"

마지막으로 봉진에게 전화를 했다. 최고로 덜렁대는 동생이라 제일 걱정되었던 동생이다.

고딸(고봉진의 별명이다)은 하도 고딸 같은 짓거리를 많이 해서 내가 지어준 별명이다.

"준비 다되었나?"

"제가 또 시키는 건 제일 잘하지 않습니까?"

"마! 니는 형이 생각할 때 시키는 것도 제대로 하는 것이 없는데 무슨 곰 좆털 이발하는 소리하고 자빠졌노? 좆털 깎고 있는 곰 들고 던질라? 마! 진짜 똑바로 해라."

"형님, 또 왜 그러십니까?" 봉진이 웃으며 묻는다.

"돈도 중요하지만 항상 안전하게 해야 된다는 것을 잊지 말고 덜렁대지 마라."

"예, 형님!"

내일 또 통화하자며 전화를 끊었다.

일할 준비가 된 것 같아 안산에서 인출대장을 맡고 있는 아마이, 아난 그리고 통역을 맡고 있는 진광이를 만나야 할 것 같아서 진광에게 전화를 걸었다

"진광아! 형이다."

"예, 형님."

"오늘 저녁에 안산 넘어갈 테니, 시간 되나?"

"형님이 보자고 하면 시간이 없어도 만들어야죠."

"그럼 어디서 볼까?"

"안산 중앙역으로 오십시오."

"알았다. 그럼 8시경에 보자. 출발할 때 다시 전화할게."

치용이에게 미향이 데리고 내일 개인정보를 어떻게 뺄 것인지 연구 좀 하면서 집에서 쉬고 있으라고 얘기했다.

"형은 태성이 데리고 사람 좀 만나고 올게."

"많이 늦으십니까?"

"일단 최대한 빨리 올 테니 그리 알아라."

그리고 미향에게 손님 좀 만나고 올 테니 치용이랑 내일 일할 준비 좀 하고 있으라고 했다.

"자기야! 지낼 방은 대충 꾸미긴 했고, 컴퓨터가 한 대 있어야 할 것 같

은데, 자기 일보러 가면 치용 씨랑 컴퓨터 좀 보러 갔다 와야겠다."

"그렇게 해라. 돈 있나?"

"컴퓨터 살 돈?"

"응, 있다."

나는 태성이를 데리고 안산으로 출발했고 미향이와 치용이는 주위에 컴퓨터 대리점을 찾기 위해 돌아다녔지만 컴퓨터 대리점 찾기가 쉽지 않았다.

미향이가 한마디 한다.

"치용 씨, 우리 PC방 가서 인터넷으로 중고나라에서 구매합시다."

"그걸 몰랐네요."

한 시간 정도 돌아다니느라 다리가 아팠는지 컴퓨터 대리점보다는 PC방 찾는 것이 훨씬 쉬웠다.

PC방에서 음료수 2개를 집어 들고 카드번호를 들고 치용은 형수님과 나란히 앉았다.

그리고 치용이는 종종 즐겨했던 인터넷 PC 포커게임을 했고, 미향이는 인터넷 중고나라에 로그인해서 쓸 만한 컴퓨터를 쇼핑했다.

쇼핑이 시작된 지 10분도 되지 않아서 시세보다 싼 연식이 좋은 컴퓨터가 눈에 들어왔다.

크게 창을 띄워 미향이가 치용에게 묻는다.

"치용 씨, 컴퓨터 싸고 괜찮은데, 이것으로 할까요?"

치용이가 한마디 한다.

"컴퓨터에 대해서 잘 모르니깐 형수님 마음에 드는 것으로 사십시오."

그러고는 중고 컴퓨터를 가지고 있는 물품자에게 전화를 했다.

어떤 남자가 전화를 받는다.

미향: 중고나라 광고 보고 전화 드립니다.

물품자: 네.

미향: 중고나라에 올려놓았던 컴퓨터 팔렸나요?

물품자: 누가 컴퓨터 산다고 했긴 했는데 아직 입금을 안 하시네요.

미향: 컴퓨터 상태는 괜찮습니까?

물품자: 상태는 정말 A급입니다. 정말 두 달도 채 쓰지 않았는데 거의 새 것과 같습니다.

미향: 그리 좋은 A급 물건을 왜 시세보다 10만 원 정도나 싸게 파시나요? 무슨 문제가 있어서 그런 거 아닙니까?

물품자: 제가 목돈이 좀 들어갈 때가 있어 급하게 처분하는 것입니다.

미향: 그럼 저한테 파실래요?

물품자: 일단 조금 전에 구매하기로 한 사람한테 전화 한 번 해보고 다시 전화 드릴게요.

미향: (10만 원이나 싼 물건을 놓치기 싫었는지) 아니, 살 마음이 없었으니 지금까지 돈 입금 안하는 것 아니겠습니까?

물품자: 제가 돈이 좀 급해서 지금 처분을 빨리 좀 해야 할 것인데요.

미향: 그럼 그렇게 하면 되지요.

물품자: 말투를 들어보니 지역이 경상도인 것 같은데 어디십니까?

미향: 인천입니다.

물품자: 그럼 잘되었네요. 저는 광명입니다. 서로 가까운 곳에 있으니 광명으로 물건 받으러 오시겠습니까?

미향: 제가 그쪽으로 지금 갈 입장이 안 되는데요.

물품자: 저도 지금 급한 일이 있어서 갈 상황이 못 되는데 어떡하죠? 그럼 제가 퀵으로 물건을 보내드릴 테니 컴퓨터 값 100만 원 송금해주실래요?

미향: 퀵으로 물건 보내는 데 시간은 얼마나 걸립니까?

물품자: 지금 바로 보내면 1시간 만에 인천에 도착할 겁니다.

미향: 그럼 입금 받을 계좌번호 하나 문자로 보내주세요.

전화를 끊기가 무섭게 바로 계좌번호가 문자로 들어왔다.

'○○은행 312-02-01-04 권철우'

요즘 인터넷 사기가 기승을 부린다는 것을 알고 있었기 때문에 일단 치용 씨에게 물어보았다.

"치용 씨, 컴퓨터를 사려고 하는데 지금 광명에서 이쪽으로 물품 가지고 있는 사람이 퀵으로 보내준다며 계좌번호로 100만 원 송금하라고 하는데 어떻게 하죠?"

"아니 물건도 보지 못했고 물건도 안 받았는데 돈은 무슨 돈입니까? 제가 통화 한 번 할 테니 전화 걸어보세요."

미향이가 다시 전화를 걸어 치용이를 바꾸어주었다.

"조금 전에 저희 형수가 컴퓨터 산다고 전화한 일행입니다. 물건도 안 받았는데 선입금하는 것은 서로 조금 찝찝한 거래인 것 같습니다. 안전거래 사이트로 안전하게 거래합시다."

"그렇게 해도 상관은 없는데 안전거래사이트로 거래하면 오늘 시간이 늦어서 택배도 안 될뿐더러 그리고 수수료로 7% 정도를 사이트 관리자에게 내야 하는데 100만 원에 7%면 7만 원입니다. 돈도 낭비고 시간도 지체되고 차라리 광명에서 인천까지 퀵비는 제가 낼 테니 퀵거래 합시다. 그럼 물건도 오늘 도착합니다. 퀵비가 4만 원 정도는 나올 것입니다. 그것을 제가 부담하겠습니다. 그렇게 하면 안 되겠습니까? 물건 받고 나서 돈을 입금해주지 않으면 저도 곤란한 상황이 일어나니 그럼 제가 퀵에게 물건을 전해주고 퀵기사가 물건을 싣고 출발하면 그쪽에 전화가 갈 것입니다. 전화가 가면 돈을 입금해주십시오. 이것이 서로에게 최고의 방법인 것 같습니다."

"서로 빠르고 돈도 절약되고 일단 그렇게 합시다. 퀵에게 물건 출발할 때 나에게 전화하라고 하십시오."

"알겠습니다."

이 물품 판매자는 처음부터 그런 컴퓨터도 없었고 컴퓨터를 팔 의사나 능력이 없었던 사람이다. 퀵으로 위장하여 다른 대포폰으로 전화 한통만 하면 100만 원을 사기 칠 수 있다는 정황을 짜놓았기 때문에 공범인 친구에게 다른 대포폰으로 퀵 기사 역할을 하자며 지시를 내린다. 이 사람들은 조직적으로 계획하여 중고나라에서 사기를 치는 그런 사기범들이었다.

30분 뒤에 미향이 폰으로 전화가 한 통 왔다.

핸드폰 발신 이름이 뜨는 창에는 '빠르고 안전한 퀵'이라는 이름이 떴다. 미향이가 전화를 받았다.

퀵 기사(사기범): 여보세요?

미향: 네, 어디십니까?

퀵 기사(사기범): 여기는 광명입니다. 제가 퀵 기사인데 조금 전에 컴퓨터 물건을 한 대 실었는데 어디로 갖다 드리면 되나요??

미향: 잠시만요. 치용 씨, 퀵 기사 전화 왔는데 어디로 가면 되는지 물어보는데 길 좀 가르쳐주세요.

치용이가 전화를 건네받았다.

치용: 내비게이션 있습니까?

퀵 기사(사기범): 네, 있습니다.

치용: 인천 남구 문학경기장 근처에 ○○오피스텔 106호로 가지고 오시면 됩니다. 얼마나 걸립니까?

퀵 기사(사기범): 한 40분 후면 도착할 것 같습니다.

치용: 퀵비는 선불로 받았습니까?

퀵 기사(사기범): 네, 받았습니다.

치용: 일단 출발하시고 도착하면 전화 주세요.

퀵 기사(사기범): 알겠습니다.


그러고는 10분 뒤 물품 판매자에게서 전화가 왔다. 미향이가 전화를 받았다.


물품자: 조금 전 퀵으로 물건을 보냈습니다. 퀵 전화 받으셨죠?

미향: 네.

물품자: 아까 문자 보내준 계좌로 100만 원 입금 좀 부탁드리겠습니다. 돈이 급해서 그럽니다.

미향: 네, 알겠습니다.


"치용 씨, 컴퓨터 값 입금해줘도 되겠죠?"

"네. 퀵 전화까지 받았는데 입금해줘도 됩니다."

미향이는 폰뱅킹으로 100만 원을 입금해주었다.

그리고 물품 판매자에게 이미향 이름으로 100만 원 입금했다고 하고는 전화를 끊었다.

그런데 1시간이 지나도 컴퓨터가 도착하지 않았다.

미향이가 아까 퀵이라고 전화 온 발신번호로 전화를 걸어보았다.

퀵 아저씨가 전화를 받았다.


미향: 문학동에서 컴퓨터 받기로 한 사람인데 어디까지 왔습니까?

퀵 기사(사기범): 지금 가고 있습니다. 조금만 기다려주세요.

미향: 네, 알겠습니다.

그러고는 또 30분이 지났는데 퀵 기사는 아무 연락이 없었다.

치용: 형수님, 아직 퀵 연락이 안 왔죠?

미향: 네.

치용: 전화 한 번 걸어보세요.

미향은 퀵에게 전화를 걸어서 치용 씨에게 건네주었다. 퀵 아저씨가
전화를 받는다. 40분이면 도착한다던 퀵이 1시간 30분이 지나도 연락이
없어 치용은 짜증이 많이 났다.

치용: 어이~ 아저씨 옵니까? 안 옵니까? 40분이면 온다더만 지금 어디
까지 왔습니까?

퀵 기사(사기범): 오는 길에 오토바이 타이어가 빵구가 나서 빵꾸 때
우고 온다고 늦었습니다.

치용: 그래, 지금 어디까지 왔는데요?

퀵 기사(사기범): 문학동 다와 갑니다.

치용: 약속이 있어 나가야 하니깐 빨리 오소. 얼마나 걸립니까?

퀵 기사(사기범): 10분이면 도착합니다.

전화를 끊고 나서 또 20분이 흘러갔다. 짜증이 난 치용이가 퀵 기사
에게 또 전화를 했다.

치용: 10분이면 도착한다더만 도대체 지금 뭐하는 거요?

퀵 기사(사기범): 죄송합니다. 문학동 앞에서 오토바이 하이바를 안 써
가지고 딱지가 끊기는 바람에 이제 다와 갑니다.

치용: 퀵 운전하는 기사가 하이바는 기본 아니요? 하이바도 안 쓰고
지금 장난해요! 그래 옵니까? 안 옵니까?

짜증이 나서 짜증을 심하게 냈다. 그러자 퀵 기사 한다는 소리가!

"나도 하이바를 쓰고 싶은데 대가리가 커서 하이바가 맞는 게 없어 주문 제작해놓았는데 완성이 안 되어서 어쩌다 이래 되었습니다."

그러고는 퀵 기사는 자기가 한 말이 자기도 웃겼는지 웃음을 터뜨리고 말았다. 그제야 치용이가 이상한 낌새를 눈치 챘다.

"야, 이 개자식아! 너 사기꾼이지?"

그러자 사기꾼이 "야, 이! 멍청아, 사기꾼인지 이제 알았냐? 야, 이 바보 같은 새끼야! 퀵이 하이바 안 쓰고 다니는 놈이 어디 있노! 그리고 오토바이는 타이어가 노주부에 강폭타이어기 때문에 빵꾸도 안 난다. 돌아이 자슥아!"

열이 받은 치용이가 "이 미친 새끼가 하이바 작아서 대가리 들어가지도 않은 거 대충 머리에 쒸아 놓고 대가리 발로 밟바뿐다. 하이바가 뿌사지던지 대가리가 뿌사지던지 둘 중에 하나 뿌사지뿌라고."

퀵기사가 한마디 한다.

"마! 형은 바쁘니까 다른 사람하고 놀아라. 그리고 혹시나 모르니 오토바이 탈 땐 하이바 항상 쓰고 다니고." 하면서 끊어 버린다.

열이 너무 받아서 다시 통화 버튼을 눌러 전화했지만 전화를 받지 않았다.

미향이가 치용에게 입을 연다.

"뭐? 어떻게 된 거예요?"

치용이도 기가 찬지 웃음밖에 나오지 않았다.

"형수님 사기 당했습니다. 컴퓨터는 제가 한 대 사드릴 테니 오늘 있었던 일은 형님께 얘기하면 안 됩니다."

"경찰에 신고하면 안 되나요? 그래도 돈 100만 원이면 저한테는 큰돈이라……."

"경찰에 신고해도 소용없습니다."

"제가 100만 원 입금한 통장 거래 내역이 있는데 그걸로 신고하면 되죠?"

"형수님, 저렇게 작정하고 대놓고 계획적으로 사기를 치는 놈들인데 계좌는 자기 계좌 썼겠습니까? 대포통장을 썼을 것이 분명합니다. 기동 형님과 저희들이 하는 일도 저런 사기꾼들에게 대포통장을 유통하는 일이니 그 누구보다 잘 알고 있습니다. 경찰에는 신고해도 소용없으니 그냥 불우이웃 도왔다고 생각하고 잊으세요. 형님께서 아시면 통장 장사하는 놈이 기본이 안 되어 있다며 욕 엄청 먹으니 형수님 오늘 있었던 일은 형수님하고 저하고만 아는 겁니다. 요즘 사기꾼들이 너무 지능적으로 움직여서 어느 물에 가는 줄 모르겠습니다. 검은 놈들인지 하얀 놈들인지 전화 통화만으로 감정이 안 됩니다."

미향이도 자기 과실을 인정했는지 오늘 있었던 일은 기동이한테는 비밀로 한다며 일을 보러간 기동이와 태성이를 기다리고 있었다.

미향이와 치용이는 아무 일도 없었다는 듯 나와 태성을 기다리고 있었다.

태성이를 데리고 인천에서 안산으로 가는 도중에 진광에게 전화를 했다.

"진광아, 지금 출발한다. 어디로 가면 되노?"

"안산 중앙역 택시 승강장으로 오시면 됩니다."

"알았다."

"30분이면 도착하니깐 기다리게 하지 말고 서둘러서 나와 있어라."

"알겠습니다."

초행길이라 내비게이션을 찍고 중앙동에 도착했다.

오랜만에 본 진광이가 너무 반가웠고 승용차 뒷좌석에 진광이를 태우고 조용한 곳으로 차를 돌렸다.

"어디로 갈까?"

"식사하셨으면 술이나 한잔 하시지요."

"그러자."

"제가 잘 가는 곳이 있는데 그곳으로 갑시다."

진광이가 중국인들이 밀집되어 있는 차이나타운에 '마카오'라는 룸으로 우릴 안내했다.

"형님! 먼 길 오셨는데 제가 한잔 사야죠."

"괜찮겠나?"

"당연히 괜찮죠!"

술집에 들어가는 순간 가게는 어느 정도 고급이었는데 이상한 홀애비 같은 악취가 풍기는 것이었다.

동생 태성이가 "우와 도대체 무슨 냄새고?" 했다.

이 냄새는 내가 중국에 갔을 때 술집에서 맡아보았던 냄새와 비슷했기 때문에 나는 익숙해 져 있었다.

룸에 들어가서 "진광아, 이 무슨 냄새고?" 물었다.

이 냄새는 한족 고유의 냄새라며 중국 사람의 몸에서 나는 냄새라고 했다. "쫌 씻고 다니면 안 되겠나?" 물으니 "몸에서 나는 것을 어떻게 해요."라며 "중국 사람들은 한국 사람에게 마늘 냄새난다고 합니다."라며 환하게 웃는다.

"태성아! 인사해라. 앞으로 형을 많이 도와줄 니 1년 위 최진광이다. 그리고 진광아, 이쪽은 형의 왼팔, 니 1년 아래 정태성이다."

"반갑다."

"반갑습니다. 정태성입니다."

둘은 서로 인사를 나눈다.

"형님! 아가씨들 초이스 해야 안 되겠습니까?"

"그래!"

"한족 여자로 불러 드릴까요? 조선족 여자로 불러 드릴까요?"

"한족 여자는 진짜 대화가 되지 않아서 인형하고 있는 느낌이던데 이 왕 부를 거면 내하고 태성이는 조선족을 불러라."

"알겠습니다."

아가씨들 세 명이 들어왔다.

한 명은 한족, 두 명은 조선족. 이곳 또한 중국하고 다를 것 없이 술집에 외국인 보도방이 돌아가고 있었고, 일단 아가씨들을 초이스 하고 대화를 나누었다.

중국인인데도 한국말을 잘하는 조선족이라서 어느 정도 대화가 되었고 이 아가씨는 중국에서 유학을 와서 지금은 휴학하며 아르바이트하며 돈을 벌고 있었다.

"진광아!"

"예, 형님."

"내일부터 이제 일 들어간다. 통장이 형 계산으로 하루에 50개 이상은 확보될 것 같은데 재고 남지 않게 니는 그것을 신경 써야 한다."

"형님! 재고는 무슨 재고입니까? 지금 통장이 없어서 저희뿐만 아니라 다른 라인에서도 난리입니다. 물건만 확보해주십시오. 나머지는 제가 알아서 하겠습니다."

"아마이와 아난이는 어디 있노?"

"요즘 서울 쪽에서 통장을 20개 정도 받는 곳이 있는데 대전까지 인출을 갔다가 이제 올라오고 있는 중입니다."

"주위에 은행이 얼마나 많은데 인출하러 대전까지나 가노?"

"요즘 인출하다가 사고가 많이 나서 한 번 인출했던 곳은 절대 가지 않습니다."

너무 놀라운 일이었다.

"그럼 교통수단은 무엇을 타고 움직이는데?"

"당연히 택시죠."

승용차는 차량번호가 들통 날 수도 있으니 경비가 좀 들어가더라도 택시를 타고 움직이는 게 확실하다고 했다.

얼마 후 아마이와 아난이가 등장한다.

중국말로 "따거" 하면서 빙긋 미소를 짓는다.

"잘 지냈나?" 물으니

한국말을 전혀 알아듣지 못하는지 "티부동"이라며 중국어로 말하자 진광이가 통역한다. "잘 지냈답니다."

"앉아서 술 한 잔 받아라."

대화가 안 된다는 것이 이렇게 답답한 일인 줄을 몰랐다.

내가 술을 한잔 따라주었다. "씨에 씨에" 하면서 고맙다는 말을 표현한다.

"진광아!"

"예, 형님."

"아난이하고 아마이에게 통역해봐라. 내일부터 많은 물량의 통장이 올라올 것인데 하루에 통장을 얼마나 소비할 수 있는지."

진광이가 통역한다. 아난이와 아마이가 중국말로 뭐라고 하긴 하는데 알아들을 수 없었다.

"통장이 많으면 많을수록 좋은데 하루에 아난이 25개, 아마이 25개 정도는 소비할 수 있답니다."

"그럼 됐다. 이제 다 같이 한 배를 탔으니 열심히 한번 해보자."

내가 말하니 진광이가 아난이와 아마이에게 통역한다.

아난이와 아마이가 손으로 따봉 표시하면서 "부산 사장님 최고예요." 라면서 어설프게 한국말을 한다.

"그럼 진광아, 오늘은 더 마시고 싶은데 정리할 일이 좀 있으니 이만 헤어지고 내일부터는 이제 자주 얼굴보자. 먼저 일어날게."

아난과 아마이에게 "짜이지 엔" 하면서 손을 흔들며 헤어졌다.

'짜이지 엔'은 내가 유일하게 알고 있는 중국어였다. '다음에 만나요.'라는 뜻이다.

인천본부에 도착했다. 미향이와 치용이는 아무 일 없었다는 듯 "이제 오십니까?" 한다.

"컴퓨터는 샀나?"

"컴퓨터 대리점이 없어 못 샀습니다."

동생들에게 마지막 준비 점검하고 나도 내일을 위해 휴식을 취하고 있었다.

다음날 치용이와 미향이는 경기도 일산으로 개인정보를 빼내기 위해 출발하려고 한다.

"치용아, 조금 불편하더라도 지하철하고 택시 타고 움직이라. 괜히 대포차나 렌트카 타고 다니면 차량 번호 따서 언제 사고 날지 모른다."

"잘 알겠습니다. 걱정 마십시오. 형님 다녀오겠습니다."

"그래. 조심해서 다녀온나."

그러고는 개인정보를 빼내기 위해 출발했다.

부산에 동생들은 2인 1조가 되어서 위조된 신분증을 들고 오전부터 통장을 만들기 위해 정신이 없었다.

수식이는 신분증 위조한 사람과 함께 대구 시내를 돌며 통장을 만들었다.

일명 '바지'가 위조된 신분증을 들고 희망은행으로 들어간다.

자기 명의로 된 신분증이 아닌 위조된 신분증이어서, 그리고 처음 위조된 신분증으로 보이스피싱에 사용될 통장을 만드는 과정이라 떨리는 것은 부인할 수 없었다.

희망은행에 들어서니 청원경찰이 공손히 허리를 굽혀 "희망은행을 이용해주서서 감사합니다. 우리나라에서 최고 좋은 희망은행이 되겠습니다."라고 한다.

대기표를 뽑고 바지가 자기 신분증으로 통장을 만드는 것처럼 차분히 행동했다.

이때 수식이는 혹시 은행 주위에 있으면 카메라에라도 찍힐까 싶어 은행 밖 300m 정도 떨어진 곳에 있는 PC방에서 바지사장을 기다리고 있었다.

대기표 차례가 되었다.

은행 창구에 위조된 신분증을 꺼내면서 "입출금통장을 만들어주세요."라고 한다.

은행직원이 "예, 고객님. 조금만 기다려주십시오." 하면서 통장 만드는 절차를 밟는다.

"인터넷 뱅킹, 텔레뱅킹 서비스 필요하십니까? 고객님?"

시간 절약을 위해 "아뇨, 입출금통장과 현금카드 이렇게만 만들어주세요."

10분 만에 위조된 신분증으로 대포통장이 탄생하는 과정이다.

"저희 은행을 이용해주셔서 감사합니다."라고 크게 외친다.

수식이가 기다리고 있는 PC방에서 조금 전에 만들었던 통장을 건네고 바지사장은 또 통장을 만들러 사랑은행으로 발걸음을 옮겼다.

이 신분증이 위조된 신분증인지는 은행직원들이 알 수 없었고 은행직원마다 자기 은행을 이용해주셔서 감사하다는 말만 할 뿐 그 얘기가 우리에게는 대포통장을 만들러 오셔서 감사하다는 말로 들렸다.

통장 만드는 시간은 10분 정도밖에 걸리지 않는데, 대기표를 뽑고 순번을 기다리는 시간이 20분 이상이어서 오전 10시부터 오후 5시까지 통장 13개를 만들기도 빡빡한 시간이었다.

부산에는 봉진이와 승찬이가 시내를 돌며 통장을 만드느라 정신이 없었다.

봉진이는 서면 일대를 돌면서 통장을 만들었다.

이곳 또한 2인 1조가 되어 통장을 만드는데, 대기표를 뽑아 순번을 기다리는 시간이 많이 지체되어 은행 업무시간 오전 9시부터 오후 5시까지 밥만 먹고 만들어도 13개 만드는 것이 이렇게 힘든 것인지 몰랐다. 하지만 돈이 되는 것이기 때문에 무조건 만들어야 한다는 생각으로 열심히 했다.

한두 번 해보니 이제는 범죄가 아닌 내 신분증으로 내가 통장을 만들러 온 것처럼 자연스러웠고, 은행에서는 이 통장이 보이스피싱에 사용이 될 것이라고 상상도 못한 채 은행을 들어 설 때마다 저희 은행을 이용해 주셔서 감사하다는 말밖에는 하지 않았다.

통장을 만드는 절차가 신분증만 있으면 쉽게 만들 수 있다는 점이 악용된 것이다.

하루의 일과처럼 계획대로 일이 진행되고 있었다.

오후 4시경 은행 업무가 다 되어가는 시각, 통장 만든 물량을 파악하기 위해 동생들에게 전화를 걸었다.

"원창아!"

"예, 형님."

"오늘 통장 몇 개 만들었노?"

"13개 만들었습니다. 주민번호, 통장 비밀번호 써서 KTX 퀵 화물로 광명역으로 보내라."

"알겠습니다."

"오늘 고생 많았다. 물건 보내고 다시 통화하자."

"수식아! 형이다."

"예, 형님."

"오늘 통장 몇 개 만들었노?"

"두 사람 명의로 해서 한 사람은 13개, 또 한 사람은 3개, 합쳐서 16개 만들었습니다."

"일단 13개 만든 명의자만 주민번호, 통장 비밀번호 써서 대구역에서 KTX 퀵 화물로 광명역으로 보내라."

"그럼 남은 3개는요?"

"그건 내일 10개 더 만들어서 13개 맞추어 보내라. 너무 무리하게 빨리만 만들려고 하지 말고 쉬어가면서 하루에 13개씩만 만들어라."

"알겠습니다."

"물건 보내고 다시 통화하자."

"승찬아! 형이다."

"예, 형님!"

"통장 몇 개나 만들었노?"

"12개밖에 못 만들었습니다."

"마, 다른 아들은 전부 13개 이상 만들었는데 니는 뭐한다고 12개밖에 못 만들었노?"

"서면에서 은행에 대기자 고객들이 많아서 기다린다고 시간이 지체되어 12개밖에 못 만들었습니다. 죄송합니다. 내일부터는 13개 꼭 채우겠습니다."

"부산역으로 가서 KTX 퀵 화물에 실어서 광명역으로 통장 비밀번호, 주민번호 써서 보내어라."

"알겠습니다."

"물건 보내고 또 통화하자."

봉진에게 전화를 걸었다.

"봉진아! 형이다."

"예, 형님."

"오늘 통장 몇 개나 만들었노?"

"10개 만들었습니다."

"마. 다른 아들은 전부 13개 이상 만들었는데 니는 도대체 뭐하는 놈이고?"

"죄송합니다."

"죄송한 게 아니라 아들보다 앞서가지는 못해도 똑같이는 해야 할 것 아니가?"

봉진이는 다른 애들과는 달리 잔머리가 날랐고 요령을 좀 피우는 동생이었다.

오늘도 분명히 다른 동생들은 2인 1조가 되어 움직이면서 빨리빨리 움직이며 통장을 만들었을 텐데 봉진이는 통장 만드는 바지에게 통장을 만들어오라며 시켜놓고 개인적인 자기 일을 보다 뒤늦게 만든 것이 나의 추측이었다.

"마, 내일은 정신 챙기라. 하기 싫으면 때리 치우고."

"아닙니다. 형님."

"일단 만든 통장 10개하고 카드 비밀번호, 주민번호 써서 KTX 퀵 화물로 광명역으로 보내라."

"알겠습니다."

"형님! 통장 값은 언제 보내주십니까?"

"마! 내가 통장 값 떼먹겠나? 일도 제일 어설프게 하는 게 돈 타령은. 밤 10시경에 해줄 테니 기다리라."

"알겠습니다."

"통장 보내고 통화하자."

원창이 통장 13개, 수식이 통장 13개, 승찬이 12개, 봉진이 10개.

오늘 만든 통장이 48개였다. 50개의 물량을 맞추지는 못했지만 일단 진광에게 전화를 걸었다.

"진광아! 형이다."

"예, 형님."

"지금 물량을 확보한 것이 네 사람 명의로 48개 준비되었단다."

"많이 했네요. 언제 안산으로 오실 겁니까?"

"지금 물건이 올라오고 있으니 물건 받고 출발해서 안산에 도착하면 10시 정도 되겠다. 그리 알아라."

"알겠습니다."

며칠 전에 아마이와 아난 밑에서 아르바이트로 인출하던 중국인들이 인출하던 도중에 한국 경찰들에게 체포되어 구속되었다.

보이스피싱 일에서 최고로 사고가 많이 나는 직책이 인출 팀과 통장 매입하는 팀들이다.

내일부터 본격적인 인출하려면 아마이와 아난 밑에 아르바이트생이 네 명 정도 더 필요해서 아마이와 아난이는 아르바이트생을 구하러 갔다.

아르바이트생은 대부분 중국에서 한국으로 유학 온 유학생을 상대로 일을 시켰고, 이 유학생들은 낯선 한국 땅에 와서 출금하는 돈이 무슨 돈인 줄 모른 채 인출하는 것이다.

이날도 아마이와 아난이는 청주대학교에 중국인 유학생 상대로 아르바이트생을 구하러 간 것이다. 중국 유학생들은 낯선 한국 땅에서 한 민족, 같은 나라 사람을 만났다는 자체가 행복일 것이다. 이런 점을 이용해서 아난과 아마이는 중국 유학생에게 접근한다. 대화가 안 되면 사기를 당하지 않을 것인데 대화가 되니 이런 꼬임에 넘어가게 되는 것이다.

"좋은 아르바이트 일거리가 있는데 하지 않겠나?"

일도 힘이 들지 않고 돈도 많이 준다는 인출대장의 감언이설에 아르바이트생은 유혹을 뿌리치기 힘들 것이다.

현금지급기에서 돈만 찾아주면 하루에 일당 20~30만 원씩을 주겠다는 제안에 중국 유학생은 이 인출대장들의 신분이 무엇인지, 이름이 무엇인지, 생년월일 등등 위조된 신분증을 가지고 중국 유학생들을 기망하여 쉽게 아르바이트생을 모집한다.

이렇게 모집한 아르바이트생들은 이 돈이 보이스피싱으로 사기 친 돈이란 것을 알지 못한 채 인출하다가 한국 경찰에게 체포되는 경우가 대다수이다.

경찰에 체포되어도 이 일을 누가 시켰는지 상선을 잡기 위해 수사를 해보아도 이 아르바이트생들은 정말로 알고 있는 것이 아무것도 없었다.

모르고 보이스피싱 인출했다고 해도 형사처벌을 면할 수 없을뿐더러 이 유학생은 억울하게 형사 처분을 받고 한국 땅에서 중국으로 추방되어버린다.

인출대장은 도마뱀 꼬리 자르기 식으로 억울한 아르바이트생만 버리면 되기 때문에 검거될 확률이 거의 없다.

한국 경찰들이 보이스피싱을 수사하기 위해 관련된 자들을 체포해도 억울하게 무엇에 쓰일지 모르고 통장을 만들어준 사람, 그리고 무슨 돈인지 모르고 인출해준 사람. 정말 아무것도 모르는 사람들만 체포해서 조사하기 때문에 항상 수사는 원점이었다.

이래서 피해자는 갈수록 늘어나고 수사는 항상 제자리라서 대한민국이 한해 보이스피싱으로 사기당하는 금액만 1,100억 원이고, 지금까지 사기당한 금액이 4,500억 원이 넘는다는 게 정부의 말이다.


밤 9시경 광명역으로 대구, 부산에서 보낸 동생들의 대포통장이 도착했다.

그것을 가지고 가기 위해 동생 태성이와 광명역으로 승용차를 타고 목적지로 향했다.

수화물센터에서 송장번호를 가르쳐주고 부산에서 올라온 물건 3개, 대구에서 올라온 물건 1개를 받아들고 승용차로 향했다.

차 안에서 물건을 뜯어보니 명의자별로 깨끗하게 정리정돈 되어 종이에 비밀번호, 주민번호가 깔끔하게 적혀 있었다.

오늘 만든 통장의 계좌번호와 주민번호, 이름, 은행명을 장부에 모두 적었다.

이것을 적는 이유는 정확한 거래를 하기 위해서다.

통장을 사간 사람들이 통장을 다 써버리고도 카드 정지되어 쓰지 못했다는 경우도 있고 계좌번호와 개인정보를 알아야 서로 증거가 남기 때문에 오해 없는 깔끔한 거래를 할 수 있는 것이다.

예전에 통장을 양도하고 종종 이런 일이 있었다. 분명히 통장을 13개를 보내주었는데 통장 10개 값만 주면서 3개는 카드 비밀번호 오류가 나서 쓰지 못해 폐기했느니, 그리고 카드 분실·도난 신고가 나서 쓰지 못했다고 한다. 이런 경우 정말로 카드가 분실·도난이 되어서 통장을 쓰지 못했는지 확인하기 위해 계좌번호, 개인정보를 적어놓는 것이 바로 나만의 지혜였다.

그리고 깔끔하게 통장 값이 정리되면 장부는 당일 바로 바로 폐기시키곤 했다.

증거를 없애기 위한 작업이다.

개인정보, 계좌번호, 은행명들 등을 장부에 적고 진광에게 전화를 했다.

"진광아, 어디로 가면 되는데?" "시화 이마트 앞에 ○○레스토랑이 있습니다. 그쪽으로 오세요."

"알겠다. 30분이면 도착한다."

초행길이라 불러주던 주소를 내비게이션에 찍고 ○○레스토랑으로 향했다.

레스토랑에는 진광이와 아난이가 생맥주를 한잔 마시고 있었다.

중국 사람들은 술을 정말이지 입에 달고 살았다.

그중에서도 맥주는 하루에 기본으로 500cc를 10잔 이상씩 마셨다.

진광이가 인사를 한다.

"잘 찾아 오셨네요?"

"내비게이션 찍고 왔는데 그럼 찾아와야지."

대화가 안 되니 아난이와 나는 빙긋 웃었다. 내가 "안녕?"이라고 말했다. 그러니 아난이도 나의 미소를 마음으로 읽었는지 환한 웃음으로 중국말로 뭐라뭐라 한다.

"맥주 한잔 하십시오."

진광이가 맥주 500㏄ 2잔을 주문한다.

"동생은 운전해야 하니 1잔만 시켜라."

"알겠습니다."

태성이도 "진광이 형, 반갑습니다."라며 "그동안 잘 지냈습니까?" 하면서 인사를 나눈다.

"진광아!"

"예, 형님."

"통장 48개 가지고 왔다."

"그래도 많이 하셨네요."

"내일부터는 물건 끊이지 않게 하루에 계속 50개 이상씩 확보해주십시오."

"알았다."

진광이가 아난에게 중국말로 통역한다. 통장이 48개 올라왔는데 아난이 몇 개 가지고 갈 것이냐는 그런 대화이다.

자기가 아마이보다 일을 더 잘하니까 25개 가지고 간다는 게 아난이의 대답이다.

"형님!"

"그래, 진광아."

"아난에게 25개 주십시오."

태성에게 차키를 주면서 통장 25개를 가지고 오라고 시킨다.

"나머지 23개는 어떻게 할까?"

"아난이 만나고 나서 안산으로 아마이 만나러 가야 합니다."

"알았다."

태성이가 쇼핑백에 담아 통장을 가져왔다.

"자, 25개다."

그러고 나서 아난이가 쇼핑백에서 돈다발을 진광에게 건네준다.

"형님! 저번에 얘기했듯이 통장 받고 통장 값 절반 드리고 다음날까지 잔금 처리하는 방법으로 하겠습니다."

"알았다." 그러고는 25개×80=2천만 원 중 절반인 천만 원은 지금 드리고, 천만 원은 내일 이 시각까지 결제하겠다며 나에게 천만 원을 건넨다.

100만 원짜리 10다발을 받아들고 쇼핑백에 넣었다.

그러고는 아난이가 손가락으로 따봉 표시를 하면서 어설픈 한국말로 "형님 최고!"라고 한다.

진광이가 아난에게 통역한다. 돈 실수하면 안 되니 내일 이 시각까지 남은 천만 원 정리하고 내일 보자며 아난이와 헤어졌다.

나의 승용차를 몰고 진광이를 태우고 안산 중앙동에 있는 ○○레스토랑으로 향했다.

거기에는 인출대장 아마이가 벌써 도착해서 맥주 한잔을 마시고 있었다.

손을 들면서 내가 환하게 "아마이~"라고 부르니 아마이 또한 손을 들어서 반겨주었다.

진광이가 "맥주 한잔 하시렵니까?" 나에게 묻는다. "아니 나는 됐다." 하니 진광이가 목이 탔는지 맥주 500cc 한잔을 시켰다.

진광이가 아마이에게 통역한다. 오늘 물건이 48개 올라왔는데 아난이 25개 가지고 가고 23개 남았는데 오늘만 아마이 니가 2개를 손해 좀 보라는 것이 진광이의 말이었다.

대답은 알았다고 하는 것 같지만 '내가 왜 2개를 손해를 봐야 되는데?'

하는 표정이었다.

보이스피싱에 있어 인출대장은 통장이 최고의 준비물이었다.

통장이 없으면 일할 수 없듯이 통장이 없으면 항상 불안하다는 게 아마이의 얘기다.

"진광아! 아마이 뭐라고 하노?"

"통장 2개 자기가 손해 본다고 서운하다며 내일부터는 손해 안 보게 25개 꼭 맞추어 달랍니다."

"알았다. 통장 너무 많이 가지고 온다고 뭐라 하지나 말라고 해라."

진광이가 통역하니 아마이도 따봉 표시를 하며 나를 보며 환하게 웃었다.

"자, 23개다."

통장과 카드를 훑어보더니 아마이는 돈다발을 쇼핑백에서 꺼낸다.

23×80=1,840만 원인데, 일단 천만 원 드리고 내일 840만 원 결제하겠다며 진광이가 말했다.

범죄행위를 하는 사람들이라서 그런지 성격만큼은 전부 시원시원했고 아마이도 지금 일을 하러 내려가야 한다며 시간이 촉박하다고 하며 헤어졌다.

"진광이 너는 형이 내일 결제 다 받으면 용돈 좀 챙겨줄게."

"아닙니다. 저는 형님께서 보내주신 통장 1개당 10만 원씩 인출대장한테 수수료 받아먹고 있으니 저도 오늘 480만 원 벌었습니다."

통역 해주는 대가치고는 진광이도 괜찮은 수입이었다.

"그래, 니가 형 옆에서 고생하는데 그렇게 해서라도 니 밥그릇 챙겨서 너도 돈 좀 벌어먹어라."

"알겠습니다."

그리고는 진광이는 여기서 집이 가깝다며 택시를 타고 간다며 헤어졌다.

부산에서 통장 대금을 기다리고 있는 동생들에게 전화를 걸었다.

"승찬아! 많이 기다렸제?"

"아닙니다."

"지금 1개당 50만 원씩 통장 대금 입금시켜줄 테니 계좌번호 문자로 찍어놓아라."

"알겠습니다. 형님 사랑합니다."

"마! 이럴 때만 사랑하나? 일단 바쁘니깐 조금 있다 통화하자. 12개 보냈으니 600만 원 입금할게. 일 시킨 바지 돈 떼먹지 말고 개당 20개씩 240만 원 꼭 챙겨줘라."

"알겠습니다, 형님."

원창이에게도 전화를 했다.

"원창아! 통장 값 입금해줄 테니 계좌번호 문자로 찍어놓아라."

"알겠습니다."

"나중에 입금하고 다시 전화할게."

오늘 통장을 보낸 동생들에게 개당 50만 원씩 통장 값을 입금해주었다.

동생들도 나도 중국인들도 전부 다 돈이 되는 일이라 범죄지만 모두 일에 흥미를 느꼈고 이제부터 본격적으로 일이 시작되었다.

인출대장 아난이는 나한테 통장을 25개 받고 인출하는 아르바이트생 2명을 데리고 안산에서 구미까지 인출하러 택시를 타고 밤 11시에 출발했다.

하루에 택시 경비로 들어가는 돈만 100만 원이 넘었다.

경비 아끼다가 사고가 나는 법. 승용차나 렌터카를 타고 다니면 차량 번호 추적이 될 수 있기 때문에 항상 택시를 타고 다녔다.

오늘 구미로 인출을 가면 두 번 다시는 갔던 지역을 가지 않는 것이 인출대장의 지혜였다. 한 번 사고 난 지역은 기본으로 2억 이상 인출해서 오기 때문에 인출한 다음날은 은행에서 경찰서에 수사하기 위해 분위기가 좋지 않기 때문에 이를 훤히 들여다보고 있는 것이다.

구미 진평동에 아마이와 아르바이트생 두 명이 도착했다.

은행이 밀집되어 있고 보안이 허술한 곳에 자리를 잡는다.

새벽 2시경에 모텔을 잡고 내일을 위해 눈을 잠시 붙인다.

7시경에 기상해서 어제 받은 대포통장이 이상이 없는지 확인한다.

눈으로는 확인할 수 없기 때문에 카드에는 포스트 잇 메모지로 비밀번호, 계좌번호를 적어놓고 주위에 가까운 은행에 검사하러 간다.

여기서 검사란 이제 9시부터 이 대포통장으로 보이스피싱 사기 친 범죄 돈을 입금 받아야 하기 때문에 카드 비밀번호는 맞는지, 계좌번호는 맞는지, 카드 이체는 잘되는지, 출금은 잘 되는지, 카드 통장이 분실 신고는 되지 않았는지 검사하는 단계이다.

어제 받은 통장에 무통장입금으로 30만 원을 한 통장에 입금한다.

그러고는 나머지 남은 24개 통장에 30만 원이 입금되어 있는 통장으로 만천 원씩 카드이체를 한다.

왜 하필 만 원이 아니고 만천 원이냐? 이것은 타행 인출일 경우 수수료가 빠져나가기 때문이다.

만원씩 이체하고 인출이 끝나면 검사 작업이 끝난다.

검사하다 보면 카드 분실, 통장 분실, 비밀번호 오류, 신용불량이라서 압류가 걸려 있어 출금이 안 되는 경우가 종종 있다. 이런 통장은 보이스피싱에도 쓸 수 없기 때문에 따로 보관해둔다.

폐기하지 않고 가지고 있는 이유는 나중에 통장 값 결산할 때 통장 모집책 대장인 나에게 검사를 받아야 이런 부분을 마이너스로 잡아준다.

이런 하자 있는 물건을 나에게 보여주지도 않고 폐기시키고 나서 분실이 되었느니, 비밀번호가 맞지 않느니 이런 소리하면 감정이 되지 않는 소리라며 절대 마이너스를 잡아주지 않는다.

아무리 범죄지만 일만큼은 정확히 하는 것이 나의 지혜였다.

검사가 끝난 후 하자 있는 통장을 제외한 하자 없는 것은 메일에 저장해서 인출대장이 중국총책의 메일로 보내준다.

아르바이트생이 검사가 끝난 통장을 아난에게 가져다준다.

그리고 아난이는 중국에 총책 용가리 형에게 전화를 한다.

"형님! 일할 준비가 다 되었습니다. 메일로 계좌번호 보냈으니 확인 한번 해주십시오."

메일을 열어보던 용가리 형이 말한다.

"그래, 확인되었다. 오늘 하루 고생해라."

"알겠습니다."


## ☸ 납치를 가장한 보이스피싱

이제 보이스피싱이 시작된다.

치용이와 미향이는 오늘 분당 부유동에 수작업으로 개인정보를 얻기 위해 집을 나선다.

철수라는 만 9세 정도 되는 남자아이가 "엄마, 시험도 끝나고 해서 PC방에 놀다 올게요."라며 집을 나선다.

철수 어머니는 늦은 시간도 아니고 며칠 시험공부하느라 고생한 철수에게 늦지 않게 놀다 오라며 허락한다.

철수가 PC방을 가기 위해 집을 나선다.

치용이와 미향이가 물색하고 있는 도중 공원에 가는 철수가 눈에 들어온다.

미향이가 철수에게 접근해 환하게 웃으면서 게임 이벤트회사에서 나왔는데 설문지 조사를 해주면 추첨을 통해 닌텐도 게임기를 준다며 유혹한다.

철수는 평소에 갖고 싶던 게임기라서 유혹을 뿌리칠 수 없었고 설문
지 작성에 응하게 된다.

이름: 김철수 어머니 이름: ○○○ 아버지 이름: ○○○

아버지 전화번호: ○○○-○○○-xxxx 어머니 전화번호: ○○○-○○○-
xxxx

집 전화번호: ○○○-○○○-xxxx

받고 싶은 선물: 닌텐도 게임기

하루에 컴퓨터나 게임을 몇 시간 정도 합니까? 2시간

철수가 설문지를 작성하고 있을 때 치용이는 미리 준비하고 있던 대포
폰으로 철수의 모습을 촬영한다.

공원 벤치에서 일어나는 일인데도 게임기를 팔기 위한 잡상인이라 생
각하고 주위 사람들이나 어른들은 별 의심을 하지 않는다.

철수가 설문지 작성을 다했다며 미향에게 설문지를 내민다.

"철수야."

"네."

"너 휴대폰 가지고 있니?"

부유층에서는 어린아이들도 핸드폰을 거의 가지고 다니기 때문에 철
수한테도 핸드폰이 있었다.

"핸드폰에 최신 유행하는 게임 다운로드 시켜줄 테니 핸드폰을 잠시
줘볼래?"

미향이가 묻는다.

철수는 너무 바라던 거라서 아무 생각 없이 환하게 웃으면서 핸드폰
을 미향에게 건넨다.

"철수야, 핸드폰 전원을 잠시 끈다."

"네."

이제 모든 것이 완료되었다.

철수는 닌텐도 게임기를 들고 게임에 푹 빠져 있고, 미향이는 철수의 전화기 전원을 끈 채 철수가 게임하는 것을 구경하고 있었다.

이에 치용이는 설문지 조사한 종이를 들고 총책 콜센터 대장 달수 형에게 전화를 건다.

"형님!"

"그래."

"지금 일 들어갔습니다. 이름 김철수, 아버지 전화번호: ○○○-○○○-××××, 어머니 전화번호 ○○○-○○○-××××, 집 전화번호: ○○○-○○○-××××입니다. 지금 철수가 가지고 있는 핸드폰 전원을 끄고 게임에 빠져 있으니 일을 시작하면 될 것입니다."

"알았다. 사진은 찍었나?"

"네, 사진도 찍었습니다."

"바로 전송해라."

"알겠습니다."

사진을 찍는 이유는 더욱더 스릴 있고 계획적인 범죄를 하기 위해 납치범들이 아이를 데리고 있다는 것을 믿게 하기 위해 찍는 것이다.

달수 형과 통화를 마친다.

중국에서 발신조작해서 지금 철수를 잡아두고 있는 곳이 경기도 분당이기 때문에 발신 뜨는 곳을 경기도로 해서 중국에 콜센터 직원이 전화를 건다.

집안 청소하고 있는 철수 어머니가 경기도로 추측되는 발신번호 031-○○○-×××× 전화를 한 통 받는다.

"철수 어머니 되십니까?"

"그런데 누구세요?"

지금 철수를 데리고 있는 사람인데, 아들을 살리고 싶으면 지금 당장 3천만 원을 준비하라고 한다.

요즘 보이스피싱 전화금융사기를 조심하라고 광고를 많이 하기 때문에 보이스피싱 전화인지 알고 일단 전화를 끊어버린다.

철수 어머니는 철수에게 무슨 일이 있는 건지 걱정되어 철수 핸드폰으로 전화를 걸어본다. 그런데 이게 무슨 소리인가! 고객님의 전화기에 전원이 꺼져 있다고 하는 순간 부모 마음은 가슴이 철렁거리고 심장이 두근거린다.

총책에서 치용이가 찍어놓았던 사진 그리고 철수와 비슷하게 생긴 아이가 머리와 온몸에 피범벅이 되어 울며불며 살려 달라는 동영상이 모자이크 처리되어 철수 어머니 핸드폰으로 전송한다.

철수 어머니는 불안한 마음에 이래저래도 할 수 없고 큰일이 난 것만큼은 사실이라는 정황을 부인할 수 없다.

이때 콜센터에서 발신조작이 되어 또 한 통의 전화가 걸려온다.

"철수 어머니, 아직 상황 판단이 안 되는 것 같은데 사진하고 동영상 보셨죠? 지금 당장 3천만 원 불러주는 계좌로 입금하지 않으면 아들을 영원히 못 볼 거요. 경찰에 신고하고 싶으면 한번 해봐요. 내 취미가 사람 죽이는 것이고 특기가 시체 토막 내어서 유기하는 것이니 판단은 알아서 하고 목적은 돈이니까 돈만 입금해주면 철수는 무사히 보내줄 거요."

"알았어요. 철수 목소리 한번 들어 봅시다."

"어이~ 아줌마! 나는 집 나간 어린이 보관하고 있는 고아원 원장이 아니라 납치범이야. 정신 차리고 돈 입금 안하면 그냥 철수 죽여 버리고 중국으로 들어갈라니깐. 돈 있소? 없소?"

"알았어요. 입금할게요."

"계좌번호 행복은행 ○○○-○○○-××××  이름 손성민. 이쪽으로 3천만 원 입금하소. 지금 당장 전화는 끊지 마시오. 전화를 끊는 순간 경찰에 신고를 했다 생각하고 철수는 죽여 버릴 테니까.”

“알았어요.”

철수 어머니는 전화기를 든 채 가까운 현금지급기로 가서 납치범이 불러주는 계좌로 3천만 원을 입금한다. 납치범이 불러준 행복은행 계좌는 주민등록 위조로 만든 대포통장이었다.

3천만 원이 입금되었다는 철수 어머니의 말에 잠깐 기다리라며 전화는 끊지 말고 확인 중에 있으니 기다리라고 한다.

이때 총책을 맡고 있는 용가리 형이 구미에서 인출을 기다리고 있는 인출대장 아난에게 전화를 한다.

행복은행 통장주 손성민 계좌번호 OOO-OOO-××××에 3천만 원이 입금되었으니 빨리 인출하라고 오더를 내린다.

“알겠습니다.”

아난이는 은행 옆에 대기하며 3천만 원이 입금되어 있는 현금카드를 인출 아르바이트 하는 사람한테 주면서 돈을 찾아오라고 한다.

현금카드 1개당 카드로 출금할 수 있는 한도가 6백만 원이어서 3천만 원이 입금되어 있는 카드로 6백만 원씩 4군데에서 이체한다.

그러고는 아르바이트생 두 명이서 10분도 채 걸리지 않아 3천만 원을 출금한다.

여기서 인출대장 아난이는 은행 옆에서 아르바이트생이 인출하다가 경찰들에게 잡혀가지는 않는지, 그리고 인출한 돈을 들고 도망가지는 않는지 지켜보며 감시한다.

아르바이트생이 마지막 6백만 원을 출금하여 인출한 돈을 아난에게 가져왔다.

아난이는 인출한 돈을 쇼핑백에 넣고 중국에 있는 달수 형에게 전화를 한다.

“인출은 끝났습니다.”

이어 콜센터에서는 계속 철수 어머니랑 통화하고 있다.

철수 어머니가 울먹이는 목소리로 "3천만 원 입금해주면 우리 철수 돌려 보내준다고 해놓고선 왜 약속을 안 지키는 거예요?" 한다.

"어이, 아줌마. 철수는 내가 잘 데리고 있으니까 일단 3천만 원 더 입금하세요."

"아니, 아까하고 얘기가 틀리잖아요. 그리고 그런 큰돈이 어디 있어요. 3천만 원도 이사 가려 고 모아둔 돈 입금해준 것인데."

"어이, 아줌마 내가 지금 당신들 사정까지 봐주어야 하나? 남편 돈 잘 벌어오는데 돈 좀 나누어 쓰자. 아니면 철수 죽여 버리고 바다에 던져 버리기 전에……."

벌써 철수는 미향, 치용이와 헤어진 상태다. 철수는 PC방에서 어머니가 사기범들에게 시달리고 있는지 알 수 없다.

"아저씨, 철수가 죽는다는데 돈이 있으면 드리죠. 진짜 2천만 원밖에 없으니까 2천만 원 받고 철수 풀어주세요."

"알았다."

"아까 그 계좌번호로 입금하면 되나요?"

"아니, 다른 계좌번호 불러줄 테니 그리로 입금하소. 통장주 손성민 신용은행 ○○○-○○○-××××."

"철수 목소리라도 한번 들려주세요."

"아따, 진짜 대화 안 되네. 그럴 시간에 빨리 돈 입금하고 아들 만나는 게 빠르겠다."

"알았어요."

"아까 갔던 은행 말고 가까운 다른 은행에 가서 입금하시오. 경찰에 신고하면 진짜 그때는 철수 얼굴 다시는 못 보는 줄 알고 빨리 입금하쇼."

철수 어머니는 서둘러 은행으로 간다. 은행으로 가서 납치범이 불러주는 신용은행 계좌로 2천만 원을 송금했다.

아까 갔던 은행으로 가면 철수 어머니 표정도 울상일 것이고 그리되면 청원경찰이나 은행직원들에게 보이스피싱으로 돈을 입금하는 것을 들킬 수도 있기 때문에 이런 일로 종종 일이 망쳐지는 경우가 있었다. 그것을 방지하기 위해 다른 은행으로 가라고 한다. 철수 어머니가 납치범이 불러주는 계좌에 2천만 원을 입금했다.

"입금했습니다."

총책에서는 대기하고 있는 인출대장 아난에게 다시 전화를 걸어 행복은행 통장주 이재명 계좌번호 ○○○-○○○-××××에 2천만 원이 입금되었으니 찾으라고 지시를 내린다.

아난이가 알았다면서 전화를 끊는다.

다시 인출 아르바이트생들에게 현금카드를 주면서 인출대장 아난이가 돈을 찾아오라고 지시를 내린다.

철수 어머니는 납치범과 통화하면서 울먹이는 목소리로 철수 좀 풀어달라고 애원한다.

"이 아줌마야, 돈이 들어왔는지 확인해야 아들을 풀어줄 것이 아닌가? 기다리소. 풀어줄 테니."

지금 풀어놓았으니 아들과 통화해보라고 하면 아직 인출이 끝나지 않았기 때문에 아들이 풀려난 것을 알면 경찰에 신고해서 사기 친 돈이 출금 정지되기 때문에 헛수고가 되는 것이다.

안전하게 돈을 뽑기 위해 끝까지 통화하며 인출이 끝날 때까지 신고하지 못하도록 유도하는 것이다. 인출대장 아난에게 2천만 원 출금이 다 되었다고 총책에게 연락이 왔다

보이스피싱이라는 것은 피해자의 통장 잔액이 0원이 될 때까지 계속 사기를 치는 것이다, 철수 어머니가 돈이 더 있었더라면 절대 5천만 원에서 끝나지 않고 똑같은 방법으로 계속 사기를 친다.

"아들 풀어놓았으니 통화 한번 해보시오. 돈은 잘 쓸 테니 행복하게

사시오."

철수 어머니가 철수 핸드폰으로 전화를 해본다.

꺼져 있던 전화기가 켜져서 신호가 간다.

PC방에서 게임하고 있던 철수가 전화를 받는다.

"여보세요? 철수야."

"네, 엄마."

"너 지금 어디야?"

"어디긴 어디야, 게임방이지."

"몸은 괜찮나?"

"그게 무슨 소린데?"

"지금 당장 집으로 와봐."

"아니 한창 게임 잘하고 있는데 집에는 왜?"

"급하다니깐. 빨리 집으로 들어와. 알겠지?"

철수는 한창 게임에 푹 빠져 있었는데 투덜대면서 집으로 간다.

집에 도착해서 "왜 집에 들어오라고 했는데……?"

"어떤 나쁜 아저씨들한테 납치당한 거 아니었니?"

"납치는 무슨 납치? 게임방에 있었는데."

"그럼 아까 핸드폰은 왜 꺼놓았는데?"

"아, 그거? 핸드폰 게임 다운로드 해준다고 해서 꺼놓았지."

PC방 갈 때 치용이와 미향이를 만나 벌어진 정황들을 어머니한테 얘기한다.

그때서야 철수 어머니는 보이스피싱이라는 것을 깨닫고 경찰서에 신고하러 간다.

신문이나 뉴스를 보고 보이스피싱 당한 사람들이 진짜 어리석네, 바보라고 생각했는데 내가 당사자가 되어 경험해보니 돈이 없었으면 사기를 당하지 않겠는데 자식을 담보로 사기를 치는데 그 누가 전화를 받았다고 해도 자식을 사랑하는 부모들은 보이스피싱을 빠져나갈 수 없을 것이다.

대부분의 피해자들은 큰돈을 사기당해도 경찰서에 신고하지 않는다.

부유층 사람들은 아버지나 어머니가 부정한 목적으로 구리게 번 돈이 대다수이기 때문에 어찌 보면 1억 원 미만인 금액은 이 사람들한테는 돈도 아니어서 경찰서에 신고해서 참고인 자격으로 조사 받으면 1억 원 어디서 나서 사기를 당했냐고 경찰들이 물으면 곤란하여 신고를 거의 하지 않는다.

저녁에 철수 아버지께서 일을 마치고 돌아오셨다.

철수 어머니가 오전에 보이스피싱 사기당한 정황을 애기하니 철수 아버지가 흥분하면서 어쩔 줄을 몰라 한다.

철수 가족이 사기당한 돈은 구리게 번 돈이 아니라 안 입고 안 먹고 이사 가기 위해 저축해서 모은 돈이었기에 경찰에 신고하기로 마음을 먹는다.

다음날 철수 어머니는 철수를 데리고 분당경찰서 수사과에 신고하러 갔다.

담당 형사가 "무엇을 도와드릴까요?" 하고 묻는다.

"사기를 당했는데요."라며 어제 보이스피싱 사기를 당했던 정황을 경찰에게 말해준다.

수사하기가 참 애매한 사건이다.

수사할 수 있는 증거물이라고는 철수가 대충 본 미향이와 치용이 얼굴 그리고 철수 어머니가 사기금액을 입금한 행복은행과 신용은행 통장번호 그리고 중국에서 철수 어머니에게 걸려온 대포폰 발신번호가 전부였다.

경찰이 하는 말이 요즘에 이런 보이스피싱이 기승을 부리고 있는데 중국에 서버를 두고 정교한 팀을 짜서 사기를 치기 때문에 검거도 어려울

뿐더러 수사에 어려움이 많다는 것이다.

스스로가 조심하는 방법 외에는 대책방법이 없다는 것이 경찰의 말이다.

"통장주를 조사해보면 알 수 있지 않을까요?"

철수 어머니가 말한다.

"보이스피싱 사기 치는 놈들이 머리가 얼마나 좋은데 자기 명의로 된 통장으로 사기를 치겠습니까? 일단 오늘은 돌아가시고 저희들이 수사를 한번 해보겠습니다."

"수사를 해보는 게 아니라 꼭 범인 잡아서 제 사기당한 돈 찾아주셔야죠. 그 돈은 철수 아버지와 제가 안 쓰고 안 먹고 모은 피 같은 돈입니다. 꼭 좀 잡아주세요."라며 경찰서를 나온다.


## ☸ 신종 보이스피싱

사기와 대포통장으로 인한 보이스피싱의 차이점이 무엇일까?

사기는 갚을 의사나 능력이 없음에도 불구하고 재산상의 이득을 챙기는 것이다.

쉽게 말하면 주위에서 자주 일어나는, 돈을 빌려주고 돈을 못 받는 사건이다.

돈을 빌려주고 돈을 갚지 않으면 독자 여러분은 어떻게 하는가?

당연히 경찰에 신고를 할 것이다.

경찰에 신고하면 돈을 빌려간 사람은 고소를 당해 형사 처분을 당할 것이고 형사 처분을 당하면 구속되기 때문에 변제도 받을 수 있고, 사기꾼이 구속당하면 제2, 제3의 피해자를 막을 수 있을 것이다.

하지만 대포통장을 써서 사기 치는 보이스피싱 사기는 도대체 누가 사기를 치는 것인지 알 수 없고 범인을 알 수 없어 검거도 수사도 할 수 없다. 수사도 검거도 할 수 없어 제2, 제3의 범죄는 일어나는데 잡을 수 있는 길이 어렵기 때문에 수사는 항상 원점이었다. 수사가 항상 원점이기 때문에 사기당한 피해금도 받을 수 없다.

이런 악순환이 연속되고 있음에도 불구하고 대책 방법이 없어 대한민국뿐만 아니라 전 세계에서 지금 골칫거리를 앓고 있는 것이다.

경찰서에서 철수네 보이스피싱 사건을 조사해본다.

철수 어머니께 걸려온 발신전화번호는 중국에서 발신 조작이 되어 걸려온 대포무선 인터넷 전화라서 우리나라가 아닌 다른 나라에 있는 사람을 조사하는 말도 안 되는 현실이었다.

그렇다면 유일한 증거는 철수 어머니가 3천만 원과 2천만 원을 입금한 통장이었다.

담당 경찰이 신용은행 통장주 손성민, 행복은행 통장주 이재명을 참고인 자격으로 경찰서에서 소환한다.

"당신이 손성민 맞습니까?"

경찰이 묻는다.

"네, 맞습니다."

"생년월일 ××××××-××××××× 맞습니까?"

"네."

"2008년 부산 서면 지점에서 신용은행 통장 개설한 사실 있죠?"

"아뇨, 없는데요."

"손성민 씨 아닙니까?"

"손성민은 맞는데 저는 신용은행 통장 가지고 있는 것도 없고 개설한 적도 없습니다."

신분증을 위조해서 대포통장을 만들었기 때문에 그 사람이 그 사람일 리가 없었다.

신용은행 CCTV를 뽑아와서 그때 당시 통장을 개설했을 때 찍힌 용의자와 비교해보니 완전히 다른 사람이었다, 이재명 씨를 수사해보아도 결과는 똑같았다.

이 사람은 혐의가 없기 때문에 경찰서에서 집으로 돌려보냈다.

지금 이 시간에도 보이스피싱 그리고 대포통장 개설, 개인정보 유출 범죄는 계속 반복되고 있음에도 불구하고 수사는 항상 원점이다.

중국에서 개인정보 빼내는 팀 해커들이 행복은행을 공격한다. 하루 만에 행복은행 고객 1,300만 명의 개인정보가 해킹당해 이것이 보이스피싱에 악용되어 수많은 피해자가 발생 할 것이다.

이 개인정보는 보이스피싱 총책들에게 개당 30원에 거래되고 있다.

따끈따끈하고 싱싱한 개인정보를 USB에 담아 총책 용가리 형에게 가져간다.

"따끈한 디비를 가지고 왔습니다."

용가리 형은 해커 중에서 강 팀장만큼 실력이 뛰어난 사람을 보지 못했다며 돈을 주고 거래한다.

강 팀장은 중국에서도 알아주는 해커로 마음만 먹으면 못하는 해킹이 없을 만큼 실력이 뛰어나다. 그래서 범죄가 더욱더 지능화되는 것이다.


부산에 있는 동생들도 이제는 어느 정도 적응되어 자동으로 척척 통장을 만들어서 알아서 광명역으로 출발시켰다.

치용이, 미향이 또한 이제는 프로답게 알아서 척척 궁합이 맞아서 환상의 콤비가 되어 수작업으로 개인정보 빼내는 일을 쉽게 해냈다,

이런 엄청난 범죄는 계속 늘어나는데, 도대체 어디서부터 수사를 해야할지 감이 잡히지 않아 검찰청, 경찰에서는 애를 먹고 있었다,

어느 날 미향이가 나한테 할 얘기가 있다며 시간을 내라고 한다.

"어디서 볼까? 인천에서 술이나 한잔하자."

"알았다."

"동생들은 데리고 오지 말고 혼자서 왔으면 좋겠는데."

"알았다, 혼자 갈게."

안산에서 진광이를 만나 아난, 아마이에게 통장을 양도하고 오는 길에 미향의 전화를 받았다.

"집에 도착해 가는데 10분 뒤에 자주 가는 바에서 보자."

"알았다."

운전하던 태성에게 말한다.

"형은 이곳에서 내려주고 너는 집에 들어가서 좀 쉬고 있어라. 요즘 느그 형수가 안 놀아준다고 투덜대서 오늘은 데이트 좀 하고 들어갈게."

"알겠습니다. 다녀오십시오."

인천에 올라와서 술 한 잔 먹고 싶을 때 종종 오던 바였다.

미향이보다 먼저 도착해서 윈저 17년을 한 병 시켜서 한잔을 마시고 있을 때쯤 미향이가 환하게 웃으면서 가게로 들어왔다.

"10분 뒤에 온다더만 내가 정확히 7분 만에 왔는데 벌써 와 있네?"

"나도 이제 왔다."

오랜만에 단둘이 하는 데이트였다.

범죄라고 하면 범죄겠지만 서로 맡은 바 일을 충실히 했기 때문에 데이트할 시간이 없었다.

"미향아! 니가 하는 일 할만 하더나?"

"일은 어려운 게 아닌데 개인정보 빼내는데 이렇게 많은 돈을 주니 내가 불안하다. 이거 나쁜 일 맞제? 도대체 무슨 일인지는 알고 해야 할 것 아니가? 니가 동생들 중에서 최고 형이고 자기가 동생들에게 지시를 내리는데 자기가 모른다는 게 말이 안 되는 거 아니가?"

"미향아! 니 내 믿제?"

"그래. 믿으니까 믿게끔 설득을 시켜줘야 할 것 아니가?"

"차라리 모르는 게 미향이 니한테는 약이 될 것 같아서 얘기를 안했는데 니가 이제 모든 것을 대충 알고 물어보는 거 같으니 내가 얘기할게. 중국에서 보이스피싱 전화를 거는데 개인정보가 필요해서 설문지 조사로 인해 개인정보를 빼내서 중국에 팔아먹는 과정이라고 생각하면 된다. 어찌 생각하면 나쁜 일이지만 사람 죽이고 강도짓 하는 게 아니니깐 그리 나쁜 일도 아니란다. 돈 많은 사람 돈 좀 나누어 쓰자고 하는데 그게 그리 잘못되었나? 너도 한 달 정도 이 일을 해서 돈 좀 모았겠네?"

"한 8천만 원 벌었다."

"그러면 부산 내려가라. 니가 하는 일은 내가 다른 사람 구할게. 하기 싫으면 안 해도 된다."

"이제 일이 이렇게까지 되어버렸는데, 넘지 말아야 할 선을 넘어버렸는데 스톱이 되겠나?"

"그럼 뭐 어떻게 한다는 얘기고?"

"이 일을 언제까지 해야 되는데?"

"나도 돈 좀 벌었다고 생각하면 그만둘 끼다. 그런데 이런 기회가 두 번 다시는 없을 것 같다. 강도짓이나 사기만 쳐도 금액이 5억 이상 넘어가면 징역 3년 이상을 살아야 하는데 이것은 그 이상 돈을 벌 수도 있고 징역도 그리 안 받는다. 기회가 왔을 때 돈 좀 벌어야지 내가 다른 것은 다 마음이 놓이는데 니가 끼여 있다는 것이 마음에 걸린다."

"나는 걱정하지 마라. 지금 하던 대로 하면 되는 것이고, 오늘 자기한테 들은 것은 아무것도 없다. 안 들은 것으로 할게. 만약에 경찰에 잡히더라도 처음에 자기가 알리바이 짜준 것처럼 알바천국 전화해서 아르바이트 구하기 위해 전화했는데 설문지 조사 좀 해주면 한 달에 월급 300만 원씩 준다고 해서 내 경비 내가 들여가면서 일했는데, 돈도 10원도 받지 못했다며 나도 피해자라며 사기를 당했다고 말하면 되는 거 아닌가?"

"그래 바로 그거다."

131

"걱정 마라. 나도 바보 아니니. 나도 돈독이 올라서 이왕 이래 된 거 돈이나 왕창 벌어 볼란다."

"미향아! 미안하다."

"미안하기는 뭐가 미안하노? 이것이 나와 너의 운명인데."

"그리 생각하나?"

"나는 지금 이 시간까지도 너를 만나서 후회해본 적 없다. 앞으로도 그럴 거고."

"나도 너 같은 든든한 여자 친구 있어서 힘이 난다. 우리 돈 많이 벌어서 역전 없는 인생 살자. 내일은 토요일이라서 일도 없는데 마음껏 마시자."

공휴일, 토요일, 일요일은 은행이 휴무이기 때문에 은행이 영업하지 않으면 대포통장도 만들 수 없고, 통장이 없으면 보이스피싱 사기도 칠 수 없기 때문에 우리도 주5일 근무하는 공무원이나 다를 바 없었다.

오랫동안 하지 못했던 긴 대화하며 오랜만에 밀린 숙제를 하기 위해 모텔에 갔다.

모텔에서 샤워하고 침대에 누워 담배를 한 개비 피웠다.

미향이도 처음에는 숙맥이었는데 이제는 부부처럼 자연스럽게 샤워하고 나왔다.

팔베개를 하고 누워서 이런저런 애기를 나누었다. 그러고는 내가 미향에게 시 하나를 읊어주었다.

"방금 당신의 통장에 행복을 입금시켜드렸습니다.

외롭고 힘이 들 땐 찾아 쓰세요.

비밀번호는 당신의 환한 웃음입니다.

자, 기동이 따라 웃어봐용. 김치^^"

그러자 미향이가 "누가 통장 장사하는 사람 아니라고 할까 봐." 하면서 비웃는다.

"우리는 참 신기한 인연이다."

미향이가 말을 꺼낸다.

"왜?"

"서로 극과 극인 사람들이 물과 기름이 되어 이렇게 오랫동안 사랑하고 있으니까."

"그럼 누가 물이고 누가 기름인데?"

"당연히 내가 플러스에 가까우니깐 내가 물이지."

"야! 기름 한 방울 안 나는 나라에서 니가 아직 기름의 소중함을 모르는 것 같은데?"

"알았다."

"내가 값어치 조금 더 나가는 기름 할게."

내가 웃으면서 말했다.

"자기가 휘발유로 착각하는 것 같은데 휘발유까지는 아닌 것 같고." 3초쯤 생각하다가 "음…… 참기름은 아니고 식용유쯤 해줄게." 하면서 웃음을 터뜨린다.

"식용유는 아니다."

"아이가?"

"니는 그럼 똥물이다. 알겠나?" 하면서 웃음을 터뜨리니 "여자 친구한테 똥물이 뭐고?" 하면서 살짝 삐치는 척했다.

키스하면서 가슴 쪽에 손이 살짝 올라가니 "자기야, 나 오늘 빨간불인데 안하면 안 돼?" 하는 것이다.

"빨간 불이 뭔데?" 물으니 "생리 중이라고 바보야!"

"빨간불이면 무단횡단하면 되지."

"무단횡단하면 사고 날 수도 있으니까 오늘은 그냥 자자."

"사고 나봐야 무슨 대형 사고라도 나겠나?"

"사랑은 구속과 같은 거. 하지만 그 감옥이 그대라는 감옥이라면 난

차라리 무기징역을 선고받겠소. 나는 자기를 위해 무기징역을 선고 받을 준비되어 있단다."

"말이나 못하면 밉지나 않지. 그래도 자기한테 그런 소리 들으니 기분은 정말 좋다."

그러고는 뜨거운 밤을 보냈다.

보이스피싱 연구원 팀들이 새로운 보이스피싱에 대한 연구에 들어갔다.

같은 방법으로 계속 보이스피싱을 하면 나라에서 대책방법을 마련해 걸려드는 사람들이 줄어들기 때문에 신종 보이스피싱이 나와야 할 단계였다,

해커들과 연구원 팀 그리고 총책 달수 형이 연구에 들어갔다.

보이스피싱 연구 대상이 되는 피해자들은 돈이 급한 서민이나 가족을 담보로 잡아놓고 납치했다며 돈을 요구하는 방법, 그리고 공공기관을 사칭해서 팀워크를 짜서 피해자들을 현혹시키는 방법, 물질이나 힘든 정황을 악용해 개인정보를 훤히 들여다보고 사기를 치는 방법이다.

## ⚙ 카드론 피싱

평범하게 직장생활 하는 김상재 씨.

결혼한 지 2년차에 자녀가 태어나 월급 200만 원으로 생활비와 교육비 하느라 일만 하면서 열심히 성실하게 사는 그런 가장이다.

이날도 직장에서 성실하게 일하고 있는데 한 통의 전화가 걸려온다. 이 전화는 며칠 전 중국의 해커 강 팀장이 행복은행을 공격해 개인정보 1,300만 개를 해킹해 보이스피싱 총책 용가리 형에게 개인정보를 넘

긴 것이다.

달수 형이 맡고 있는 보이스피싱 콜센터에서 발신번호를 조작해서 김상재 씨에게 전화를 걸었다.

발신번호는 1588-××××로 행복은행의 대표번호이다.

보이스피싱 콜센터에서는 김상재 씨의 개인정보인 이름, 주민번호, 주소, 직장 전화번호 등을 펼쳐놓고 이본격적인 피싱에 들어갔다.

"김상재 고객님 맞습니까?"

"네, 그런데요."

"여기는 부산시 사하구 하단동 행복은행입니다. 저는 담당자 이진주입니다."

"네."

여기서 부산 사하구 하단동이라고 하는 것은 김상재 씨의 주소가 부산 사하구로 되어 있기 때문에 서울 지점이라고 하거나 다른 지점이라고 하는 것은 조금 어색한 느낌이 들기 때문에 피해자들도 잘 알고 있는 지점을 들먹이는 것이다.

"2010년 5월 7일 저희 지점 행복은행에서 3억 원 대출해 가신 대출금이 상환되지 않고 있고 두 달째 이자도 입금되지 않았는데 어떻게 되신 겁니까? 이번에도 입금되지 않으면 형사 고소를 할 수밖에 없습니다."

그러자 대출한 적이 없는 김상재 씨가 "저는 대출한 적이 없는데요."라고 대답한다.

"78××××-××××××× 김상재 씨 아닙니까?"

"김상재는 맞는데 저는 대출한 사실이 없다니까요."

"요즘 명의 도용 사건으로 인해 불법 대출 사건이 자주 발생하고 있습니다. 개인정보가 빠져나가서 누군가가 불법 대출한 것 같으니 경찰서에서 전화가 갈 것입니다. 경찰서에서 전화가 가면 수사에 협조를 좀 해주십시오. 잘못하면 김상재 씨가 불이익을 받을 수도 있습니다."

"수사에 협조는 해드리겠는데 제가 잘못한 것이 없는데 불이익은 무슨 불이익입니까?"

"일단 담당 경찰과 통화한 후에 다시 전화를 드리겠습니다. 저는 담당자 이진주였습니다."라며 은행을 사칭한 사기범이 전화를 끊는다. 몇백만 원도 아닌 3억 원이나 되는 큰돈을, 그리고 대출하지도 않은 대출했다는 사기범 전화에 김상재 씨가 가슴이 콩닥거리고 불안해하고 있을 때 5분 정도 지나서 대표번호 051-112 발신번호로 전화가 한 통 왔다. 이것은 중국에 있는 콜센터에서 발신 조작해서 경찰청을 사칭하는 전화이다.

"김상재 씨 핸드폰 맞습니까?"

"예, 맞습니다."

"××××××-×××××××× 김상재 씨 맞죠?"

"네."

"조금 전에 행복은행 직원 이진주 씨한테 전화 한 통 받으셨죠?"

"네."

"여기는 부산경찰청 지능범죄 수사팀 경위 박경동이라고 합니다. 다름이 아니라 개인정보가 유출되어 누군가가 불법 대출한 것 같은데 수사에 협조 좀 해주십시오. 가까운 경찰청에 오셔서 받으시겠습니까? 아니면 전화상으로 협조해주시겠습니까?"

"전화로 하겠습니다."

"요즘 범인들이 대부분 신용카드에서 개인정보를 빼가고 있는데 혹시 신용카드 가지고 있습니까?"

"네, 가지고 있습니다."

"어디 신용카드 쓰고 계십니까?"

"○○카드 쓰고 있습니다."

"○○카드에 보면 카드번호 16자리가 있습니다. 그거 좀 불러주십시오."

"××××-××××-××××-××××인데요."

"그리고 카드 뒤쪽에 보면 CVC 코드번호라고 3자리가 적혀 있습니다. 그것도 불러주십시오."

"×××입니다."

"그리고 카드 비밀번호도요."

"비밀번호도 알려 드려야 합니까?"

"요즘 대부분이 신용카드나 체크카드에서 개인정보가 빠져나가기 때문에 제2, 제3의 범죄를 막기 위해서는 범인을 빨리 잡아야 하니 수사에 협조 좀 해주시길 바랍니다."

"비밀번호는 ××××입니다."

"그리고 자주 이용하시는 은행 계좌 있습니까?"

"네. 행복은행 계좌를 이용하고 있습니다."

"계좌번호를 불러주십시오."

"○○○-○○○-×××× 김상재입니다."

"비밀번호도요."

"××××입니다."

"수사에 협조해주셔서 감사합니다. 빠른 시일에 범인을 검거해서 불이익이 없도록 하겠습니다. 불이익을 받을 수도 있으니 제가 전화하면 받으세요."

그러고는 전화를 마친다.

김상재 씨는 불안한 마음을 부인할 수 없었다.

중국 총책들은 이렇게 빼낸 개인정보를 악용해서 카드론 대출을 받는다.

대포폰을 이용해 ○○카드 ARS로 들어가 카드번호, 주민번호, CVC 코드번호, 유효기간, 비밀번호를 누르고 김상재 씨인 것처럼 가장해서 1,000만 원 카드론 대출을 신청한다.

대출금은 본인 통장이 아니면 입금을 시켜주지 않는다는 점을 이용해 자주 쓰는 행복은행 계좌번호 ○○○-○○○-XXXX로 대출금을 입금해 달라고 한다.

대출 승인이 완료되어 행복은행 계좌 ○○○-○○○-XXXX 김상재 계좌에 1,000만 원이 입금되었다는 승인 완료에 중국 콜센터에서 ○○○-○○○ 발신 조작을 해서 다시 김상재 씨에게 전화를 건다.

"조금 전에 통화했던 부산경찰청 지능수사팀 경위 박경동입니다. 김상재 씨 맞습니까?"

"네."

"저희들이 수사를 해보니 지금 상황이 심각합니다."

김상재 씨 행복은행 계좌 ○○○-○○○-XXXX에 범인들이 범죄에 사용할 목적으로 돈을 입금해놓았는데 지금 신속히 수사를 해야 하니 다시 1,000만 원을 자기가 불러주는 계좌로 입금해 달라고 한다.

5분 뒤에 다시 전화를 드릴 테니 1,000만 원이 입금되어 있는지 확인하시고 다시 통화하자며 전화를 마친다.

김상재 씨는 자신의 행복은행 계좌에 ARS로 잔액조회를 해보니 어디서 들어온 돈인지 모르지만 천만 원이 플러스가 되어 남아 있었다.

'아, 이것이 범죄에 이용된 돈이구나.' 나의 돈도 아니고 경찰서에서 경찰이 돌려달라고 하니 아무 의심 없이 돌려주려고 마음을 먹고 있었다.

피해자는 이 돈이 자신의 신용카드로 카드론 대출을 받았다는 것은 상상도 못한다.

이때 B조를 이끄는 인출대장 아마이는 인출 아르바이트생 두 명을 데리고 대전 유성에서 인출하기 위해 올라갔다.

현금카드 검사 단계를 다 끝마치고 오늘 보이스피싱 사기로 인해 입금받을 계좌를 용가리 형에게 보내주고 인출 대기하고 있었다,

김상재 씨는 통화하던 사람이 누군지도 모른 채 경찰이라 생각하고 사

기범이 불러주는 대포통장 계좌에 돈 천만 원을 이체해주었다.

자기 돈이 아니었기 때문에 보내주지 않을 수 없었다.

대포통장에 피해자로부터 사기 친 돈이 입금된다는 것은 콜센터에서 가장 먼저 알게 된다.

돈이 입금되었다는 소리에 총책에서 인출대장 아마이에게 전화를 건다.

"사랑은행 통장주 ○○○ 돈 천만 원이 입금되었으니 찾아라."

"알겠습니다."

미리 준비하고 있던 통장주 ○○○ 현금카드를 아르바이트생에게 양도하며 돈 천만 원을 출금하라고 지시를 내린다,

이렇게 출금한 돈이 A조에서만 하루에 1억 5천만 원이나 된다.

1억 5천만 원을 출금하면 출금한 금액의 20%인 3천만 원은 인출 팀에서 가져간다.

그리고 현금카드 1개당 하루 인출한도가 600만 원이기 때문에 1억 5천만 원을 출금하려면 대포통장 25개가 필요하다.

25×80만 원=2,000만 원은 통장 모집책인 내가 가져간다.

그리고 나머지 금액은 환치기를 통해 총책에게 보내진다.

이렇게 지능적인 범죄가 계속 악순환 되면서 나라를 시끄럽게 하니 나라에서도 대책을 세우기는 세우는데 소 잃고 외양간 고치기 식이다.

그날 2시간 뒤 사기범이 아닌 진짜 ○○카드회사 직원이 김상재 씨에게 전화를 걸었다.

전화 건 목적은 2시간 전에 카드론 대출금 천만 원을 잘 받았냐는 확인 전화이다.

"○○카드 회사입니다. 김상재 씨 되십니까?"

"네, 김상재 맞습니다."

"조금 전에 카드론 대출금 천만 원을 행복은행 계좌 ○○○-○○○-××××로 입금해 드렸는데 확인하셨나요?"

"저는 대출 신청한 적이 없는데요."

"아닙니다. 고객님 오늘 11시경 ARS로 카드론 대출 천만 원을 원한다고 하셔서 승인 후 입금을 시켜드렸습니다. 통장 잔액을 한번 확인해보십시오."

김상재 씨는 아차 하는 마음에 아까 경찰청에서 천만 원이 범죄에 사용된 돈이라며 입금해달라는 돈이 생각났다.

"아까 경찰에서 전화 와서 범죄에 사용된 돈이라며 천만 원을 입금해달라고 해서 입금해준 적은 있는데 그 돈이 그 돈입니까? 아니 대출이 되었으면 돈을 입금하기 전에 본인인지 확인 절차를 거쳐 돈을 입금하기 전에 본인에게 통화하고 입금해주셔야죠. 안 그렇습니까?"

"카드 비밀번호, 유효기간, CVC 카드번호는 본인만 알고 있는 개인정보인데 그것을 타인에게 가르쳐준 고객님의 잘못입니다."

"아니, 그래도 그렇지 대출하는데 본인 절차도 거치지 않고 대출해준 카드회사 측의 잘못 아닙니까?"

서로 자신의 과실이라며 책임을 회피한다.

생돈 천만 원을 물어줘야 할 상황에 처한 김상재 씨는 가까운 사하경찰서에 신고하러 갔다.

경찰서 수사과에서 "무엇을 도와드릴까요?"라고 묻는다.

"사기를 당했습니다."

오전에 있었던 정황을 경찰에게 상세히 말했다.

증거라고는 중국에서 발신 조작해서 걸려온 대포전화기 그리고 범행에 사용된 돈이라며 재차 입금해준 사랑은행 통장주 ○○○, 계좌번호 ○○○-○○○-××××× 이것이 전부였다.

경찰은 요즘 이런 보이스피싱이 계속 활기를 치고 있는데 앞으로는 조심하라는 말만 할 뿐 범인들을 검거하기가 쉬운 일이 아니라며 힘 빠지는 소리만 한다.

"아니, 범인을 잡는 것이 경찰이지 경찰이 되어 범인들 검거하기가 어렵다는 등 그런 힘 빠지는 소리만 하면 됩니까?"

"사기는 피해자가 당하지 않으면 성립되지 않습니다. 본인 스스로 조심하셔야죠."

"이렇게 정교한 팀을 짜서 피해자를 현혹시키는데 그 누가 피해를 당하지 않겠습니까?"

카드회사에 천만 원 갚아줄 돈 없으니 꼭 좀 범인을 검거해 달라고 부탁한다. 통장주를 소환해도 위조신분증으로 통장을 만들었기 때문에 수사는 원점이었다.

자녀 납치에 이어 카드론 피싱으로 인해 카드회사가 보이스피싱으로 인해 골머리를 치르게 된다.

카드회사가 위기에 빠지고 나서 대책을 마련한다.

대책은 공공기관에서는 전화상으로 비밀번호나 계좌이체를 요구하지 않는다고 했다.

당연히 이런 정보를 알고 있는 사람이라면 어느 정도 예방되겠지만 대부분 사람들이 이런 정보를 모른다는 점이고 카드론 대출 시 대출 승인이 떨어지면 본인에게 확인전화를 하고 대출금을 2시간 뒤에 입금해준다고 대책방법을 마련했다.

이것 또한 카드론 피싱 대책방법이지 보이스피싱 대책방법이 아니다.

카드론 피싱은 줄어들겠지만 또 다른 지능화된 보이스피싱 방법으로 누군가의 지갑을 노리고 있을 것이다.


## ☸ 속고 속이는 인생사

통장 모집책에게도 위기가 다가왔다. 보이스피싱 사기금액을 가로채

가는 인출도구로 사용되는 대포통장을 만들기가 어려워졌다. 사기가 일어나면 피해자들에게 사기당한 정황을 확인해서 사기금액을 가로채가는 대포통장주들을 경찰에서 소환해서 조사해본 결과 대부분이 본인이 통장을 만들어주지 않고 신분증을 위조해서 통장을 만든다는 것을 알아채고 은행에서도 더 이상의 피해를 막기 위해 해결책을 내놓았다.

오늘도 변함없이 인출 팀과 진광이를 만나 일을 보고 있는데 동생 봉진이에게 전화가 한 통 왔다.

"형님! 봉진입니다."

"그래! 봉진아."

"다름이 아니라 요즘 은행에 위조된 신분증을 들고 통장을 만들러 가면 대부분이 위조 신분증에서 사고 난다고 경찰들이 은행에 많이 잠복을 하고 있습니다. 분위기가 요즘 너무 좋지 않으니 이 방법도 안 되겠습니다."

일단 분위기가 안 좋을 땐 쫌 엎드려야지.

"내일 부산 내려갈 테니 만나서 얘기하자."

"몇 시쯤에 오시겠습니까?"

"일단 어찌 될지 잘 모르겠지만 출발할 때 전화할게."

"알겠습니다."

봉진이는 여자를 너무 밝히는 편이다. 인터넷 채팅을 통해 번개만남, 조건만남 등을 통해 대포통장 장사를 해서 번 돈을 무의미하게 탕진하며 하루하루를 보내고 있었다.

형이 내려온다는 소리에 나에게 점수를 따기 위해 예쁜 여자를 소개시켜줄 목적으로 여자 작업을 시작하고 있었다. 봉진이와 통화를 마치고 커피숍 테이블 위에 휴대폰을 올려놓았다.

아난이가 중국말로 진광이에게 뭐라 한다.

그러자 진광이가 웃으면서 "형님 아난이가 그러는데요. 형님은 전화기가 일주일마다 바뀐다고 부러워하네요. 그것도 매일 최고 신형 모델로 말입니다."

"이거 갖고 싶나?"

"당연히 갖고 싶죠."

"좋은 것 있으면 나누어 씁시다."

중국 사람들은 한국 전화기에 대해 정말 질투가 많았고, 돈이 있어도 최신형 대포폰 구입하는 루트를 몰라서 중국인들은 전화기를 갖고 싶어도 구입할 수 없었다.

내가 가지고 다니는 핸드폰은 갤럭시 스마트폰이었다.

지금은 전 세계적으로 스마트폰 열풍이 불고 있다.

나는 전화기를 길게는 1주일, 짧게는 2~3일 쓰는 편이었다.

이유는 경찰들의 추적을 따돌리기 위해서였고, 전화기 값 50만 원을 아까워하다가 그것 때문에 사고가 나는 일이 종종 있어 과감하게 2~3일 쓰고 폐기시켰다. 친구 철민이가 그래도 부산에서는 손가락에 꼽히는 대포폰을 유통하고 있었기 때문에 고만고만한 가격에 물량은 걱정이 없었다.

"진광아, 전화기 갖고 싶나?"

"당연한 거 아닙니까? 공짜로 주라는 것이 아닙니다. 제 주위에 전화기 신형 사려는 중국인들이 많으니 물건 구해줄 수 있으면 30대만 부탁드리겠습니다."

"알았다."

"1대당 얼마나 주실 수 있습니까?"

"일단 통화를 한번 해보자."

철민에게 전화를 했다.

"최 사장."

"그래, 기동아."

"요즘 전화기 물량 좀 있나?"

"얼마나 필요한데?"

"스마트폰으로 30대 정도."

"30대 정도야 있지."

"30대에 얼마 해줄 수 있노?"

"내가 니한테는 하나도 안 남기고, 또 여러 대 가지고 가니깐 1대당 70만 원에 2,100만 원에 줄게."

장사꾼마다 입에 발린 말이다.

"알았다."

오랫동안 거래해왔고 서로 팬티 속까지 아는 친구라 서로 가격도 속일 수 없었고 시원시원하게 가격을 절충해주었다.

그리고 한 번씩 나에게 대포통장도 사가는 일이 종종 있었다.

서로 불법적인 일을 하기 위해 상부상조라 해야 할까 뭐 그런 관계였다.

"진광아! 30대 2,100만 원이란다."

"이야~ 정말 싸네요."

"니가 내를 도와주는데 나도 이 정도는 해줘야 안 되겠나? 그럼 형이 내일 부산 내려가는데 갔다 오면서 전화기 받아 가지고 올게."

"알겠습니다."

"전화할게."

그러고는 헤어졌다.

진광이 또한 요즘에 통장 물량이 너무 부족하다며 나에게 수시로 통장 확보에 신경을 써달라고 했다.


다음날 치용이, 미향, 태성이와 같이 차를 타고 부산으로 출발했다. 차를 타고 내려오는 도중에 배가 아파서 화장실을 가기 위해 황간휴게소에 차를 세웠다.

"10분 쉬었다 가자."

태성이와 치용이는 담배가 고팠는지 담배 1개비씩을 들고 어디론가 사라져 버린다.

화장실에서 대변을 보고 있는데 화장실 문에 '신장 삽니다'라며 010-××××-××××라는 전화번호가 적혀 있었다.

예전에 함안에서 다방 장사를 할 때 내 밑에서 장사하던 오토맨이 사장인 나에게 가불해달라고 했다. 그것도 작은 돈이 아닌 200만 원…….

어디에 쓸 거냐고 물었다.

"형님 꼭 필요해서 부탁드립니다."

한번만 신경 써달라는 말에 정말 급한 거 같고 일도 열심히 하는 동생이라 200만 원을 가불해주었다.

얼마 후 200만 원을 사기 당했다며 울고불고 하는 것이다.

어디서 사기를 당했냐고 하니 신장 산다는 광고를 보고 신장은 1개만 있어도 살 수 있다는 생각에 신장을 팔기로 마음먹고 전화했는데 신장을 팔 경우 건강한 신장은 6천만 원쯤, 건강상태가 좋지 않은 것은 4천만 원을 준다고 하기에 어떻게 하면 되는지 묻자 일단 건강상태가 좋은지 나쁜지 병원에서 건강검진을 해야 한다며 건강검진 진료비는 선불로 입금해주셔야 병원을 예약할 수 있다며 건강검진 명목으로 200만 원을 입금해 달라고 해서 입금해주었는데 입금하고 난 뒤 일주일이 지났는데 통화가 안 된다는 오토맨의 말이 생각난다.

마침 지루한 상태에서 부산까지 내려가려면 시간이 좀 남아 이 사기꾼 새끼나 좀 데리고 놀아야겠다는 생각에 전화번호를 핸드폰에 찍었다.

그러고는 볼일을 다 보고 화장실을 나왔다.

시원한 물 한 잔을 마시고 보조석에 올라탔다.

동생들은 시동을 걸어놓고 출발할 준비를 하고 있었다.

재미있는 일이 있으니 조용히 하고 통화하는 것 잘 들으라며 동생들에게 말했다.

핸드폰 스피커폰을 켜놓고 아까 화장실에서 저장해놓은 '신장 삽니다' 광고 전화번호를 찾아 통화 버튼을 눌렀다.

신호가 세 번 정도 가더니 어떤 남자가 전화를 받는다.

"광고 보고 전화 드립니다."

"네……."

"그거 뭐 어떻게 하는 겁니까?"

"어디서 광고 보셨죠?"

"고속도로 내려오다가 황간휴게소 화장실에서 보았습니다."

"아, 네. 무엇을 파실 겁니까?"

"뭐뭐 삽니까?"

안구도 사고 신장도 산다는 것이 그 사람 말이었다.

"안구는 얼마나 줍니까?"

"조금 건강한 안구는 1억 5천만 원 그리고 보통은 1억 원요."

"신장은요?"

신장도 건강상태가 좋은 것은 7천만 원 조금 떨어지는 것은 4천만 원을 준다고 했다.

"그럼 어떻게 해야 합니까?"

건강상태가 양호한지 건강검진을 받아야 한다고 했다.

"어디서 건강검진을 받습니까?"

신장 거래하는 것은 불법이기 때문에 이것을 전문적으로 하는 병원이 있는데, 그곳에서 해야 한다고 말한다.

"그곳이 어디입니까?"

대구라는 것이다.

"언제 거기로 가면 됩니까?"

"일단 건강검진을 받으려면 병원에 예약해야 합니다."

"그럼 예약해주십시오."

예약하려면 선불을 걸어야 한다고 했다.

"얼마를 걸어야 하는데요?"

200만 원이라는 것이다.

"아니 돈이 없어서 지금 신장까지 팔려는 사람한테 돈 200만 원이 어디 있습니까? 후불제로 해주십시오. 제가 신장 팔고 나서 병원비 200만 원 빼고 주면 되지 않습니까?"

"저도 그러고 싶은데 저희 돈으로 병원비를 예약해놓아서 일 진행이 잘되면 서로 손해가 없는데 한 번씩 손님들이 계약을 파기하는 경우가 종종 있어서 병원비는 선불로 주셔야 합니다."

결국 이 사기꾼이 원하는 것은 돈 200만 원이었다. 그것을 대포통장으로 입금 받아서 사기 칠 정황이었던 것이다.

정말로 돈이 급해서 신장까지 팔 마음을 가진 사람을 악용해서 사기를 치는 것이기 때문에 모르는 사람은 사기를 당할 가능성이 무척 높다는 것이 나의 판단이었다.

사기꾼이 묻는다.

"그런데 안구, 신장 중에 무엇을 파시겠습니까?"

"사나이 대장부가 쪽팔리면 되겠습니까? 팔 거면 다 팔아뿌고 안 팔 거면 안 팔아야지 꼬치 빼고 다 팔아버릴 겁니다."

"장난하지 마시고요."

"장난은 무슨 장난이요? 신장만 떼 가기로 해놓고 마취시켜놓고 간, 심장, 대장 그리고 좆까지 떼 가면 나는 어데 가서 한소리 하소연합니까?"

"예?"

사기범이 황당한 목소리로 되묻는다.

"마, 이래가지고 하루에 돈 얼마 버노?"

내가 강하게 나가니 더듬거리면서 "예?"라고 되묻는다. 내가 "많이 당황하셨어요?" 하면서 웃었다.

"얼마 버냐고 인마! 니 같은 모자란 새끼 때문에 전부 사기꾼 소리 듣는 거다. 알겠나? 꼭 없는 사람들, 불쌍한 사람들 상대로 사기를 치니깐 사기꾼 소리를 듣는 거라고? 신장 팔려고 마음먹은 사람들이 돈 200만 원을 구하기 위해서는 얼마나 아쉬운 소리하며 돈을 빌려 오는 것인데 그 200만 원은 생명과 같은 심장 같은 돈이다. 그것을 사기 치면 되나? 안 되나?"

"죄송합니다."

"사기를 치려면 다른 방법으로 있는 사람들 사기 처라. 그것이 안 되면 열심히 일해서 돈 벌고. 나도 사기꾼인데 인마. 이거는 정말 아닌 거 같다 알겠제?"

그러고 나서 전화를 마친다.

차 안에서는 동생들이 "우와, 형님 정말 멋지십니다." 한다.

"제가 만약에 입장을 바꾸어서 신장을 팔려고 했다면 생돈 200만 원 빌려와서 붙여주었을 것입니다."

태성이가 한마디 한다.

"그러니깐 너희들은 아직 내공이 더 쌓여야 되는 거야. 어느 물에 가는지 모르니깐 정신 바짝 챙기라."

"어찌 알았습니까? 사기꾼인지?"

경험 속에서 쌓인 지혜라고나 할까. 어느새 부산 고향의 냄새가 났다. 부산 톨게이트쯤 왔을 때 일단 미향이 집으로 차를 몰았다.

미향이가 말한다.

"기동아, 나 때문에 이렇게 안 돌아가도 되는데 나는 택시 타고 가면 되니깐 여기서 내려주라. 동생들 장거리 운전하는데 피곤하겠다."

운전하던 태성이가 펄쩍 뛴다.

"형수님 무슨 소리 하십니까? 우리는 괜찮으니까 집까지 모셔드리겠습니다."

그리고 해운대에 미향이를 내려줬다. "나중에 전화할게 피곤할 것인데 좀 쉬고 있어."라고 하며 우리 집으로 차를 돌렸다.

"형님 몇 시에 만날까요?"

치용이가 묻는다.

"일단 오랜만에 부산 내려왔으니 너희들도 아버지, 어머니 맛있는 거 사드리고 번 돈으로 부모님 넉넉하게 용돈도 드리고 좀 쉬고 있어라. 일단 통장이 없어서 당분간 일을 못하니 한 일주일은 부산에서 쉬어야 안 되겠나? 전화할게."

"알겠습니다."

두 달 만에 ○○동 본가로 갔다.

부모님께서는 항상 자식 걱정이 이만저만 아니었다.

8개월 동안 통장장사해서 번 돈으로 용돈도 많이 챙겨 드렸는데 부모님들은 돈이 전부가 아니었다.

오랜만에 가족들과 횟집에서 외식도 하고 행복한 시간을 보내고 있었다.

그리고 아버지 어머니께 용돈 쓰시라고 500만 원씩 건넸다.

"기동아, 이래 큰돈을 한두 번도 아니고, 도대체 뭐해서 버는 것인데?"

"아빠 엄마 사람 직이고 강도짓 한 것 아니니깐 받아 두세요. 그렇다고 떳떳하게 번 돈도 아니지만, 그냥 제가 열심히 일해서 번 돈입니다."

"그래, 무슨 일을 하는데?"

"중국 사람들에게 물건 좀 팔고 있습니다."

그것은 사실이었다.

"그래, 무슨 물건?"

말할까 말까 망설이다가 "통장이요."

"통장을 중국 사람들이 왜 사 가는데?

"그것은 내가 알 필요도 없고요. 통장 1개당 50만 원씩 매입해서 80만 원씩 파는 일을 하는 것이니깐 그리 이상한 일도 아닙니다."

하나를 팔아서 하나를 남기는 것이 정상적인 장사인데 30만 원씩 돈이 남는 것은 아버지가 생각했을 때 불법적인 거래인 거 같다는 것이다.

어디에 쓰이는지 모르고 판다는 것도 말도 안 되고 도대체 통장이 어디에 쓰이는지 묻는 것이다.

"보이스피싱에 쓰입니다."

지금 나라에서 보이스피싱으로 인해 피해가 확산되어 난리인데 이 정도 했으면 되었으니 걸리지 않았을 때 그만 하라는 것이 아버지의 말이다.

"아버지, 처벌할 수 있는 조항이 없어서 걸려도 솜방망이 처벌을 받습니다."

"기동아! 아버지가 하지 말라고 하면 안하겠고 하는 것이 맞지. 니가 판검사도 아닌 것이 무슨 처벌할 수 있는 조항이 있니 없니 하는 것이고?"

"아버지…… 상식적으로 생각해보십시오. 어떤 사람이 슈퍼마켓에서 칼을 사가지고 어떤 사람을 죽였습니다. 그러면 칼을 판 슈퍼마켓 주인도 처벌을 받습니까? 안 받습니까?"

"사람을 죽일 줄 모르고 칼을 팔았다면 슈퍼마켓 주인도 처벌을 안 받겠지만 사람을 죽일 줄 알고 팔았다면 당연히 처벌을 받겠지."

"통장 장사도 똑같은 원리입니다. 내가 사기를 쳤습니까? 아니면 도둑질했습니까? 아니면 강도짓, 사람을 죽였습니까? 통장을 50만 원에 사서 80만 원에 30만 원 이익을 남기고 판 것이 전부입니다."

그러자 아버지께서는 "너는 보이스피싱에 악용되는 줄 알고 중국 사람한테 통장을 판 것이다 아이가?"

"그건 그렇지만 만약에 검거되면 그리 얘기를 안 하죠. 나는 보이스피싱에 사용하라고 중국 사람한테 판 것이 아니라고 말하죠. 그러면 무엇 때문에 파는 거냐고 물으면 저한테 사간 통장 이인터넷 PC 포커, 바둑이, 하이 로우, 바카라 게임머니 환전한다고 해서 팔았다 하면 솜방망이 처벌을 받습니다. 적은 나이가 아니니 제가 알아서 하겠습니다."라며 걱정하지 마시라고 했다.

"기동아, 꼭 그렇게 살아야겠나?"

"아버지 어머니, 기회가 왔을 때 기회를 잡는 것도 멋진 사나이입니다. 이 기회를 꼭 제 것으로 만들고 싶습니다." 아버지가 한숨을 쉬며 고개를 절레절레 흔드신다.

그래도 돈을 많이 벌어다 갖다 드리니 그리 크게 반대는 하지 않았다.


그 시각 봉진이는 수식이랑 조건만남, 번개만남으로 여자를 꼬이기 위해 조이천사 화상채팅을 접속하고 있었다.

10년 전에는 친구 수식이의 권유로 '욕방'이라는 스트레스 푸는 서버에 중독되었다가 이제는 나이 들어 욕은 쪽팔려서 하지 못하고 여자를 꼬이는 목적으로 섹스가 생각날 때 한 번씩 접속하는 사이트였다.

번개 조건 만남 대화방을 찾고 있는데, 방 제목에 '부산 건달, 부산 빠순이 총집합! 욕욕욕 다 덤벼'라는 것이 있었다.

옛날 생각도 나고 요즘 아이들은 욕방에서 어떤 식으로 욕을 하고 노는지 호기심이 가서 방에 들어 가보았다.

방장인 사이코욕맨 그리고 김두한, 쌍칼, 히틀러, 욕맨, 욕쟁이 할망구 등 봉진이까지 포함해서 정원 10명이 대화방에 참석했다.

화상채팅에 카메라 캠은 필수였다.

욕방에 들어가는 순간 방장이 마이크를 잡으면서 한마디 한다.

"야, 고추장뚜껑 머고?"

봉진이 아이디가 '고추장뚜껑'이었다. 아이디에 큰 뜻은 없었으며 10년 전에 아이디를 처음 만들 때 아무 생각 없이 만든 것이 고추장뚜껑이었다.

이 방은 나이 같은 것은 다 접어두고 그냥 서로 욕하면서 스트레스 푸는 방이었기에 캠을 보면서 씩 웃었다. 다시 한 번 방장이 "마, 고추장뚜껑 방제목 안보이나? 여기 욕쟁이 할망구는 빠순이라서 이 방에 들어왔고 김두한, 쌍칼은 건달이라서 들어왔는데 니는 건달도 아닌 반달이 이 방에 무엇 때문에 들어왔노?" 하는 것이다.

'야, 저게 애드리브 좀 있네.' 생각하고는 채팅창에 숫자 8번을 눌렀다.

숫자 8번은 하던 얘기가 끝나면 마이크를 넘겨달라는 신호이다.

마이크를 넘겨받았다.

봉진이는 10년 전에 조이천사 경남, 부산, 전남, 전북 서버의 욕방 챔피언 출신이었기 때문에 시간은 조금 흘렀지만 저 정도 욕방 신출내기는 아홉 명이 다 덤벼도 자신 있었다.

"방가루~ 까꿍 잘 들리나?"

헤드셋 마이크로 마이크 테스트를 했다.

대화창에 사람들이 모두 1번을 눌린다. 1번은 잘 들린다는 뜻이다. 상대편이 들리지도 않는데 혼자서 얘기하면 금붕어가 되기 때문에 항상 테스트를 해야 했다

"마, 사이코욕맨 욕 좀 하나? 내가 누군지 아나? 나는 10년 전에 이 조이천사를 떠들썩하게 했던 욕방대장 뚜껑팸 회장 고추장뚜껑이다. 이 고추장뚜껑님이 상대를 해줄 테니 두 주먹 불끈 쥐고 어금니 꽉 깨물고 나온나. 했던 욕 하기 없고 카메라 닫기 없고 부모 욕하기 없기다. 10년이 지났어도 너희 같은 10원짜리들은 내가 아직 상대해줄 힘은 안 있겠나?"

사이코욕맨이 8번을 누른다. 마이크를 넘겨줬다.

"머? 욕방대장 고추장뚜껑이라고?"

푸하하 웃는다.

"마, 지금 코미디 하나? 된장뚜껑도 아니고 간장뚜껑도 아니고 무슨

고추장뚜껑이고? 뚜껑 열릴라고 하는 거 뚜껑 뿌아뿔까?" 하면서 사람을 무시했다.

마이크를 넘겨받았다.

"마, 깔끔하게 일대일로 한판 뜨자. 할 끼가 말 끼가?"

"좋다."

한번 하자는 말이 나왔다.

일대일 욕방 게임은 애드리브로 욕 멘트를 하나씩 날린다.

시간이 흘러 서로 욕을 하다 발음이 꼬이고 했던 욕 또 하고 부모 욕을 하면 지는 게임이다.

오랜만에 몸을 한 번 풀어보았다.

방장이 방제목을 바꾸었다.

'고추장뚜껑 vs. 사이코욕맨'

사이코욕맨이 마이크를 잡는다.

"마, 뚜껑! 어디서 좀 놀았나? 앞니 사이로 침 좀 뱉았나? 어디서 좆만한 새끼가 까부노. 직이삘라?" 하면서 어디 동네 막걸리 욕을 하는 것이다.

봉진이가 8번을 누르고 마이크를 잡았다.

"마, 할망구 요강 들고 배구하는 소리 하지 마라. 요강대가리 덮어 쒸아가 밧줄로 탱글탱글 감아가지고 공중 와사비리 띄운 다음에 공중에 딱 떴을 때 황비용 공중 10단 돌려차기로 아가리에 있는 강냉이 번지수를 바꿔놓아삘라. 마, 꼬마야. 니 같은 것은 이 뚜껑님이 귀엽다고 볼데기에 뽀뽀나 한번 해줄게. 이리 와봐라. 니 같은 것은 귀엽다고 꼬치나 한번 잡아 땡겨준다고? 꼬마야……." 하고 멘트를 날렸다.

그러자 대화창에는 구경꾼이 전부 재미있는지 FFF ㅎㅎㅎ 난리다.

대화가 올라오며 '뚜껑 최고!' 하고 올라오는 것이다.

또 사이코욕맨이 마이크를 잡는다.

"마, 뚜껑. 니는 욕을 하는 게 아니라 코미디를 하고 있네." 하면서 또 긴장했는지 버벅거리며 어설픈 욕을 한다.

8번을 누르고 마이크를 잡았다.

"옥상에서 떨어지는 오줌 받아먹고 장풍 쏘는 소리하지 마라. 장풍 쏘는 거 솥뚜껑 가지고 딱 막아놓고 죽을 때까지 돌 잡아 던지뿔라. 돌 잡아 던졌더니 자전거 타고 도망가고 자빠졌네. 자전거 타고 도망가는 거 롤러스케이트 보드 타고 바짝 뒤붙어가 뒷주머니 숨카놓은 포크로 찔러 지기삔다. 언챙아, 꼬마야 와 벌써 다가? 욕 할라면 제대로 해라. 앵앵거리지 말고 똥파리 새끼가 오른손에 에프킬라 들고 왼손에 파리채 들고 칙~ 뿌리고 파리채로 한번 때리고 칙~ 뿌리고 파리채로 때려 지기뿔라. 까불지 말고 좆잡고 반성하고 있어라 알겠나?"

사이코욕맨은 내가 욕을 너무 잘해 더 이상 공격하지 않았다.

같은 대화방에 있던 김두한이 마이크를 잡고 봉진이에게 욕을 날린다.

"마, 뚜껑! 욕하는 거 들어보니 어디서 욕을 좀 하기는 했네. 근데 니는 욕이 아니라 완전 코미디."라면서 또 쓸데없는 소리를 한다.

봉진이가 다시 마이크를 잡는다.

"마, 일대일 욕하는데 게나 고동이나 다 끼어들어 난리네. 마, 너거 같은 욕방 신출내기들은 용달차에 한 트럭 싣고 와도 내한테는 게임이 안 된다니까? 따라 해봐라 형님 잘못했습니다."

김두한이가 마이크를 잡는다.

"형님 잘못했습니다."라고 할 줄 알았제?

"눈까리를 빼서 짤짜리 해볼까. 창자를 빼서 줄넘기를 해볼까 보다."

죽여 버리기 전에 조용하라는 것이다.

봉진이가 마이크를 잡았다.

"마, 그기 뭔데? 제목이 뭐냐고, 돌아이 자식아? 제목도 없는 기 까불어 샀노. 대가리 3센치 베어 먹고 합의 안해뿔라. 손오공이 들고 다니는 여의봉 잠깐 빼 들어가 똥구멍에 있는 힘껏 박은 다음 ㄱ자도 아닌 열

十로 좆나 커지라 백만 번 외치 삘라. 미자바리 두루치기 되어 버리라고 이 자슥 이거 도망가고 자빠졌네. 도망가는 거 씽씽타고 뒤쫓아가 똥 묻은 슬리퍼로 빠말떼기 왕복으로 때리삘라. 똥냄새 나서 죽어 삐라고."

"아이고~ 뚜껑님. 냄새가 너무 심하다. 한번만 살리도 하는 거 하루 종일 살리줄까 말까 생각하다가 땅바닥에 똥 한 번 더 찍어가 눈까리 튀어나올 때까지 빠마리 때린다. 까불지 마라 하니 이제는 김두한이도 덤비지를 못한다.

그러더니 싸이코욕맨이 자기 친한 친구들이 욕 듣는 것을 참다못해 마이크를 강간(말하고 있는 도중에 방장이 마이크를 빼앗아 가는 것)해 가더니 "고추장뚜껑! 너 금시 ××"라는 것이다.

방장이 마이크를 놔주지 않아서 꼼짝없이 당하는 장면이다.

마이크를 잡을 수 없으니 타자로 "마, 쪽팔리게 부모 욕은 아니다 아이가?" 하니 강제 퇴장을 시켜버린다.

참 예전에는 아무리 욕방이라도 매너는 딱딱 지켜가면서 욕했는데 요즘에는 부모 욕 등 강퇴도 있을 수 없는 일이고 욕방에 기본이 되어 있지 않아 짜증은 났지만 목적은 번개만남이나 조건만남이었기 때문에 여자들을 물색한다.

옆에 있던 수식이가 "야~ 그래도 아직 욕 실력 살~아 있네." 하는 것이다.

"내가 누고? 고추장뚜껑 아니가?"

예전에는 정말 막상막하로 잘하는 욕쟁이들이 많아 스릴 있고 재미있었는데 이제는 나이가 들어 욕을 할 수도 없다

개그맨 우승민이가 봉진이랑 같이 조이천사에서 욕하던 사람들 중에서 라이벌이었던 걸로 알고 있는데, 우승민이도 정말 애드리브가 강한 욕방 선수였다. 기회가 되면 한번 붙고 싶다.

조건만남, 번개만남을 하기 위해 방을 물색하고 있는데 '번개만남'이라

는 방제목이 있어 방으로 들어갔다.

화상채팅임에도 불구하고 카메라(캠이) 닫혀 있었고 여자인지 남자인지는 모르겠지만 아이디가 여자인 사람이 한 명 접속해 있었다.

대화창에 '방가'라고 인사를 했다.

상대방도 인사를 한다.

"여자입니까 남자입니까?"

"당연히 여자죠."

나이는 몇 살이냐고 물으니 23살이라고 한다.

"우리는 가지고 있는 게 돈밖에 없는 사람인데 오늘 멋진 데이트 한번 해요." 하니 지역이 어디냐고 묻는다.

부산이라고 하니 거기는 대구라고 한다.

"차가 있고 비행기가 있는데 뭐 지역이 중요합니까?"

지구 끝까지라도 모시러 갈 테니까 전화번호를 달라고 한다.

대화창에 전화번호를 찍어준다. 010-××××-××××

봉진이가 전화를 했다.

목소리가 이쁜 아가씨가 전화를 받는다.

"지금 채팅방에 있는 고추장뚜껑입니다."

여자가 웃는다.

"아이디가 촌스럽게 고추장뚜껑이 뭐예요?"

"아이디 예쁘고 멋있게 지으면 뭐 상이라도 줍니까?"

"대충 만들면 되죠."

"오늘 광안리 바닷가에서 멋진 데이트 한번 합시다. 제가 모시러 갈게요."

봉진이가 일행이 몇 명이냐고 아가씨에게 묻는다.

"세 명이요."

"진짜 잘되었네!"

제 친구하고 저하고 형하고 저희도 이렇게 세 명 있는데 맛있는 거 사드릴 테니 같이 데이트하자고 했다.

부산에서 대구까지 거리가 먼데 어떻게 하냐고 여자가 묻는다.

"승용차로 속력을 내어 올라가면 1시간이면 올라가니까 모시러 갈게요."라고 봉진이가 말하자 "그럼 왔다갔다 시간이 많이 걸리잖아요. 택시를 타고 갈 테니깐 택시비를 내주세요." 하는 것이다.

"그럼 그렇게 하세요."

"지금 바로 출발하겠습니다. 어디로 가면 되죠?"

"해운대로 오시면 되니까 일단 길을 잘 모르시니 택시를 타면 택시기사 바꾸어주세요."라고 하니 "알겠습니다."라며 전화를 마친다.

그 시각 아버지, 어머니, 누나랑 오랜만에 외식하고 있는데 봉진에게 전화가 왔다.

"형님! 봉진입니다."

"그래!"

"지금 어디십니까?"

"가족이랑 밥 먹고 있는데, 왜?"

"형님을 위해 미팅 주선해놓았는데 시간 한번 내어주십시오."

"오랜만에 가족이랑 밥 먹고 있는데 꼭 오늘이어야 되나?"

"예, 행님."

남자는 열 여자 마다하지 않는다는 말도 있듯이 미팅에 관심이 있어서 "몇 시까지 가면 되는데?" 하고 물었다. "11시까지 만나기로 했으니깐 10시 30분까지 저희 집에서 뵙겠습니다."라고 하는 것이다.

"알았다."

시간이 9시라서 봉진이 집까지는 30분이면 도착할 수 있었다. 그래서 가족이랑 얘기를 좀 더 나누고 있었다.

봉진이와 채팅하던 여자들은 처음부터 만날 의사나 능력이 없는 사람들이었다. 2~3명이 가출해서 무리지어 다니며 인터넷 포털사이트에서 '대포통장 삽니다'라는 광고를 보고 대포통장과 대포폰을 구입해서 이런 채팅사이트에 대포 주민번호를 입력해서 아이디를 가입한다. 그런 다음 채팅창에 성매매를 유도하는 남자들이나 번개팅하는 남자들과 통화하면서 만날 것처럼 정황을 만든 후 지역이 어딘지 물어보고 남자가 있는 지역에서 먼 거리에 있다고 하면서 택시비나 열차비를 요구해서 대포통장으로 사기를 치는 애들이다.

벼룩신문이나 인터넷 구인구직 광고를 보고 업주들이 아가씨를 필요로 한다는 것을 악용해 처음부터 일할 능력이 없었음에도 불구하고 다방, 룸, 출장안마, 스포츠 마사지 등의 구인구직 광고를 보고 일하러 가겠다고 전화를 한 뒤 지역이 어디냐고 물어보고 부산이라고 하면 "서울인데 친구랑 일하러 가고 싶다. 한 달에 월급은 어찌 되느냐? 일하는 사람은 몇 명 있느냐? 조건은 어찌 되느냐? 선불은 해줄 수 있냐? 가게 분위기는 어떠냐?" 등등 일할 것처럼 하여 가겠다고 사기를 치고 차비명목으로 20~30만 원씩 사기를 치는 사기범들이다.

이런 정황은 내가 함안에서 다방 장사를 하다가 겪은 일이기 때문에 누구보다 잘 알고 있었다.

성매매 목적으로 그리고 대부분 사기당한 사람들이 금액도 적고 쪽팔려서 신고를 못하는 정황을 악용하는 것이다.

봉진이가 좀 전에 채팅했던 아가씨에게 전화를 했다. "출발했나요?" 물어보니 "다시 한 번 생각해보니깐 못가겠어요." 그러는 것이다.

봉진이가 "왜요?" 물으니 "저희들은 돈도 없는데 해운대까지 택시 타고 가서 뚜껑님 못 만나면 저희들은 완전 개쪽 다 파는 장면이 나오는데, 친구들이 그냥 대구에 있는 남자 만나서 놀자고 하네요."

기동이 형님과 약속해놓은 것이 생각났다. 오랜만에 가족들과 외식하고 있는 형님께 억지로 시간을 내달라고 부탁했는데 약속이 빵구 나면 형님 얼굴 볼 면목이 없었다.

"제가 이렇게 통화가 잘되는데 못 만날 이유가 있나요? 아니면 제가 대구까지 모시러 갈게요"라고 하니 그럴 필요 없다며 튕기는 것이다.

그러자 그 아가씨가 하는 말, "그럼 택시비 먼저 입금해주세요. 대구에서 부산까지 먼 길 내려가는데 그 정도는 먼저 입금해주셔야죠. 그래야 저희도 믿고 부산까지 택시를 타고 가죠."

"얼마나 입금해드리면 되죠?"

"대구에서 부산까지 택시비가 얼마인지 물어보고 다시 전화 드릴게요."

10분 있다가 그 아가씨에게 전화가 왔다.

"15만 원이라고 하네요. 계좌번호 문자로 찍어드릴 테니 30만 원 보내주세요."

"15만 원이라면서요?"

"못 만날 수도 있으니 갈 때 차비까지는 챙겨주셔야죠. 안 그래요? 30만 원 입금 안 해주시면 저희 친구들이 불안해서 못가겠다고 하네요."

"알았어요. 계좌번호 문자로 보내주고 지금 바로 출발하세요."

"네."

'사랑은행 예금주 장지희 ○○○-○○○-××××'

문자가 와서 30만 원을 입금해주었다.

돈을 붙여준 지 1시간이 지났을 때쯤 어디까지 왔냐고 전화를 했는데 전화를 받지 않는 것이다.

문자로 온갖 욕을 퍼부어도 전화기를 꺼놓은 채 답이 없었다.

그러자 옆에 있던 수식이가 "봐라, 내가 사기당하는 기분이라고 붙여주지 말자고 했다 아이가?"

택시비 내준다고 택시 타고 오라고 하는데 택시비 계좌로 송금해달라고 할 때부터 좀 이상했다.

"지금 30만 원이 문제가 아니다. 기동 형님 오실 때 다 되었는데 뭐라고 얘기하노? 아, 진짜 돌겠네."

말이 끝나기 무섭게 기동 형님께서 도착하셨는지 벨을 누르는 것이다.

"형이다. 문 열어라."

"예, 형님."

들어가자마자 봉진이가 '자비를 베푸소서' 하는 표정을 짓고 있다.

"마, 무슨 일 있나?"

"아닙니다."

"쓰레기차 피하다가 똥차에 치인나? 근데 표정이 와 그렇노?"

그러자 옆에 있던 동생 수식이가 사기를 당했다며 채팅했던 정황을 얘기한다.

황당해서 웃음밖에 나오지 않았다.

"마, 니는 통장 장사하는 놈이 기본이 안 되어 있노? 통장 파는 새끼가 물건도 안 받았는데 선입금해주면 되나 안 되나? 무슨 목적이든 선입금은 하면 안 된다. 정석 1장 2절 50페이지 셋째 줄 아이가? 아따, 이런 놈들 데리고 일하는 내가 진짜 직일 놈이다."

"죄송합니다. 형님!"

"니가 사기 당했으니 내한테 죄송할 일은 없고 앞으로는 더 큰돈 사기 당하지 않게 정신 바짝 차리라, 알겠나? 오늘은 미팅이고 뭐고 태성, 원창, 치용, 송환이 그리고 오랜만에 제수씨들 데리고 광안리 민락동 가서 해산물과 회에 소주나 한잔하자."

"알겠습니다."

"일단 제수씨들은 조금 있다가 약속을 잡고 아들부터 집합시켜라."

뒤늦게 치용, 원창, 태성, 승찬이가 봉진이 집으로 왔다.

"요즘에 위조된 신분증으로 통장 만들기가 어렵다는 소리를 들었다. 통장에 죽고 통장에 사는 우리가 통장을 만들지 못하면 되겠나? 기가 막힌 매입방법을 알려줄 테니 이제 다음 주부터는 이 방법으로 통장을 매입한다. 첫 번째, 인터넷으로 통장을 매입하는 방법이다. 포털사이트 야후, 네이버, 엠파스, 다음 검색창에 '통장 매입'이라고 치면 수많은 블로그들이 뜰 것이다. 거기에 너희들도 대포 주민번호로 통장 삽니다'라는 광고를 올려 매입하면 될 것이다. 집이나 신분이 노출되는 곳에서 광고를 올리면 아이피가 추적될 수 있으니 광고를 올릴 때는 집이 아닌 PC방을 이용한다. 그리고 PC방도 한번 갔던 PC방은 두 번 다시 가면 안 되고, 요즘 PC방에는 CCTV가 달려 있는 곳도 있으니 CCTV에 찍히면 안 되니깐 조심하길 바란다. 광고 올릴 때 전화번호도 형이 준 중국사람 명의로 된 전화번호를 넘겨야 한다. 알겠나?"

"이제 짬밥도 있는데 그 정도는 기본 아입니까?"

"마, 짬밥이 있는 놈들이 사기를 처당하고 다니나? 그것도 여자들한테?"

"누가 사기를 당하고 다닙니까?"

치용이가 묻는 것이다.

"그런 놈이 있다. 내 입으로 말은 안하겠는데 홍단인지 초단인지 구분 못하는 놈이 있으니 너희들도 정신 바짝 차리라. 그리고 두 번째 방법은 진짜 고난이도의 방법인데, 이 방법은 전국에 통장 매입 잡는 사람들도 모르는 방법이니 신중하게 움직이길 바란다. 벼룩신문이나 전단지를 만들어서 신용불량자도 대출해준다는 광고를 내고 신용불량자들이 대출해줄 수 있냐며 전화가 오면 금전이 급한 정황을 악용하여 통장을 매입하는 방법이란다. 예를 들어 어떤 사람이 우리가 돌린 전단지를 보고 전화하면 대출이 되는지 안 되는지 확인한다며 이름과 주민번호를 불러달라고 한다. 주민번호와 이름을 메모지에 적어놓고 대출이 되는지 안 되는지 확인하는 것이 아니라 주민번호와 이름이 일치하는지 메일을 한번 가입해본다. 메일을 가입해보면 이미 메일이 가입되어 있다든지 정상적으로 메일이 가입되었다고 하면 조금 전에 대출하려고 전화 온 사람이 불러준 주민번호와 일치한다는 소리다. 또 주민번호가 일치하지 않는다고 인터넷상에 뜨면 조금 전 그 사람은 주민번호를 엉뚱하게 불러준 것이다. 만약 전자의 경우 전화 왔던 사람에게 전화해서 대출이 될 것 같다고 얘기한다. 돈에 쪼들리던 대출 신청자는 지푸라기라도 잡는 심정으로 얼마나 해줄 수 있냐고 묻는다. 3천만 원은 될 것이다. 하지만 지금 신용등급이 너무 낮아서 거래내역을 좀 올려서 신용등급부터 좀 올려야 할 것 같다. 그러기 위해서는 입출금 통장이 필요하다. 사랑은행, 다정은행, 신용은행, 성실은행, 행복은행, 믿음은행, 두리은행, 화목은행, 희망은행, 근면은행, 봉사은행, 정직은행, 도움은행을 돌면서 현금카드랑 통장을 만들어 달라고 한다. 비밀번호는 ××××로 전부 동일하게. 이렇게 많은 통장을 다 어디에 쓸 거냐고 물으면 신용등급 올리는 데 필요한 준비물이라고 안심시킨다. 이런 대출을 공짜로 해준다고 하면 상대방도 이상하게 생각할 것이고, 선불로 작업비를 붙여 달라고 하면 부담이 갈 수도 있으니 대출은 20일 정도 걸리고 대출 나오는 날에는 본인이 직접 인감을 들고 저희 사무실로 오셔야 합니다. 그리고 대출이 나오면 저희들이 대출금에서 5%를 수고비로 받는다고 유혹하면 통장 매입할 수 있을 것이다. 무슨 말인지 알겠나? 그리고 나서 통장을 다 만들었다고 연락이 오면 너희들이 직접 물건을 받으러 가지 말고 퀵 거래를 하면 된다. 물건 같은 것도 집으로 퀵을 부르지 말고 집이 알려지면 안 되니깐 번거롭더라도 꼭 나가서 물건을 받고. 사고라는 것은 항상 조급한 것에서 나는 것이다. 명심해라."

"이야! 형님, 이건 완전히 대박입니다."

"일단 이번 주는 형도 조금 쉬고 갈 것이니 다음 주부터는 일하는 데 차질 없이 제대로 움직이길 바란다. 오늘은 광안리 가서 제수씨들 다 집합시켜서 시원하게 한번 달리자."

"알겠습니다."

"제수씨들한테 전화해서 약속을 잡아라."

다들 자기 여친들에게 전화해서 기동이 형이 맛있는 거 사준다고 나오라고 한다.

나도 미향이에게 전화를 걸었다. "동생들하고 제수씨들하고 소주 한잔 하자. 나온나." 하니 알았다면서 준비하고 전화한다며 전화를 끊었다.

수식이와 봉진이는 며칠 전에 애인이랑 헤어져서 애인이 없었다.

"너희들도 빨리 애인 만들어라. 돈 많이 벌면 좋은 곳에 놀러갈 기회가 얼마나 많은데, 항상 용달 타가 되겠나?"

"형님! 한 명 소개시켜주고 그런 얘기하십시오."

"마, 소개시켜주면 뭐하노? 여자들을 항상 노리개로 생각하니 오래가지 못한다. 아이가? 이제는 여자를 만나더라도 쫌 진지하게 만나라. 알겠나? 빨고 꽂고 그게 사랑이 아니다. 사랑은 부족한 부분까지 영원히 지켜주는 것이란다. 형이 다음에 미팅 한번 주선해줄 테니 한번 보자."

"알겠습니다."

그리고 남자 7명 그리고 제수씨들, 미향 씨까지 포함해서 5명은 광안리 민락동으로 승용차 3대를 타고 달렸다.

민락동 회센터는 부산도 부산이지만 전국에서 알아주는 손꼽히는 활어 회센터였다.

차가 주차되기 전에 횟집, 초장집, 활어집 아주머니 아저씨들 할 것 없이 호객행위를 한다.

차의 창문을 두드리며 "삼촌, 싸게 해줄게 우리 집 온나." 그리고 차문을 열어가지고 어떤 아주머니가 "내 모르겠나?"면서 "만날 우리 집 오는 사람이 기억을 못하노?" 하면서 내리라는 것이다.

"나는 처음 보는 아줌마인데 치용아, 아는 아지매가?"

"아닙니다. 저도 처음 봅니다."

차는 우리 삼촌이 주차하고 들어갈 테니 어서 들어가자며 끌고 간다.

치용이가 "형님! 어딜 가도 비슷하니 여기서 먹죠?"라면서 나에게 말한다.

그래서 "치용아, 차 세워라." 하면서 은실 씨, 미향이보고 내리하고 했다.

그리고 뒤따라오던 원창, 태성이보고 여기서 먹자며 내리라고 손짓했다.

나를 삐끼쳤던 이모는 일행이 많아서 한 건 했다는 표정을 짓고는 이리로 따라오라고 한다.

"일행들이 많네. 내가 잘해줄게." 하면서 환하게 웃는다.

그러고는 횟거리와 해산물을 고르기 위해 활어센터로 들어갔다.

수족관에 싱싱한 활어들이 헤엄치고 있었고 조개, 성게, 해삼, 개불, 낙지 등이 있었다.

미향이가 "기동아, 나는 낙지." 그러는 거다.

"알았다."

그러고는 치용이 제수씨에게 물었다. "뭐 먹고 싶은 거 없으세요?" 물으니 "저는 개불이요." 하는 것이다. "여자들은 개불이 개 좆 모양처럼 생겨서 징그럽다고 하는데 제수씨는 조끔 독특하네요." 하니 치용이 제수씨가 얼굴이 빨개지더니 웃는다.

치용이가 "우리 은실이는 제 꺼든 개 꺼든 그것 자체를 다 좋아합니다."라면서 여자 친구 얼굴을 더 빨갛게 만들었다.

"니까지 왜 그러냐?"면서 쪽이 팔렸는지 혼자 투덜대고 있다.

"아지매, 12명 먹을 것이니 낙지, 개불, 해삼, 성게, 해산물 10만 원어치하고 잡어, 참돔 넉넉하게 잡아주십시오."

그러자 아주머니가 봉지에 해산물부터 이리저리 담는다.

"많이 사니깐 서비스도 많이 끼워주십시오."

봉진이가 옆에서 꼼사리 끼어 얘기한다.

저울 위 큰 소쿠리에 살아 있는 싱싱한 활어를 담으며 아지매가 말한다.

"삼촌, 6킬로면 충분하겠제?" 하면서 굵직한 고기를 뜰채에 떠서 소쿠리에 담는다. 그러고는 저울을 가리키면서 아지매는 6킬로인데 600그램 더 넣었다며 6.6킬로의 저울을 보라며 600그램은 서비스라며 생색을 낸다.

그러자 저울을 보던 봉진이가 한마디 한다.

"이모야, 선수들끼리 와 그라노? 고기 좀 더 얹어라."

그러자 이모가 600그램이나 올렸는데 더 서비스하면 남는 것도 없고 땅 파가 장사하냐며 더 이상은 서비스가 안 된다는 식으로 말한다.

그러자 봉진이가 웃으면서 얘기한다.

"이모야 저울 위에 있는 소쿠리 무게만 해도 1킬로는 되겠다."

말이 끝나자마자 소쿠리를 쳐다보니 소쿠리가 엄청 크기는 컸다.

그것이 참말인지 이모 얼굴이 빨개지면서 고기를 몇 마리 더 담는다.

"참, 니는 또 소쿠리 무게는 언제 달아봤노? 옛날에 소쿠리 공장에 일 쫌 했나?"

"저희 어머니가 예전에 자갈치시장에서 회센터를 해서 어머니 바쁘실 때 일 도와드려봐서 느낌 아니깐 잘 압니다."라고 하면서 웃는다.

"우리 동생 땐땐한 봉진이한테 이모가 오늘은 잘못 걸렸는갑다."

더 잔소리 듣기 전에 빨리 고기 몇 마리 더 담으라면서 이모의 황당한 표정을 내가 꺼버렸다. 회와 해산물 값을 계산하고 초장집으로 올라왔다.

민락동 회센터는 고기 사는 곳 따로, 초장집이 따로이기 때문에 고기를 들고 초장집으로 가서 소주를 마실 수 있는 분위기를 만들었다.

다들 모여 소주를 한잔하는데 치용이가 한마디 한다.

"세상에, 횟집 손님 봉진이 같은 놈만 있으면 망하겠다."며 농담한다.

그러자 봉진이가 "마, 이거 고기 넉넉하게 올라오는 것은 내 공"이라며 똑바른 소리해도 내한테 그러냐는 표정을 짓는다.

그러자 태성이가 "형님 덕에 고기 맛있게 잘 먹겠습니다. 형님 안 계셨으면 오늘 동생 배고파 죽을 뻔했습니다."라고 한다.

"마! 니까지 형 메기냐?"면서 봉진이가 말한다.

"니는 인마, 어머니 횟집 하셨으면 회 파는 사람 마음 누구보다 잘 알겠네? 저렇게 벌어봐야 얼마나 벌겠노. 너무 대놓고 소쿠리 얘기하니 아주머니 얼굴 빨개지는 거 봤나? 못 봤나?"

"그래도 정확하게 할 것은 정확하게 해야죠." 하면서 봉진인 자기가 옳다고 우긴다.

"어머니 바쁘실 때 하라는 일은 안하고 소쿠리 무게만 달았나? 소쿠리 들고 던지뿔라? 니는 너무 정확하게 사는 거 그게 한 번씩 스트레스 받게 한다. 그건 병이다, 알겠나?"

형님은 항상 저한테만 그러십니까?" 하면서 웃음으로 동생들 그리고 제수씨들과 농담하며 마음껏 마셨다.

새벽 4시가 되었다. 치용이가 말을 꺼낸다.

"형님, 시간이 많이 늦었습니다. 이 많은 사람들이 다 호텔 가기도 그렇고 찜질방 어떻습니까?"

"네, 찜질방 가요."

꼬마들 떠드는 소리에 우는 소리 시끄러워서 찜질방 가면 더 피곤했는데 제수씨들까지 만장일치로 가자고 하여 광안리에서 가까운 해운대에 있는 찜질방을 갔다.

술을 얼마나 먹었는지 자고 일어나니 찜질방은 찜질방인데 기억이 나지 않았다.

동생들도 제수씨들도 모두 일어나 있었다.

커다란 대형 TV에서 이제 막 〈전국노래자랑〉이 시작되려 하고 있었다.

동생 승찬이가 "형님, 점심 쏘기 번호 1개 10만 원, 전국노래자랑 게임 한번 하시겠습니까?"

"좋다, 어차피 점심도 먹어야 하니 이긴 사람이 점심 맛있는 소고기 사기다." 하니 제수씨들이 더 기뻐한다.

보이스피싱과
대포통장의
정체

# 3부

## ☸ 동생들과의 즐거운 한때

전부 교도소 짜배기들이라 전국노래자랑 게임은 교도소에서 우표 따 먹기를 하는 정말 스릴 있고 웃기고 재미있는 사행성 게임이었다. 다들 교도소에서 해본 경험이 있어 게임 규칙은 설명하지 않아도 다 알고 있었다.

〈전국노래자랑〉 후보자들이 1~15번까지 나와서 노래를 부르면 자기가 뽑은 후보자가 최우수상을 타면 이기는 게임이다.

게임을 공평하게 하기 위해 후보자들은 추첨을 통해 뽑는다. 승찬이가 카운터로 달려가서 서둘러 볼펜과 메모지 두 장을 가져왔다.

〈전국노래자랑〉이 시작되기 전에 추첨이 끝나야 하기 때문에 서둘러서 진행했다. 가장 막내인 태성이가 한마디 한다.

"형님, 제가 젤 막내이니 번호 1개 남는 것은 제가 그냥 가지고 가겠습니다."

노래자랑 후보가 15명이 나오니 7명에서 2개씩 가져가도 번호 1개가 남기 때문이다. 거의 만장일치로 모든 동생들이 그렇게 하라고 하는데 짠돌이로 소문난 봉진이가 쉽게 찬성할 리 없었다.

"안 됩니다, 형님. 게임은 공평하게 해야 합니다."

번호 한 개 더 들고 가는 대신 10만 원을 더 내라는 것이다. 그때 태성이가 한마디 한다.

"형님, 동생 잘되는 게 그리 배가 아픕니까?"

"배가 아픈 게 아니라 게임은 원래 정확하게 해야 한다."

1~15번까지 후보자가 나오기 때문에 7명에서 게임을 진행하니 표를 2개씩 뽑아도 1개가 남기 때문에 1개를 어떻게 처리하느냐에 따라 생기는 과정이다. 5명에서 게임하면 1인당 표 3개, 3명에서 하면 1인당 5개, 4명에서 하면 1인당 표 4개로 16개가 되기 때문에 16을 뽑은 사람은 꽝 처리하는 것이다. 7명은 처음 해보는 것이라서 표 1개를 태성이가 더 가져가는 조건으로 10만 원을 더 받기로 했다. 그만큼 3개를 뽑으면 최우수상에 걸릴 확률도 더 높기 때문이다.

메모지 한 장을 15등분하여 거기에 1~15번까지 볼펜으로 적고 아무도 볼 수 없도록 다시 접어서 추첨했다.

제수씨들은 게임 내용이 어찌 되는 것인지 몰라서 아무 말 하지 않고 멀뚱히 쳐다보고 있었지만, 7명 중에 분명히 최우수상이 나오기 때문에 소고기를 먹는다는 기쁨에 각자 자기 남친을 응원하고 있었다.

승찬이가 총무를 맡았다. 그리고 1~15번까지 펼쳐 보기까지 아무도 볼 수 없는 추첨종이를 땅바닥에 놓고 2개씩 뽑으라고 하는 것이다. 태성이는 3개 뽑고.

내가 먼저 2개를 뽑았다. 그리고 수식이, 원창, 그다음에 승찬, 그다음에 치용, 봉진, 나머지 남은 3개를 태성이가 가져갔다.

교도소에서 해본 경험이 있는 동생들이어서 좋은 번호를 뽑은 사람들은 표정부터 달랐고, 나쁜 번호를 뽑은 사람들은 "이야! 또 짱깨다." "또 소쿠리다."라고 했다.

그게 무슨 소리냐 하면 복불복은 맞는데, 최우수상이 대부분 1, 2, 3 그리고 12, 13, 14, 15에서 독창으로 부르는 가수가 받을 확률이 높다는 것을 다들 알고 있었기 때문에 이 번호를 뽑은 사람들은 일단 좋은 번호를 뽑아서 50%는 이기고 들어가는 것이기 생각하여 환한 웃음을 지었다. 그리고 4번과 5번에서는 일명 소쿠리, 최우수상을 목적으로 나온 사람들 보다는 지역 특산물을 광고하기 위해 나오는 사람들이 주로 나오는 번호라서 4번, 5번을 들고 있는 사람들은 1등의 확률에서는 정말로 낮은 확률이라 게임을 거의 포기한 상태다.

6번에서 8번 또한 소쿠리가 한 명씩 끼어 있고 외국인들, 일명 짱깨들이 잘 나오는 번호라서 이 사람들 또한 거의 포기한 상태이다.

총무를 맡고 있는 승찬이가 공정한 게임을 위해 공책에 받아 적는다.

TV에서는 송해 선생님께서 경북 영덕 편이라며 "안녕하세요!" 인사하고 있다. 8월 12일 편이다.

기동 형님 1번, 6번

수식 4번, 8번

봉진 2번, 13번

원창 5번, 7번

태성 3번, 10번, 15번

승찬 9번, 14번

치용 11번, 12번

이렇게 자기가 뽑은 추첨번호를 공책에 적어놓았다.

그러고는 총무를 맡은 승찬이가 "각자 20만 원씩 걷도록 하겠습니다." 라고 말한다. 그리고 태성이는 표 한 개 더 들고 갔으니 30만 원 내라고 했다.

최우수상을 뽑은 사람이 150만 원을 가져가고 점심때 맛있는 소고기를 사는 게임이었다. 20만 원씩 전부 총무에게 내고 태성이는 30만 원을 냈다. TV 앞에서 식혜를 먹으며 응원했다.

후보자 1번이 나온다. 40 먹은 여자가 〈바다에 누워〉를 불렀는데 그렇게 못하지는 않았지만 최우수상 감은 아닌 것 같아 일단 나는 확률이 줄어들었다.

총무는 공정한 게임을 위해 메모지에다가 후보자가 불렀던 노래 제목을 순서대로 적어놓는다. 그 이유는 채점할 때 헛갈리지 않게 하기 위함이다.

2번 후보자가 나왔다. 30대 중반인 남자가 〈바다의 왕자〉를 불렀지만, 또 최우수상까지는 아닌 것 같아 2번을 뽑은 봉진이도 아쉬워하고 있었다.

3번 후보자가 나온다. 30대 후반쯤 되어 보이는 남자가 〈폼 나게 살꺼야〉를 부른다. 1번, 2번보다는 잘했는데 3번 또한 거기서 거기였다.

4번 후보자가 나온다. 얼핏 보아도 5~6명이서 무리를 지어 그것도 모자라 손에는 영덕 특산물을 광고하기 위해 대게를 들고 나왔다.

노래를 부르러 나온 건지 대게 광고하기 위해 나온 건지 구분이 가지 않았고, 4번을 뽑은 수식이가 "와~ 초반부터 소쿠리는 아니다 아이가?" 하면서 어이없는 표정을 짓는다. 모든 사람들이 웃는다.

5번 후보자가 나왔다. 누가 봐도 외국인이라는 것이 한눈에 들어왔다. 흑인이었기 때문이다. 5번을 뽑은 원창이가 "와 이럴 줄 알았다. 시작하자마자 짱깨도 아니고 아프리카 동티모르는 아니다 아이가?" 하면서 아쉬워하고 있었다.

6번 후보자가 나온다. 잘생긴 남자가 〈싫다 싫어〉를 부르려고 준비하고 있었다.

'야따, 이 사람이 하나 해내겠다.'라고 생각하고 열심히 박수를 치며 응원했다. 그런데 웬일인지 이 사람은 오리지널 짱깨 중국 사람이었다. 중국 사람이라 실망하며 힘이 빠져 있는데 노래 부르는 실력이 중국 사람치고는 잘하는 편이었다.

일단 특별하게 잘 부른 사람이 없어 기대를 걸고 최우수상을 기다리고 있었다.

7번 후보자가 나온다.

20대 중반인 누가 봐도 외국인이라는 것이 확실한 필리핀 여자가 〈별난 사람〉을 어눌한 목소리로 노래해 간신히 통과했다.

7번을 뽑은 원창이 "나는 2개 뽑은 것 전부 짱깨다. 무슨 이렇게 뽑으라고 해도 뽑기 힘들 것이다. 외국인 특집도 아니고 무슨 짱깨들이 이래 많이 나오냐?"면서 20만 원을 잃는 게 확실하다는 결단을 내렸는지 혼자 투덜거린다.

우리도 원창이 얼굴을 한 번 쳐다보고 TV에 나오는 후보자 외국인 얼굴 한 번 쳐다보니 저절로 웃음이 나왔다.

8번 후보자가 나왔다.

50대로 보이는 여자가 〈10분 내로〉를 불렀는데, 노래는 그런 대로 했지만 소쿠리에 은어 구이를 들고 나온 것이 엔지였다.

8번을 뽑은 수식이가 "야따, 노래하려면 노래만 열심히 하다가 들어가지 소쿠리 저거는 좆빤다고 들고 나왔노? 나도 최우수상은 물 건너갔다."고 얘기하는 것이다.

모두 다 투덜대고 있는 모습이 너무나 우스웠고, 목숨 걸고 박수치고 응원하는 모습을 찜질방 사람들이 쳐다보면서 이해할 수 없었을 뿐더러 박수치다가 아쉬워하며 투덜대는 모습을 이상하게 생각하는 것은 당연했다.

9번 후보자가 나왔다.

70대로 보이는 남자가 〈귀국선〉이라는 노래를 나름대로 멋지게 소화해내고 있었다. 9번을 뽑은 승찬이가 우승을 확신했는지 빙긋 웃으면서 나를 보며 "형님, 1등 할 마음 없었는데 죄송합니다."라면서 비꼬면서 얘기하는 것이었다.

뚜껑은 열어봐야 하는 것이니 기다리고 있으라고 말했다.

잘하기는 잘한 것이 맞았다. 노래가 끝나자 승찬이가 우승을 확신했는지 함성을 지르며 박수를 쳐댔다.

10번 후보자가 나왔다. 50대 여자가 나와서 〈찰랑찰랑〉 노래를 불렀는데 나름 열심히 잘했긴 했는데 내가 생각해도 최우수감은 아니었다.

태성이는 3번도 고만고만하게 불렀고 10번도 나름대로 열심히 했기에 희망이 없었던 것도 아니다. 그리고 아직 15번이 남아 있었다.

태성이가 "이만하면 저도 최우수상 쪼아 볼만 합니다." 하면서 환하게 웃었다.

아직까지 제대로 된 노래가 나오지 않아서 뒤에서 최우수상 나올 확률이 높았기 때문이다.

치용이가 "11번, 12번을 뽑았으니 분명히 11번, 12번 둘 중에 하나 일을 낼 것이니 두고 봐라."는 것이다.

11번 후보자가 나온다. 얼핏 봐도 5~6명에 희한한 의상을 입고 손에는 줄넘기를 든 채 나오자마자 동생들이 웃는다. 웃는다는 것은 최우수상과 거리가 멀다는 뜻이다.

치용이가 "아따, 기다린 보람이 없네. 더워 죽겠구만 좆 빤다고 줄넘기를 들고 나왔나면서 혼자 중얼거린다.

노래도 형편없었다. 모든 사람들이 웃는다.

12번에 기대를 걸어야겠다는 생각에 하나 남은 12번을 쫀다.

"잘 봐라, 12번에서 무조건 대형사고 난다."

치용이가 말했다.

12번 후보자가 나온다.

20대 초반의 여자가 또 소쿠리에 무언가 들고 나온다.

소쿠리를 들고 나온 순간 일찌감치 동생들은 모두가 웃는다.

소쿠리에는 복숭아가 한 가득 들어 있었다.

소쿠리를 들고 나오면 좋아하는 사람은 송해 선생님밖에 없을 것이다.

송해 선생은 웃고 치용이는 울고. 치용이도 최우수상과 거리가 먼 듯 혼자 투덜댄다.

후보자 13번이 나온다.

옷도 깔끔하게 입고 카사노바 같은 40대 중반 남자가 분위기를 잡고 〈꽃물〉이라는 노래를 부른다. 시작부터 감정 분위기를 잡고 멋있게 노래를 부르는 것을 보더니 13번을 뽑은 봉진이가 함성을 지르며 "왔다!" 고 박수를 쳤다.

내가 봐도 우승 후보가 확실했다.

나 또한 삑사리가 나서 땡 하기를 바랐고, 태성이 또한 땡땡땡 하면서 땡을 바라고 있었는데 마무리 또한 깔끔하고 멋지게 했다.

봉진이가 "형님, 이번 게임은 제가 이긴 거 같습니다."라고 너스레를 떤다.

"아직 게임 안 끝났다. 끝까지 지켜봐라, 뚜껑 열리기 전에 아무도 모르는 게 〈전국노래자랑〉이야."

송해 사회자가 이제 마지막 후보자라면서 14번을 소개한다. 그러자 '어! 15번은 왜 안 나오지?' 하면서 TV를 보았다. 1년에 〈전국노래자랑〉을 1주일에 한 번 50번을 하는데 후보자들이 14명 나올 때가 50번 중 한두 번 있다. 그런데 그 한두 번이 바로 오늘이었다.

"아따 그냥 10만 원 갖다 버렸네."

15번을 뽑은 태성이가 많이 아쉬워하고 있다. 14번을 뽑은 승찬이가 원래 사고는 끝에서 나는 법이라며 마지막 남은 14번에 기를 모았다.

얼핏 보아도 70은 넘은 할아버지가 힘없게 걸어 나오는 것이다.

이어서 봉진이가 승찬에게 "마, 이빨 다 빠지가 발음은 제대로 되겠냐"며 비꼰다.

승찬이는 "두고 봐라. 아직 게임은 안 끝났다."며 끝까지 희망을 걸었다.

어느 정도 노래하긴 했지만 최우수감은 아니었다.

후보자가 모두 노래를 마친 순간 봉진이가 우승을 확신했는지 박수를 치며 함성을 질렀다.

송해 선생님이 "채점하는 동안 초대가수가 나와 노래를 한 곡 한다."며 초대가수를 소개한다.

그러자 웃으면서 원창이가 "이 게임 무효"라는 것이다. "두 개 다 짱깨가 뭐고? 그런 게 어디 있노?" 하는 것이다.

모두가 웃음을 터뜨렸다. 그러자 고령자들을 뽑은 승찬이가 "마, 그래도 니는 외국인이라도 젊어서 발음이라도 대충 되지 나는 이빨 빠진 영감들 둘이 나와가 무슨 소리인지 하나도 못 알아듣겠더라."고 한다. 이에 또 한바탕 웃는다.

그러자 4번, 8번 소쿠리를 뽑은 수식이가 한마디 한다.

"마! 너거 둘이는 노래 부를 준비나 돼 있었지. 이것들은 노래를 부르기 위해 〈전국노래자랑〉에 나온 것인지 아니면 대게하고 은어를 팔기 위해 나온 것인지 구분이 안 간다. 그놈의 소쿠리를 다 뿌아버릴까 보다." 하면서 농담 반 진담 반으로 얘기한다.

초대가수 노래가 끝나고 시상식을 한다. 태성이가 또다시 "10만 원 그냥 갓다 버렸습니다."라며 넋두리를 한다.

규칙에 인기상, 장려상, 우수상은 필요가 없었다.

시상식 순서가 인기상부터 장려상, 우수상, 최우수상 순서이기 때문에 자기가 뽑은 사람이 인기상, 장려상, 우수상을 받으면 무조건 안 좋은 것이다.

한 명이 두 개의 상을 받을 수 없기 때문에 최우수상 받을 확률은 희박한 것이다.

인기상이 세 명 뽑혔다.

5번 짱깨 그리고 7번 짱깨, 8번 소쿠리.

역시 짱깨와 소쿠리는 실망시키지 않았다.

5번, 7번을 뽑은 원창이가 "이봐라 무슨 긴장감도 없이 인기상에서 두 명이 다 뽑혔으니 할 맛이 나겠나?" 하는 것이다.

"형님! 뽑은 거 2개 중에 인기상 2개 받기도 힘든데 이런 것은 시상 없습니까? 시상이 없으면 20만 원 면제라든지⋯⋯."

"마! 하루 종일 짜고 있네. 그만 좀 울어라, 돈 20만 원 아깝나?"

"제수씨하고 다 같이 밥 먹을 것인데 그래도 이왕이면 손해 안 보고 이기는 것이 좋지 않습니까?"

"세상 살아가면서 좋은 것만 할 수 있나? 손해도 보고 좋은 것도 하고 이렇게 사는 것이지⋯⋯."

다음엔 장려상 시상을 한다.

6번 짱깨다.

짱깨치고는 그래도 제법 하는 노래였기 때문에 최우수상을 쪼고 있었는데, 나도 웃으면서 최우수상하고는 멀어졌다며 구시렁대고 있었다.

다음 우수상! 여기서 이름을 불리는 사람이 먼저 떨어지는 것이다.

9번 〈귀국선〉을 불렀던 70대 남자는 승찬이가 뽑은 것이고— 13번 〈꽃물〉을 불렀던 40대 남자는 봉진이가 뽑은 후보였기 때문에 이제 이 두 명 중에서 우수, 최우수가 가려지는 상황이었다.

서로 자기가 뽑은 것이 잘했니 어쨌니 우기고 있을 때 우수상 시상식을 한다. 〈귀국선〉을 불렀던 9번이 우수상에 당첨되는 순간 승찬이가

175

"이야 졌네!" 하면서 얼굴이 벌게졌다.

마지막 최우수상은 우리가 예상했던 대로 13번 〈꽃물〉을 불렀던 40대 남자였다.

봉진이가 함성을 지르며 "형님, 감사합니다.'라면서 빙긋 웃는다. 그러고는 승찬에게 돈 150만 원 가져오라며 재빨리 돈을 챙긴다.

옆에서 최우수상을 같이 쪼고 있던 승찬이가 "마! 누가 보면 로또 1등 당첨되었는지 알겠다."라며 빈정거린다.

그러자 봉진이가 "니가 이 기분 아나?" 하면서 약을 올린다.

리액션이 너무 컸는지 찜질방에서 같이 〈전국노래자랑〉을 관전하던 찜질방 손님들이 최우수상 받은 사람과 가족인 줄 알고 봉진에게 묻는다. "혹시 저 사람 아는 사람이에요?"

봉진이가 "아니요." 하니 "그럼 왜 이리 좋아하는 거요?"라고 묻는다.

"좋은 데 이유가 있습니까?" 하면서 "형님! 형수님! 그리고 제수씨들 제가 소고기 맛난 걸로 쏠 테니 씻고 나갑시다."라고 했다.

다 씻고 준비하고 찜질방 입구에서 제수씨들과 만났다.

봉진이가 앞장선다. 여름철이라 해운대는 많은 피서객이 와 있었다. 미포로 해서 해운대 바다를 보며 출발했다. 피서객들이 제트스키랑 바나나보트를 타는 것을 보는 순간 치용이 제수씨 은실이가 치용에게 우리도 저 바나나보트 타자고 하는 것이다.

그러자 치용이가 "바나나보트 저거 잘못 타면 거시기에 기스 난다."며 다음에 타자고 한다.

근데 앞선 차가 리베라호텔 쪽 소고기 집이 아닌 이상한 방향으로 가는 것이었다. 우리가 종종 가던 ○○한우 방향이 아닌 이상한 쪽으로 가기에 내가 전화를 해서 앞장서서 가는 봉진에게 한마디 했다.

"마, 이리로 가면 소고기 맛있는 집이 없는데 어디로 가노?" 하고 물었다.

"맛있게 하는 집 있습니다. 다 왔습니다."라면서 소고기 국밥집을 가리킨다.

"마, 지금 장난하나?"

"소고기구이가 아니고 설마 소고기국밥은 아니겠제?"

승찬이가 말한다.

그러자 봉진이가 웃으면서 "형님! 그리고 친구들아 그리고 제수씨. 요즘 제가 빚이 많이 늘어나서 힘이 들어서 그러는데 오늘 한번만 이해해 주세요."라고 했다.

"마, 이해할 게 따로 있지 130만 원 따서 3천 5백 원짜리 소고기국밥은 아니다 아이가?"

기가 차서 웃음밖에 나오지 않는데, "형님! 동생이 밥 사는 행동이 소중한 것이지 가격이 문제가 아니지 않습니까?"라고 한다.

봉진 씨가 빚이 많아서 그런다니 그냥 소고기국밥 한 그릇 먹자면서 제수씨들이 긍정적으로 받아들인다. 그러자 원창이가 "이 새끼 진짜 상태 안 좋네. 마, 니는 이러니깐 맨날 기동 형님한테 욕 듣는 거다. 알겠나?" 수식이에 이어 태성이까지 "이건 아니다 아닙니까?" 비난을 쏟는다.

그러자 제수씨들도 봉진이가 너무 짠돌이라는 것을 알았는지 "앞으로는 봉진 씨, 굵은 소금이라고 별명을 부를 거예요." 한다.

그러자 봉진이가 제수씨들에게 "제수씨, 무리하지 않고 자기 분수에 맞추어 사는 것이 결코 쪽팔리는 게 아닙니다."라고 말한다.

듣고 있던 수식이가 짜증이 났는지 "니가 하는 행동에 내까지 쪽팔린다. 이제 그만 해라." 하는 것이다.

그러자 봉진이가 "3천 5백 원짜리 국밥이라고 무시하지 마라. 디저트로 요구르트와 소시지까지 준다."며 대충 넘어가려 했다.

"니는 소고기국밥 먹고 나서 내한테 꼭 때려 달라고 얘기해라. 내가 까먹을 수도 있다. 소 들고 던지뿔라."

"형님! 또 왜 그러십니까?"

"몰라서 묻나? 마, 정신 진짜 빠짝 차리라. 또 이런 어리바리한 행동하면 그땐 나나 내나 둘 중에 하나 죽는다. 알겠나. 인마. 니는 요구르트, 소시지만 안 나왔으면 내한테 맞아 죽었는데 요구르트가 오늘 분위기 살렸다." 하면서 대충 점심을 먹고 나왔다. "참 저 새끼 진짜 연구 대상이네!" 내가 말했다.

그날은 잊을 수 없다. 소고기국밥 사건은 정말 잊지 못할 일이었다.


### ✿ 늘어만 가는 피해자들

중국 총책에서도 통장이 없어 일을 못 들어간 지 어느덧 일주일째. 동생들에게 다음 주부터는 '신용불량자도 대출해줍니다'라고 광고를 내어 인터넷상으로 통장을 매입하라고 지시를 내리고 진광이가 부탁한 대포폰을 구하기 위해 친구 철민이를 만나러 서면으로 갔다.

커피숍에서 약속을 정하고 오랜만에 얼굴을 보았다.

"기동아! 요즘 통장으로 재미를 많이 본다는 얘기가 들리던데, 재미는 있나?"

"재미는 뭐, 그냥 그렇다."

"재미는 니가 더 많이 보는 거 같은데. 전화기 팔아서."

이 친구는 대한민국에서도 손꼽히는 대포폰 유통하는 친구이다.

찜질방에서 훔친 절도 장물, 그리고 택시에 손님들이 두고 내리는 장물, 불특정 다수에게 길거리에서 핸드폰 배터리가 없어서 그런다며 급한 전화 한 통만 쓰자고 한 뒤 전화기를 받아서 들고튀는 절도 장물 오토바이 날치기, 업소에서 분실한 핸드폰 등등.

이런 분실 핸드폰은 유심을 빼서 우리 대포통장 조직들과 같이 중국,

태국, 필리핀, 해외로 유통한다.

개당 25~30만 원에 매입해서 50~70만 원에 중간 매입책, 해외 총책들과 거래해서 유심 따로, 전화기 따로 거래된다. 하루에 전국에서 올라오는 물량만 500대가 넘는 어마어마한 규모다. 물량이 많다는 소리는 그만큼 핸드폰 잃어버리는 피해자가 많다는 소리다.

이런 전화는 대포폰으로 쓰이는 것이 아니라 해외에서 유심만 바꾸고 케이스만 갈아서 비싼 가격에 팔아 정상적으로 사용된다.

이런 전화는 분실 폰이기 때문에 발신이 되지 않는다. 피해자들이 발신 정지를 걸어놓기 때문이다. 그래서 이런 폰들은 국내에서는 사용하지 않는다.

사람들이 대포폰으로 사용하는 핸드폰은 또 다른 폰이다.

인터넷이나 벼룩신문, 신문, 전단지 등에 '신용불량자라도 대출해준다'는 광고를 낸 뒤 급전이 필요한 대학생, 주부, 실업자 등이 피해 대상이 된다.

급전이 필요한 주부나 신용불량자도 3천에서 5천만 원 당일대출이 된다는 광고를 보고 대출하기 위해 전화를 건다.

피해자: 광고를 보고 전화 드렸는데 어떻게 하면 되는 것입니까?

사기범: 대출하신 적 있습니까?

피해자: 네, 캐피탈 천만 원, 사금융 천만 원 정도 썼습니다. 그래도 대출이 가능한가요?

사기범: 전화상으로 된다, 안 된다 말씀 드릴 수 없으니 일단 대출이 되는지 확인해야 하니 주민번호랑 이름을 말씀해주시겠습니까?

피해자는 대출하기 위해서는 반드시 거쳐야 할 절차라고 생각하고 아무 생각 없이 주민번호, 이름을 불러준다.

179

그리고 다른 대출 업계에도 알아본 결과 대출이 안 된다고 했기 때문에 지푸라기라도 잡는 심정으로 혹시 자기 명의로 무슨 짓이야 하겠냐는 생각에 주민번호와 이름을 불러준다.

사기범은 대부분 막장까지 간 사람들이 이런 전화를 걸어 부탁한다는 것을 알고 있기 때문에 대출은 되지 않아도 대출 건과 통신사는 별개이기 때문에 핸드폰 할부로 개통되는 이런 사람들이 범행 대상이 되는 것이다.

피해자: 주민번호 550930-×××××× 이름 손태자
사기범: 대출이 되는지 안 되는지 확인 한번 해보고 전화를 드리겠습니다.

사기범은 처음부터 대출해줄 의사나 능력이 없었다.

조금 전에 주부에게 받은 주민등록번호로 통신사에 전화해서 핸드폰을 개통하려고 한다며 전화기가 할부로 개통되는지 안 되는지 그것을 알아본다.

통장 매입하는 방법과 유사하다.

그래서 전화기 개통이 된다고 하면 몇 대까지 되는지 물어보고 개통할 수 있는 한도 내에서 최고 비싼 스마트폰으로 전화 신청한다.

전화기 개통이 된다는 것을 사기범은 미리 알고 있다.

이제 이 주부에게 다시 전화해서 감언이설로 전화기를 개통하게 하는 것이 사기범이 할 일이다.

사기범: (주부에게 전화를 걸어) 대출이 되네요.
피해자: 얼마나 가능합니까?
사기범: 정확한 것은 해봐야 알겠지만 2천만 원 정도 나올 것 같습니다.

피해자: 정말요? 그럼 어떻게 해야 합니까?

사기범: 보시다시피 신용등급이 조금 낮아서 그러니 통장하고 핸드폰을 하나씩 만들어줘야 할 것 같습니다.

피해자: 핸드폰은 왜 필요합니까? 또 대출은 얼마나 걸립니까? 그리고 대출이 나오면 제가 그쪽한테 무엇을 해드려야 합니까?

사기범: (이미 대출이 안 된다는 것을 알고 있기 때문에 큰 금액을 얘기하면 피해자가 부담스러워하며 승낙하지 않을 수도 있기 때문에) 대출 나온 금액에서 3%만 주시면 됩니다. 그리고 핸드폰은 요즘 제대로 된 대출을 하려면 직장을 허위로 잡아야 하기 때문에 손태자 씨 가 일에 대해 잘 모르기 때문에 저의 교육받은 여직원이 손태자 씨가 개통한 전화로 전화를 받아줘야 무사히 끝낼 수 있습니다.

피해자는 다른 대출 사무실을 아무리 돌아다녀 보아도 대출이 안 된다고 했기 때문에, 그리고 돈이 필요한 것도 사실이기 때문에 대출이 되지 않더라도 자신은 손해 본 것이 없다고 생각하여 쉽게 허락한다.

사기범: 지역이 어디입니까?

피해자: 사하구 하단입니다.

사기범: 그럼 내일 행복은행에 가서서 통장 하나 개설하고 핸드폰 1개 개통해주십시오.

피해자: 핸드폰은 아무거나 개통하면 됩니까?

사기범: 이왕 하는 거 신형 스마트폰으로 개통해주십시오. 그러면 제가 차비 명목으로 30만 원 드리겠습니다. 대출이 끝나면 이 전화기는 제가 매입해가겠습니다.

피해자: 그렇게 하세요.

그러고는 다음날 통장, 핸드폰을 개통해서 가지고 오면 통장과 핸드폰을 받아서 차비 30만 원을 주고는 고생했다며 대출하는 시간이 빠르면 한 달, 늦으면 두 달 정도 걸리니 걱정하지 말고 대출금이 나왔을 때는 본인이 직접 인감을 들고 사무실에 와야 한다며 안심시킨다. 그런 뒤 통장은 보이스피싱에 사용되며 전화기는 우리 같은 사람들에게 70~80만 원에 거래된다. 이 주부는 대출받기 위해 통장과 전화기를 개통해주고 하루아침에 보이스피싱을 도운 공범으로 몰려 500만 원 이상의 벌금, 그리고 대포통장에 사기당한 금액이 민사재판에서 재산 압류되며, 핸드폰 할부+통화료(대부분 해외에 국제전화를 걸기 때문에 400만 원 이상 나온다)까지 해서 어리석은 판단으로 인해 걷잡을 수 없는 피해를 입게 된다.

어려운 경제사정에 혹을 떼려다가 오히려 혹을 하나 더 붙인 손태자 씨는 벌금과 핸드폰요금을 낼 능력이 되지 않아 정식재판 청구를 신청한다.

며칠 후 재판이 시작되었다.

판사가 인척 사항부터 물어본다.

"손태자 피고인 앞으로 나와보세요."

"주민번호 어떻게 됩니까?"

평생 처음 법정에 서보는 것이라 떨리는 목소리로 "××××××-×××××××"이라고 대답한다.

"주소가 어떻게 됩니까?"

"부산 사하구 ○○○입니다."

"벌금 500만 원 부분에 대해 벌금이 많다고 정식 재판 신청한 거 맞죠?"

"네."

"그리고 ○○텔레콤 통신사에 통신사 요금 400만 원이 손태자 씨가 쓴 것이 아니라고 내용 증명 제출해서 요금 못 내겠다고 한 사실 있죠?"

"네."

"손태자 씨는 2008년 ○○월 ○○일 신용불량자도 대출해준다는 광고를 보고 대출받기 위해 ○○통신사에서 스마트폰을 할부로 개통하여 성명불상에게 양도·양수한 사실 있죠?"

"네."

"그 핸드폰이 보이스피싱 그리고 인터넷 사기에 사용되었고, 여러 명의 피해자가 사기를 당한 점에 비추어보면 죄질이 아주 불량합니다. 보이스피싱 사기당한 사람에 비하면 500만 원은 그리 많은 금액이 아닌데 왜 정식재판 청구를 했습니까?"

판사가 하고 싶은 얘기 있으면 한번 해보라고 한다.

"저는 어려운 살림에 지푸라기라도 잡는 심정으로 대출받기 위해 핸드폰을 개통해주었지 보이스피싱에 사용하라고 핸드폰을 개통해준 것이 아닙니다. 제가 벌금 500만 원을 왜 내야하는지, 그리고 핸드폰요금도 제가 쓰지 않았는데 왜 제가 400만 원을 갚아야 하는지 이유를 모르겠습니다."

판사가 "판결하겠습니다."라며 주문을 외운다.

"먼저 전기통신거래에 있어 내가 개통한 핸드폰을 다른 사람에게 양도·양수해서는 아니 된다. 그 목적이 범죄에 쓰일 줄 알고 만들어주었든 모르고 만들어주었든 핸드폰을 양도·양수하는 자체가 범죄행위고 불법행위다 이겁니다. 피고인이 지금까지 전과도 없이 열심히 살았다는 것은 충분히 인정됩니다. 하지만 몰랐다는 이유로 이런 사람들을 불기소 처분하고 무혐의 처분을 내려 버리면 우리나라 법질서는 어떻게 되며, 사기당한 사람들은 누구한테 하소연하겠습니까? 앞으로 이런 억울한 일 당하지 않으려면 보고 익히고 배워서 자기 자신은 물론이고 다른 사람에게 피해 입히지 말며 열심히 사세요."

그러면서 피고인의 정식재판 청구를 기각한다.

"그리고 핸드폰 또한 개통해서 다른 누군가에게 양도해서 쓸 수 있는

권리를 주었으니 핸드폰요금 또한 손태자 씨가 배상해야 할 것입니다."

한순간의 실수로 엄청난 불이익을 받게 된다.

도대체 서민의 피해는 어디까지일까?

이런 속 타는 서민의 마음도 모르고 이런 유사한 범죄는 계속 기승을 부린다.

철민이는 이런 전화기를 모아서 분실 폰은 해외 수출, 그리고 대포폰은 나 같은 검은 일을 하는 사람에게 거래하는 친구이다.

전화기와 통장 매입하는 종목이 다를 뿐이지 실제로는 비슷한 일을 하는 친구이다.

나는 주 종목이 통장이며, 부업이 전화기이다.

돈이 많이 되지만 그만큼 위험부담이 크다.

이 친구는 주 종목이 전화기(대포폰)이며 부업이 통장이지만, 될 수 있으면 통장은 폐기 처분한다.

보이스피싱에 사용하는 사람에게 팔면 돈이 되지만 그만큼 위험 부담이 크고 징역이 세기 때문에 이 친구는 전화기만 매입한다.

찜질방에서 분실한 스마트폰 그리고 택시에 손님이 두고 내린 스마트폰, 전국적으로 절도범이나 장물로 취득해온 스마트폰을 20~30만 원에 매입해 유심 칩을 바꾸어 대포폰으로 둔갑해서 사기꾼들이나 범죄 하는 사람들에게 핸드폰을 50~60만 원에 판매한다.

"기동아! 니가 며칠 전에 준비해달라고 한 스마트폰 30대다."

스마트폰은 핸드폰도 작고 부피가 작기 때문에 쇼핑백 4개에 30대가 담겨 있었다.

"기동아 너니깐 70만 원에 해주었다. 또 필요한 거 있으면 얘기해라."

"아니다. 지금은 필요한 것이 없는데 필요한 거 있으면 전화할게."

2,100만 원을 계산하고 차에 전화기를 싣고는 서로 바쁜 일이 많아서 헤어졌다.

## ☸ 더욱 지능화되는 수법들

토요일 저녁 미향, 치용, 태성을 데리고 인천 본부로 향했다.

일주일간 부산에서 휴식을 취했기 때문에 월요일부터는 열심히 통장 매입을 해야 했다.

치용이, 미향이 또한 며칠 쉬었으니 개인정보 빼내는 일을 부지런히 해야 했다.

토요일 8시쯤에 부산에서 출발해 인천에 도착하니 밤 12시였다.

부산에 있는 동생들에게 전화를 했다. 처음에 수식이에게 전화를 걸었다.

"일할 준비되었나?"

"신용불량자도 대출해준다는 전단지를 내일까지 5천 장 찍어 달라고 했으니 전단지만 나오면 바로 일 들어가면 됩니다. 부산에서 모여가지고 일하면 사고가 빨리 날 것 같아 저는 승찬이랑 대구에 올라갈 것입니다."

"그래, 니가 신경을 좀 써야 한다. 형이 하는 말 무슨 말인지 알제?"

"알겠습니다."

"통장도 중요하지만 안전하게 일하는 것이 더욱더 중요한 거 잊지 말고 신중하게 해라. 모르는 거 있으면 물어보고."

"알겠습니다."

"내일 또 통화하자."

그런 다음 봉진에게 전화를 걸었다.

"형이다."

"예, 형님!"

"일할 준비 다 되었나?"

"예, 형님! 저희들은 전단지 5천 장 다 받아서 내일부터 일 들어가려고

185

합니다. 좀 전에 수식이랑 통화했는데 수식이는 대구 간다고 하던데, 저는 원창이랑 대전에 올라갈까 합니다. 부산에는 지금 얼굴이 너무 날려서 조용한 데 엎드려서 통장을 매입할 것입니다."

그래 수식이하고 승찬이는 별 걱정이 안 되는데 덜렁대는 니가 걱정이다.

"아닙니다, 형님. 제가 또 덜렁대도 할 때는 제대로 하지 않습니까?"

"그래, 말만 하지 말고 행동으로 보여도. 횟집 소쿠리 사건, 소고기국밥 사건만 봐도 니가 얼마나 어리바리한지 나는 앞일이 훤하다."

"형님! 여기서 소고기국밥 사건이 왜 나옵니까?"

"인마, 그 사건은 20년짜리 사건이다. 20년 뒤에도 형이 그 소리 하는지 안하는지 두고 봐라, 알겠나?"

"형님께서도 조심히 다니십시오. 월요일에 통장 매입하고 전화 드리겠습니다."

"알았다."

월요일, 날이 밝아왔다.

각자 자기 위치로 돌아가 통장을 매입하기 위해 전단지를 들고 '신용불량자도 대출해준다'는 명함을 돌린다.

수식이와 승찬이는 2인 1조가 되어 아파트 단지, 공단 그리고 골목길을 다니며 주차되어 있는 자동차에 미리 준비했던 전단지를 창문 틈 사이에 꽂아두었다.

5천 장의 명함도 둘이서 마음먹고 돌리니 이틀이면 끝이 보였다.

이 전단지 광고를 보고 급전이 필요한 사람들이 신용대출을 받기 위해 전화기가 터지도록 불통이 났다.

2인 1조가 되어서 움직이지만 수식이가 '신용불량자도 대출해 드립니다'라는 방법으로 통장을 모집했고, 승찬이가 '인터넷으로 통장을 매입합니다'라는 블로그를 만들어서 통장을 매입했다.

이 시각 원창이와 봉진이도 대전 일대를 돌며 원창이가 '신용불량자도 대출해 드립니다'라는 방법으로 통장 매입을 맡았고, 매입 또한 인터넷으로 봉진이가 맡아서 신중하게 일을 처리하고 있었다.

승찬이가 PC방에서 미리 준비했던 타인의 주민번호로 야후 포털 사이트에 '개인 통장 산다'는 블로그를 만들었다.

블로그를 만들자마자 급전이 필요한 사람들로부터 전화기가 불이 나도록 왔다.

PC방에서 전화를 받으려고 하니 주위에 보는 눈이 많아서 수식이와 모텔 방을 잡았다.

수식이에게 첫 손님에게서 전화가 왔다.

묵직한 목소리의 남자 손님이었다.

"이거 광고 보고 전화를 드리는데 신용불량자도 대출이 가능합니까?"

"전화로는 된다 안 된다 말씀을 드릴 수 없고 저희가 조회를 해봐야 합니다. 대출할 마음이 있으시면 주민번호와 이름을 불러주세요. 820407-×××××× 전상재입니다."

"제가 확인 한번 하고 10분 뒤에 전화를 드리겠습니다."라고 하고 전화를 마친다.

수식이는 전상재 씨의 주민번호와 이름을 가지고 모텔에 있는 인터넷으로 메일을 가입해보았다.

'메일 가입을 축하드립니다'라는 창이 떠서 전상재 씨의 본명과 주민번호가 일치한다는 것을 알았다. 하지만 처음부터 통장에만 관심이 있었을 뿐 대출하고는 상관이 없었다. 조금 전에 걸려왔던 핸드폰 발신에 통화버튼을 눌러서 수식이가 전상재 씨에게 전화를 한다.

"전상재 씨 핸드폰 맞습니까?"

"예! 좀 전에 대출로 인해 통화했던 사람입니다."

"저희들이 조회를 해보니 대출이 될 것 같습니다."

"얼마나 될 것 같습니까?"

"지금 신용도가 낮아서 등급이 낮은데 등급 작업하면 3천만 원 나올 것 같습니다."

"그럼 어떻게 해야 합니까?"

"각 은행들 통장을 만들어서 전화를 주십시오. 사랑은행, 외한은행, 성실은행, 행복은행, 근면은행, 정직은행, 봉사은행, 화목은행, 신용은행, 평화은행, 희망은행, 도움은행, 두리은행 13개 만들어야 합니다."

"그 많은 통장을 다 만들어야 하나요? 문제는 대출 아닙니까?"

"에, 그렇습니다. 어디 돈 3000만원 대출하기가 쉬운 일이겠습니까?"

"기간은 얼마나 걸립니까?"

"짧으면 20일 길면 한 달 안에 끝이 납니다."

"이런 일을 이익 없이 해주지는 않을 것이고 대출이 나오면 무엇을 해드려야 합니까?"

"대출 승인이 되는 날에 저희 사무실로 본인이 직접 오셔야 하고 대출금 중 저희들에게 3%를 주셔야 합니다."

이 피해자는 돈이 급한 것이 사실이고, 처음부터 선불을 요구하지 않는다는 점에 부담 가는 것이 없어 통장을 만들고 나서 전화를 드린다며 전화를 끊는다.

이런 전화가 하루에 수십 통씩 왔다.

전상재 씨는 3천만 원이 대출된다는 사기범의 말에 귀가 솔깃하여 하던 일도 비번을 내고 하루 종일 은행을 돌아다니면서 통장을 만든다.

본인이 통장을 만들러 직접 은행에 들어갔기 때문에 은행직원들은 의심도 하지 않고 통장을 만들어주었다.

마지막 통장을 만들고 나서 전상재 씨가 수식에게 전화를 건다.

"어제 대출로 인해 전화 드렸던 전상재입니다. 지금 통장 13개 다 만들었는데 어떻게 해야 하나요?"

"통장에 카드 비밀번호 다 쓰시고 주민등록증 복사본과 함께 통장은 서류 봉투에 봉함해서 보이지 않게 퀵으로 보내주시면 됩니다."

"어디로 보내주면 되나요?"

"일단 퀵에게 제 전화번호 가르쳐주고 퀵 바꾸어주십시오. 퀵에게는 물건이 무엇이냐고 물으면 서류라고 하면 됩니다."

30분 뒤에 퀵이 전화가 왔다.

"퀵 서비스입니다. 서류 봉투를 하나 받았는데 어디로 가지고 가면 됩니까?"

"동대구역으로 가지고 오시면 됩니다."

"지금 출발하겠습니다."

하루에 이런 식으로 통장을 매입하는 것이 수식이가 2명×13=26개, 승찬이가 2명×13=26개로 합쳐서 52개 정도 되었다.

전상재 씨는 이 통장이 보이스피싱 인출도구로 사용된다는 현실을 모른 채 한 달 동안 대출을 기다리고 있었다.

이어 인터넷으로 통장 매입한다는 광고를 낸 승찬에게도 전화가 왔다. 가느다란 목소리를 가진 여자였다.

"통장 매입한다는 게 뭐 어떻게 하는 거예요?"

"말 그대로 개인통장을 만들어주시면 개당 30만 원씩 저희들이 매입하고 있습니다."

"그래요? 그럼 이 통장을 어디에 쓰죠?"

"인터넷 PC 포커머니 환전이나 외국인 노동자 신용불량자들 급여 통장으로 쓰입니다."

"그래요? 지금 돈이 급해서 그러는데 통장을 많이 만들어도 되나요?"

"당연하죠. 한 사람이 각 시중은행 13개까지 매입하고 있습니다."

"통장을 만들면 돈은 바로 주나요?"

"당연하죠. 바로 드립니다."

"성함이 어떻게 되세요?"

"안미진입니다."

"통장 비밀번호는 13개 은행 동일하게 만들어주십시오."

"헷갈리지 않게 다 만들고 전화 드리겠습니다."

대전에 올라가 있는 봉진, 원창도 수식과 승찬처럼 2인 1조가 되어 통장 매입을 기계처럼 착착 매입하고 있었다.

진작 이 방법으로 통장을 매입했으면 되었을 것을 하는 아쉬움이 남을 정도로 돌아다니면서 바지들 데리고 통장을 안 만들어도 되고, 돈에 굶주린 급전이 필요한 사람들이 알아서 척척 만들어오니 가만히 앉아서 돈 버는 보직이었다.

승찬이에게도 통장을 다 만들었다고 연락이 왔다.

안미진 씨는 남편과 이혼하고 급하게 쓸 돈이 있어 건달들에게 사금융 돈을 빌려 썼다가 이자를 내지 못해 임신한 상태에도 불구하고 노래방 도우미로 술집까지 끌려가서 밤늦게까지 일을 하는 처지였다. 그러다가 통장 13개를 팔면 13×30=390만 원이 생긴다는 감언이설에 피곤한 몸으로 오전부터 하루 종일 통장 13개를 만들어서 승찬에게 연락했다.

"통장 다 만들었습니다. 어떻게 하면 되죠?"

"지금 지역이 어디십니까?"

"부산입니다."

"여기는 대구니깐 신분증 복사본 통장과 현금카드 통장에 카드 비밀번호 써서 서류봉투에 넣어서 밀봉한 다음 부산역 KTX 화물 퀵으로 대구로 좀 보내주세요."

"그럼 돈은요?"

"돈은 바로 해 드립니다."

"알겠습니다."

"돈을 빨리 받고 싶으면 빨리 보내주세요."

오늘 사금융 빌려 쓴 사체업자들에게 이자를 꼭 입금한다고 약속해 놓았기 때문에 입금할 시간이 다되어 서둘러서 부산역으로 가서 대구로 통장을 보냈다.

통장을 보냈다고 송장번호를 승찬에게 가르쳐주었다.

"통장 보냈는데 돈 좀 빨리 보내주시면 안 됩니까? 정말 급해서 그럽니다."

승찬이는 통장을 보냈다는 말에 수화물 번호도 알고 있겠다, 카드 비밀번호도 알고 있겠다 공손하던 태도가 180도 바뀌었다.

"어이, 아줌마 물건도 받지 않았는데 돈을 입금해주는 경우가 있습니까?"

물건 받고 확인하고 나서 돈 보내드릴 테니 390만 원 받을 계좌번호나 문자로 찍어놓으라며 아줌마를 안심시킨다.

"몇 시까지 입금이 가능하죠?"

"물건이 대구에 7시에 도착이니깐 늦어도 8시까지는 입금해드리겠습니다."라고 전화를 마친다. 돈이 급했는지 전화를 끊자마자 안미진 씨 계좌번호가 문자로 왔다.

'행복은행 안미진 1234-○○○-×××××'

승찬이는 처음부터 이 아줌마에게 돈을 줄 의사가 없었다.

이렇게 매입한 통장을 내가 있는 광명역으로 KTX 퀵 화물로 보내주는 것이다.

늦어도 8시까지 390만 원을 입금해준다는 승찬이의 약속에 이 아줌마도 사채업자들과 8시까지 이자를 넣어주기로 되어 있었다.

8시까지 이자가 입금되지 않자 사채업자들이 아줌마에게 찾아간다. 온갖 협박을 견디다 못해 이 여자는 승찬에게 전화를 건다.

"8시가 넘었는데 통장 값 390만 원 입금 안 해주십니까? 제가 해결해야 할 데가 있어 정말 급합니다."

"아줌마, 일이 바빠서 이제 통장을 찾으러 가니깐 조금만 기다려 달라."고 한다.

"통장 찾고 나서 확인하고 바로 입금해드릴게요."

또 1시간이 지났다. 또 입금되지 않았다.

짜증이 난 아줌마가 "도대체 뭐하는 거예요? 돈 주실 겁니까? 안 주실 겁니까?"

승찬이는 벌써 통장을 다 찾은 뒤에 수식이와 매입한 통장을 동봉해서 기동 형이 있는 광명역으로 보낸 상태이다.

"이제 물건을 받아서 검사하고 있으니 조금만 기다려주세요."

"검사는 무슨 검사요?"

"이 통장과 카드가 연결되어 있은 것이 맞는지, 비밀번호는 맞는지, 입출금은 잘되는지 확인해야 할 것 아닙니까? 나도 돈 주고 사는 건데……."

약속시간이 자꾸 지체되고 있으니 빨리 입금해달라는 것이다.

"아줌마 한 사람이 아니라 오늘 통장 매입한 사람이 30명이 넘습니다."

이거 확인하는 데 시간이 좀 걸리니 조금만 기다려 달라고 또 거짓말을 한다. 틀림없이 돈을 입금해준다고.

이런 식으로 밤 12시가 되었다. 그래도 입금이 되지 않자 아줌마가 또 승찬이에게 전화를 한다.

"지금 뭐하자는 거예요?"

"이제 물건이 확인이 다 되었습니다. 30명이나 되는 계좌 약 400개 확인하느라 나름대로 바빴습니다. 오늘 물량이 많아 바빠서 입금이 늦었는데 지금은 은행 문이 닫혀 입금할 수 없으니 아침 일찍 자고 일어나면 돈이 입금되어 있을 것입니다. 죄송합니다."

승찬이의 거짓말에 마지막으로 또 속아본다.

이런 변명을 하지 않으면 사기꾼이라 생각하고 통장 분실신고를 하거나 경찰에 신고하기 때문이다.

그래서 통장이 인출책에게 넘어가서 돈 출금까지 전화를 받아줘야 한다.

진광이에게서 전화가 왔다.

"형님, 오늘 통장 몇 개나 되겠습니까?"

"일단 확인하고 바로 전화 줄게."

대구에 있는 수식에게 전화를 걸었다.

"형이다."

"예, 형님."

"오늘 통장 몇 개나 매입 잡았노?"

"승찬이랑 저랑 52개 올렸습니다. 7시 30분쯤에 보냈으니 이제 곧 도착할 때가 다 되어 갈 것입니다."

"알았다. 물품번호 바로 문자로 보내라."

"알겠습니다."

대전에 있는 원창에게 전화를 걸었다.

"원창아, 형이다."

"예, 형님."

"오늘 통장 몇 개나 매입 잡았노?"

"봉진이랑 같이 39개 매입 잡았습니다."

"보냈나?"

"예, 형님. 광명역으로 2시간 전에 보냈습니다."

"대구 수식이, 승찬이는 52개 매입 잡았다던데 내일은 너희들도 신경 좀 써라."

"알겠습니다."

"일단 통장 찾고 다시 통화하자. 수화물 번호 문자로 날려놓아라."

진광에게 전화를 했다.

"형이다."

"예, 형님."

"7사람 명의로 통장 91개 매입 잡았다."

"이야, 형님 많이 하셨네요."

"내일부터는 더 많이 올라올 것이다. 어디로 가꼬?"

"안산 중앙동 ○○레스토랑에서 뵙겠습니다."

"알았다. 통장 찾아서 10시까지 갈게. 그리고 저번에 주문한 대포폰 30개도 오늘 들고 간다."

"이야, 감사합니다."

"전화기 값 2,100만 원이다."

"알겠습니다. 돈은 걱정하지 마십시오."

문자로 수화물 번호가 전송되어왔다.

'화물 퀵 9시 30분 도착, 화물 퀵 9시 8분 도착'

대구와 대전 동생들이 보낸 물품번호였다.

태성이를 데리고 광명역 KTX 퀵 수화물센터에 물건을 찾으러 갔다.

수화물센터 직원이 "빠르고 안전한 KTX 퀵 화물을 이용해주셔서 감사합니다." 하며 공손히 인사를 한다.

대구에서 보낸 물품번호, 대전에서 보낸 물품번호를 불러주며 물건을 달라고 했다.

대구에서 보낸 물건 퀵비는 7천 원 완불 처리되었고 대전에서 봉진이가 보낸 물건은 수취인 부담으로 7천 원이 미불된 상태라 7천 원을 주셔야 한다고 했다.

태성이와 나는 지갑을 차 안에 두고 온 상태였고 주머니를 탈탈 털어도 2천 원이 모자랐다.

"하여튼 그 고딸 개자식은 제대로 하는 게 없노?"

"태성이가 차에서 지갑을 가져오겠습니다."라며 7천 원을 계산하고 수화물센터를 나왔다.

태성이가 한마디 한다.

"봉진 형님 소고기국밥 사건에 이어 퀵 착불 너무 땐땐한 거 아닙니까?"라면서 웃는다.

진짜 힘들어서 그러는 건지 아무튼 참 그놈은 연구 대상이다.

"그래도 봉진이 형님이 없는 것 빼고는 형님한테는 잘하지 않습니까?"
하면서 그래도 자기 형이라고 형을 생각한다.

안산 중앙동 ○○레스토랑에서 진광이를 만났다.

일찌감치 와서 아난이와 맥주를 한잔하고 있었다.

"형님 반갑습니다."라며 진광이가 인사를 한다.

"그래 잘 지냈나?"

아난이 또한 어설픈 한국말로 손을 흔들며 "반가워요." 하는 것이다.

"이제부터 본격적으로 통장이 하루에 100개 이상은 올라올 것이니 재
고 남지 않게 신경 좀 써라."

요즘 중국의 푸젠 성, 산둥 성에서 인출하는 아이들이 많이 내려와
서 통장 팔아먹을 데도 많으니 그것은 걱정하지 마라는 것이 진광이 말
이다.

"아난이 통장 몇 개 주면 되노?"

진광이가 아난에게 통역한다.

"46개 달랍니다."

"알았다."

"태성아!"

"예, 형님."

"차에서 통장 가지고 온나." 하며 차키를 건넸다.

"진광아!"

"예, 형님."

"핸드폰은 지금 줄까?"

"아닙니다."

일단 아난이 만나고 아마이 또 만나러 가야 하니깐 아마이 만나고 헤

어질 때 그때 가지고 간다는 것이다.

그리고 진광이가 아난에게 중국말로 뭐라고 한다.

대충 말귀를 알아들으니 대포폰이 있는데 몇 개나 필요하냐는 질문인 것 같았다.

아난이 뭐라고 한다.

"형님! 아난이가 전화기 5대 필요하다고 하니깐 지금 5대만 먼저 주십시오."

태성이가 전화기 5대, 통장 46개를 차에서 가지고 왔다.

"46×80=3,680만 원이다."

100만 원 다발을 쇼핑백에서 20개 꺼낸다. 나머지 1,680만 원은 내일 이 시간까지 잔금을 치른다며 환하게 웃는다.

아난은 한국의 최고 신상 삼성 갤럭시 스마트폰을 보더니 너무 기뻐했다.

"아니, 돈 잘 벌면서 전화기 사면 되지 저렇게 좋아하냐?"고 묻자 며칠 전 인터넷 광고로 스마트폰 대포폰을 사려고 돈을 선입금했다가 돈만 300만 원 떼였다고 하는 것이다.

그래서 한번 사기를 당하니 이제 돈 먼저 보내주고는 전화기를 사지 않을 것이라며 환하게 웃는다.

아난이는 전화기와 통장을 들고 밑에서 일하는 인출 아르바이트생들을 데리고 또 어디론가 사라졌다.

시화 이마트 ○○레스토랑으로 아마이를 만나러 갔다.

아마이 또한 먼저 와서 시원한 맥주를 한잔 하고 있었다.

아마이가 "따거" 하면서 환하게 웃는다.

그것은 '형님'이라는 말이었다.

나도 환하게 웃으면서 손을 흔들어주었다.

중국 사람들이 정말 약속시간 만큼은 잘 지켰다.

진광이가 통역한다.

그러고는 핸드폰 5대, 통장 45개를 아마이에게 주라는 것이다.

45×80=3,600만 원

아마이 또한 100만 원 20다발을 쇼핑백에서 꺼내어 나한테 건넨다.

핸드폰 값은 진광이와 따로 계산하는지 진광이가 조금 있다가 핸드폰 값은 제가 계산해 드릴 테니 통장 값만 받으라고 얘기한다.

그러고는 내일 또 보자며 아마이 또한 어디론가 사라져 버렸다. 진광이가 핸드폰 30개 값이라며 2,100만 원을 쇼핑백에서 꺼내준다.

"형님 때문에 제가 오늘 아마이, 아난에게 가우 좀 섰습니다.""내가 뭘 해준 것도 없는데."

"아닙니다."

아난이와 아마이도 스마트폰 너무 갖고 싶어 했는데 그것을 해결해주어서 제가 얼굴 좀 섰다는 것이다.

"그것은 어려운 것이 아니니 필요할 때 언제든지 얘기해라."

"알겠습니다."

내일부터는 통장이 많이 올라온다고 하자 아마이, 아난 말고도 통장 팔 데를 알아보겠다면서 진광이와 헤어졌다.

동생들에게 통장 값을 입금해주기 위해 은행으로 가고 있는데 봉진이에게 전화가 왔다.

"형님! 봉진입니다."

"그래."

"오늘 형님 돈이 좀 급해서 그러는데 통장 값 입금 좀 서둘러주시면 안 되겠습니까?"

역시 기대를 저버리지 않았다.

"마! 누가 니 돈 떼먹나? 니는 오늘뿐만 아니라 만날 급하다고 하더라. 퀵비 착불로 보내가지고 살림살이 좀 나아졌나? 다른 아들은 전부 선불로 줘가지고 퀵 보내는데 니 혼자 착불로 보내가지고 오늘 차에 지갑 두고 와서 주차장까지 가서 지갑가지고 오는 바람에 지금 20분 지체 되었다. 니는 도대체 뭐하는 놈이고? 밥만 처먹고 똥 만드는 기계가? 그게 무슨 말이냐 하면 니가 퀵 착불로만 보내지 않았어도 지금 니 통장 값 벌써 입금되었다고."

"죄송합니다. 잔돈이 없어서 착불로 보냈습니다."

"마, 현금 많이 지고 있어도 3천 5백 원짜리 국밥 사더만 니는 입에서 나오는 소리마다 다 변명이가?"

"형님! 여기서 소고기국밥 얘기가 또 왜 나옵니까?" 하면서 웃는다.

"내가 뭐라고 하던데? 20년 동안 소고기국밥 얘기 한다고 분명히 얘기했을 텐데? 이 소리 듣기 싫으면 정신 바짝 차리라. 이 새끼 이거는 시간이 흐르면 흐를수록 더 상태가 안 좋아지네. 대전까지 슈퍼맨처럼 날아가 때리기 전에 정신 빠~짝 차리라? 일은 제일 못하는 게 돈은 제일 밝혀요. 지금 입금하러 왔으니깐 저번에 그 계좌로 입금하면 되제?"

"예, 형님. 감사합니다. 그리고 사랑합니다."

"마, 직일 거니깐 사랑하지 마라."

오늘 동생들 일당을 입금해주고 인천 본부로 들어왔다.

아난이는 인출 아르바이트생들을 데리고 오산으로 갔다.

오산 고속버스터미널 쪽에 은행이 많이 밀집되어 있는 곳에 여관을 잡고 내일을 위해 휴식을 취하고 있었다.

아마이 역시 인출 아르바이트생들을 데리고 충남 온양에 자리를 잡고 내일을 위해 휴식을 취하고 있었다.

다음날 날이 밝았다.

아난이 어제 받은 통장 검사가 끝난 후에 총책 용가리 형에게 전화를 걸었다.

"형님! 메일로 오늘 일할 계좌번호 보내놓았습니다."

"알았다. 9시부터 일 들어갈 테니 준비하고 있어라."

"알겠습니다."

보이스피싱 일이 시작되었다. 보이스피싱은 중국에 연구원 팀으로 인해 갈수록 수법이 무궁무진하게 지능화되고 있었다.

## ⚓ 대학교 입학생들을 상대로 한 보이스피싱

가난한 집안에 태어나서 아버지, 어머니는 일찍 돌아가시고 할머니를 모시며 열심히 살고 있는 박지혜라는 19살 소녀.

4년 동안 편의점에서 아르바이트하며 안 쓰고 안 입고 안 먹고 저축한 돈으로 내년에 입학할 대학등록금을 준비하고 있었다.

성적도 꽤 괜찮은 편이었고, 지혜는 ○○대 경영학에 가고 싶어 목표를 이루기 위해 더욱더 열심히 하고 있었다.

2007년 수능시험을 치고 생각보다 수능 성적이 나오지 않은 지혜는 원하는 대학에 못 갈 수도 있을 것이라는 걱정 끝에 그래도 부산대 경영학과에 원서를 넣었다.

합격 통보를 기다리고 있는데, 실망스럽게도 합격하지 못했고 예비 7등이라는 결과가 떨어졌다.

예비 7등은 예비 6등까지 대학입학의 의사가 없을 때 기회가 주어지는 현실이고, 경영학과는 남녀노소 할 것 없이 모두 원하는 과라서 희망이 거의 없었다.

내년에 재수해서 다음을 기약하려고 마음을 먹고 있었다.

이때 중국에서 해커들이 이런 학생들의 심리를 악용해서 ○○대학교 홈페이지를 공격한다.

예비 번호를 받고 있는 학생들의 개인정보를 해킹해서 보이스피싱 콜 치는 총책에게 1개의 개인정보당 30만 원에 거래를 한다.

열심히 아르바이트하고 있는데 지혜에게 ○○대학교 대표번호로 전화가 한 통 왔다.

이 전화는 부산대학교에서 전화를 건 것이 아니라 중국에서 발신 조작해서 사기를 치기 위해 달수 형이 전화를 거는 것이다.

"박지혜 학생 핸드폰 맞습니까?"

"네, 맞는데요?"

"여기는 ○○대학교 총무과 민원실입니다. 저는 담당자 김재용입니다. 주민번호 870107-×××××××부산시 사하구 신평동 ○○○에 사시는 박지혜 씨 학생 본인 되십니까?"

"네."

"저희 학교 경영학과에 예비 7등으로 합격 기회가 주어졌는데, 합격하시면 열심히 공부하면서 충실히 할 수 있겠습니까?"

"네."

너무나 기쁜 나머지 꿈인지 현실인지 실감이 나지 않았다.

"오늘 중으로 등록금 300만 원 그리고 학생회비 30만 원, 합쳐서 330만 원 입금해주셔야 하는데 가능하시겠습니까?"

"오늘 입금이 안 되면 어떻게 되나요?"

"마냥 박지혜 씨를 기다려줄 수 없기 때문에 예비 8등에게 기회가 주어집니다."

"몇 시까지 입금하면 됩니까?"

"오늘 중으로 입금해주시면 됩니다."

이때 사기범이 미리 준비해두었던 대포통장 계좌번호 '전상재 사랑은행 312-○○○-○○○' 번호를 불러준다.

"입금하는 성함은 누구의 이름으로 하실 건가요?"

"박지혜입니다."

"입금하시고 내일 민원실로 전화주시면 됩니다."

지혜는 하늘이 주신 기회라고 생각하고 내년에 재수하지 않아도 된다는 생각에 은행으로 가서 얼른 사기범이 불러주던 계좌로 330만 원을 입금했다.

이 돈은 입금되자마자 아난이 쪽에서 인출해갔고 지혜는 뒤늦게 보이스피싱 사기라고 생각하고 경찰에 신고를 한다.

집에서 가까운 사하경찰서에 고소장을 접수하러 지혜는 경찰서로 향했다.

경찰이 "무엇을 도와드릴까요?" 하고 묻는다.

지혜는 며칠 전 사기 당했던 정황을 경찰에게 상세히 설명했다.

증거라고는 중국에서 발신 조작되어 걸려온 대포폰 그리고 330만 원을 입금한 사랑은행 312-○○○-○○○ 전상재 계좌밖에 없었다.

경찰이 하는 말이 보이스피싱 사기를 당한 것 같은데, 앞으로는 스스로가 조심해서 이런 사기를 당하지 않게 하는 방법밖에 없다며 힘 빠지는 소리를 한다.

"그럼 경찰관님, 제가 사기당한 금액 330만 원은 찾을 길이 없습니까?"

요즘 사기범들이 대포통장을 써서 사기를 치기 때문에 검거하기가 힘이 든다며 자꾸만 힘 빠지는 소리만 한다.

일단 최대한 열심히 검거하기 위해 노력할 테니 오늘은 돌아가라고 한다.

경찰은 일단 사랑은행 312-○○○-○○○ 전상재 계좌주를 소환해서 조사를 했다.

대출을 기다리고 있는데 경찰서에서 소환장이 날아왔다. 그러고는 경찰 조사를 받는다.

"전상재 씨, 당신의 사랑은행 계좌가 보이스피싱에 사용되었는데 어떻게 된 일입니까?"

"그게 무슨 말입니까?"

"2007년 3월 5일 사하구 괴정점에서 사랑은행 통장 만들어서 어디에 썼습니까?"

2007년 3월 5일을 생각해보니 그때는 대출 전단지 신용불량자도 대출해준다는 광고를 보고 13개의 은행을 돌아다니며 통장 카드를 만들어준 그날이었다.

뒤늦게 그 통장이 대출 목적이 아니라 보이스피싱에 쓰였다는 걸 알고 통장을 만들어준 동기며 정황을 상세히 경찰에게 설명해주었다.

대출해준다는 사람들에게 전화를 해보았지만 이미 전화도 받지 않고 핸드폰은 폐기했는지 신호도 30초밖에 가지 않았다.

경찰관이 말한다.

"이보세요! 생각해보십시오! 신용 깨끗한 사람들도 대출하기가 힘이 든데 신용불량자가 어떻게 대출이 됩니까? 전상재 씨 때문에 얼마나 많은 피해자가 생기는지 알고나 있습니까? 통장이 1개도 아니고 13개씩이나 이제 어쩔 겁니까? 빨리 통장 정지하세요!"라고 말한다.

통장을 정지하려고 해도 이미 피해자들이 많이 생겨서 되돌릴 수 없게 일은 커져 있었다.

경찰관이 "전상재 씨가 지금 얼마나 엄청난 잘못했는지 아십니까?" 하며 소리친다.

"제가 뭐 사기 치라고 통장 양도했습니까? 피해자들에게는 죄송한데 저도 급전이 필요해서 대출해준다고 하기에 통장을 보냈던 것이고 저도 사기를 당한 피해자입니다."

이 사람 또한 사정이 딱하기는 마찬가지다.

"이제 그럼 어떻게 되는 겁니까?"

"통장을 양도하거나 양수해서는 안 됩니다. 통장을 양도·양수했을 경우에는 형사·민사 처벌을 받게 됩니다. 이번에 모르고 했다고 하니 벌금으로 끝나는데 앞으로는 절대 이러면 안 됩니다."

"나도 피해자인데 내가 왜 벌금을 내야 합니까?"

"그것은 판검사들이 판단하는 것이지 전상재 씨가 판단하는 것이 아닙니다. 전상재 씨 때문에 피해를 입은 사람을 생각해보세요."

짜증이 난 채로 전상재 씨는 경찰서를 나왔다.

대출해준다고 해서 오늘 내일 대출만 기다리고 있었는데 대출은 안 해주면 안 해주지 벌금은 왜 나오게 하냐고 혼자 말로 구시렁댄다.

혹을 떼려다가 오히려 혹을 한 개 더 붙인 결과를 가져다주었다. 보이스피싱을 당한 사람만이 아니라 통장을 만들어준 사람도 피해자라는 것을 명심해야 한다.

경찰은 수사를 해보아도 특별한 증거를 찾지 못해 또 수사는 원점이었다.

박지혜는 피 같은 330만 원을 사기 당했기 때문에 매번 경찰에 진정을 넣고 범인을 잡아달라고 했지만 끝내 피해금 330만 원을 받지 못한 채 옥상에서 뛰어내려 자살하고 말았다.

이런 일이 있는 줄도 모르고 대전에서 통장 매입을 하고 있는 동생들, 그리고 대구에서 통장 매입하고 있는 동생들도 이제는 프로답게 자동으로 매입 잡은 통장들을 광명역으로 착착 올리고 있었다.

치용이, 미향이 또한 아무 차질 없이 개인정보를 하루에 3건 이상씩 꼭 빼내고 있었다.

아마이도 온양에서 아르바이트생을 데리고 통장검사를 마친 후 인출하기 위해 기다리고 있었다.

## ☼ 개인정보가 유출되었으니 계좌에 돈을 옮겨놓아야 한다는 보이스피싱

평범하게 살고 있는 40대 주부 손경주가 집에서 열심히 집안 청소하고 있는데 1588-×××× 근면은행 발신번호가 찍혀 핸드폰으로 전화가 한 통 왔다.

"여보세요?"

"손경주 고객님 핸드폰 맞습니까?"

"네, 맞습니다."

"여기는 근면은행입니다. 저는 담당자 손영락이구요. 다름이 아니라 2007년 4월에 저희 근면은행에 신용카드 신청하신 카드가 발급이 완료되어 오늘 발신할까 하는데 어디로 보내드리면 됩니까?"

"어? 저는 근면은행 신용카드 발급한 사실이 없는데요."

"720107-×××××× 손경주 씨 아닙니까?"

"손경주는 맞는데 카드 신청한 적이 없다니까요?"

"요즘 명의 도용 사건으로 인해 타인이 개인정보를 빼내서 카드를 발급받는 범죄가 기승을 부리고 있는데, 근면은행 카드 신청하신 적 없으시죠?"

"네."

"그럼 이 카드는 폐기 신청하도록 하겠습니다. 범죄를 저지르는 사람들이 저희 근면은행뿐만 아니라 다른 카드사에도 이런 식으로 카드를 발급 받았을 수도 있으니 피해가 없도록 주의하시고 경찰서에서 전화가 한 통 갈 것이니 협조 좀 부탁드리겠습니다. 저는 담당자 손영락이었습니다."

손경주 씨가 이런 어이없는 전화를 한 통 받고 불안해하고 있을 때쯤

051-112 발신이 찍힌 전화 한 통이 왔다. 이것은 사기범들이 발신 조작해서 건 전화였다.

"손경주 씨 핸드폰 맞습니까?"

"네, 여기는 부산경찰청 지능팀이고, 저는 경사 김철홍입니다. 조금 전에 근면은행에서 손영락 직원 전화 받으셨죠?"

"네."

"조사할 것이 있으니 협조 좀 해주십시오. 저희들이 조사를 해보니 특별한 점은 없는데 마지막으로 금융감독원에서 전화가 한 번 더 갈 것이니 협조 좀 해주십시오."

이것 또한 사기범들이 발신조작해서 걸려온 전화이다.

그리고 금융감독원 대표전화 1500-××××로 한 통의 전화가 걸려왔다.

"손경주 씨 핸드폰 맞습니까?"

"네."

"여기는 금융감독원입니다. 지금 손경주 씨 개인정보가 유출되어 계좌에 돈이 빠져나가고 있는데, 빨리 더 큰 피해를 막기 위해 계좌에 돈을 이체해놓아야 합니다. 지금 손경주 씨가 쓰고 있는 계좌는 무엇이 있습니까?"

"사랑은행과 행복은행이 있습니다."

"지금 당장 현금카드 들고 가서 제가 불러주는 계좌로 이체하시기 바랍니다. 일단 전화 끊지 마시고 요즘에는 은행 직원도 믿지 못하고 다 똑같은 사기꾼이니 불러주는 계좌로 빨리 돈을 이체하시길 바랍니다."

놀란 손경주 씨는 지갑을 챙겨들고 서둘러 가까운 아파트 단지에 있는 현금인출기 기계에 행복은행 계좌에 있던 3천만 원 그리고 사랑은행 계좌에 있었던 2,500만 원을 사기꾼이 불러주는 대포통장 계좌로 이체했다.

"입금했습니다."라고 손경주 씨가 사기꾼들에게 얘기한다.

일단 전화를 바로 끊어버리면 보이스피싱인 줄 알고 경찰에 신고할 수도 있으니 달수 형이 전화 통화를 해서 계속 말을 걸며 혼란을 시킨다.

그리고 용가리 형이 아마이에게 전화를 건다.

"성실은행 통장주 전상재 620-××××-×××× 계좌 3천만 원 입금되었고, 다정은행 통장주 전상재 340-××××-×××× 계좌 2,500만 원 입금되었으니 빨리 찾아라."

"알겠다."며 아마이는 아르바이트생에게 인출 지시를 내려 15분 만에 5,500만 원을 모두 인출해버렸다.

뒤늦게 보이스피싱인 것을 알고 손경주 씨는 경찰서에 신고를 한다.

사기 당한 정황을 상세히 경찰에게 얘기했지만 경찰에서도 앞에서 본 것과 같이 범인을 잡을 수 있는 특별한 대책이 없었다.

갈수록 범죄가 지능화되고 있음에도 수사는 계속 원점이었다. 경찰에 신고해도 경찰들이 하는 말은 사기범들이 대포폰 대포통장을 써서 검거하기가 힘들다고 힘 빠지는 소리만 했다. 피해를 당한 손경주 씨는 생돈 5,500만 원을 두 눈 뜨고 날렸기 때문에 마지막으로 지푸라기라도 잡는 심정으로 돈을 돌려받기 위해 5,500만 원을 입금해주었던 전상재 씨에게 대포통장을 만들어준 과실을 따지려고 5,500만 원을 갚아달라는 배상명령 신청서와 고소장을 대구 지방 검찰청에 제출했다.

전상재 씨도 통장을 계설해준 죄로 전자금융거래법위반죄로 경찰에 이어 검찰청에 또 조사를 받게 된다.

검사는 통장을 만들어서 누구에게 주었는지, 얼마의 대가를 받고 통장을 한 개도 아니고 13개나 만들어주었는지 윗선을 불면 전상재 씨는 용서해준다고 오만공갈을 치는 것이다. 이것이 검사가 해야 할 일이기 때문이다.

전상재 씨는 "자신은 보이스피싱 조직하고는 아무런 관련이 없고 아무런 대가도 없이 신용불량자도 대출해준다는 광고 보고 대출받기 위해 통장을 만들어주었을 뿐이라고 주장한다.

그러고는 검사도 확실한 증거를 입증하지 못해 전과도 없고 주거가 일정한 전상재 씨를 불구속 수사하기로 했다.

3주 정도 지나서 전상재 씨 집으로 소환장이 날아왔다.

2008년 ○월 ○일, 대구지방법원에서 재판이 시작되었다.

태어나서 죄라는 것을 지은 적이 없고 생애 처음 찾은 법원.

잘못한 게 없었기 때문에 당당한 걸음으로 법정에 섰다.

자상하고 고지식하게 생긴 판사가 정중앙에서 입을 연다.

"사건번호 2008고단 전상재 피고인 맞습니까?"

"네, 맞습니다."

"생년월일 어떻게 됩니까?"

"xxxxxx-xxxxxxx입니다."

"주소는 어떻게 됩니까?"

"대구시 달서구 신당동 성서 주공아파트 ○○○동 ○○○호입니다."

"검사, 심문하세요."

날카롭게 생긴 검사가 일어나서 심문한다.

"피고인 전상재 씨는 ○○월 ○○일 자기 승용차 유리에 신용불량자도 대출해준다는 광고를 보고 성명불상 전화번호 ○○○-xxxx-xxxx로 전화를 하여 그 사람이 통장을 13개 만들어 달라고 해서 사랑은행, 성실은행, 행복은행, 근면은행, 정직은행, 봉사은행, 화목은행, 신용은행, 평화은행, 희망은행, 도움은행, 두리은행 13개 만들어서 퀵으로 양도한 사실 있죠?"

"네, 있습니다."

"이 통장이 보이스피싱에 사용되어 4명의 피해자들이 약 7천만 원 가까이 사기를 당했고, 그 피해자 중에는 이번 사건이 원인이 되어 목숨을 끊은 사람도 있다는 점에 대해 매우 죄질이 불량합니다. 피고인 전상

207

재 씨에게 징역 2년을 구형합니다. 그리고 손경주 씨는 자기가 사기당한 5,500만 원을 갚아달라고 배상명령을 신청한 상태입니다."

"변호사, 변론하세요."

나라에서 지정해주는 국선 변호사가 일어서더니 판사를 보며 변론한다.

"피고인 전상재 씨는 지금까지 사소한 전과도 없는 평범한 회사원입니다. 예전에 하던 사업이 잘못되어 신용불량자가 되는 바람에 수많은 빚을 지고 신용불량자가 된 상태에서 자기 소유의 차에 신용불량자도 대출해준다는 광고를 보고 지푸라기라도 잡을 심정으로 대출을 받기 위해 성명불상 사기범이 시키는 대로 통장을 13개 양도한 것이지 계획적으로 범죄에 가담해서 범죄에 쓸 목적으로 통장을 만들어주지 않았다는 점을 판사님께서 알아주셔야 합니다. 피고인은 부당한 이득을 챙긴 것도 없고 피고인 역시 사기범들에게 피해를 입은 피해자라는 것을 기억해주십시오. 그리고 배상명령 신청한 5,500만 원에 대해서는 피고인이 범죄에 쓰일 줄 모르는 정황에서 통장을 양도했고 부당이득을 챙긴 것이 없기 때문에 배상명령 또한 각하되어야 된다고 생각합니다."

정중앙에 있던 판사가 전상재 피고인을 보며 입을 연다.

"손경주 씨 피해자가 배상명령 신청한 사실 피고인도 알고 있습니까?"

"네, 알고 있습니다."

"피고인 전상재 씨 생각은 어떻습니까? 하고 싶은 말 한번 해보세요."

"저는 지금까지 살아오면서 범죄라고는 모르고 살아온 평범한 서민입니다. 하던 사업이 잘못되어 지푸라기라도 잡을 심정으로 신용불량자도 대출해준다는 광고를 보고 대출을 받기 위해 그 사람이 시켰기 때문에 통장을 양도한 것이지, 그리고 제가 보이스피싱 사기를 치라고 만들어준 것도 아니고 저는 그 사람이 누군지도 모르겠습니다. 금전적 이득을 본 것도 아무것도 없구요. 그런데 왜 제가 형사·민사처벌을 받아야 되는지 잘 모르겠습니다. 5,500만 원을 제가 왜 갚아야 하는지도 모르겠습니다. 억울한 피고인의 마음 헤아려 주시길 바랍니다."

판사는 10초 동안 고민하다가 판결한다.

"전상재 피고인, 세상에는 수많은 범죄자가 있습니다. 도둑놈은 남의 것을 훔치는 것이 죄이고, 사기범은 사기를 치는 것이 죄며, 사업가는 실패하는 것이 죄입니다. 모르는 사람들도 모르는 것이 죄가 되는 것입니다. 이런 유사한 일이 계속 일어나 피해자가 발생하는데도 몰랐다는 이유로 무혐의 처분을 내려 버리면 보이스피싱 사기 당한 사람들은 누구한테 가서 하소연하겠습니까? 모르면 보고, 익히고, 배워서 앞으로는 불이익을 받지 않으면서 살아가시길 바랍니다. 판결하겠습니다. 전자금융거래 있어 내가 만든 통장을 다른 사람에게 양도·양수해서는 아니 된다. 통장을 양도·양수했을 때는 그 목적이 범죄에 쓰일 줄 알고 만들어 주었든 모르고 만들어주었든 통장을 양도했다는 자체로 처벌을 받게 됩니다. 피고인이 지금까지 전과도 없고 열심히 살았고 범죄에 쓰일 줄 모르고 통장을 만들어준 것은 충분히 인정됩니다. 하지만 이번 사건으로 인해 많은 피해자들이 큰 피해를 입었고 이번 사건으로 인해 피해자 중에는 목숨을 끊은 사람이 있다는 것에 비춰보면 죄질이 매우 불량합니다. 피고인 전상재에게 징역 1년 6월에 처한다. 단, 그 형의 집행을 3년 동안 유예한다. 범죄에 쓰일 줄 모르고 만들어주었기 때문에 집행유예를 선고하는 겁니다. 범죄에 쓰일 줄 알고 만들어주었으면 엄청난 중형이 선고되었을 겁니다. 그리고 배상명령 신청은 피고인이 통장을 만들어준 과실이 인정되어 사기당한 금액의 50%인 2,750만 원을 갚아야 한다."

쾅쾅!

참 어이가 없는 판결이었다.

항소 상고를 해도 판결은 뒤집어지지 않았다.

혹을 떼려다가 혹을 하나 더 붙이는 결과를 가져다주었다.

세상에는 이렇게 억울한 사람이 얼마나 많을까?

이 큰돈을 어떻게 갚아야 한단 말인가? 한숨을 쉬며 이제는 배우고 익혀서 바보처럼 살지 말아야겠다는 생각으로 열심히 살아야겠다는 굳은 마음을 가져본다.

이렇게 많은 사건사고가 일어나는지도 모르고 오늘도 어김없이 맡은 위치에서 열심히 각자 일을 하고 있었다.

저녁 무렵 동생들이 통장을 몇 개 매입을 잡았는지 확인하기 위해 수식에게 전화를 걸었다.

"형이다."

"예, 형님!"

"몇 개나 통장 매입 잡았노?"

"오늘은 물량이 조금 많습니다. 승찬이랑 같이 열 사람 명의로 통장 130개 올렸습니다."

"이야, 오늘 만선 했네."

"고생했다."

"아닙니다."

"일단 물건 받고 또 통화하자."

"알겠습니다."

봉진에게 전화를 했다.

"형이다."

"예, 형님."

"오늘 물건 몇 개 매입 잡았노?"

"형님 놀라지 마십시오! 일곱 사람 명의로 91개 매입 잡았습니다."

"마, 그거 원창이랑 같이 매입 잡은 거가, 아니면 니 혼자 한 거가?"

"당연히 같이 한 것이죠."

"그래, 니는 항상 기대를 저버리지 않는구나. 너무 놀라서 뒤로 자빠지겠다. 수식이하고 승찬이는 130개 했다고 하던데."

"형님, 거짓말하지 마십시오."

"마, 내가 그런 쓸데없는 거짓말할 이유라도 있나? 아무튼 고생했는데 놀랄 일도 아니고 칭찬할 일도 아닌 것 같다. 나중에 통화하자. 물건 받고."

"알겠습니다."

진광에게 전화를 했다.

"진광아, 오늘은 물량이 좀 많다."

"얼마나 됩니까?"

"17사람 명의로 221개다."

"이야, 진짜 많이 하셨네요."

"물건 다 정리할 수 있겠나?"

"형님, 저를 뭐로 보십니까? 지금 저한테 통장 구해 달라는 인출대장들이 줄을 섰습니다."

"알았다."

"어디서 볼까?"

"안산 중앙동 예전에 봤던 곳에서 뵙겠습니다. 저도 이리저리 통장 정리할 사람들 알아보겠습니다."

광명역에서 통장을 찾아 안산 중앙동 ○○커피숍으로 향했다.

아난이가 방긋 웃는다. 중국말로 뭐라 뭐라 하는데 진광이가 통역해 준다.

"형님, 통장을 많이 구해 와서 짱이랍니다. 이 생활을 지금껏 쭉 해봐도 형님만큼 통장을 많이 가지고 오는 사람은 처음 봤답니다."

예전에는 일은 많은데 통장이 없어 인출하지 못한 적이 종종 있었는데 기동 형님과 같이 일을 시작하고 나서는 그런 일이 없어 짱이라고 한다.

통장 몇 개 필요하냐고 진광이가 아난이에게 통역한다. 여섯 사람 명의로 78개 달라고 한다. 진광이가 또 중국말로 말을 건다. 78개 내일까지 다 소화해낼 수 있냐고 물으니 물론이라며 78개를 요구한다.

쇼핑백에서 통장 78개를 꺼내어 아난이에게 주었다.

아난이도 78×80=6,240만 원의 통장 값 중에 100만 원 다발 30개를 선불로 내밀었다.

그러고는 또 아르바이트생을 데리고 수원으로 인출하기 위해 출발했다.

시화 이마트 쪽으로 아마이를 만나기 위해 출발했다.

아마이도 먼저 와서 나와 진광이를 기다리고 있었다.

아마이 또한 통장이 얼마나 필요하냐고 진광이가 통역했다.

재고 남지 않게 쓸 만큼만 가져가라는 게 진광이 얘기다.

소화하지도 못하는 물량 들고 가서 통장을 쓰지도 못하면 그래도 반품 잡아주지 않고 통장 값 다 받을 것이니 생각해보고 가지고 가라고 하니 이쪽도 아난이와 같이 6사람 명의로 78개를 불렀다.

78개를 주고 100만 원 30다발을 또 선불로 받았다. 나머지 잔금은 내일 이 시간까지 정리해야 한다며 진광이가 얘기하자 받은 통장을 들고 환하게 웃으며 인출 아르바이트생을 데리고 서울로 인출하러 출발했다.

"진광아, 통장이 65개 정도가 남았는데 이건 어떻게 하노?"

"그건 또 정리할 데가 있습니다."

그러고는 진광이가 어디로 전화를 건다.

중국말로 마구 뭐라 뭐라 통화를 한다.

"어디로 갈까?"

안산 한양대학교 앞에 있는 ○○레스토랑으로 가자고 했다. 지금 만나러 가는 사람은 누구냐고 물으니 "저하고 다른 라인에 있는 보이스피싱 인출대장인데, 통장이 없어 일을 못하고 있답니다. 그래서 통장 주면서 생색을 좀 내야겠습니다. 우리는 통장 팔아서 좋고 저거는 일해서 좋고 서로 좋은 일 아니겠습니까?"

"통장 1개당 얼마에 보내노?"

"1개당 100만 원입니다."

"아난, 아마이보다 더 많이 받네?"

"당연한 거 아닙니까? 우리 라인이 아닌데 그 정도는 더 받아야 아난,
아마이가 덜 서운하죠. 그래도 우리는 고정으로 아마이하고 아난이가
통장을 소화해주니 얼마나 다행입니까."

한양대학교 앞에 도착했다.

"태성아!"

"예, 형님."

"진광이랑 빨리 갔다 올 테니깐 너는 이곳에서 조금만 기다리라."

"알겠습니다."

"진광아! 가자."

"예, 형님."

○○레스토랑으로 들어갔다.

테이블에 남자 두 명이 먼저 와서 기다리고 있었다.

진광이가 중국말로 인사를 했다.

그러더니 "형님! 복권성에서 인출하러 온 알롱."이라며 인사를 시켜준다.

옆에는 친구 알렉스라며 진광이가 인사를 시켰다,

그러고는 맥주 500㏄ 4개를 주문하고 진광이가 중국말로 알롱, 알렉
스와 대화를 나눈다.

대화 내용은 대체로 이러했다.

알롱과 알렉스가 하는 말이 우리도 통장을 고정으로 받는 것이 있었
는데 그 사람이 잡혀갔는지 연락이 안 된단다. 그래서 10일 동안 일을
못하고 있었는데 통장이 필요하다는 얘기한다.

진광이가 나를 가리키며 중국말로 말한다.

조금 전에 인사했던 사람이 한국에서 통장을 제일 많이 유통하는 사람인데 통장이 필요하면 얼마든지 얘기하라며 서로가 원하는 말을 주고받았다.

"통장 거래는 어떻게 하고, 개당 얼마입니까?" 하고 알롱이 묻는다.

진광이가 나를 보며 "형님, 통장 1개 100만 원에 거래는 저희와 같이 반은 선물로 받고 반은 다음날 받는 것으로 하겠습니다."라는 것이다.

"그리 해라."

그러자 진광이가 알롱과 알렉스에게 통역한다.

개당 100만 원이고 통장 받아간 날 반 입금 그리고 다음날 잔금 처리하는 방식으로 거래를 한다고 했다.

"거래방법은 괜찮은데 개당 100만 원이면 단가가 조금 세지 않나?"

알렉스가 말한다. 100만 원이라도 지금은 없어 못 파니 싫으면 관두자고 진광이가 배짱을 튕긴다. 90만 원에 하자고 알렉스가 얘기한다. 100이 아니면 거래가 안 되니 그리 알라면서 또 진광이가 튕긴다. 그러자 알롱, 알렉스가 오늘 통장을 몇 개나 줄 수 있는지 물었다.

"형님, 통장 몇 개나 남았습니까?"

"65개 남았다."

그러고는 진광이가 통역한다.

"다섯 사람 명의로 해서 65개."

그럼 그거 다 줄 수 있냐고 알롱이 물었다. 진광이가 그렇다고 대답하니 통장을 달라고 얘기한다. 65×100=6,500만 원에 오늘 첫 거래이고 하니깐 4천만 원을 달라고 했다. 그러니 통장과 현금카드를 검열해보더니 쇼핑백에서 100만 원짜리 40다발을 꺼내 건넨다.

그러고는 진광이가 내일까지 잔금 2,500 정리해 달라고 하니 내일부터 통장 알롱 50개, 알렉스 50개씩 끊기지 않게 예약해 달라며 부탁하고 어디론가 사라져 버린다.

"진광아, 고생했다."

"아닙니다. 서로 돈 벌려고 하는 일인데요."

"그럼 알롱, 알렉스에게 팔려나가는 통장은 개당 얼마씩 챙겨주면 되노?"

"저는 10만 원이면 됩니다."라고 하는 것이다.

"아니다. 형은 받던 대로 80만 가져가면 되니깐 돈 더 받는 것은 니 능력이니 80 이상으로 받는 돈은 니가 가지고 가라."

"감사합니다."

그러고는 내일 또 보자며 진광이랑 헤어졌다.

그리고 통장 값을 기다리고 있는 동생들에게 통장 값을 입금해주고 본부로 향했다.


## ☸ 또 다른 신종 보이스피싱

날이 밝았다.

인출하기 위해 수원으로 떠났던 아난이도 통장 검사를 끝마치고 용가리 형 오더를 기다리고 있었다.

또 신종 보이스피싱이 시작되었다. 범죄는 시간이 흐를수록 더욱더 지능화되고 있었다.

딸과 사위가 신혼여행을 떠난 뒤 납치되었다는 보이스피싱.

법무부 장관 딸과 든든한 가문의 한 남자가 멋진 결혼식을 올렸다.

생애 한 번뿐인 결혼식에 가족들, 지인들이 와서 축하해주고 피로연이 끝나고 다음날 오후 1시 인천 공항에서 출발해 호주로 가는 비행기를 타기 위해 신혼여행을 떠난다.

가족들은 좋은 시간을 보내라며 공항까지 마중을 나간 뒤 호주로 가는 비행기를 타는 것까지 보고 집으로 돌아온다.

신혼여행은 출발하기 전 미리 여행사에 예약해야 한다는 점을 악용하여 10일 전에 화목투어를 공격해서 개인정보 그리고 비행기 출발시각, 호주 도착 시간 등을 해킹해서 총책 용가리 형에게 건당 50만 원씩 양도한 상태이다.

신혼여행을 2012년 ○월 ○일 떠난다는 것을 알고 있었던 콜센터에서 호주에 도착하기 20분 전에 신혼여행을 떠난 가족들에게 악용한 것이다.

보이스피싱 콜센터에서 대포폰으로 전화를 걸었다.

집에서 집안일을 하고 있던 변혜진 씨 어머니가 전화를 받는다.

"변혜진 씨 어머니 되십니까?"

"누구십니까?"

"나는 지금 호주에서 딸하고 사위를 데리고 있는 사람인데, 지금 당장 3천만 원을 입금하지 않으면 딸과 사위를 죽여 버릴 겁니다."

"아니, 도대체 왜 그러세요?"

"왜 그러는지 이해가 안 갑니까?"

"알았어요. 지금 당장 보내드릴 테니 목숨만은 살려주세요."

"계좌번호 312-×××-×××× 행복은행 안미진."

이 집안은 돈이 많아 3천만 원은 돈도 아니었던 집안이라 사기범이 불러주는 계좌에 3천만 원을 입금한다.

총책에서 아난에게 3천만 원이 입금되었다고 출금하라며 지시를 내린다.

10분 만에 인출이 끝난 뒤 총책에게 출금이 끝났다며 전화를 건다.

그때 또 3천만 원 입금을 더 하라며 딸의 어머니에게 또 협박한다.

"우리 딸하고 사위 목소리나 한번 들어봅시다."

"이 아줌마가 지금 장난하나? 돈 입금 안하면 죽여 버린다."

또 사기범이 불러주는 안미진의 행복은행 계좌에 3천만 원을 입금한다.

콜센터에서는 이 아줌마가 경찰에 신고하지 못하도록 아난 쪽에서 출금완료가 끝이 났다고 할 때까지 전화통화로 잡아둔다.

이렇게 반복되는 사기범의 꼬임에 딸 어머니는 3천만 원을 다섯 차례에 걸쳐 1억 5천만 원을 사기 당했다.

30분 뒤 이제 막 호주에 잘 도착했다는 딸 안부전화에 딸 가족들은 딸의 친정아버지가 현직 법무부 장관이었기 때문에 권력이 막강했다.

경찰청장에게 전화해서 철저히 수사해보라고 하지만 어디서부터 수사를 해야 할지, 또 수사는 항상 원점이었다.

부유층이고 서민들이고 무차별적으로 보이스피싱 사기범에게 사기를 당해 대한민국은 정말 엄청난 위기에 처하게 된다.


아마이 또한 서울에 인출하기 좋은 곳에 자리를 정하고 통장 검사가 끝난 뒤 아르바이트생과 총책의 오더를 기다리고 있었다.

목돈이 필요해서 대출 서류를 넣어놓고 승인을 기다리는 서민들을 향한 피싱.

가난한 집에서 태어나 어머니는 식당에서 설거지하고 아버지는 노가다 현장에서 막일을 하다가 허리를 다쳐 병원 신세를 지며 살아가는 가족이었다.

가난한 집안에 남편 수술비가 없어서 와이프는 수술비를 구하기 위해 자기 명의로 대출 신청하기로 마음먹는다. 그래서 솔로몬 저축은행에 전화를 걸어본다.

"여보세요. ○○저축은행입니다."

"대출을 받으려고 하는데 어떻게 하면 되죠?"

"직접 저희 은행에 방문하셔도 되고 아니면 필요한 서류를 팩스로 보내주셔도 됩니다."

"제가 직장을 다녀서 그럼 방문은 못하겠고 필요한 서류를 팩스로 보내 드리겠습니다. 서류는 무엇이 필요하나요?"

"인감, 주민등록증 사본 앞뒤, 이사 내역 초본, 그리고 급여통장, 재직증명서, 이렇게 서류 준비하셔서 팩스번호 ○○○-○○○-××××로 보내주시면 됩니다. 보내주시고 다시 한 번 전화를 부탁드립니다."

하면서 "저는 ○○저축은행 담당자 김하늘이었습니다."라며 전화를 마친다.

은행에 필요한 서류를 동사무소에서 떼고 저축은행 김하늘 담당자가 불러주던 팩스번호로 발송했다. 그러고는 얼마 후 저축은행에서 전화가 왔다.

"정애순 고객님, 서류 잘 받아보았습니다. 저축은행에 대출 신청해놓으셨죠?"

"네."

"본인 확인을 위해 몇 가지 물어보겠습니다. 주소가 어떻게 됩니까?"

"부산시 북구 ○○동 ○○아파트 ○○○동 ○○○호입니다."

"가족 두 명 전화번호를 불러주십시오."

"딸 010-○○○-××××, 남편 010-○○○-××××."

"천만 원 대출 신청해놓으셨는데 대출 용도는요?"

"남편 수술비로 신청했습니다."

"직장 전화번호는요?"

"051-○○○-×××× 불룡이 야식"

"일하신 지는 얼마나 되었습니까?"

"3년쯤 되었습니다."

"불룡이 야식집 옆에 슈퍼마켓이 하나 있는데 슈퍼마켓 이름이 무엇이죠?"

"그것은 왜 물어보는 겁니까?"

"요즘 대출 사기가 기승을 부리면서 직장을 다니지 않음에도 불구하고 허위로 말하는 경우가 종종 있으니 확인하는 단계이니 부탁드리겠습니다."

"미니 슈퍼마켓으로 알고 있습니다."

"감사합니다. 서류 검토 후에 제가 다시 전화 드리겠습니다."

그러고는 얼마 후에 아무개 씨에게 저축은행에서 전화가 온다.

"조금 전에 신청하셨던 대출금 천만 원 승인되었으니 입금해 드리겠습니다."

"네, 감사합니다."

그러고는 저축은행에서 정애순 씨 계좌로 천만 원을 입금해주었다.

정애순 씨는 내일 남편 수술비를 구했다는 현실에 마음이 놓였고 식당에서 하던 일을 하고 있었다.

이때 중국에서 해커들이 ○○저축은행을 공격한다.

정애순 씨 등이 오늘 솔로몬 저축은행에서 대출 받은 사람들의 개인정보를 해커들이 해킹한다.

이 개인정보를 총책 용가리 형에게 건당 20만 원씩 받고 넘겨준다.

중국 콜센터에서 전화 발신 조작해서 아무개 씨에게 전화를 걸었다.

열심히 식당일을 하고 있는데 솔로몬 저축은행 대표번호 1588-××××
전화가 왔다.

"○○저축은행입니다. 정애순 씨 맞으십니까?"

"네, 맞습니다."

"조금 전에 저희 ○○저축은행에서 대출금 천만 원을 입금해주었는데 잘 받으셨습니까?"

"네."

"다름 아니라 정애순 씨께서 보내주신 재직증명서에 오류가 조금 생겨서 천만 원 승인 났던 대출건에 대해 부결이 되었는데 다시 서류검토에서 재차 승인이 나면 다시 보내드릴 테니 천만 원을 다시 보내주셔야 할 것 같습니다."

"그런가요?"

"내일 정말 돈이 급해서 오늘 중으로는 대출금을 받아야 하는데 오늘까지는 가능하겠습니까? 재차 승인이 되어 1시간 정도면 입금해 드릴 수 있으니 번거롭더라도 저희들 절차가 이런 것이니 조금 전에 받았던 천만 원 사랑은행 312-○○○-××× 안미진 이리로 좀 입금해주시길 바랍니다."

아무개 씨는 자기 돈도 아니었고 대출해서 받은 돈이었기에 천만 원을 송금해줄 수밖에 없었다.

사랑은행 312-○○○-×××× 안미진 계좌번호는 사기범이 불러주는 대포통장이었다.

천만 원이 입금이 되자 인출을 기다리고 있던 아마이가 아르바이트생을 데리고 인출을 시작한다.

출금이 다 끝나고 다음 출금을 위해 총책의 오더를 기다리고 있다.

이때 정애순 씨는 2시간이 지나도 솔로몬 저축은행에서 연락이 없어 전화를 해본다.

"여보세요?"

"네."

"조금 전에 대출 받았던 정애순입니다. 천만 원을 대출 받았는데 2시간 전 ○○저축은행에서 전화가 와서 주민등록등본 서류에 문제가 있어 다시 돈을 보내준다면서 돈 천만 원을 다시 송금해 달라고 해서 사랑은행 312-○○○-××××으로 보내드렸는데 내일 정말 돈이 좀 급해서 그러는데 대출이 안 될까요?"

그러자 대출 상담원이 잠시만 기다려 보자면서 알아보고 다시 전화를 준다며 전화를 마친다.

이 상담원은 같이 일하던 직원들에게 정애순 씨 부결 났다며 재차 돈 천만 원을 받은 사실이 있냐고 묻자 다들 그런 사실이 없다고 얘기한다.

뒤늦게 상담원이 보이스피싱 사기라는 것을 알아채고 정애순 씨에게 전화를 건다.

"아무개 씨, 저희 솔로몬 저축은행에서는 아무개 씨의 천만 원을 상환받은 적이 없는데 사기를 당한 것 같습니다."

"아니, 그게 무슨 말이에요? 분명히 1588-××××이 전화번호로 전화가 와서 돈을 붙여달라고 했는데요."

"저희는 그런 사실이 없습니다. 빨리 가까운 경찰서에 신고하세요."

너무 황당하고 짜증이 났던 정애순 씨는 가까운 경찰서에 신고하러 갔다.

대출 받았을 때 정황을 경찰에게 그대로 설명했지만 범인을 잡는 데 증거라고는 사랑은행 계좌 312-○○○-××××안미진이 전부였다.

경찰에서도 하는 말이 "요즘 전화금융사기가 활기를 치고 있는데 스스로 조심하셔야죠. 잘 알아보지도 않고 그 큰 돈 천만 원을 덜컥 보내주면 어떻게 합니까?"

"잘 알아보기는요. ○○저축은행에서 전화가 와서 조금 전에 보내드렸던 돈을 다시 보내 달라고 하는데 경찰관님이면 안 붙여주시겠습니까?"

"갈수록 범죄가 지능화되고 있습니다. 저희들이 수사는 열심히 해보겠지만 검거할 확률이 희박합니다."

"아니, 경찰이 되어서 국민에게 힘을 주셔야지 범인 잡기가 희박하니 그런 소리만 하면 됩니까? 그 돈은 제 남편 수술비니깐 꼭 좀 범인 잡아서 돈 좀 찾아 주세요."라며 울고불고 경찰서를 나왔다. 여러 건의 신고가 접수되어 1억 5천만 원을 송금해준 안미진 통장주가 유력한 용의자라고 생각하고 긴급 체포를 한다.

"안미진 씨, 지금 사기혐의로 피의자 신분으로 조사하겠습니다."

"제가 무슨 잘못이라도 했습니까?"

"잘못이 있는지 없는지는 조사해보면 알 것이고, 안미진 씨는 변호사 선임할 수 있고 묵비권 행사를 할 수 있습니다. 묵비권 행사 하시겠습니까?"

"아닙니다."

"변호사 선임해서 받으시겠습니까?"

"생계가 어려워서 솔직히 변호사 선임할 돈도 없고 잘못한 게 없기 때문에 변호사 없이 조사를 받겠습니다."라고 얘기한다.

이름 안미진

주민번호 ×××××-×××××××

전화번호 ×××-××××-××××

주소 인천시 남구 문학동 ○○빌라 203호

직업 무직

"지금부터 조사 시작하겠습니다. 안미진 씨, 사랑은행 계좌 ××××-××××-××××, 그리고 신용은행 계좌 ××××-××××-××××, 희망은행, 행복은행, 화목은행, 두리은행, 다정은행, 봉사은행, 정직은행, 도움은행, 근면은행, 성실은행, 정직은행이 보이스피싱 출금 도구로 사용되었는데 어찌된 것입니까? 설명 한번해보세요."

"보이스피싱 그게 뭔데요?"

안미진 씨는 아무것도 모르기 때문에 재차 묻는다.

"안미진 씨 개인 통장 13개가 보이스피싱 사기계좌로 등록되어 수많은 피해자들이 피해를 입었는데 이 사기 누가 쳤냐구요?"

"저는 잘 모르겠는데요."

자기는 사기 친 사실이 없다고 한다.

"그럼 2008년 ○○월 ○○일 13개의 통장을 개설해서 누구에게 주었습니까?"

안미진 씨는 곰곰이 생각해보니 며칠 전 인터넷 광고를 보고 통장 13

개 만들어주면 개당 30만 원 준다고 해서 그때 돈도 받지 못한 채 만들어주었던 그 통장이 생각났다.

그때 있었던 정황을 얘기했지만 경찰은 말을 믿어주지 않았다.

현직 법무부 장관이 철저히 조사하라고 했고 상관들의 압박이 장난이 아니었기 때문에, 그리고 일정한 직업이 없는 술집 여자에 남편도 없이 이혼한 상태에 그녀를 너무 무시하며 정말 죄인 취급하며 조사를 했다.

경찰이 고함을 지른다.

"통장 누구한테 줬어요?"

"정말 전화번호 말고는 알고 있는 게 없습니다."

전화 발신되었던 번호를 가르쳐주었다.

"지금 장난해요? 우리 경찰이 우습게 보입니까? 사실대로 얘기 안합니까?"

"무슨 사실을 얘기하라는 거예요? 나도 피해자고 이게 정말 사실입니다."

"이 여자 안 되겠네. 당신 콩밥 한 번 먹어볼 테야? 좋게 말할 때 빨리 통장 준 사람 불라고요."

너무 답답한 미진 씨가 어떻게 해야 자기 말을 믿어줄 거냐고 하소연하고 있다.

"통장 양도 받아간 사람 불라고요."

몇 번을 경찰이 되물어도 미진 씨의 대답은 똑같았다.

미진 씨도 사기범들에게 사기를 당했기 때문에 인적 사항을 알 리가 없었다.

경찰이 오만 공갈을 다 쳐도 아무런 혐의점을 찾지 못했다.

증거 인멸, 도주의 우려가 있다고 구속 영장을 발부 받아 통장 양도·양수한 혐의로 전자금융거래법위반으로 결국은 임신한 상태로 구속된다.

미진 씨는 정말 억울한 사람이었다.

스트레스로 인해 아이까지 유산하고 결국 재판장에서 재판을 받게 된다.

검찰은 무심코 만들어준 안미진 씨 통장으로 인해 보이스피싱 사기가 일어났고, 수많은 금액의 피해가 일어난 점에 비추어 죄질이 매우 불량하다며 징역 2년을 구형했다.

미진 씨는 자기는 금전적으로 이익을 본 게 없다, 생활비가 없어서 인터넷 광고 보니 통장 하나 만들어주면 30만 원 준다고 해서 통장 만들어주었는데 10원짜리 동전 하나 받지 못하고 사기를 당한 피해자라며 무죄를 주장했다.

결국에 안미진 씨도 징역 1년에 집행유예 2년 선고를 받게 된다.

판사도 "몰랐다는 것은 이유가 되지 못합니다."라면서 선고를 한다.

미진 씨 또한 억울한 게 한두 가지가 아니었지만 미진 씨가 만들어준 통장이 보이스피싱에 사용되었고, 여러 명의 피해자가 피해를 입은 점을 비추어볼 때 유죄가 인정된다. 다만 지금까지 전과도 없이 열심히 살았고 교화개선이 필요한 점이 있기 때문에 징역 1년에 처한다. 다만, 그 징역을 2년 동안 유예한다는 것이다.

미진 씨에게는 집행유예도 너무나 가혹한 형벌이었다.

왜 자신이 집행유예를 받아야 하는지도 모르겠고 자신도 사기를 당했는데 도대체 이 법은 누굴 위한 법인지 너무나도 억울했다.

한 번의 잘못된 선택이 평생 전과자라는 낙인이 찍혀 너무나도 가혹한 형벌이었다.

이런 불이익을 받고 살아가는 사람들이 대한민국에는 정말 많을 것이다.

이번 사건 또한 제대로 된 범죄자들은 잡지 못하고 엉뚱한 서민들만 피해를 입게 된다.

미진 씨는 금전적으로 이득 본 것 없이 전과자라는 낙인이 찍혀 피해자이고, 정애순 씨는 제대로 된 범인을 잡지 못해 저축은행에서 대출한 금액을 10원짜리 하나 써보지도 못한 채 구경만하고 천만 원을 고스란히 갚아주게 되었다.

수사는 또 원점이었고 범죄가 지능화되고 있음에도 불구하고 특별한 대책이 없어 그것이 정말 사회에 이슈가 되고 있다.


각자 자기들의 위치로 돌아가 범죄의 악순환이 계속되고 있을 때 오늘도 어김없이 통장을 양도하기 위해 진광이를 만나러 갔다.

○○레스토랑에서 아난이에게 통장 70개를 양도하고 아난이는 출금하러 또 어디론가 사라져 버렸다.

진광이가 조심스럽게 얘기를 꺼낸다.

"형님! 좋은 건수가 하나 있는데 같이 한번 하시겠습니까?"

"그게 뭔데?"

"요즘 다른 라인에서 인출을 많이 해가고 있는데 그 인출한 돈을 가스리 한번 봅시다."

"그게 가능하겠나? 어디서 인출하는지 알 수 있어야 돈을 빼앗더라도 빼앗지."

"그것은 다 제가 생각해두었습니다."

"그쪽 라인 인출대장 영복이라는 놈이 저한테 스마트폰 대포폰 3개만 구해 달라고 했으니 그 전화기에 친구 찾기 서비스를 등록해서 위치를 파악한 뒤에 출금이 끝나고 환치기 하러 가는 것을 따라가서 빼앗으면 될 것입니다."

"알았다. 전화기는 형이 친구 찾기 등록해서 3대를 준비할게."

"그리고 좋지 않은 소식이 하나 있습니다."

"뭔데?"

"어제 알롱과 알렉스에게 통장 80개 양도하고 4천은 받고 4천은 잔금을 쳐야 하는데 지금 연락이 안 됩니다."

"그게 무슨 말이고?"

"먹튀한 것 같습니다. 제 돈으로 4천만 원 드리겠습니다."

"아니다. 니도 잘해보려고 한 일인데 그냥 놔둬라. 그것까지 형이 받아 가면 내 마음이 불편하다."

진광이가 말한다.

"형님, 이 바닥에서 꼭 한번은 마주 칠 것이니 꼭 받을 수 있을 것입니다."

"알았다. 신경 쓰지 마라. 그리고 좀 전에 얘기했던 좋은 건수 그거나 제대로 추진해라. 위치 추적 친구 찾기 등록해서 핸드폰 3대는 형이 1주일 안에 구해줄게."

"알겠습니다."

일단 대포폰으로 유명했던 친구 철민에게 전화를 걸었다.

"철민아! 기동이다."

"응, 그래. 잘 있나?"

"내야 잘 있지. 다름이 아니고 스마트폰으로 4대가 필요한데 기계 있나?"

"당연히 있지."

"그리고 그 4대에 친구 찾기 등록해야 하는데 해줄 수 있나?"

"당연한 거 아니가. 친구 찾기 하는 게 그게 일이가?"

"그럼 핸드폰 준비해서 언제쯤이면 보내줄 수 있는데?"

"내일 준비해서 바로 보내줄게."

"가격은 개당 70만 원, 4개 280만 원이다."

"알겠다. 광명역으로 KTX 화물 퀵 편으로 보내주면 된다."

"내일 물건 보내고 전화할게."

"알았다."

"진광아!"

"예, 형님."

"전화기는 내일이면 올라올 것 같다."

"3대면 되는데 왜 4대를 주문했습니까?"

"친구 찾기 등록해서 상대편 위치를 파악하기 위해서는 우리 쪽에서도 1대를 더 가지고 있어야 될 것 아니가?"

"아, 맞네요! 그걸 몰랐습니다."

"일단 내일이면 전화기가 올라올 것이니 니가 해야 할 일은 전화기 3개 중에 어떤 번호를 인출대장 영복이가 쓰는지 확인을 잘해야 한다. 그래야 두 번 일을 안 한다. 헷갈리지도 않고."

"알겠습니다."

그러고는 아마이를 만나고 통장을 전해주고 인천본부로 들어왔다.

수식이도 승찬이도 봉진이도 원창이도 대전과 대구에서 이제는 수원으로 울산으로 장소를 옮겼다.

통장 매입으로 인해 피해자가 너무 많이 생겨서 경찰의 수사망을 피해가기 위해 한 달에 한 번씩 옮기는 행동이다.


다음날 날이 밝았다.

모두가 변함없는 일상생활로 돌아가 자기가 맡은 일을 시작하고 있었다.

철민에게 전화가 왔다.

"기동아, 핸드폰 보냈다. 물품 송장번호가 ×××××××."

"그래, 계좌번호 문자로 하나 보내 놔라. 280만 원 보내줄게."

"알겠다."

그리고 수원에서도 울산에서도 동생들이 보낸 대포통장 물품번호가 핸드폰 문자로 전송되어 왔다.

진광에게 전화를 했다.

"진광아! 오늘 몇 시에 만날까?"

"통장 전화기 준비되었습니까?"

"7시 30분 광명역 도착이니까 안산 넘어 가면 8시 30분 정도 되겠네."

"통장은 몇 개나 됩니까?"

"140개 정도 된다."

"알겠습니다. 아난과 아마이한테 전화해놓을 테니 8시 30분까지 중앙동 ○○레스토랑에서 뵙겠습니다."

태성이와 광명역으로 가서 수화물센터에서 전화기와 통장을 찾아서 진광이를 만나러 갔다.

진광이와 아난이가 맥주를 한잔 하며 기다리고 있었다.

"형님! 빨리 오셨네요."

"뭐 차가 안 막혀서 10분 빨리 왔네."

"아난이가 요즘 형님 때문에 돈을 많이 벌었다고 형님 칭찬하고 있습니다."

"뭐, 너희들이 신중하게 많이 도와주니깐 그런 것이지."

통장 몇 개 필요한지 진광이가 아난이에게 통역한다. 70개를 달라고한다. 70개를 건네주고 100만 원 다발 30개를 꺼내면서 내일 보자며 손을 흔들고는 어디론가 사라져 버린다. 그리고 진광에게 친구 찾기 등록되어 있는 핸드폰 3개를 건넸다.

"진광아, 니가 준비하라고 한 스마트폰 전화기다. 위치 추적할 수 있게친구 찾기 등록해놓았으니 인출대장 영복이가 이 전화기 3대 중에 어떤번호를 쓰는지 그것을 알아야 하니 그것만 잘 파악하면 된다."

핸드폰 3개 중에 2개는 블랙이고 1개가 화이트니 화이트가 더 구하기힘든 고급 폰이라고 하며 하얀색을 쓰도록 권유하라고 했다.

"알겠습니다. 그것은 제가 알아서 하겠습니다."

진광이가 전화기가 든 쇼핑백을 들고 아마이가 기다리고 있다며 빨리 아마이에게 가자며 얘기한다.

아마이를 만나기 위해 시화 이마트 ○○레스토랑으로 향했다.

아마이 또한 먼저 와서 기다리고 있었다.

나를 보며 손을 흔들며 환하게 웃는다.

진광이와 중국어로 대화한다.

"형님, 남은 통장 70개 아마이 다 주면 됩니다."

"알겠습니다."

통장 70개를 아마이에게 건넸다. 그러고는 3천만 원을 지불하고 또 어디론가 사라져 버렸다.

진광이 또한 영복에게 위치 추적된 전화기를 전달하기 위해 영복에게 전화를 걸어 약속을 잡았다.

"형님, 11시까지 일산에서 영복이를 만나기로 했으니 저도 먼저 가 보겠습니다."

"알았다."

"무조건 화이트 스마트폰 쓰라고 권유해라."

"알겠습니다."

그리고 태성이와 나는 인천 본부로 돌아왔다.

진광이는 영복이를 만나 술을 한잔 했다. 그리고 영복이가 부탁했던 전화기 3대를 꺼냈다.

"진광아, 이렇게 구하기 힘든 스마트폰 대포폰을 어디에서 구했노?"

"니가 부탁하는데 내가 거절할 수 있나? 내가 신경 좀 썼다."

영복이가 핸드폰 박스를 열자, "이야! 스마트폰 중에서도 그 구하기 어렵다는 화이트도 한 대 있네. 이것은 내가 정말 갖고 싶었던 것인데 내가 써야겠다."며 내가 권유하지 않아도 시나리오대로 일이 척척 흘러가고 있었다.

"요즘 일거리는 많나?"

"하루에 2억씩은 인출한다."

"이야! 통장이 잘 도는 갑지……."

"예전부터 통장 받는 데가 있어 통장은 잘 도는데 전화기 구하기가 어려워서 전화기는 언제든지 필요하면 부탁해라. 내가 구해줄게."

"알겠다."

"전화기 3대 얼마고?"

"300이다."

300만 원을 받고 영복이와 찐하게 술을 한잔 하고 집으로 가는 도중 안산 중앙동 곱창 집에서 며칠 전 기동 형님 통장 값을 먹튀했던 알롱이가 눈에 띄었다.

예쁜 여자와 둘이서 곱창을 구워서 소주를 한잔 하고 있었다.

자기를 보면 도망갈 수도 있다는 생각에 기동 형에게 전화를 했다.

"형님!"

"그래, 진광아. 늦은 시간에 웬일이고?"

"형님 돈 4천만 원 떼먹은 알롱이 안산에 있습니다. 지금 오시겠습니까?"

"알았다. 어디로 가면 되노?"

"안산 중앙동 곱창골목으로 오십시오."

상대도 중국 사람이고 분명히 저쪽에서 나에게 실수한 것은 맞지만 혹시나 일이라는 것은 어찌 될 줄 모르기 때문에 방에 있던 야구 방망이와 사시미칼을 챙겨들고 태성, 치용이를 데리고 안산으로 향했다.

"미향아, 일이 있어서 그러니 빨리 갔다 올게. 조금만 기다려라. 알겠제?"

"기동아, 빨리 와야 해."

그리고 차를 타고 안산으로 향했다.

일단 진광이를 만나서 얘기했다.

"지금 돈 들고 먹튀했던 놈 어디 있노?"

"저기 ○○곱창 집에 있습니다."

"눈치 채기 전에 빨리 가자."

곱창 집에 정문까지 차를 타고 이동해서 차를 안전하게 주차했다.

차에 선팅이 진하게 되어 영복이는 진광이를 볼 수 없었고, 알롱 또한 걱정이 없는 표정으로 예쁜 아가씨랑 술을 마시고 있었다.

치용이가 얘기한다.

"형님 돈 떼먹은 놈이 저놈입니까?"

"그래!"

"짱깨 새끼가 여기가 어디라고 겁도 없이 오늘 저 새끼 때찌 좀 해야 될 것 같습니다."

그래도 성격을 모르기 때문에 긴장을 풀 수 없었다.

"어찌 할 것입니까?"

"목적은 돈이니까 돈만 순순히 꺼내놓으면 그냥 돌려보내고 점마 저거 해결 안 되면 강압으로 해서라도 받아 내야……. 점마 저거 한국말은 할 줄 아나?"

"아닙니다. 전혀 못 알아들을 것입니다."

이제 알롱도 곱창 집에서 자리를 끝낼 분위기여서 일단 시간이 지체되기 전에 잡아야겠다는 생각에 일단 차에서 내렸다.

동생들하고 진광이가 영복이를 둘러싸며 포위했다.

도망갈 구멍이 없었는지 일단 긴장한 표정을 지으며 머뭇거리고 있다.

진광이가 중국말로 뭐라고 한다.

그러니 영복이 또한 중국말로 대꾸했다.

"뭐라고 하노?"

"지금 돈이 없다고 며칠만 기다려 달랍니다."

"통역해라. 지금 해결이 안 되면 조금 곤란한 현상이 생길 텐데 일 만들지 말고 지금 정리하라고 해라."

돈 4천만 원 아무리 범죄 하는 사람들이지만 적은 돈이 아니었다.

일반 사람들이 4천만 원 빚이 있어 지금 당장 4천만 원을 해결하라고 하면 대한민국 사람이라도 이 돈을 해결할 사람이 몇 명이나 될까? 말도 안 되는 소리였지만 이런 식으로 하지 않으면 이런 사람들에게는 돈을 받을 수 없었다.

알롱이 중국말로 뭐라 한다.

"뭐라 하노?"

"3일만 시간 달라고 합니다."

"좆만한 새끼가 어디서 또 낫씽을 때리노? 안 되겠다. 차에 실어라."

"알겠습니다."라면서 태성이와 치용이가 차 뒷좌석에 알롱을 태운다.

알롱이 일행이었던 아가씨가 겁에 질려 긴장하고 있는데 진광이가 중국말로 한마디 한다.

우리가 나쁜 사람들이 아닌데 알롱이가 이렇게 만든 것이니 얘기만 잘 되면 돌려보낼 것이니 걱정 말라고 했다.

이 여자는 알롱이를 사랑했는지 자기가 해결해줄 테니 남자친구를 풀어 달라는 것이다.

"그쪽이 해결한다고요?"

진광이가 중국말로 4천만 원 있냐고 물으니 그렇게 큰돈은 없다는 것이다.

"그러니 쓸데없는 생각하지 말고 기다리세요. 죽이기야 하겠습니까?" 하면서 진광이가 "형님, 가시지요."라고 말한다.

차에 태워서 일단 다시 한 번 물었다.

"아직 홍단인지 초단이지 구분이 안 가는 것 같은데 지금 돈 해결되나? 안 되나? 통장을 가지고 갔으면 돈을 가지고 와야지 이렇게 쌩까고 있으면 되나?"

진광이가 통역한다.

치용이가 "어디로 갈까요?" 묻는다.

"일단 산으로 올라가자."

차를 몰고 으슥한 산 쪽으로 장소를 옮겼다.

인적이 드문 곳이고 분위기가 살벌하여 사람이 하나 죽어도 절대 찾을 수 없는 그런 깊은 산골이었다.

"내리라."

태성이와 치용이가 알롱이를 끌어 내린다.

"진광아, 통역해라. 오늘 당장 돈 4천만 원 해결하지 않으면 다리를 끊어서 땅에 파묻어 버린다."고 하라고 하니 알롱이 중국말로 마구 뭐라 한다.

"뭐라 하노, 진광아?"

그 큰돈을 지금 당장 어디서 구해 오냐면서 3일만 기다려 달라고 한다고 했다.

"내가 돈 어디서 구해오는지 그런 사정까지 봐줘야 하나? 태성아!"

"예, 형님."

"인마, 이거 아직 분위기 파악을 못하는 거 같은데 4천만 원 없으면 4천만 원치 맞아야지. 다리 하나 뿌사라!"

그러고는 야구 방망이로 정강이를 있는 힘껏 내리친다.

이제야 분위기 파악이 되었는지 울상을 지으며 손을 모아 빌면서 중국말로 뭐라고 한다.

"뭐라 하노, 진광아?"

"살려달랍니다."

"그래? 돈 가지고 온나, 살려줄게."

태성이가 한 대 더 내리치려고 하는 순간 알롱이가 중국말로 마구 뭐라 한다.

진광이가 말한다.

"돈 갚아 드릴 테니 전화 한 통만 하겠다."며 시간을 달라고 한다.

알롱이 자기 보이스피싱 라인 상선에게 전화를 걸어 중국말로 통화한다.

대충 내용은 지금 당장 4천만 원 해결하지 않으면 죽을 것 같으니 4천만 원 붙여 달라는 내용이었다.

그래도 알롱이가 자기 라인에서 막중한 임무를 맡고 있는지 상선에서 돈을 해준다고 했다며 살려 달라면서 조금만 기다려 달라고 한다.

알롱이가 진광에게 입금 받을 계좌번호를 불러 달라고 한다.

"형님! 지금 4천만 원 입금해준다고 계좌번호 불러달랍니다."

"태성아! 차 트렁크에 보면 통장 있으니 계좌번호 불러줘라."

"알겠습니다."

태성이가 통장을 가져왔다.

진광에게 통장을 주니 알롱에게 건네고 이쪽으로 보내라며 통장을 준다.

그리고는 다시 알롱이가 어디론가 전화하더니 중국말로 계좌번호를 불러준다.

알롱이가 진광에게 중국말로 뭐라고 한다.

"뭐라 하노?"

"10분 안에 입금이 된답니다."

"참, 그래도 저 새끼는 저거 보이스피싱 조직에서 필요한 놈인갑다. 그 큰돈 4천만 원을 해결해준다는 것을 보니."

"그런 것 같습니다."

알롱이 4천만 원을 보내준다는 상선의 말에 긴장이 좀 풀리고 혈색이 돌아왔다.

10분 뒤 영복이 전화로 전화 한 통이 걸려왔다.

돈이 입금되었다는 전화였다.

진광이가 "형님, 돈이 입금되었답니다. 확인 한번 해보십시오."라고 한다.

ARS로 잔액조회를 해보니 입금이 되어 있었다.

"진광아!"

"예, 형님."

"통역해라. 앞으로는 사기꾼이 되더라도 모르는 사람들 돈 사기 처먹지, 아는 놈 돈을 사기 치지 말라고 해라. 그러니깐 사기꾼 소리 듣는 거라고……. 오늘은 돈이 해결되었으니 용서 해주는데 앞으로는 그리 살지 마라."

그러고는 산에서 내려왔다.

알롱과 진광이가 할 얘기가 있는지, "형님, 여기서 저랑 알롱이는 내려주십시오. 소주 한잔 하고 들어가야겠습니다."

"진광아! 고맙다."

"아닙니다. 당연히 드려야 할 돈을 드린 것뿐인데요, 뭐."

중국인들이 신용은 물론 소문이 좋지 않음에도 불구하고 진광이는 돈 거래가 깔끔하며 정확한 동생이었다.

"무슨 일 있으면 전화하고 내일 보자."

"알겠습니다."

"마, 알롱이 너도 이 바닥에서 먹고 살려면 똑바로 살아라. 한번만 더 그러면 그땐 나나 내나 머리 빡빡 깎고 둘 중에 하나 죽는다."

무슨 말인지 알아듣지는 못했지만 자기한테 뭐라고 하는 것인 줄은 알고 머리를 푹 숙인다.

진광이가 통역해서 알롱에게 얘기하니 고개를 푹 숙이면서 인사를 한다.

"우리도 오랜만에 술이나 한잔 하자."

"알겠습니다."

"형님! 중국 놈들이 흉악하고 상태가 안 좋은 줄 알았는데 그래도 알롱이 저 새끼는 대화가 되는 것 같습니다. 저 새끼만 저런 건지 중국 사람들 전부 다 순한 건지 누구 말이 맞는 건지 감정이 안 됩니다."

"마, 똥개도 자기 집 앞에서는 50% 먹고 들어간다는 말이 있듯이 한국이니까 이런 일도 가능한 것이지 중국이었으면 이런 일 상상이라도 하겠나?"

"그런 것 같습니다."

"뭐라 하고 야단을 치더라도 일에는 명분이 있어야 하는 법이란다. 그래야 큰일을 막을 수 있단다. 오늘은 마음껏 한잔하며 달려보자."

"알겠습니다."

"어디로 갈까?"

치용이가 장고도 없이 "형님, 서울 역삼동에 가면 줄리아나 나이트가 있는데 그곳에 연예인들도 많이 오고 물이 좋다고 그러는데 한번 가봅시다. 맨날 룸에 가서 돈 주고 사먹는 여자는 매력이 없습니다."

"어데! 자물쇠도 아니고 돈을 줘야 밑이 열리는 그런 기집보다는 작업도 좀 하고 꼬아 먹는 분위기가 있어야 더 매력을 느끼지 않겠습니까?"

그러자 태성이도 "저도 그곳에 한번 가보고 싶었습니다."라고 얘기한다.

"알았다. 내비 한번 찍어봐라."

안산에서 내비를 찍으니 도착예정 시간이 1시간 30분 정도 걸렸다.

"미향이 많이 기다릴 텐데……"

내가 얘기했다.

"금방 갔다 오면 되지 않습니까?"

"그래, 가자. 밟아라."

그러고는 서울 역삼동으로 향했다.

차를 타고 가는 도중에 미향에게 전화를 걸었다.

"자나?"

"응, 감기 몸살기가 있는지 몸이 안 좋아서 누워 있다."

"약은 먹었나?"

"처방전 없이 약을 살 수 없어 자기 오기를 기다리고 있는데 올 때 감기약 좀 사온나."

"알겠다."

"언제쯤 오는데?"

"지금 돈 들고 토낀 놈을 잡았는데 돈이 없다고 하니 돈 받으려면 시간 좀 걸리니깐 최대한 빨리 갈게. 미안해."

"나 많이 아프니깐 빨리 와야 해." 하면서 통화를 마친다.

역삼동 줄리아나 나이트에 도착이 다 되어 갈 때쯤이라서 돌아갈 수도 없었다.

일단 줄리아나 나이트 앞에 차를 세우고 차에서 내렸다.

고급 승용차를 타고 내렸음에도 불구하고 다른 나이트 기도들과는 달리 삐끼를 치지 않았고 나이트 문을 보는 기도들이 눈에서 레이저 광선을 쏘는 것이다.

주차하고 태성이도 나이트 정문 쪽으로 걸어왔다.

나이트에 들어가려고 하는 순간 기도 보는 문방이 한마디 한다.

"여기 어떻게 오셨습니까?"

그러자 내가 대답했다.

"술 한잔 먹으러 왔지, 뭐 하러 왔겠습니까?"

그러자 아래위로 한번 훑어보더니 기도가 입을 열었다.

"여기는 춤추는 곳이지, 술 마시는 곳이 아닙니다."

"죄송합니다."라며 거절하는 것이다.

어이없는 정황을 파악하던 치용이가 한마디 한다.

"내가 내 돈 내고 스트레스를 풀러 왔는데 술을 마시든 춤을 추든 당신들이 참견할 바가 아닌 것 같은데?"

치용이가 강하게 어필한다.

"저희들은 여기 직원이고 저희는 사장님 지시를 받아서 참견해야 할 이유가 있습니다. 죄송합니다. 돌아가세요."라고 하는 것이다.

이어 태성이가 "이 새끼들 진짜 상태 안 좋네. 마, 내가 동네 막걸리 친구가? 귀뚜라미 같은 게. 마, 어디서 직원이 손님한테 눈에 레이저 광선 쏘면서 빠락빠락 말대꾸 하노?"

서로 목소리가 커지는 순간 나이트 입구에서 부장 정도 되는 간부가 나온다. 그러더니 부하 직원에게 야단을 친다.

"마! 손님한테 뭐하는 행동이고?"

그러자 부하직원들이 간부에게 인사를 한다. 간부가 환하게 웃으면서 나에게 말을 건다.

"저희 직원들이 실례를 했다면 죄송합니다."라며 사과를 한다.

그러자 내가 한마디 했다.

"무슨 직원들 교육을 이런 식으로밖에 못 시킵니까? 이렇게 분위기가 살벌해서 무슨 술을 마시러 오겠습니까?"

그러자 간부가 한마디 한다.

"며칠 전 전라도 건달들이 가게에 손님으로 와서 행패를 부려 물을 많이 흐리고 난리가 났습니다. 그래서 저희 사장님께서 액션 냄새가 쪼끔이라도 나는 사람들은 받지 말라고 해서 보시다시피 옆에 동생들도 그렇고 사장님도 그렇고 액션 냄새가 펄펄 나지 않습니까? 그래서 저희 직원이 실수를 한 것 같습니다."

"아니, 물이 좋고 연예인들이 많이 온다고 해서 시간 내서 부산에서 올라왔는데 돈 내고 이렇게 사정사정하고 술 마셔야 합니까?"

그러자 웃으면서 간부가 "부산에서 시간 내서 이렇게 오셨는데 그냥 돌려보내면 그것도 아닌 것 같으니 제가 모시겠습니다. 이리로 오세요."
라고 공손히 말한다.

자존심은 많이 상했지만 나름대로 이유가 있었다는 직원들 말에 간부
를 따라 나이트로 들어갔다.

그러자 태성이가 웃으면서 한마디 한다.

"오늘 연예인들 중에 온 사람 있습니까?"

그러자 직원이 웃으면서 "저희 나이트에 연예인이 자주 오는 편인데 오
늘은 온 사람이 없다."고 얘기한다.

그러자 치용이가 태성에게 한마디 한다.

"마! 누가 부산 촌놈 아니라고 할까 봐 춘티 좀 안 나게 해라. 연예인들
이 대수가. 재미있게 놀다 가면 되지 무슨 연예인 타령이고."

치용이가 얘기했다.

"와! 형님, 형님께서 이런 소리 하시면 됩니까? 형님께서 연예인이 많이
온다니, 자물쇠가 어떻고 오자고 해놓고선 형님께서 이렇게 동생 쫑크
주면 정말 서운합니다."라면서 태성이가 대꾸한다.

웨이터가 "룸으로 드릴까요? 폭스로 드릴까요?" 물어본다.

"룸으로 주십시오."

룸으로 들어가는 순간 스테이지를 보니 남자도 그렇고 여자들도 그렇
고 손님들 자체가 너무 멋있고 아름다웠다.

그러자 태성이가 "이야, 형님. 물은 진짜 좋은 것 같다."며 룸으로 들
어갔다.

웨이터가 들어오더니 "술은 무엇으로 하시겠습니까?" 주문을 도와드
리겠다고 얘기한다.

평소에 원저 17년산을 즐겨 마셨던 나는 원저 17년산 두 병하고 안주
를 신경써달라면서 웨이터에게 팁 10만 원을 건넸다.

그러자 치용이가 예쁜 아가씨로 부킹 좀 신경써달라며 웨이터에게 얘

기한다.

미향이가 아픈 몸으로 많이 기다리고 있을 것 같아 변명하기 위해 전화를 했다.

요 근래 룸에서 술 먹고 2차도 나가고 외박도 자주 하며 술집 아가씨들하테 전화가 와서 전화 통화하다가 몇 번 들통이 나서 싸우던 일이 종종 있었다.

"미향아."

몸이 많이 아픈지 힘없는 목소리로 전화를 받는다.

"응."

"몸은 좀 괜찮나?"

"아니, 많이 아프다. 안 오나?" 묻는 것이다.

"돈을 아직 받지 못해 시간이 좀 길어질 것 같은데."

내가 말했다.

"혹시 어디 또 술집에서 술 먹고 있는 것은 아니제?" 하는 것이다.

뜨끔했지만 아니라고 거짓말했다.

나는 걱정 말고 일보고 들어올 때 약국 문 연 데 있으면 약이나 사오라며 전화를 마친다.

치용이가 "형님! 형수님 아프신데 들어가 봐야 되는 거 아닙니까?" 애기한다.

"감기라고 하는데 무슨 큰일이야 있겠나?" 내가 말했다.

그러고는 웨이터가 부킹을 위해 아가씨 세 명을 데리고 왔다.

한눈에 딱 봐도 세 명 다 사이즈가 나왔고 부산에서는 보지도 못한 미인이었다.

웨이터가 즐거운 시간되라며 룸을 나갔다.

그러자 빈자리에 아가씨들이 앉았고 술을 한 잔씩 따르고 마셨다.

우리가 마음에 들지 않았는지 태성이 파트너가 태성에게 한마디 한다.

"다른 방에 부킹 들어가면 남자들이 미인이다, 예쁘다고 말해주시는데 왜 이 방은 예쁘다는 말 안 해주는 거예요?"라며 생뚱맞은 소리를 한다.

그러고는 "즐거운 시간 되세요."라며 아가씨들이 모두 자리에서 일어나 룸 밖으로 나가버린다.

세 명 다 어이없다는 표정을 지으며 얼굴만 말뚱말뚱 쳐다보고 있었다.

센스 없는 치용이가 "뭐 저런 것들이 다 있노? 형님, 서울 여자들은 좀 이상한 거 같습니다. 제가 부산에서 나이트를 좀 다녀보아도 이런 쪽은 처음 팔아봅니다."라며 얘기한다.

"마, 로마에 가면 로마법을 따라야 되지 않겠나? 서울에는 다들 그라고 노는갑다. 칭찬하는데 돈 들어가는 것도 아니니 다음 부킹 들어오면 예쁘다고 해주라."

"알겠습니다."

그러자 다시 세 명이 들어왔다.

두 명은 미인인데 한 명은 쪼끔 상태가 좋지 않은 뚱뚱한 여자가 들어왔다. 저 아가씨만 내 옆에 앉지 않으면 된다는 생각에 긴장하고 있었는데 역시 하늘은 나의 편이었다.

예쁜 아가씨 두 명은 나와 태성 옆에 앉았고 뚱뚱한 아가씨가 치용이 옆에 앉았다.

너무나 미인이었고 솔직히 부산에서는 이렇게 예쁜 아가씨를 보지 못했다.

작업을 시작했다.

"실례가 안 된다면 성함 한 번 가르쳐줄 수 있습니까?"

"지영심이에요."

"영심 씨는 하얀 피부에 검은색 치마 그리고 빨간색 립스틱이 잘 어울리는 것 같습니다. 솔직히 저 부산 사람인데 거짓말하는 것이 아니라 부산에서도 이렇게 아름다운 미인은 보지 못했던 것 같다."라고 얘기했다.

그러자 아가씨는 고맙다고 한다.

그리고 태성이도 작업에 들어간다.

"성함이 어떻게 되세요?"

"정혜정입니다."

"혜정 씨는 늘씬한 몸매에 긴 다리 그리고 단발머리에 웨이브가 혜정 씨의 매력인 것 같다."라며 태성이도 칭찬한다.

혜정 씨가 "고맙습니다."라고 한다.

치용이는 작업할 맛이 나지도 않고 마땅히 칭찬할 건더기도 없는지 "성함이 어떻게 되세요?" 묻는다.

"김희선입니다."라고 얘기한다.

치용이는 자기도 모르게 헛웃음이 나왔고 희선 씨가 황당한 표정을 짓자 치용이가 "죄송합니다."라고 얘기한다.

치용이가 말을 건다.

"희선 씨, 운동 하십니까?"

"아니요, 왜요?" 그러는 것이다.

"상체하고 하체가 많이 건강하셔서 운동 좀 하셔야 할 것 같다."고 얘기한다.

"제 몸은 제가 알아서 합니다."라며 불쾌한 표정을 짓는다.

"마, 치용아 벌써 파트너 건강까지 챙겨줄 사이가 된 거가?"

내가 센스 있는 말을 던졌다.

"희선 씨, 동글동글하게 귀여우시구만. 둘이 잘해봐라."

내가 얘기하니, "형님! 장난이라도 그런 얘기하지 마십시오." 한다.

그러자 나의 파트너 영심 씨가 입을 연다.

"대화하는 말투를 들어보니 경상도 사람인 것 같은데 경상도 사람이 이 먼 곳 서울까지 무엇 때문에 왔어요?" 하고 묻는 것이다.

이 여자를 무조건 잡아야겠다는 욕심이 생겼다. 여자들은 돈 많은 사람에게 매력을 느끼기 때문에 그만한 여유도 있었고 그래서 거짓말을 했다.

"로또 1등 당첨이 되어 행복은행 본점에 당첨금 찾으러 왔습니다."라고 얘기했다.

놀란 표정을 지으며 영심 씨가 "얼마나 맞았는데요?" 묻는다.

"세금 떼고 17억 받았습니다." 얘기하니 서먹하던 분위기가 바로 가족 같은 분위기로 바뀌면서 영심 씨가 "이야, 오빠랑 친하게 지내야겠다."며 팔짱을 끼고 자석처럼 딱 달라붙는다.

"오빠! 애인 있어요?" 묻는다.

"당연히 없지. 애인 있으면 애인이랑 데이트나 하고 있지, 나이트에서 이러고 있겠나?"

"그럼 내가 오빠 애인이 되어줄 테니깐 우리 사귈래?" 하는 것이다.

"그럼 우리 예쁜 사랑 한번 할까?" 하면서 미향이를 두고 넘지 말아야 할 선을 넘고 말았다. 이런 일은 종종 있었던 일이다.

쉽게 한 커플이 탄생했다.

그러자 태성이 파트너가 태성에게 "오빠는 로또 1등이 아니더라도 뭐 좀 없나?" 묻는 것이다.

오빠는 가진 게 돈밖에 없다고 태성이가 얘기했다.

특기가 돈 버는 것이고 취미가 돈 쓰는 것이니깐 로또 당첨 안 되도 혜정 씨 사랑하는 데에는 아무 문제가 안 되고 특기는 제가 열심히 할 테니 취미생활은 같이 즐기자며 돈이 많다는 자랑을 한다.

그러자 치용이 파트너 희선 씨가 "치용 씨는 뭐 내세울 것 좀 있습니까?" 비꼬면서 묻는다.

"왜 꼭 돈이 있어야 합니까?"라며 치용이가 대꾸를 한다.

"없으면 말구요. 딱 봐도 내세울 것 없게 생겼어요."라며 비웃는다.

"치용 씨는 직업이 뭐예요?" 묻는다.

치용이가 "혹시 저한테 관심 있어요?"라고 얘기한다.

"관심이 있어서가 아니라 이렇게 섭섭하게 생긴 사람은 어떤 일하면서 이 험한 세상을 살아가는지 궁금해서 그럽니다."

짜증이 난 치용이도 "제가 이래 뵈도 전직 비뇨기과 의사였는데 과실로 인해 지금은 다른 일을 하고 있습니다."라고 한다.

그러자 희선 씨가 "무슨 과실이 있었는데요?" 묻는다.

포경수술을 하는 도중 껍데기를 잘라야 하는데 대가리를 잘못 잘라가지고 고소당하는 바람에 옷을 벗었다고 얘기한다. "참 진짜?" 장난 반 진담 반으로 이이없게 일행들은 빵빵 터졌고, 그러는 순간 희선 씨가 "지금은 무슨 일을 하고 있는데요?" 묻는다.

"저는 가지고 있는 거라곤 정장 2벌에 스마트폰밖에 없어 대리운전을 하고 있습니다."라고 웃으면서 얘기한다. "스마트폰에 정장이라도 없었으면 큰일 날 뻔했네요?"라면서 희선 씨가 비꼰다.

"아무리 그래도 서비스업인데 씻고 벗고는 해야 안 됩니까? 스마트폰으로 이동경로 파악과 콜은 받아야죠."

어이없다는 표정을 지으며 "일 열심히 하세요."라고 한다.

"마, 치용아. 둘이 와 그래 사랑싸움 하노?"

"형님! 사랑싸움이라뇨? 장난이라도 그런 소리 하지 마십시오."

"가지고 있는 게 돈밖에 없으면서 이럴 때 좀 쓰지 뭐할라고 쓸데없는 거짓말을 하노?"

내가 말했다.

"쪽팔리게 형님까지 왜 그러십니까?"

"제 동생이 한 번씩 쓸데없는 소리를 해서 그렇지 예의가 없는 놈은 아닙니다. 희선 씨가 이해 좀 하세요."라고 하니 마지못해 "알겠습니다." 라고 대답한다.

내가 생각해도 솔직히 생긴 것은 희선 씨가 아니긴 아니었다.

그래도 나의 파트너 영심 씨를 꼬시기 위해서는 무조건 치용이를 희선 씨와 커플로 탄생시켜야 했다.

미향이가 아픈 몸으로 나를 기다리고 있다는 것도 잊은 채 노가리를 까며 재미있는 시간을 보냈다.

나이트에서 2시간 쯤 지나 어느덧 새벽 4시가 되었다.

영심 씨를 보내면 너무 아쉬울 것 같아 오늘 원나이트 하기 위해 마지막 작업을 했다.

"영심 씨, 오늘 같이 있자."

"같이 있으면 뭐해 줄 건데?"

눈을 동그랗게 뜨며 싫지 않은 표정을 지으며 대꾸한다.

"같이 있는데 뭐 따로 해줄 게 있나? 알면서 와 그라노."

"나는 그러고 싶은데 친구들 의사도 물어봐야지."

태성이가 "우리도 오케이입니다."라고 웃으면서 얘기한다.

"치용아, 니는 어쩔 거고?"

"오늘 그럼 봉사 한 번 하겠습니다."라고 말하는 것이다.

그러자 희선 씨가 열 받은 표정을 지으며 "제가 무슨 양로원이라도 됩니까? 나는 봉사 받을 생각 없으니 봉사하려면 다른 데 가서 알아보세요." 하는 것이다.

"마! 치용아 그만 좀 투덜대라. 희선 씨도 치용이 좋으면서 이제 밀당 그만하세요. 희선 씨 이마에 관심 있다고 쓰여 있습니다. 그러니 치용이 니도 밀당 그만하고 다 같이 나가자."

결국 분위기에 떠밀려 다 같이 모텔을 가기로 약속한다.

웨이터에게 아가씨 테이블 계산서를 같이 달라고 한다.

현금 계산할 테니 뺄 건 빼고 받을 것만 받으라며 웨이터에게 팁을 10만 원을 주었다.

웨이터가 "고맙습니다."라며 계산서를 가지고 온다.

"아가씨들 테이블 양주 한 병 세팅이니깐 30만 원 그리고 사장님께서 양주 한 병 기본 세팅에 추가 두 병이니깐 30+20+20 딱 100만 원입니다."라고 한다.

가방에서 현금 100만 원 꺼내 계산했다.

부킹했던 아가씨들이 카운터에 가방을 받고 화장실 좀 갔다가 나간다며 나이트 입구에서 만나자고 한다.

그러고는 나가 버린다.

많이 기다리고 있을 미향에게 변명의 전화하기 위해 핸드폰을 들었는데 배터리가 없는지 전원이 꺼져 있다.

이상하다는 생각에 분명히 배터리가 반이 있었는데 하는 생각으로 치용이 핸드폰을 잠시 빌려 미향에게 전화를 했다.

새벽 5시가 다 되었기 때문에 잠을 자는지 전화를 받지 않았다.

"형수님 많이 아프신 거 아닙니까?"

"감기라고 하는데 큰일이야 있겠나?"

"빨리 후딱 한 그릇하고 인천 내려가자."

치용이가 "형님 파트너랑 태성이 파트너는 진짜 예쁜데 제 파트너 보았습니까? 완전 수리수리 무수리 끝판대장입니다."

"니 말대로 봉사 한 번 한다고 생각해라."

"봉사활동도 봉사활동 나름이지 이것은 완전히 징역형보다 더 가혹한 것 같습니다."

"야, 니 파트너 희선 씨가 딱 보이 무식하게 힘이 세서 이 무리 중에 대장인 거 같은데 니가 보듬어주지 않으면 우리한테까지 불똥 튀니깐 오늘 하루만 니가 봉사 한 번 해라."

"알겠습니다."

그러고는 나이트 입구로 나갔다.

조금 전 부킹했던 아가씨들은 먼저 나와 입구에 기다리고 있었다.

"소주 한잔 더 하시렵니까?" 내가 물었다.

알코올 흡수가 조금 덜 된 것 같아 만장일치로 소주를 한잔 더 하자고 해서 나이트 앞에 있는 포장마차로 자리를 옮겼다.

치용이도 술이 안 되면 희선 씨랑 절대 잠을 못 잘 것 같아서 일단 술기운으로 한번 보듬기 위해 주량을 오버해서 술을 무리하게 마셨다. 메뉴판에 남탕과 여탕이 안주로 있었다.

치용이가 아줌마 안주 메뉴판에 남탕이라고 되어 있는데 "이것은 뭐요?" 물으니 그것은 알탕이라고 한다. "그럼 여탕은요?" 하니 그것은 조개탕이라고 한다.

참 재미있는 안주도 있었다. 남탕 하나 여탕 하나를 시켜놓고 소주를 마셨다.

태성이가 난센스 퀴즈를 하나 낸다며 입을 열었다.

"봄은 여자의 계절, 가을은 남자의 계절을 고사성어로 바꾸면 뭐라고 하게요?" 질문을 던진다.

한참을 생각하다가 답을 아는 사람이 없어, "뭔데?" 내가 물었다.

"춘보용철이면 추자뚤담이라."

"그래, 그게 뭔데 인마?" 치용이가 얘길 한다.

"봄 ××는 철을 녹이고 가을 ××는 담을 뚫는다는 말입니다."

기가 막혀 웃음밖에 나오지 않았고 빵빵 터지면서 재미있는 얘기를 계속했다.

그러자 치용이도 재미있는 얘기를 하나 해준다고 입을 열었다.

"어느 시골 마을에 태풍이 심하게 불고 비가 많이 오니 방송에서 이장이 마이크를 들고 방송에 국민 여러분 좆 되났습니다."라는 것이다.

"그래서 마을 사람들은 이민 갈 준비하고 하룻밤을 더 자기로 했는데 밤새 비가 더 많이 오고 바람이 더 많이 부니깐 방송에서 이장이 뭐라고 했게요?"

희선 씨가 "뭐라고 했는데요?" 묻자, "국민 여러분, 어제 좆은 좆도 아닙니다."라고 한다.

"참 좆같은 얘기만 하네." 하면서 내가 치용이를 받아쳤다.

이런저런 노가리를 까며 치용이도 희선 씨랑 술기운으로 어느 정도 커플의 모양새를 갖추었다.

그러고는 서로 오랜 만난 연인처럼 자연스럽게 모텔로 갔다.

306호, 307호, 308호 방 3개를 잡아서 좋은 시간되라며 각자의 방으로 들어갔다.

모텔 방에 들어가 샤워하고 테이블에 앉았다. 영심 씨가 우리 입가심으로 맥주를 한잔 더 먹자고 권하는 것이다.

그러고는 안내실로 연락해 맥주 3병과 안주를 시키고 영심 씨와 이런저런 대화를 나누었다.

치용이는 술이 조금 오버가 되어 정신을 못 차리고 있었다.

그래도 섹스를 한 번 하려면 샤워는 해야 할 것 같아 이도 깨끗이 닦고 똥꼬까지 구석구석 씻고 나와 테이블에서 담배를 한 대 피우고 있었다.

희선 씨도 수건을 하나 챙겨 들더니 구석구석 깨끗이 씻고 나왔다.

그러고는 그 무거운 희선 씨를 안아서 침대에 눕힌 다음 사랑했다. 술기운으로.

키스에 가슴까지 배꼽으로 배꼽 밑으로 애무하는 순간 술도 만취된 상태에 속도 미식거리고 콤콤한 냄새가 올라와서 그만 희선 씨 배에다가 오바이트를 하고 말았다.

그 순간 희선 씨가 "으악!" 고함을 지르며 학을 띠는 것이다.

그러고는 화장실에서 샤워하고 희선 씨도 민망하고 쪽이 팔렸는지 말도 없이 나가버렸다.

그러고는 희선 씨가 모텔 밑 편의점에서 다른 방에 있는 친구들 영심 씨, 혜정 씨에게 전화를 해서 빨리 나오라고 했다.

저 사람들 좀 이상한 사람인 거 같으니 빨리 밑의 편의점으로 나오라는 문자를 보내고 맥주를 마시다가 말고 영심 씨가 희선이가 밑으로 와보라고 해서 잠시만 다녀온다며 옷을 입고 나간다.

"무슨 일인데?"

내가 물었다.

"뭐 할 얘기가 있다는데?"

"같이 갈까?"

내가 얘기했다.

"아니, 금방 갔다 올게."

"많이 기다리게 하면 안 돼?"

알았다면서 나가버렸다.

그 시간 태성이는 혜정 씨와 진도가 좀 빠르게 진행되어 일을 다 치르고 샤워하고 있었다.

혜정 씨는 테이블에 앉아 담배를 피우고 있는데 친구 희선에게 문자가 왔다.

오늘 만난 사람들 이상한 사람들이니 빨리 밑의 편의점으로 내려오라는 것이다.

그래서 혜정 씨도 옷을 입고 샤워하고 있던 태성에게 "밑의 편의점에 희선이가 잠시 내려오라고 하는데 갔다 올게." 하면서 화장실 문틈 사이로 얘기한다.

"무슨 일인데?" 물었고 별일 아니라며 "빨리 갔다 올게."

그리고 미안한데 올라올 때 담배 말보로 라이트를 한 갑 사오라며 부탁했다.

알았다면서 혜정이까지 모텔을 나갔다.

치용이는 금방 올 줄 알았던 희선이가 오지 않자 20분 정도 기다리다가 동생 태성에게 인터폰으로 307호로 전화를 했다.

"태성이가?"

"예, 형님."

"늦은 시간에 웬일입니까? 안 주무십니까?"

"빨리 308호 형 방으로 와봐라."

"무슨 일 있으십니까?"

"일이 나도 대형사고가 났다. 빨리 와봐라."

"예, 알겠습니다."라며 샤워하자마자 팬티만 입고 치용이 있는 308호로 문을 열고 들어갔다.

"무슨 일입니까? 형님!"

"형이 술이 많이 되어 애무하다가 속이 미식거려 오바이트를 했는데 하필이면 희선 씨 배에다가 해버렸다."라면서 머리를 긁적이고 있다.

"그래서 희선 씨는요?"

"20분 전에 나갔는데 안 오네."

"10분 전에 제 파트너 혜정이도 희선 씨가 편의점에 오라고 한다면서 아직 안 옵니다. 기동 형님께 인터폰 한번 쳐 보겠습니다."

테이블에 앉아서 담배를 한 개비 피우는데 인터폰이 왔다.

"형님! 태성입니다."

"그래."

"안 주무십니까?"

"영심 씨가 잠깐 희선 씨 만나러 편의점 갔다 온다고 해서 기다리고 있는데."

"일단 형님 방으로 가겠습니다."

"그래."

그러고는 치용이와 태성이가 내 방으로 왔다.

"다름이 아니라 치용 형님께서 희선 씨랑 이쁜 사랑을 하시다가 애무하는 도중에 콤콤한 냄새도 나고 속이 미식거려 희선 씨 배에 오바이트를 했답니다. 그래서 학을 떼며 나갔는데 30분이 지나도 오지 않고 있답니다. 제 파트너 혜정 씨도 20분 전에 희선 씨가 부른다고 해서 연락받고 나갔는데."

"마, 빨리 전화해봐라."

치용이는 전화번호를 모른다고 했고 태성이는 전화를 했지만 받지 않았다.

"마! 니는 오바이트 할 데가 없어서 그다가 오바이트를 하나?"

"형님! 그래서 제가 같이 모텔 안 간다 했지 않습니까?"

"야, 이 모지란 새끼야. 같이 갈 마음도 없는 새끼가 그곳에 애무는 좆 빤다고 하나? 진짜 희한한 새끼네? 갈수록 봉진이 닮아가네. 이 새끼?"

"형님! 저하고 지금 봉진이하고 비교는 아니지 않습니까?"

"마, 이럴 땐 니가 봉진이보다 더 상태 안 좋다 알겠나?"

"태성아!"

"예, 형님."

"니는 한 그릇 했나?"

"예, 저는 한 그릇 했습니다."

"형님은 어떻게 되었습니까?"

"나는 샤워하고 맥주 한잔하고 분위기 잡으려고 하는데 그 폭탄 가시나 전화 받고 나간 거 아니가? 완전 아끼다가 똥 되어 붓다. 남자들끼리 방 3개 잡아서 자면 뭐하겠노? 출발하자. 태성아, 운전할 수 있겠나?"

"예, 형님. 저는 술 많이 안 마셨습니다."라고 얘길 한다.

어느덧 아침 8시가 되었다.

미향이가 슬슬 걱정이 되었다.

"마, 집에 들어가면 미향이가 어디서 오는 길인지 물어보면 돈 떼먹은 놈 잡았기는 했는데 돈이 해결 안 돼서 금마 데리고 돈 받으러 다니다가 새벽 6시쯤 해결 되가지고 화해할 겸 소주 한잔 먹고 들어오는 길이라고 해라?"

"알겠습니다."

"또 더듬더듬 거리면서 눈치 없게 굴면 미향이가 눈치가 빠르니 또 룸에 갔다 왔는지 안다."

그러고는 주차되어 있던 차를 타고 인천 본부로 향했다.

"치용아, 니 핸드폰 줘봐라. 미향이한테 전화 한 통 하자."

차를 타고 가는 도중에 세 번 정도 전화를 했지만 전화를 받지 않았다.

"혹시 형수님 많이 아프신 거 아닙니까?" 태성이가 말하는 것이다.

"일단 빨리 가자."

새벽부터 감기약을 사달라고 했기 때문에 일단 편의점에서 감기약과 마실 약을 사야겠다는 생각에 인천에 들어와서 문학동 근처에서 편의점에 들렀다.

감기약을 사가지고 본부 집으로 들어갔다.

미향이가 없었다.

이상하다. 아프다고 했는데 전화도 안 받고 어디로 갔지?

생각하고 있는데 컴퓨터 선반에 편지가 한 통 쓰여 있었다.

"이기동, 먼저 무슨 말부터 해야 할지 모르겠다.

나는 니가 내 남자라고 생각해서 부산에서 이 먼 곳 인천까지 올라와 니가 원하는 것 니가 하자는 데로 다 했는데 그 사랑이 서로의 생각이 아닌 나 혼자만의 생각이라면 이제 나는 그만하고 싶다. 나 정말 힘들다.

지금 부산 내려가고 있으니 걱정도 하지 말고 전화도 하지 마라."

그리고 돌아서서 미향이의 가방이며 짐을 보니 정말로 깨끗이 챙겨서 사라지고 없었다.

배터리가 다 되어 전원이 꺼져 있던 핸드폰 배터리를 갈아 끼워 미향에게 전화를 했다.

역시나 전화를 받지 않았다.

문자를 남겼다.

'야, 이미향. 뭐가 서운한지 알아듣게끔 얘기를 해야 될 것 아니가? 일단 전화 받아라.'

전화를 받지 않았다.

그리고 평소에 개인정보 빼내러 같이 가던 치용이가 "제가 문자 한번 남겨보겠습니다."라고 하며 '형수님 무슨 오해가 있는 것 같은데 걱정됩니다. 전화 한 통 주세요.'라고 하니 그래도 연락이 없었다.

이때까지만 해도 무엇 때문에 보따리까지 싸서 부산으로 말도 없이 갔는지 이해가 정말 되지 않았다.

2시간 뒤에 내가 다시 전화를 했다. 전화를 역시나 받지 않았다.

미향에게 문자가 한 통 왔다.

'연락하지 말라고 하는데 왜 자꾸 연락하는데? 니랑은 말 섞기도 싫고 할 말도 없다. 성격이 안 맞아서 내가 너무 힘드니깐 이제 그만하자.'는 것이다.

바로 통화버튼을 눌러 통화를 시도했지만 또 전화를 받지 않았다.

목소리도 듣기 싫으니깐 할 말 있으면 문자로 하라는 것이다.

'야! 이유가 뭔지 내가 알아듣게끔 설명해야 할 것 아니가? 무작정 전화도 안 받고 짐 싸서 부산 가버리면 내가 어떻게 받아들여야 할지 지금 너무 답답하다. 전화부터 받아라.'

그러고는 내가 통화 버튼을 눌렀다. 이번에는 전화를 받는다.

"야! 지금 뭐하는 건데?"

내가 전화를 하자마자 강하게 얘기한다.

미향이가 "미친년들하고 놀지 왜 전화하는데?"

당돌한 목소리로 대꾸한다.

"마, 그게 무슨 소리인데?"

"야, 이기동. 속아주는 데도 한계가 있다. 무슨 말인지는 니가 더 잘 알 거 아니가. 어제 한일 니가 곰곰이 생각해봐라." 하는 것이다.

어제 잘못한 일들을 생각해보니 나이트 놀러간 일은 절대 모를 것이고 몸이 많이 아프다고 했는데 감기약도 안 사주고 늦게 들어와서 그러는갑다 하는 생각에 "야, 이미향. 니 아픈데 감기약 못 사준 것은 내가 잘못했는데 일 본다고 나름대로 이유가 있었다."

"뭐? 니가 맨날 일 본다는 핑계로 만날 미친년들하고 술 먹고 바람 피우는 거 내가 모를 줄 아나?"

"그게 아니라니깐. 아휴, 답답해."

못 믿겠으면 치용이 바꾸어줄 테니 어제 뭐 했는지 치용이한테 직접 들으라면서 치용이를 바꾸어주었다.

"형수님! 뭔가 오해가 있는 것 같은데 어제 형님께서 밤늦게까지 일 보시다가 이제 막 감기약 사들고 오시는 길입니다. 어디십니까? 제가 모시러 가겠습니다."

"치용 씨도 그렇게 안 봤는데 그만하세요. 세 명은 콩으로 메주를 쑨다고 해도 나는 안 믿습니다. 치용 씨도 똑같아요. 제가 확실한 물증도 없이 이러는 것 같습니까?"

치용이도 미향이랑 대화가 안 되는지 "형수님, 무슨 물증이 있다는 겁니까? 알아듣게끔 얘기를 해야 할 것 아닙니까?"

"어제 로또 1등 당첨되어 미선인가 희선인가하고 재미있게 잘 노셨습니까?"

느닷없이 이 말을 하는 것이다.

그걸 어떻게 알았지? 뭔가 걸린 것이 확실하다는 것을 짐작하고 고개를 흔들며, "형님, 어제 좆은 진짜 좆도 아닙니다."라며 더 이상 거짓말이 안 될 것 같아 기동 형님께 전화기를 드렸다.

"마, 이미향. 무슨 내용인지 딱 까놓고 얘기하자. 알아듣게끔 얘기해 봐라."

"기동아, 바람을 피려고 하면 걸리지를 말던가. 걸릴 것 같으면 바람을 피지를 말던가. 어제 술집에 있던 얘기 니가 핸드폰 제대로 끄지 않아서 내가 다 들었으니 이제 이보다 더 중요한 증거가 있겠나? 그만하자. 딱 정떨어진다."

그러고는 전화를 끊어버린다.

그러고는 어제 통화 목록을 보니 나는 전화 통화를 2시간 이상 한 적도 없는데 미향이와의 통화기록이 새벽 2시부터 새벽 4시까지 약 2시간 정도 찍혀 있었다.

그러고는 그 시간에 나이트에서 영심 씨, 혜정 씨, 희선 씨와 한 대화 내용들을 생각해보았다.

'아, 진짜 큰일 났구나.' 하는 생각에 문자를 넣고 미안하다는 말도 해보았지만 한두 번도 아닌 나의 바람기에 미향이도 정이 떨어졌는지 이번에는 정말 삐지는 것도 다른 날보다 오래갔다.

개인정보 빼내는 일을 해야 할 사람이 가버렸기 때문에 난감한 일이 아닐 수 없었다.

"치용아, 일단 개인정보 빼내는 일은 한 며칠 제쳐두고 총책에게 형이 연락할 테니 빠른 시간에 미향이를 데리고 오건 다른 여자를 구하건 해야겠다."

"저 혼자는 안 되겠지요?"

"마, 안 그래도 요즘 성추행이라든지 아동범죄가 기승을 부려 나라에 난리인데 니 인상으로 개인정보 빼기 위해 아랑 얘기하다간 성추행으로 잡혀간다. 그건 안 된다. 무조건 여자가 있어야 하니 서두르지 말고 조금 기다려보자."

"은실이는요?"

"일단 조금만 기다려보자. 은실 씨 일 가르치려면 또 시간이 많이 걸릴 텐데 미향이도 한 며칠 저러다가 말겠지. 어제 나이트에서 한 얘기 다 들었으면 타격이 클 것인데 지금 무슨 대화가 되겠노? 시간이 해결할 것이니 기다려보자."

여느 날과 변함없는 반복되는 일에 또 하루가 다가왔다.

통장 모집책 인출 팀, 개인정보 빼내는 팀 총책들 모두가 각자의 자리에서 보이스피싱 사기를 치고 있었다.

오후 2시경에 진광이에게 전화가 왔다.

"형님! 바쁘십니까?"

"아니, 말해라."

"영복이가 지금쯤 인출하고 있을 것인데 친구 찾기 등록해놓은 핸드폰으로 어디에 있는지 위치 추적 한번만 해주십시오."

"알았다. 위치 추적하고 바로 전화할게."

위치추적을 해보았다. 영복이가 쓰는 전화번호는 010-××××-×××× 하얀색 스마트폰이었다.

위치는 수원 역전 사랑은행을 가리키고 있었다.

진광에게 전화를 했다.

"진광아, 형이다."

"예, 형님. 알아보셨습니까?"

"그래, 수원 역전 사랑은행이라고 가리키고 있는데?"

"인출하고 있는 것 같습니다. 한창 인출하고 있을 시간이니 오늘 일을 시작합시다."

"알았다. 그럼 형이 3시까지 안산 중앙동으로 갈 테니 준비해서 대기하고 있어라."

"알겠습니다."

이 시간이면 미향이와 같이 치용이는 개인정보를 빼내러 갔어야 할

시간인데 미향이가 부산에 내려갔기 때문에 일이 진행되지 않고 치용이
는 본부에 있었다.

"치용아, 오늘은 형 일보러 좀 가자."

"무슨 일입니까?"

"가보면 안다. 시간이 없으니 대충 추리닝 입고 출발할 준비해라."

"알겠습니다."

시간이 촉박해서 대충 준비하고 태성, 치용이를 데리고 진광에게 출
발했다.

안산에 도착하니 진광이도 일찍 준비를 해서 나와 있었다.

보이스피싱과
대포통장의
정체

# 4부

진광이가 인사를 한다.

"빨리 오셨네요."

"마, 오늘 일당이 얼마짜리 일당인데 꾸물대면 되나? 빨리 타라."

그리고 총알 같이 친구 찾기 위치가 가리키고 있는 수원 역전 사랑은
행으로 차를 밟았다.

"진광아."

"예, 형님."

"영복이 라인도 일 잘하는 라인이가?"

"소문을 들어보니 일은 쫌 하는 것 같습니다."

"하루에 인출하는 금액이 못해도 2억은 되겠제?"

"통장을 80~100개씩 소화하니까 2억 이상은 될 것입니다."

"잘되었다. 오늘 공돈 좀 생기겠네."

치용이가 묻는다.

"형님, 도대체 무슨 일입니까?"

"형이 사람을 한 명을 지목해주면 그 사람 뒤따라가서 돈만 빼앗아 오면 된다. 보이스피싱 인출한 돈이기 때문에 신고도 못할 것이다."

"이야, 그거 진짜 알짜배기 돈이네요."

"그러니깐 태성이랑 정신 바짝 챙기고 환치기 하러가는 거 따라붙어서 빼앗아 오면 된다. 알겠나?"

"예, 형님. 걱정 마십시오."

수원 역전에 도착했다.

위치 추적해보니 역전에서 조금 떨어진 신용은행을 가리키고 있었다.

영복이는 아르바이트생들을 데리고 다니며 인출하고 있는 것이 틀림없었다.

위치 추적이 가리키는 신용은행으로 향했다.

신용은행 현금인출기에서 눈으로 얼핏 보아도 중국인 같은 남자 1명, 여자 1명이 출금하고 있었다.

그런데 영복이는 보이지 않았다

"진광아, 영복이는 어디 있노?"

"이 근처에 있을 것입니다. 돈 출금해서 영복이를 갖다 줄 것이니 인출 아르바이트생이 돈 출금해서 어디로 가는지 보면 영복이가 어디에 있는지 알 수 있을 것입니다."

마침 인출하는 한 명이 출금해서 돈을 들고 어디로 가는 것이다.

30미터 떨어진 골목에서 영복이가 인출하는 아르바이트생을 지켜보고 있었던 것이다.

진광이가 "형님, 영복이 저기에 있습니다." 한다.

나는 오늘 처음 보는 얼굴이었다.

인출을 얼마나 했는지 어깨에는 가방, 손에는 큰 비닐봉지를 2개나 들고 인출 아르바이트생을 지켜보고 있었다.

금방 인출했던 아르바이트생이 영복에게 현금카드를 몇 개 받아서 출금했던 돈을 영복에게 주고 또 출금하러 은행으로 들어갔다.

"어떻게 지금 덮칠까?"

진광이가 "이왕 하는 거 출금 좀 더 해오면 한꺼번에 모아서 하는 게 돈이 더 안 되겠습니까?"라고 말하는 것이다.

"지금 시간이 4시니깐 5시까지는 돈을 출금할 것인데 조금만 더 기다려봅시다."

"태성아, 치용아. 점마 저거 손에 들고 있는 검은 비닐봉지가 전부 돈이니깐 따리꾸미 제대로 해가 가방 봉지 저거 2개만 빼들고 오면 된다. 무슨 말인지 알제?"

"알겠습니다."

남자, 여자 인출 아르바이트생들이 번갈아가며 계속 출금해서 영복에게 돈을 갖다 주고 있었다.

사랑은행, 신용은행, 행복은행, 희망은행 등 은행 7~8개가 붙어 있어 출금하기에도 딱 좋았고 은행을 하나씩하나씩 옮겨가며 인출하고 있었다.

아직도 인출할 금액이 많은지 계속 반복하고 있었다.

시간이 지나 인출이 끝이 났는지 오후 5시 30분경 인출한 돈을 들고 어디론가 가려고 영복이가 모션을 잡는다.

"지금이다. 따라붙어라."

"예, 알겠습니다."

태성이와 치용이가 영복에게 따리꾸미를 한다.

이상한 낌새를 알아챈 영복이가 빠른 걸음으로 태성이와 치용이를 따돌리려고 뛰어간다.

하지만 골목길에서 포위된다.

그러자 영복이가 급했는지 중국말로 뭐라 뭐라 하면서 돈이 든 비닐봉투를 던져버리더니 도망을 친다. 인출 아르바이트 사람들은 무슨 일인지도 모르고 말똥말똥 쳐다보더니 같이 도망을 가버린다.

아쉽게 어깨에 있는 가방은 빼앗지 못했지만 봉지 2개에 많은 돈이 들어 있었다.

치용이와 태성이는 봉지를 주워들고 환한 웃음을 지으며 나에게 왔다.

"형님, 임무를 완수했습니다. 근데 튀는 바람에 가방은 못 빼앗았습니다."

"아쉽지만 이것만으로 충분하다."

생각보다 많은 금액이었다.

만 원짜리가 대충 눈짐작을 해보아도 1억 5천은 넘는 금액이었다.

"이야, 형님 돈 벌기가 이래 쉬운데 일주일에 한 번씩 부업으로 하기에는 딱 알맞은 것 같습니다."라면서 웃는다.

"영복이 순순히 돈을 주더나?"

"자기도 급했는지 돈을 던져버리고 튀었습니다. 아르바이트생은 그냥서서 말똥말똥 쳐다만 보고 있다가 그냥 튀어버리던데요."

"급하기는 급했는갑다."

"돈을 세어야 4명서서 배당을 때릴 것인데 너무 많은 금액이라."

하나하나 셀 수 있는 금액이 아니었다.

진광이가 "형님, 저희 집에 계수기가 있으니 저희 집으로 가시겠습니까?"

"그리 하자."

"저희 집은 그 누구도 오픈한 적이 없는데 형님이 최초입니다."

"마, 그러면 형 차는 아무나 태워주는 줄 아나? 니도 영광이라 생각해라."

"오산 시외버스터미널 쪽으로 가시면 됩니다."

"알았다."

오산 시외버스터미널에 도착했다.

"형님, 동생들은 두고 형님만 갑시다."

그러자 치용이가 "진광아! 진짜 서운한데 우리 못 믿나?"

"못 믿는 것보다 일을 정확하게 하기 위해서니까 서운해하지 마라. 우리 집 알아봐야 진짜 너희들한테 이득 될 것이 하나도 없다."

"그래, 진광이 말이 맞다. 형이 갔다 올게. 여기서 30분만 기다리라. 돈 10원짜리 하나 안 띵군다. 형 스타일 안다 아이가?"

"알겠습니다."

"가자, 진광아!"

검은 봉지 한 개씩을 들었는데 정말 무거웠다.

조그만 원룸에 들어갔다. 혼자 사는 집 치고는 괜찮았다.

"형님, 맥주 한잔 하실래요?"

"아이다."

냉장고 문을 열었는데 냉장실에는 캔 맥주 외에는 그 무엇도 없었다.

대충 짐작해도 캔 맥주가 50캔은 되었다.

"마, 술 좀 작작 마시라."

이건 술이 아니라 음료수로 먹는 것이라며 웃는다.

계수기를 꺼내서 돈을 세었다.

누가 보이스피싱 일하는 사람 아니라 할까 봐 계수기도 준비하고 있었다.

500만 원씩 고무줄로 다발을 묶어 가지런히 정리했다.

2억 하고도 400만 원이었다.

"5천만 원씩 배당 때리고 400만 원은 술 한잔 던지면 되겠네?"

그러자 진광이가 "형과 동생이 돈 배당이 같으면 됩니까?" 하는 것이다.

"마! 세상에는 돈 배당이 제일 중요한 것이니 그리 알아라."

진광이도 나에게 감동을 받았는지 고개를 끄덕인다.

"그리 하시지요."

"아무것도 아니지만 치용, 태성 서운해할 수도 있으니 빨리 내려가자."

"알겠습니다."

태성이와 치용이가 기다리는 곳으로 발걸음을 옮겼다.

차에 탔다.

"마, 봉지에 든 돈이 정확하게 2억 400만 원이더라. 5천만 원씩 배당 때리고 400은 오늘 근사한 데 가서 술 한잔 던지자."

"잘 알겠습니다."

"오늘 돈 빼앗긴 영복이는 지금쯤 저거 보이스피싱 라인 상선들에게 겁나게 깨지고 있을 것입니다."라며 치용이와 태성이가 웃는다.

"이 아이템은 누구 머리에서 나온 것입니까?"

"당연히 진광이 머리에서 나온 것이지."

"이야, 진광아. 다시 봐야겠는데." 하면서 치용이가 말을 건넨다.

사우나에 가서 깨끗이 씻고 남은 400만 원으로 인천 간석동에 자주 가는 '카라'라는 룸으로 달렸다.

사흘에 한 번씩은 가는 단골 룸이라 마담이 환하게 웃으면서 룸으로 안내했다.

룸에 들어가니 마담이 내 옆에 앉는다.

"삼촌, 오늘은 일찍 오셨네요." 마담이 말을 건다.

"오늘은 기분 좋은 일이 있어 일찍부터 달리려고 준비하고 왔으니 신경 좀 써도."

"치, 누가 보면 신경 안 쓰는 줄 알겠다. 내가 제일 좋아하는 VIP 손님이 삼촌인데 당연히 신경을 써야 할 것 아닌가?"

"술은 먹던 걸로 윈저 17년산 가지고 온나."

"알겠습니다."

일단 오늘은 일찍이 와서 괜찮은 아가씨들이 많으니 마음에 안 들면 바로바로 보내라는 것이 마담의 말이었다.

"알았다."

일단 아가씨 인사부터 시킬 테니 20명부터 보라는 것이다.

예쁜 아가씨들이 20명 들어온다.

전부 다 미인이어서 누굴 초이스 해야 할지 장고를 재고 있는데 마담 누나가 한마디 한다.

"내가 제일 아끼는 중요한 고객님이 오셨는데 제일 잘 빠는 가스나로 나와 봐라." 하면서 시원한 멘트를 날린다.

그러자 어떤 아가씨가 마담언니에게 "그래도 그렇지, 그렇게 대놓고 잘 빠는 사람 나오라고 하면 쪽팔리잖아."라고 하면서 웃는다.

그러자 마담이 "가스나야, 니 혹시 무슨 생각했는데 술 잘 빠는 사람 나오라고 했지. 혹시 니 엉뚱한 생각한 것은 아니제?" 하면서 분위기가 뜨거워졌다.

예쁜 아가씨들로 초이스가 되어 재미있고 행복한 시간을 보냈다.

이런 생활이 1년 동안 계속 반복되었다.

우리 보이스피싱 조직들은 계속 범죄가 지능화되어 대한민국 정부에서는 소 잃고 외양간 고치기 식으로 항상 보이스피싱 종목만 바꾸어줄 뿐 나라에서는 확실한 대책이 없었다.


오늘도 어김없이 동생들은 각자의 위치로 돌아가 자기가 할 일들을 하고 있었다.

나는 인천 본부 근처에서 태성이와 치용이와 식당에서 밥을 먹고 있었다.

그러는 도중 부산 친구 민철에게서 전화가 왔다.

이 친구는 생활이 어려워서 1년 전에 자기 명의와 아는 지인들 명의로 개당 30만 원씩 받고 수백 개의 통장을 만들어준 친구이다.

"여보세요?"

"그래, 기동아. 민철이다."

"그래, 니 오랜만에 무슨 일이고?"

"안부 차 볼일도 있고 그래서 전화했다."

"얘기해봐라."

"아직도 통장 매입하나?"

"왜?"

"다름이 아니고 내 2년 밑의 동생 중에 통장 좀 많이 움직이는 동생이 있어가지고 꼽사리 끼가 용돈 좀 벌어 볼라고 하는데 신경 한 번 써도."

"통장은 하루에 몇 개나 유통할 수 있는데?"

"정확한 것은 모르겠는데 실망은 안 할 끼다."

"일단 오늘은 부산이 아니라 안 되고 내일 부산에 내려갈 테니 내일 밤 12시까지 해운대 베스킨라빈스 앞에서 보자."

"조금 일찍은 안 되겠나?"

"내일 일보고 가야 할 것 같아서 그때 되어야 한다."

"힘없는 놈이 기다리라면 기다려야지 알았다. 내일 보자."라며 전화를 마쳤다.

치용이가 한마디 한다.

"무슨 일 있으십니까?"

"아이다. 민철이 전화 왔는데 볼일이 있다고 만나자고 하네. 어차피 부산에 원창하고 수식이 동생들 얼굴도 한번 볼 때 되었는데 마침 잘되었네. 너희들도 같이 가자."

"알겠습니다."

"그건 그렇고 형님, 미향 형수님하고 진짜 이대로 끝낼 것입니까?"

265

"또 미향이 얘기는 와 하노?"

"그래도 형님 힘드실 때 진정 누가 힘이 되었는지 한번 생각해보십시오."

"형수님 같이 계셨을 때는 아침, 점심, 저녁 맛있게 음식도 해주셔서 이런 고생도 안 해도 되는데."

"마, 미향이 일 시켜 먹으려고 다시 시작하라는 거가?"

"그럴 리가 있습니까?"

"그건 형이 알아서 한다."

"다시 시작하더라도 지금 하고 있는 일은 다 정리되고 나서 다시 시작해야 안 되겠나? 지금 다시 만난다면 지금 이 일의 끝이 언제가 될 줄 모르는데 또 장시간 헤어져 있어야 하는 가슴 아픈 현실이 다가온다. 지금 내 옆에 있어 봤자 사랑하는 사람을 사람이 해선 안 될 일만 시키는데 일단 조금만 더 시간을 두고 기다려보자. 인천에서 사귀면서 같이 사는 것보다 헤어져서 떨어져 있는 것이 몸은 조금 더 힘들어도 마음은 더 편안하단다. 같이 있었을 때는 내가 교육을 제대로 시켰어도 일이라는 것은 항상 어찌 되는지 아무도 모르기 때문에 그것도 아무것도 모르는 여자라서 항상 불안했는데. 그리고 비록 나와 이렇게 헤어져 있지만 미향에게는 범죄 하는 것보다 지금 현실이 더 행복일 수도 있을 것이란다."

"형님께서도 형수님 많이 보고 싶죠?"

"마, 당연히 사랑했던 사람 보고 싶은 것은 누구나 같은 마음 아이가? 내하고 쓴웃음까지 같이 했는데 나중에는 꼭 미향이 곁으로 돌아갈 것이니 미향이가 형 많이 미워해도 니가 형하고 잘되게 신경 많이 써주어야 한다."

"잘 알겠습니다. 그것은 걱정하지 마십시오."라는 것이다.

일을 하기 전에도 치용이가 미향에게 잘했지만 같이 개인정보를 빼기 위해 넉 달 정도 같이 다녔기 때문에 더욱더 우정이 두터워진 모양이었다.

금요일 일을 정리해놓고 가야 하기 때문에 광명역 KTX 퀵 화물에서 물건을 싣고 바로 최진광을 만나러 안산 중앙동으로 달렸다.

그리고 평소보다는 조금 일찍 진광이를 만났다.

"아직 아마이하고 아난하고 오려면 두 시간 정도는 기다려야 할 것 같습니다."라고 진광이가 얘기한다.

"오늘은 형이 일이 있어 부산을 좀 갔다 와야 하니 시간이 좀 부족하다." 쇼핑백을 내밀었다.

"통장 90개니깐 알아서 정리하고 내일 형 계좌로 7천200만 원 쏘아주면 된다."

"형님 계좌 거래하면 위험할 텐데 그냥 안산 오서서 받아 가시면 안 되겠습니까?"라고 얘기 한다.

"7천200만 원이 작은 돈도 아니고요."

"그럼 동생들 물건 값은 때려줘야 하니 4천만 원만 입금해라. 3천200만 원은 일요일 저녁에 안산 와서 받을게."

"알겠습니다. 그리 하십시오. 요즘에 갈수록 통장 구하기가 힘들어서 큰일 났습니다."라고 진광이가 말한다.

"마, 다 그거 때문에 갔다 오는 것이니 걱정 마라. 형이 누고? 부산 지점장 아니가?"

진광이가 웃으며 "잘 다녀오십시오!" 하면서 안산에서 8시에 출발했다.

치용이가 얘기한다.

"형님, 진광이는 형님 진짜 잘 만난 것 같습니다."

"와?"

"가만히 앉아서 그냥 통장 개당 10만 원씩 떼먹으니까요."

"그럼 형은 진광이 잘못 만난 거 같나? 다 똑같은 것이다. 진광이가 가만히 앉아서 아무 일 안하는 것 같아도 인출대장들 자기가 교통정리 다 하고 형이 중국말도 하지 못하는데 통역까지 하는데 진광이 없었으면 형이 지금 이 자리까지 올라섰겠나?"

"그래도 요즘 저희들보다 진광이를 너무 챙겨주십니다."

"마! 니가 그리 생각해서 그런 거다. 형은 다 똑같은 동생들이니까 그리 알아라."

"그러니까 제가 더 서운한 것입니다. 형님과 저는 함께한 세월이 얼마인데 1년 정도 함께 정을 나눈 진광이와 똑같이 대해주시니 그게 서운한 것입니다."

"알았다. 형이 앞으로 우리 동생들 더 많이 사랑해줄 테니까 질투 그만해라."

"알겠습니다."

어느덧 부산에 도착했다.

시계를 보니 11시 40분 정도 되었다.

"형은 민철이 12시까지 해운대 베스킨라빈스에서 만나기로 했으니 형 내려주고 원창이하고 봉진이들 만나서 술 작작 마시고 있어라. 형이 일 다 보고 전화할게."

"알겠습니다."

베스킨라빈스에 내리니 민철이가 먼저 와서 기다리고 있었다.

치용이와 태성이가 차에서 내리더니 민철에게 인사를 한다.

"반갑습니다. 형님!"

"그래, 치용아. 태성아. 요즘 기동이 따라다니드만 얼굴이 좋네!"

"아닙니다. 형님 얼굴이 더 좋으십니다." 치용이가 말한다.

"장난이라도 그런 소리 하지 마라. 죽지 못해 산다."며 하소연한다.

"마! 아들한테 무슨 짜는 소리고? 가자."

그러고는 민철이가 다음에 밥이나 한 끼 먹자며 돌아섰다.

"다음에 뵙겠습니다. 형님!" 하면서 "나중에 전화 드리겠습니다."라면서 차를 타고 사라졌다.

해운대에서 나를 내려주고 치용이는 봉진에게 전화를 했다.

"그래, 친구야. 봉진이다."

"그래, 지금 부산 도착해서 해운대에 기동 형님 모셔드리고 나오는 길이다. 어디로 가면 되노?"

"서면 ○○BAR로 오면 된다."

"누구랑 있는데?"

"아이들 다 있다."

"알았다. 20분이면 도착하니깐 가서 보자."라고 통화를 마친다.

약 한 달 만에 만났던 친구들이다.

서로서로 안 본 사이에 돈을 많이 벌었는지 얼굴이 좋아졌다며 칭찬한다.

오랜만에 만난 친구들과 이런저런 노가리를 까면서 술을 한잔 마셨다.

그때 봉진에게 문자가 한 통 왔다.

문자 내용은 '무더운 날씨로 인해 아라비안 아가씨들의 치마도 점점 짧아지고 있습니다.

방문해주시길 바랍니다. 아라비안나이트 백두산 올림.'

봉진이가 문자를 보더니 한마디 한다.

"야, 오늘 뿜바이해서 아라비안나이트 한 번 달리자." 하는 것이다.

"남자가 6명인데 이래 가지고는 부킹 되겠나?"

예전에 나이트를 좀 달렸던 치용이가 얘기한다.

"룸 2개 잡아서 3:3으로 들어가면 되지." 수식이가 얘기한다.

"그라자."

다 친구들, 동생이지만 그중에서도 유난히 친한 팀들이 있었다.

치용이가 "나는 태성이하고 봉진이하고 룸에 들어갈게."라고 얘기한다.

그러자 수식이가 알았다면서 승찬이랑 원창 얼굴을 쳐다보며 고개를 끄덕인다.

봉진이가 담당 웨이터 백두산에게 전화를 걸었다.

이 웨이터는 건달들이나 단골손님한테 너무 잘해서 인기가 좋은 웨이터이다.

3년 전 기동 형님 소개로 알게 된 웨이터였다.

백두산이 전화를 받았다.

"봉진이다."

"그래."

"치마가 점점 짧아진다는 문자 받고 전화했는데 팬티만 입고 온 사람들은 없나?"

백두산이 한마디 한다.

"니는 나이가 들어도 하는 짓이 똑같고 변하는 게 없노?" 하면서 웃는다.

"지금 6명이 룸 2개 잡을 것이니까 방 2개만 예약해도."

"알았다."

"도시락은 룸 한 방당 2개에 3다."

백두산이 한마디 한다.

"니는 시키는 것보다 도시락이 더 많으면 어떻게 하노? 돈도 잘 벌면서……. 2개에 2개 하자. 오늘은 손님이 많아서 이럴 때는 매상 좀 올려야 한다. 이런 날에는 이해를 좀 해도."

"알았다. 30분 안에 도착한다."

"그래, 와서 보자."면서 통화를 마친다.

여기서 도시락이란 나이트에서 술을 주문하면 양주 한 병당 25만 원을 줘야 하기 때문에 편의점에서 양주를 사서 가방에 넣어서 들어간다는 뜻이다.

2개에 2개란 양주 두 병 주문에 두 병 편의점에서 사서 간다는 뜻.

그리고 나이트에 도착해서 룸에 들어가 부킹 대기를 타고 있었다.

그러고는 해운대 쉘 룸으로 민철이와 분위기를 내고 술을 마시러 갔다.
쉘은 해운대에서도 세 손가락 안에 꼽히는 고급 룸이었다.

아가씨를 초이스 해서 일단 술을 한잔 마셨다.

민철이가 얘기한다.

"기동아, 요즘 친구 어려워 죽겠다. 한번만 살리도." 한다.

"하는 일도 잘 안 되고 요즘에 ○○파에 큰형들과 상권 다툼으로 분위기도 좋지 않고 항상 비상사태로 분위기를 타고 있단다."면서 지금 ○○파 식구 분위기를 얘기했다.

"언제 ○○파 식구들과 전쟁날 줄 모른다."

지금 이런 분위기에 벌여놓은 것 없이 징역 갔다 오면 나이 스물여덟에 나도 끝이니깐 한번 도와달라는 것이 민철의 얘기였다.

이 친구는 어렸을 때부터 꼬치 친구에 건달 생활도 같이 하던 친구였는데, 나는 돈을 좀 만지고 나서 생활을 그만두었고 민철이는 배운 게 도둑질이라 계속 건달 생활을 하고 있었다.

파트너 아가씨들이 무서운 사람들이라고 판단했는지 이상한 눈빛으로 민철이와 나를 쳐다본다.

그래서 내가 센스 있는 말을 한마디 던졌다.

"민철아, 힘들면 내가 일자리 하나 소개시켜줄까?" 민철을 보며 물었다.

민철이가 "무슨 일인데?" 물어본다.

"동물원에서 하는 일이고 한 달에 300만 원인데, 할래?" 내가 물었다.

"300만 원이면 월급도 괜찮은데 구체적으로 어떤 일인데? 그것을 알아야 내가 할 것인지 말 것인지 생각할 것 아니가?" 하면서 나를 쳐다본다.

술집 아가씨들도 내 입에서 어떤 직업이 나올까 관심을 기울이고 있다.

"동물원에서 하마 이빨 한번 닦아볼래?" 하니깐 민철이가 "마, 지금 장난하냐?"면서 웃음을 터뜨린다.

내가 또 한마디 한다.

"하마는 위험한 동물이니깐 다칠 수도 있으니 이건 어떻노? 기린 모가지 한번 닦아볼래?" 물었다.

황당한 표정을 지으며 "마, 기린 모가지는 너무 높아서 손이 안 짤린다, 아이가?" 하는 것이다.

"사다리 타고 닦으면 되지." 웃으면서 얘기하니 민철이가 사다리 들고 던지기 전에 장난 그만 하라는 것이다.

내가 민철에게 한마디 했다.

"민철아, 이제 나이도 30이 되어 가는데 주머니 손 넣고 배 내밀고 침 택택 뱉는 게 건달이 아니라 건달도 30이 되어 가면 사업가 마인드가 되어야 하는 것이다. 참, 친구 보니 마음이 아프다. 그 잘나가던 친구가 어쩌다가 이렇게 되었노?"

"그러니까 니가 한번 도와도."

"내 2년 밑에 동생이 부전동 유원 오피스텔에서 대부업사업을 하는데 통장이 좀 나오는 것 같더라. 어차피 니도 통장이 많으면 손해 보는 것은 없으니 한 발만 담그자."고 얘기한다.

"좋다. 개당 40만 원. 니 동생 30, 니 10만 원으로 정리하면 되겠나?" 내가 얘기했다.

"고맙다, 친구야. 역시 니밖에 없다."면서 기쁜 표정을 짓는다.

"그 대신에 하루에 통장 50개씩은 맞추어주어야 하고 이 통장으로 인한 사고는 니가 다 책임져야 한다. 무슨 말인지 알제?"

여기서 책임이란 보이스피싱에 사용되면 경찰 조사를 받아야 할 것인데 내 이름이 나오지 않도록 하는 그런 책임과 이 통장에 돈이 입금되었을 경우에 통장주가 돈을 출금 해가는 경우 그쪽에서 책임을 지라는 말이다.

"그것은 당연한 거 아니가?" 하면서 민철이가 얘기한다.

파트너가 나에게 묻는다.

"오빠, 뭐하는 사람인데?"

"내가 뭐하는 사람 같은데?"

"음……, 건달."

내가 웃으면서 얘기한다.

"돈도 안 되고 평생 징역만 왔다 갔다 하는 그런 싸구리 직업을 내가 무엇 때문에 하겠노?" 물었다.

앞에 앉아 있는 친구가 "건달 아이가? 건들면 달라드는 건달."

"요즘에는 징역이 비싸져서 건들어도 안 달라든다."

"나는 중국 사람들한테 물건 파는 일을 하고 있단다."

"무슨 물건인데?"

아가씨가 되묻는다.

"많은 걸 알면 다치니깐 앞으로 더 친해지면 얘기해줄게."라며 선을 딱 그었다.

그러자 이 아가씨가 궁금한지 가르쳐 달라는 것이다.

"궁금해요? 궁금하면 500원." 하니까 500원 대신에 뽀뽀를 해준다며 살짝 볼에 뽀뽀를 해준다.

뽀뽀해주었으니 빨리 얘기를 해달라고 한다.

"중국 사람한테 내가 파는 물건이 통장이란다."

아가씨가 황당한 표정으로 "통장을 왜 사 가는데?" 또 되묻는다.

"궁금해요? 궁금하면 한 번 도." 하면서 농담을 던졌다.

장난하지 말고 궁금하니까 가르쳐 달라고 하는 것이다.

내가 개인 통장 매입해서 60만 원에 중국 사람들에게 유통한다고 했다.

"중국 사람들은 왜 그 통장을 사 가는데?"

묻는 것이다.

"신용불량자나 외국인 노동자 PC 포커머니 환전하는 데 등등 쓰겠지. 거기까지는 내가 알 필요가 없는 것이고 그냥 사가는 사람이 많아서 통장 유통 좀 하고 있단다."

"그럼 내 통장은 안 되나?"

아가씨가 입을 열었다.

"안 될 것은 없는데."

내가 말했다.

"벌금이 한 100만 원에서 200만 원 나오는데 괜찮겠나?"

"통장 만들어주면 얼마를 받을 수 있는데?"

"13개 기준으로 해서 390만 원 줄 수 있다."

"그럼 3백만 원 벌금을 내더라도 200만 원 남는다는 얘기인데 확실한가, 맞나?" 하면서 진실을 얘기해 달라고 한다.

민철이가 한마디 한다.

"맞다, 나도 1년 전에 힘들어서 친구한테 통장 13개 만들어주었는데 벌금 100만 원밖에 안 나왔더라."

민철이도 감언이설로 맞장구를 친다.

지금은 법이 개정되어 벌금 좀 세게 나온다는 말은 들었는데 어쨌든 손해 보는 장사는 아니란다.

그럼 내일 통장 만들어줄 테니 390만 원을 해줄 수 있냐고 묻는다.

(항상 검은 일을 하러 다닐 때는 룸이나 고급 술집에서 술을 먹는 경우가 대다수이기 때문에 술집 여자들이 돈 씀씀이도 헤프고 빚이 많아 쪼들리기 때문에 이런 식으로 통장 매입하는 물량이 어마어마했다. 이렇게 생긴 돈은 거의 공돈이나 다름없는 것이다.)

"일단 니가 뭐하는 사람인지 감정이 안 되기 때문에 조금 더 친해지면 내가 통장 매입할게."

민철이 파트너도 돈이 급한지 나도 통장 13개 만들어줄 테니 390만 원을 해 달라고 한다.

"일단 알겠으니 며칠 안으로 내가 통장을 매입해 갈게. 그 대신에 내가 시키는 대로 해야 벌금도 작게 나오고 더 큰 피해를 막을 수 있단다. 그게 안 될 것 같으면 처음부터 시작을 마라. 여러 사람 죽이지 말고."

"그게 뭔데?"

"니가 내한테 통장을 만들어 보내면 일주일 뒤에 경찰서에서 연락이 올 것이다. 그럼 통장을 만들어서 누구에게 양도했냐고 물어보면 신용불량자도 대출해준다는 광고보고 전화했더니 신용등급이 낮아서 통장 13개가 필요하다고 해서 13개 만들어주었다. 그 사람 전화번호가 무엇인지 물어보면 내 전화번호 010-××××-×××× 이거 가르쳐주면 된다. 내한테 돈 받았다는 소리 하면 너희들도 대가를 받고 통장을 만들어주었기 때문에 벌금이 더 많이 나올 수도 있으니 너희들도 돈 받은 게 없어 사기 당한 것이라며 우는 소리 좀 해라. 무슨 말인지 알제? 그거만 정리되면 된다. 경찰이 공갈 좀 치고 겁 좀 줄 것인데, 그래만 얘기하면 아무 문제 없을 끼다. 하지만 돈 받고 팔았다 그러면 너희들도 처벌 받는 거 잊지 마라."

아가씨가 관심이 있는지 전화번호를 가르쳐 달라고 한다.

나는 항상 전화기 3개를 들고 다녔다.

가족들과 아는 지인들만 통화하는 정상적인 핸드폰 그리고 동생들과 중국인 총책들과 통화하는 중국인 앞으로 되어 있는 대포폰 그리고 오늘처럼 술집아가씨들이나 통장 만들어준다는 사람이 있을 때 가르쳐주는 중국인 앞으로 되어 있는 대포폰, 항상 3개를 가지고 다녔다.

언제 어디서 사고가 날 줄 모르기 때문에 항상 긴장을 늦추지 않는 것이 나의 지혜였다.

그래서 대포폰 전화번호를 가르쳐주었다.

"전화번호 010-××××-××××. 이름은 부산지점장이라고 해놓으면 된다."

"진짜 이름이 뭔데?"

아가씨가 묻는다.

"이름 알면 너희들한테 좋을 것 한 개도 없기 때문에 그냥 지점장님하고 부르면 된다."

"왜 부산지점장인데?"

묻는다.

"부산에서 통장을 최고 많이 매입해서 그래서 부산지점장이다. 따라 해봐라, 지점장님." 하면서 웃음을 지었다.

"저는 보영이니깐 이름 잊어버리면 안 돼요." 하면서 핸드폰에 부산지점장이라고 저장해놓는다.

한창 무르익어 갈 때쯤 민철에게 전화가 한 통 왔다.

형님 전화가 왔는데 조금 조용히 해달라며 손가락으로 쉿 하면서 입에 갖다 댄다.

"반갑습니다. 형님!"

"그래, 민철아. 어디고?"

"지금 지방에서 친구 내려와서 일 좀 보고 있습니다."라고 민철이가 얘기했다.

"지금 ○○파하고 전쟁 났으니까 밑에 동생들한테 비상연락해서 빨리 초읍 어린이대공원 앞으로 날아온나."

"잘 알겠습니다."라면서 전화를 마친다.

"친구야, 지금 ○○파하고 전쟁이 났다는데 급하게 가봐야겠다."

"마, 통장은 어떻게 하면 되노?" 내가 얘기했다.

"010-××××-×××× 동생 김용민이다. 전화해놓을 테니깐 통장 받아 가면 된다. 개당 10만 원씩 내 배당은 딱딱 빼놓아라."

나중에 또 통화하자며 건달이라 돈보다는 조직이 더 소중한지 허겁지겁 룸을 빠져나갔다.

혼자 술 먹는 것이 취미는 아니라서 술집 아가씨에게 계산서를 가져오라고 해서 계산하고 나왔다.

"오빠 더 놀다가 가라."

파트너가 얘길 한다.

"아이다. 나도 약속 있으니 다음에 재미있게 놀자."

파트너가 알았다며 "지점장님. 내가 전화할게." 하면서 윙크하고 아가씨들은 대기실로 들어갔다.

치용에게 전화를 했다.

"형이다."

"예, 형님!"

"어디고?"

"아들하고 오랜만에 연산동에 아라비안나이트 놀러 왔습니다."

"누구누구 있노?"

"다 모였습니다."

"무슨 생일잔치도 아니고 남자 6명이서 무슨 나이트고? 그래가 부킹이 되나?"

"수식, 승찬, 원창이는 나이트에 6명씩 몰려다니면 부킹 확률 없다고 다른 룸 잡아서 놀고 있습니다."

"술 많이 먹었나?"

"조금 마셨습니다."

"봉진이가 형님 보고 싶다고 합니다. 오십시오! 이쁜 아가씨 부킹 시켜 드리겠습니다."

"알았다. 지금 출발한다."

1년 밑에 동생이 주임으로 있던 나이트라 부산에 있을 때 자주 가던 단골 나이트였다.

택시를 타고 해운대에서 연산동 아라비안나이트로 출발했다.

그때 치용, 태성, 봉진 방에 예쁜 아가씨 3명이 부킹으로 들어왔다.

아가씨를 꼬시기 위해 온갖 작업을 걸고 있었다.

이 아가씨 3명은 정말 술도 잘 마셨다.

양주 1병이 그냥 바닥이 나버린 것이었다.

두 병째 마신 술이라 1병을 더 시키려고 하니 가방 안에 편의점에서 사온 양주가 두 병이 있어 괜히 낭비하는 것 같고 조금 있으면 아가씨들이 가겠지 생각하고 술도 시키지 않고 기다렸다.

또 그냥 모른 척하고 가방에서 꺼내려고 하니 아가씨들 앞에서 쪽을 팔 것 같아 가오가 서질 않은 것 같아 눈치만 보고 있었다.

봉진이 파트너 소영 씨가 봉진에게 말을 건다.

"봉진 씨, 술 한 병 하고 안주 하나 더 시키자."

그러니 봉진이가 우린 술을 많이 마시고 와서 지금이 딱 좋다며 그만 먹자고 한다.

"그럼 우리 나가서 소주 한잔 더 해요."라며 봉진에게 환한 웃음을 친다.

"그래요." 봉진이가 대답한다.

"그 대신 우리 테이블 계산은 봉진 씨가 해주세요." 얘기하니 굵은 소금인 봉진이가 돈 나가는 일에 쉽게 허락할 일이 없었다.

"자기가 먹은 것은 자기가 계산하는 습관 그것이 좋은 습관입니다. 소영 씨는 좋지 않은 습관을 가지고 있군요."라면서 봉진이가 쌩뚱 맞는 소리를 한다.

"흥, 그러면 돈 많은 척하지를 말던가."

"나는 돈 많다고 그랬지 술값 계산 해준다는 소리는 하지 않았습니다." 라며 쪽팔리는 소리를 한다.

치용이가 한마디 한다.

"아따, 내가 더는 쪽팔려서 더 이상은 못 듣고 있겠다. 봉진아! 그렇게 땐땐하고 정확하게 살아서 이 험한 세상 어떻게 살래? 이런 데 오면 다 그라고 노는 기다. 그러니까 맨날 기동 형님한테 잔소리 듣지." 하면서 치용이가 환하게 웃는다.

치용이가 입을 연다.

"예전에 소고기국밥 사건하고 퀵비 착불 사건 기억하나?"

"마, 여기서 또 소고기국밥 얘기가 와 나오노?" 하면서 봉진이가 이제 그 소리는 그만 하라는 표정을 짓는다.

"그것만이면 다행이게요?" 하면서 또 태성이까지 맞장구친다.

"또 뭐가 있는데?"

봉진이가 얘길 한다.

"민락동 횟집 소쿠리 무게 사건 기억 안 나십니까?"

"마, 그것은 이제 잊을 때 안 되었나?"

웃음 반 짜증 반으로 봉진이도 듣기 싫었는지 다음부터는 얘기하지 말라는 표정을 짓는다. 태성이 니까지 형 약 올리냐면서 봉진이가 뭐라고 한다.

"기동 형님이 오실 때가 되셨는데?"

치용이가 얘기한다.

20분 동안 택시를 타고 연산동 아라비안나이트에 내렸다.

나이트로 들어가니 주임들이 나와 있었다.

"어서 오십시오. 찾는 웨이터라도 있습니까?"

말을 건넨다.

"네, 백두산 불러주십시오."

무전을 치며 "백두산, 백두산. 손님 왔습니다."라면서 콜을 친다.

백두산이가 입구까지 나를 마중 나왔다.

"형님, 반갑습니다. 어디로 모실까요?"

"일단 치용이 있는 데로 가자."

"알겠습니다."

그러고는 룸으로 들어갔다.

문을 열고 들어가니 남자 3명, 여자 3명이서 분위기가 좋아 보였다.

동생들이 일어나서 인사를 한다.

치용이와 태성이는 인천에서 한 집에 생활하는 동생이라 얼굴을 자주 보는데 봉진이는 약 한 달 만에 보는 것 같았다.

봉진이가 "형님, 정말 보고 싶었습니다."라고 아부를 떤다.

"형님은 동생 안 보고 싶었습니까?" 묻는다.

그래서 센스 있는 말로 "그래, 보고 싶지가 않았다."고 했다.

"마, 지금 아부 단속 기간인 거 모르나? 단속 기간에 걸리면 가중처벌되는데 오늘 내한테 가중당해서 좀 맞을래?" 하니 룸에 있던 사람들이 전부 환하게 웃는다.

"그러자 형님은 저한테만 왜 그러십니까?"라면서 하소연한다.

"네가 인마 잘해봐라. 그럼 형이 니한테도 잘해주지."라고 얘기했다.

봉진이가 상석에 앉아 있었는데 자리를 비키면서 "형님, 이리로 와서 앉으십시오." 말한다.

테이블 위에 보니 안주며 술이 바닥이 나 있어서 내가 한마디 했다.

"술 더 마실 것 아니가?" 물으니, 봉진이가 제일 먼저 "예, 형님." 하는 것이다. 그러자 봉진이 파트너인 소영 씨가 한마디 한다.

"아까 내가 한 병 더 먹자고 하니 술을 많이 마시고 와서 그만 먹자고 하더니?"

"그때는 그때고 갑자기 형님을 보니 술 생각이 나는 것을 어떻게 하노?" 하면서 누가 굵은 소금 아니라고 할까 봐 얄미운 표정을 하며 환하게 웃는다.

"백두산 웨이터 들어오라고 해라."

내가 얘기했다.

백두산이 들어온다.

"예, 형님 부르셨습니까?"

"양주 두 병 더 가져오고 안주 신경 좀 써라."

"안주는 무엇으로 드릴까요?"

테이블을 보니 탕수육과 과일은 이미 먹은 것 같아 봉진이 파트너에게 "뭐 드시고 싶으세요?" 물으니 "제육볶음이 먹고 싶어요!" 하는 것이다.

그리고 치용 파트너에게 "안주 뭐 드시고 싶으세요?"라고 물으니 "초콜릿이 먹고 싶어요!"하는 것이다.

그리고 태성 파트너에게 안주를 물으니 "나는 아무거나 다 잘 먹어요."라고 한다.

지갑에서 10만 원을 꺼내어 백두산에게 주면서 헷갈리지 말고 잘 들으라고 했다.

"후라이드 치킨 한 마리, 제육볶음, 초콜릿 그리고 계란 프라이 30개 해가지고 온나."

"알겠습니다. 지금 조금 바빠서 계란 프라이는 조금 천천히 드리겠습니다."

"알았다."

"즐거운 시간 되십시오." 하면서 웨이터가 룸을 나갔다.

그러자 봉진이 파트너가 "오빠, 진짜 멋있다." 하면서 방긋 미소를 짓는다.

옆에 앉아 있던 봉진 씨하고는 완전 차원이 다르다는 것이다.

"내 없는 사이에 무슨 일 있었나?"

"아닙니다. 별일 없었습니다."라고 얘기한다.

"우리 봉진이 참 땐땐한 것 빼고는 뭐라 할 구석이 없는 사람인데 그 땐땐한 거 그것이 참 희한한 병이고, 그것이 한 번씩 스트레스 받게 해서 그것이 문제다. 맞제?"

룸에 사람들이 다 웃는다.

"형님! 형님까지 진짜 왜 그러십니까?" 하면서 봉진이가 말한다.

"소고기국밥 사건 기억하나?"

"소고기국밥 얘기는 벌써 형님 오시기 전에 다했습니다."

"이야기 백 날 하면 뭐하노? 니는 변하는 게 없는데."

"아닙니다. 많이 변했습니다."

"형님, 그것은 이제 좀 잊을 때가 되지 않았습니까?"

봉진이가 말한다.

그러자 봉진 파트너가 "소고기국밥 사건이 뭐예요?" 묻는다.

그것까지 얘기하면 봉진이가 정말 삐질 것 같아서 "아무것도 아닙니다."라고 정리했다.

술과 안주가 들어왔고 노래를 부르면서 재미있는 시간을 보냈다.

치용이가 말을 건다.

"형님!"

"그래."

"오늘 민철 형님 만나 일은 잘 해결되었습니까?"

"일단 민철이 동생 용민이라는 놈하고 통화는 한번 해봐야 할 것 같은데 해운대에서 자리 하다가 1년 위에 형님 전화 받고 ○○파 식구들하고 전쟁 났다고 해서 가버렸다. 그 뒤로 민철이랑 통화를 한번 하려고 해도 무슨 일이 있는지 전화기가 계속 꺼져 있네."

"○○파하고 ○○파하고 분위기가 안 좋긴 안 좋았는데 이제 터질 게 터진 것 같습니다."

"큰일이야 있겠나?"

치용에게 전화 한 통이 울렸다.

옆의 룸에 있던 수식이었다.

"형님! 실례 좀 하겠습니다."라며 전화를 받는다.

"그래, 부킹했나?"

"부킹되었다."

수식이가 "너거는 되었나?" 묻는다.

"조금 전에 기동 형님 오셔서 지금 파트너가 한 명 부족하긴 한데."

"뭐? 형님 오셨다고?"

"그래."

"일단 인사드리러 간다고 말씀드려라."

"수식이하고 아들이 인사드리러 온답니다."

"아니다. 자리도 비좁은데 나가서 소주 한잔 먹자고 해라. 10분 뒤에 정문 앞에서 보자고 해라."

그리고 통화를 마쳤다.

"백두산 들어오라고 해라."

치용이가 인터폰으로 웨이터를 부른다.

백두산이가 들어왔다.

"우리 테이블, 이 아가씨들 테이블 그리고 수식이 테이블, 수식이 부킹했던 테이블 전부 해서 다 얼마고?"

"이거 전부 다 형님께서 계산하십니까?"

"현금으로 할 것이니 하시다리는 다 빼고 받을 것만 다 받아라."

백두산이 계산서를 가지고 온다.

"형님 테이블 양주 4병. 첫 세팅 25만 원, 추가 3병 추가되었을 때는 15만 원×3은 45만 원입니다. 합이 70만 원. 아가씨 테이블 기본 4만 원, 수식이 테이블 양주 첫 세팅 25만 원, 추가 1병 40만 원, 부킹 테이블 양주 첫 세팅 25만 원 그리고 맥주 40병은 서비스입니다. 모두 해서 139만 원입니다."라고 백두산이 얘기한다.

"수식이 부킹했던 아가씨들은 내공이 센 여자들이 술을 먹었는갑지? 아가씨들끼리 나이트 와서 양주를 다 시켜먹고."

가방에서 고무줄을 튕겨 있는 만 원권 100장 두 다발을 꺼내어서 한 다발을 백두산에게 주고 한 다발은 고무줄을 벗겨내고 40만 원을 세고 있는데 봉진이 파트너가 못 볼 것을 보았는지 웃는다.

그래서 내가 "소영 씨, 돈 세는 거 처음 봅니까?" 물었다.

그러자 소영 씨가 웃으면서 돈 세는 게 웃긴 게 아니라 요즘 전부 카드를 들고 다니는데 일수하는 사람들도 아니고 고무줄에 돈 묶여 있는 것이 순간 너무 웃겨서 웃었다며 "죄송합니다."라고 얘기한다.

"원래 현금은 고무줄에 묶여 있는 것이 오리지널 현금입니다. 우리는 인생 자체가 대포기 때문에 카드 같은 것은 취급 안합니다."라고 내가 얘길 했다.

"대포 그게 뭔데요?" 묻는다.

"그런 게 있습니다."

그러자 치용이가 "형님, 수식이도 돈 많이 벌었는데 무엇 때문에 수식이 테이블 그리고 수식이 부킹 받았던 아가씨까지 계산해줍니까?" 묻는다.

"마! 니도 수식이도 다 내 동생들 아이가? 오랜만에 동생들 보러 부산 왔는데 형이 동생들 먹은 거 아까워해서야 되겠나? 얼마 안 되는 거 가지고 쫀쫀하게 굴면 사나이 대장부가 쪽팔린다 아이가?"

그러면서 50만 원을 모두 웨이터에게 주었다.

"140만 원은 술값. 10만 원은 백두산이 차비다."

"오늘 신경 써줘서 고맙습니다."

그러자 소영 씨가 봉진이를 보며 기동 씨 하는 거 반만 닮아보라면서 굵은 소금 봉진이를 비꼰다.

봉진이가 니는 좀 조용히 하라면서 또 둘이 투덜댄다.

"같이 나가서 오뎅 국물에 소주 한잔 합시다."

"오뎅 국물요?" 하면서 소영 씨가 웃는다.

"오뎅이 좋아서가 아니라 소주를 사랑해서 그러는 겁니다."

그러자 부킹 받았던 아가씨들이 만장일치로 "좋아요."라며 룸에서 일어나려고 하는 순간 봉진이가 편의점에서 사온 양주 두 병을 소파 쿠선 옆에서 꺼낸다.

내가 한마디 했다.

"마, 술이 있으면 꺼내놓지 뭐하러 거기 박아놓았노?"

"처음 보는 아가씨인데 편의점에서 사는 거 알면 쪽팔리지 않습니까?"

"쪽팔리면 계속 박아놓지 뭐하러 꺼냈는데?" 물었다.

"이제 어느 정도 친해졌고 일어날 분위기인데 돈 주고 산 거 두고 가면 아깝지 않습니까?" 하는 것이다.

"마! 니는 이래서 내한테 만날 잔소리 듣는 것이다. 우리가 무슨 도둑질했나? 편의점에서 양주 훔쳐왔나? 그게 아니잖아? 백두산에게 도시락 들고 간다고 얘기한 거 아니가?"

"맞습니다."

"그러면 일반 사람들이 할 수 없는 거 교통정리해서 술 좀 싸게 먹는데 그게 쪽팔리는 일이가 칭찬 받을 일이지?"

가만히 생각해보니 기동 형님 말도 틀린 말이 하나도 없었다.

"오늘 내한테 잔소리 많이 들어가 술 생각 많이 날 텐데 들고 가서 집에서 먹어라."

내가 얘기했다.

그러자 치용이가 나를 보며 "형님, 벌이 아니라 봉진에게 상을 주는 것입니다."라면서 치용이까지 봉진이를 비꼰다.

"마! 니까지 와 그라노?" 하면서 양주 두 병을 가방에 넣고 자리에서 일어났다.

계산이 끝나고 아라비안 정문으로 나가니 수식이와 승찬, 원창이가 먼저 나와서 기다리고 있었다. 그러고는 인사를 한다.

"반갑습니다. 형님!"

"그래, 잘 지냈나? 안 본 사이에 얼굴이 더 좋아진 것 같은데?"

"다 형님께서 동생들을 많이 사랑해주셔서 그런 것 같습니다. 계산을 안 해주셔도 되는데.” 하며 어떤 아가씨를 소개시켜준다.

“인사하세요. 제가 제일 좋아하는 형님입니다.”라며 인사를 시켜준다.

“오늘 아라비안에서 부킹 받았던 아가씨입니다.”

“그래, 여기 서서 이러지 말고 소주 한잔 치러 가자.”

“알겠습니다.”

그러고는 가까운 포장마차로 갔다.

남자 7명에 여자 6명 많은 숫자가 포장마차 테이블 4개를 붙여서 빙 둘러앉았다.

봉진이 파트너를 중간에 끼고 나와 봉진이가 끝에 앉았다.

봉진이 파트너였던 소영 씨가 나에게 관심을 보이는 것이다.

“기동 씨는 애인 있어요?” 묻는 것이다.

“예, 애인 있습니다.”라고 대답했다.

그러자 소영 씨가 “이럴 땐 솔직하게 대답 안 해주셔도 되는데.” 하면서 살짝 삐지는 것이다.

도시락 양주로 인해 기동이 형님께 잔소리도 들었고 나이트에서 작업해놓은 소영 씨가 형님한테 너무 관심을 보이는 게 샘이 났는데, 형이라서 아무 소리 하지도 못하고 혼자 꿍하게 입이 툭 튀어나와 있는 것이다.

이걸 보던 수식이가 한마디 한다.

“입 좀 넣어라. 죠디가 부산역까지 튀어나와 있네.”

남자 여자 할 것 없이 모두 웃는다.

그러자 봉진이가 더 이상 합석을 하고 있으면 분위기를 깨뜨릴 것 같아서 나에게 입을 연다.

“형님, 먼저 일어나보겠습니다.”라고 얘기한다.

“마! 봉진아, 미워서 그러는 게 아니라 형이 한 행동들 장난인 거 안다 아이가?”

내가 말했다.

"잘 알고 있습니다."

"괜히 파트너 정해져서 분위기 좋은데 분위기 맞추어줄 자신이 없다면 좋은 분위기를 위해 빠져주는 것도 센스가 아니겠습니까? 저도 센스 있는 동생인 거 아시지 않습니까?"

그러자 옆에 앉아 있던 소영 씨가 이때까지 봉진 씨 입에서 나온 말 중에 제일 쓸 만한 소리인 거 같다며 또 한방 더 비꼰다.

"안 그래도 형님 저도 약속이 있었는데 먼저 일어나보겠습니다."라고 한다.

"마, 새벽 4시에 무슨 약속이고? 없는 거 다 안다. 이따가 같이 일어나자." 내가 말하니, "아닙니다. 좋은 시간 되십시오." 하면서 "형님, 내일 전화 드리겠습니다." 인사를 하고는 도시락으로 챙겨온 양주 두 병을 손에 들고 자기 차 쪽으로 발걸음을 옮겼다. 수식이가 한마디 한다.

"술 많이 먹었는데 대리운전해서 가라." 그러자 봉진이가 내가 알아서 한다며 차 쪽으로 계속 걸어간다. 그러자 수식이가 입을 연다.

"오늘은 봉진이 심하게 삐진 것 같습니다. 그리고 좀 전에 손에 들고 가던 것은 양주가 아니가?"

치용에게 묻는다.

"양주 맞다. 우리는 룸에서 다 먹었는데 너희들은 왜 안 먹고 들고 나왔는데."

"몰라? 쪽팔린다나? 타이밍을 못 맞추었다나? 그래서 기동 형님이 집에 가서 먹으라고 챙겨 주었다."

"삐졌는데 양주까지 챙겨가는 거 보면 조금 덜 삐지기는 덜 삐졌는갑다."라며 서로 웃고 있었다.

치용이가 한마디 한다.

"그래도 봉진이가 사기를 한 번씩 당해서 그렇지 땐땐한 것 빼고는 뭐라 할 구석이 없는 사람이지 않습니까?" 하면서 나에게 얘기한다.

287

"뭐라 할 게 없는 게 아니고 땐땐한 거 그리고 사기 잘 당하는 거 그게 제일 문제 아이가?

땐땐하면 사기를 잘 안 당하는데 우리 봉진이는 두 개 다 열심히 해서 그것이 문제다. 쪼금 쉬어가면서 해야 할 낀데." 하면서 웃음으로 대화를 나누었다.

봉진이는 씩씩대면서 자기가 타고 왔던 승용차로 다가가 리모컨을 눌러 차문을 열었다.

그리고 차문을 여는 손잡이에 손을 대려는 순간 창문에 노란색과 빨간색에 야시시한 명함이 두 장 눈에 뛰었다.

창문에 꽂혀 있던 명함을 빼서 일단 차에 탔다.

운전석에 앉아서 명함을 자세히 보니 성매매 명함이었다.

명함에는 러시아 여자와 중국 여자와 2:1로 성매매를 한다는 그런 광고였다.

평소에 여자를 밝히는 것도 사실이고 외국 여자랑 자보고 싶은 것도 사실이었고 거기다가 한 번도 하지 못했던 2:1 풀 서비스에 오늘같이 기분이 더러운 날에는 피로를 풀기 딱 좋은 날이었다.

핸드폰으로 전단지에 적혀 있던 전화를 걸었다.

어떤 아가씨가 받았다.


봉진: 여보세요?

아가씨: 네.

봉진: 광고 보고 전화 드리는데, 이거 뭐 어떻게 하는 겁니까?

아가씨: 지금 어디십니까?

봉진: 연산동 아라비안나이트 앞의 차 안인데요?

아가씨: 예쁜 아가씨들에게 홍콩 가는 서비스 받으려면 모텔이나 호텔에 가서서 전화 주셔야 합니다.

봉진: 러시아 아가씨와 중국 아가씨랑 2:1로 하는 것 맞습니까?

아가씨: 네, 맞습니다.

봉진: 서비스 받는 시간은 얼마나 되고 돈은 얼마를 지불해야 합니까?

아가씨: 시간은 1시간이고 요금은 25만 원입니다.


종종 안마나 성매매를 즐겨 보았던 봉진이는 그렇게 비싸지 않다고 판단되었는지 "일단 모텔에 가서 전화 드리겠다."고 하며 전화를 마친다.

차를 타고 가까운 모텔을 둘러보았다. 토요일이라서 그런지 빈방 찾기도 어려웠고 결국에는 방이 없어 호텔에 방을 잡았다. 도시락으로 사온 양주 두 병을 들고 ○○호텔 현금 17만 원을 계산하고 707호 스마트키를 받아서 호텔 객실로 들어갔다.

소파에 앉아서 조금 전에 전화했던 통화 목록을 찾아 다시 전화를 걸었다.


봉진: 여보세요?

아가씨: 네.

봉진: 조금 전에 전화했던 사람인데 여기 연산동 ○○호텔 707호입니다. 2:1로 하는 서비스로 예쁜 아가씨로 해서 좀 보내주세요.

아가씨: 연산동 ○○호텔 707호 2:1 코스 맞습니까?

봉진: 네, 맞습니다.

아가씨: 시간은 한 20분 정도 걸릴 거구요, 요즘 성매매 단속이 심해서 일하러 갈 때 차량번호 추적이 당한다고 택시를 타고 빠르게 움직이고 있습니다. 장난 전화도 요즘 많고 그래서 선수금으로 택시비 명목으로 5만 원 받고 있습니다. 입금 좀 해주시겠습니까?

봉진: 아니 무슨 떡 한번 치는데 선수금도 있습니까?

아가씨: 장난 전화도 많고 저희 장사하는 방법이 그러니 이해 좀 해

주십시오.

5만 원이면 그리 큰돈도 아닌 것 같아 계좌번호를 불러 달라고 했다.

아가씨: 사랑은행 1234-XXXX-XXXX 김숙자 입금하시고 구석구석 깨
끗하게 씻고 기다리세요. 바로 출발하겠습니다
봉진: 알겠습니다.

그러고는 전화를 마쳤다.
불러주는 계좌번호에 5만 원을 텔레뱅킹하고 홍콩 가는 서비스를 위
해 머리카락부터 똥꼬까지 구석구석 깨끗이 씻고 담배를 한 개비 피우
며 성매매 아가씨를 기다리고 있었다.
10분 뒤 발신번호에 성매매 전화번호가 찍힌 전화가 한통 울렸다.

봉진: 여보세요?
아가씨: 5만 원은 입금 잘 받았습니다. 문제가 좀 생겼습니다. 조금 전
에 아가씨들이 서면 쪽에 일을 다녀왔는데 이상한 손님들에게 20만 원
잔금도 받지 못한 채 서비스만 해주고 손해를 보고 들어왔습니다. 저희
들이 불법적인 일을 하기 때문에 경찰에 신고도 못하고 외국인들이 대
화도 잘 안 되어서 이런 상황이 조금 애매해서 그러니깐 지금 바로 출발
할 테니 아까 그 계좌로 20만 원 잔금 좀 보내주겠습니까?
봉진: 지금 장난합니까? 내가 지금까지 출장안마, 여관바리 오만 성매
매를 다녀 보아도 아가씨 얼굴도 보기 전에 돈 달라고 하는 곳은 이곳밖
에 보지 못했소. 사람을 지금 뭐로 보고 그런 쪼다 취급합니까?
아가씨: 저희는 직원이고 사장님이 그렇게 하라고 하는데 저희들이 힘
이 있습니까?

봉진: 사장 바꿔보소. 내가 사장한테 직접 얘기하겠소. 똥꼬까지 구석구석 깨끗이 씻고 기다리고 있는데 김빠지게시리. 빨리 사장 바꿔보소.

아가씨: 사장님 지금 잠깐 나가셨으니 20만 원 잔금처리 안 되실 것 같으면 계좌번호 불러 주세요. 조금 전에 보내주셨던 5만 원 다시 입금해 드리겠습니다.

봉진: 5만 원이 지금 중요한 게 아니라 무슨 장사를 이런 식으로 합니까? 모텔 방이 없어 외국 여자하고 2:1 떡 한번 치려고 없는 돈에 호텔방까지 17만 원 주고 잡았는데 이건 아니지 않습니까?

아가씨: 지금 일이 많이 밀려 있으니 빨리 결정해주세요.

하는 순간 수화기 너머로 다른 아가씨 통화 내용이 들리는 것이다.

다른 아가씨: 20만 원 잔금 입금 확인되었습니다. 연산동 엘레강스 모텔 306호 2:1 서비스 지금 바로 출발하겠습니다. 이용해주서서 감사합니다.

통화 내용을 엿들으니 사기가 아니라 무선 성매매하는 모양새를 갖추어 장사하는 느낌이 들었다. 어차피 호텔비 17만 원을 들여서 방도 잡았는데 혼자 자는 것은 아닌 것 같고 5만 원도 보낸 상태이고 20만 원을 붙여주기로 마음먹었다.

봉진: 아까 그 계좌로 20만 원 보내면 됩니까?
아가씨: 네, 입금되는 것 보고 바로 출발하겠습니다.

봉진이는 전화를 끊고 아까 보냈던 사랑은행 김숙자 계좌로 20만 원을 텔레뱅킹해서 붙여 주었다. 그러고는 도시락으로 들고 온 양주 한 병을 따서 한 잔을 마시고 아가씨를 기다리고 있었다.

30분이 지나도 소식이 없어 전화를 해보았다. 그러자 신호가 두 번 가고 끊겨버리는 것이다. 이상해서 또 전화하니 결과는 똑같았다. 수신거부를 해놓은 상태였다.

봉진이도 평소에 불법적인 일을 많이 해서 항상 대포전화기 2대와 정상적인 폰 1대 총 3대를 들고 다녔기 때문에 다른 전화기로 전화를 거니 신호가 가는 거였다.

흥분하고 욕을 하면 전화를 끊어버릴 수도 있으니 사기인지 아니면 오해가 생긴 것인지 진단을 내리기 위해 성매매하는 것처럼 통화하기로 마음을 먹었다.

아까 그 목소리의 아가씨가 전화를 받는다.

광고 보고 전화 드리는데 어떻게 하면 되는지 묻자, 아까 사기 당했을 때와 똑같은 소리로 모텔이나 호텔에서 전화하라고 한다.

모텔을 잡으면 차비 명목으로 5만 원을 보내 달라고 할 것이고, 20만 원 사기 정황이 너무나도 똑같아 욕을 쳐버렸다.

"야, 이 개 같은 년아. 너희들 이렇게 일해서 하루에 돈 얼마 버노?"

내가 말했다.

그러자 당돌한 가스나가 전화를 끊을 줄 알았는데 "뭐, 개새끼야?"라고 대꾸하며 "얼마 버는지 알아서 뭐하게?" 하는 것이다.

"이 개 같은 년이 걸레 물고 잤나. 입이 진짜 더럽네? 어디서 욕을 지끄리노?"

조금 전에 보낸 돈 25만 원 가지고 오라고 했다.

그러자 "야, 바보 같은 놈아. 50만 원 사기당한 사람도 있는데 꼴랑 25만 원 사기당하고 그런 소리하나? 내가 힘들게 사기 쳤는데 니 같으면 돌려주겠냐?"

바쁘니깐 끊으라고 하면서 전화를 끊고 말았다.

나이트 부킹에 이어 25만 원 사기까지 되는 것이 하나도 없는 정말 짜중나는 하루였다.

비싸게 잡은 방이라 혼자 양주를 꼴짝꼴짝 먹으며 잠이 들었다.


다음날 민철에게 전화를 걸어보니 전화가 꺼져 있었다.

민철이가 가르쳐준 2년 밑의 동생 용민에게 통장 문제로 전화를 했다.

신호가 몇 번 울리자 전화를 받는다.


기동: 여보세요?

용민: 네, 어디십니까?

기동: 민철이 친구입니다. 민철이 소개로 통장 때문에 전화 드렸습니다.

용민: 네, 제가 동생이니 말 편하게 하십시오.

기동: 그럼 내가 형이니 말 편하게 할게. 통장 하루에 몇 개나 올려줄 수 있노?

용민: 그때그때마다 다르겠지만 50개씩은 맞추어 드리겠습니다.

기동: 내일 월요일부터 통장 물량 맞추어줄 수 있나?

용민: 네, 맞추어 드릴 수 있습니다.

기동: 민철이는 왜 연락이 안 되노?

용민: ○○ 식구들하고 전쟁이 나서 지금 선배들께서 잠수를 타라고 해서 모든 식구들의 전원이 꺼져 있는 상태입니다.

기동: 니는 민철이 밑에 생활하는 동생인데 전쟁할 때 참석 안했나?

용민: 큰형님 모시고 지방에 일보러 간다고 참석 안했습니다.

기동: 그래? 알았다. 통장 1개당 30만 원이라는 소리 들었제?

용민: 예, 형님. 10만 원만 더 올려주시면 안 되겠습니까?

기동: 첫 거래고 하니깐 30에 시작하고 사고 없이 며칠 일이 진행되면 물건 값 올려줄 테니 걱정 마라.

용민: 알겠습니다.

기동: 통장은 인터넷뱅킹, 텔레뱅킹 신청 절대 하지 말고 비밀번호는 모두 동일하게 만들고 일단 사고 안 나게 신경 좀 써야 한다.

용민: 알겠습니다. 내일 다 만들고 이리로 전화 드리면 되겠습니까?

기동: 그래, 내일 또 통화하자.


토요일 저녁 진광에게 전화가 왔다.

"형님! 진광입니다."

"그래! 진광아. 그래도 사랑하는 식구라고 하루 안 보았는데 보고 싶네."

"징그럽게 왜 그러세요. 지금 아마이, 아난에게 통장 값 잔금 받았습니다. 돈이 너무 많아서 입금하기 힘드니까 그냥 올라와서 받아 가시면 안 되겠습니까? 언제 오십니까?"

"월요일 밤은 되어야 할 것 같은데?"

"그럼 어떻게 할까요?"

"동생들하고 월요일에 또 통장 매입하려면 4천만 원이 모자라니깐 일단 그럼 4천만 원만 보내라."

"알겠습니다."

"얼마나 걸리노? 입금하는 데."

"지금 손에 돈을 들고 있기 때문에 ATM 기계에 입금하고 보내려면 시간이 좀 걸릴 것 같습니다."

"니 명의로 된 통장에 잔액 없나?"

"잔액은 있는데 제 이름으로 된 통장은 좀 안 그렇습니까?"

그렇다. 우리는 지금까지 통장으로 거래한 적이 한 번도 없이 증거 인멸하기 위해 오른손 왼손을 해왔다. 오른손 왼손이란? 오른손으로 물건을 주면 왼손으로 돈을 받는다는 뜻.

"나도 내 명의로 된 통장으로 받을 것인데 무슨 일이야 있겠나? 대포통장으로 입금 하나하나 해서 보내면 번거롭고 시간도 많이 걸리니까 니 명의로 된 통장에서 바로 계좌이체해라. 무슨 일이야 있겠나?"

"알겠습니다. 10분 뒤에 확인하십시오. 10분까지 입금해놓겠습니다. 그리고 통장 매입으로 인해 사람 만나러 간 일은 잘되었습니까?"

"그래, 내가 누고? 부산지점장 아니가? 하루에 50개 이상 확답을 받았으니 예전보다는 더 많은 물량이 올라올 것이다."

"알겠습니다. 또 전화 드리겠습니다."라며 전화를 마쳤다.


일요일 밤, 지난 금요일 민철이랑 해운대 쉘 룸 갔을 때 아가씨들 두 명이 내일 오전부터 통장을 만들 것인데 어떻게 하면 되냐면서 전화가 왔다.

"부산지점장님, 저 기억하시겠습니까?"

"누구시죠?"

"기억 못하시면 서운한데 쉘 아가씨 최보영입니다."

그제야 생각이 났다.

"아~ 네."

"그때 보았던 친구 파트너 정은이랑 돈이 급해서 내일 오전부터 통장 좀 만들려고 하는데 13개 만들어주면 390만 원 해줄 수 있습니까?"

"예, 해 드릴게요."

"어떻게 만들면 되죠?"

"텔레뱅킹, 인터넷뱅킹 일체 신청하지 마시고 13개 비밀번호는 다 동일하게 해서 사랑은행, 다정은행, 두리은행, 화목은행, 행복은행, 신용은행, 성실은행, 믿음은행, 정직은행, 도움은행, 봉사은행, 근면은행, 희망은행 등 이렇게 돌면서 만들어주시면 됩니다. 다 만들고 나서 전화주세요."


민철 동생 용민에게도 전화가 왔다.

"형님!"

"그래!"

"용민입니다. 내일부터 통장 물량 맞추어 드릴 테니 저녁에 어디서 뵈면 되겠습니까?"

"일단 내일 저녁쯤에 다시 통화하자."

"알겠습니다."

"민철이는 아직 연락이 없나?"

"예, 아직까지 전부 잠수입니다."

"알았다. 내일 또 통화하자."


월요일 모든 사람들이 자기 위치로 돌아가 일을 시작하고 있었다.

해운대 룸 아가씨들도 시키는 대로 척척 통장을 만들고 있었고 용민이 또한 대부업 허가를 내어 급전이 급한 사람들에게 소액대출 해준다며 관심을 끌어 통장을 만들어주면 개당 10만 원씩 준다는 감언이설에 오전부터 5명이 움직여 통장을 만들고 있었다.

저녁쯤 용민에게 전화가 왔다.

"형님! 용민입니다."

"그래."

"5사람이 13개씩 65개 물량을 확보했습니다."

"그래, 어디서 볼까?"

"제가 형님 계시는 데로 가겠습니다."

"아니다. 니가 지금 어디고?"

"부전동 유원오피스텔 부산은행 앞입니다."

"내가 그리로 갈게."

"알겠습니다."

그러고는 태성이와 치용이와 차를 타고 부산은행으로 출발했다.

"태성아."

"예, 형님!"

"용민이 점마 믿을만한 놈이가? 형이 아는 사람이라면 이렇게 장고를 안 때릴 텐데 한 번도 일을 같이 해본 적이 없어 쪼끔 장고가 들어가서."

"건달 생활하는 놈은 맞습니다."

"그리고 형님 꼬치 친구 민철 형님께서 소개를 해주셨는데 무슨 일이야 있겠습니까?"

"민철이가 연락이 안 되니 그게 더 답답하구나."

"일단 형님께서는 나서지 마십시오. 제가 만나서 정리하고 오겠습니다."

"그래, 그렇게 해라."

사고라는 것은 항상 사소한 곳에서 난다는 것을 알았기 때문에 첫 거래이고 해서 일단 수괴였던 나는 몸을 숨기고 태성이가 만나러 갔다.

유원오피스텔 근처에서 차를 세웠다.

"여기 있을 테니 일단 통장 물건부터 확인하고 오너라."

"알겠습니다."

그러고는 태성이와 용민이가 만났다.

태성이와 용민이는 동갑내기 친구였다. 서로 이름은 한 번씩 들어본 사이지만 그렇게 친분이 있던 사이는 아니었다.

"민철 형님 소개로 형님이 보내서 왔다. 내 이름 들어봤제? 태성이다."

"나는 용민이다."

"일단 차에 타서 얘기하자."

용민이 차는 뉴체어맨이었다. 운전석에 용민이가 타고 보조석에 태성이가 탔다.

"물건 한 번 보자."

용민이가 뒷좌석 쇼핑백을 들더니 나에게 건넨다.

"65개다. 일단 물건부터 세어보아라."

세어보니 65개가 맞았다.

"통장 명의별로 비밀번호 주민등록증 사본에 적어놓았으니 헷갈릴 일이 없을 것이다."

용민이가 말한다.

"내가 대부업 사업자를 가지고 있기 때문에 통장은 얼마든지 만들어 줄 수 있다. 니가 모시는 형님이 누군지 민철 형님도 얘기를 안 하시니 잘 모르는데 돌아가서 돈만 준비되면 물량은 언제든지 올려줄 수 있다고 전해드려라."

"알았다. 일단 유원오피스텔 쪽으로 가자."

그러고는 500미터 정도를 운전해서 기동 형님이 계시는 쪽으로 차를 몰았다.

"여기 잠깐 세워라. 돈 가지고 올게. 65개 얼마고?"

"65×30 1,950만 원이다."

"알았다."

그러고는 차에서 내려 기동 형님 차에 탔다.

"형님! 물건 확인했습니다."

"자, 1,950만 원이다."

쇼핑백에 100만 원짜리 고무줄 다발 19묶음 그리고 50만 원 묶음을 넣어 쇼핑백을 태성에게 주었다.

태성이가 한마디 했다.

"앞으로 계속 같이 일할 사람인데 그래도 인사는 해야 안 되겠습니까?"

"그건 그렇다만 쪼끔 안 찜찜하겠나?"

"형님! 사람을 믿으려면 확실히 믿으십시오. 괜히 믿는 둥 마는 둥 하면 괜한 의심만 잔뜩 생기게 됩니다."

"일단 인사는 하는데 형 이름은 오픈하지 마라. 문제가 될 수도 있으니."

"알겠습니다."

그러고는 용민이를 불러 오라고 했다.

태성이가 용민이를 데리고 온다.

"내가 모시는 형이다. 인사 드려라."

"처음 뵙겠습니다. 김용민입니다."

"그래, 반갑다."

손을 내밀었다.

"용민아!"

"예, 형님."

"형도 이름을 가르쳐줘야 하는데 아직까지 첫 거래라 감정이 되지 않아 이름 오픈은 못한다. 몇 번 거래하고 사고가 없으면 그때 다시 인사하며 술이나 한잔하자. 너무 서운하게 생각 마라."

"잘 알겠습니다."

그러고는 태성이보고 정리하고 오라며 내 차로 발걸음을 옮겼다.

"다음에 또 보자. 내일부터 통장 신경 좀 써주고."

용민이가 "잘 알겠습니다. 다음에 또 뵙겠습니다."라고 인사를 한다.

그러고는 내 차 에쿠스 보조석에 탔다.

운전석에 앉아 있던 치용이가 "이야기는 잘하셨습니까?" 묻는다.

"이야기 잘하고 말고가 어디 있노? 그냥 악수만 한번하고 얼굴만 보고 왔다. 이제 거래하면서 지켜봐야지."

태성이도 용민이도 얘기를 끝내고 통장과 돈을 오른손 왼손 맞바꾸어 "용민아, 내일부터 통장 점 신경 써도."라면서 손에 통장이 든 쇼핑백을 들고 나와 차 쪽으로 걸어온다.

그러고는 뒷좌석에 탔다.

"무슨 얘기했노?" 내가 물었다.

"내일부터 통장 좀 신경써달라고 했습니다."

"그래, 며칠 거래해보면 알겠지. 대물인지, 잔챙인지……."

치용이가 "형님, 이제 인천으로 출발합니까?" 묻는다.

"일단 잠시만 있어봐라. 전화 한 통만 하고 물건 몇 개만 더 받고 가자."

해운대 쉘 아가씨에게 전화를 했다.

"어째 통장 다 만들었습니까?"

"네, 이제 막 13개씩 다 만들었습니다."

"지금 어디십니까?"

"해운대입니다."

"친구분도 같이 있나요?"

"네, 같이 있습니다."

"그럼 주민등록증 복사해서 복사본 뒤에 통장 비밀번호 써서 택시로 좀 보내주십시오. 일단 친구 통장 만든 거랑 같이 받아서 복사부터 하고 다시 전화 주세요."

10분 뒤 전화가 왔다.

"민증 복사본 그리고 통장 쇼핑백에 넣어서 준비 다 되었습니다."

"아무 택시나 잡아서 택시기사에게 제 전화번호 가르쳐주면서 부전동 유원오피스텔 앞으로 보내주시면 됩니다. 택시비는 제가 낼 테니 그냥 물건만 보내주세요."

"돈은 언제 주십니까?"

"바로 보내 드릴 테니 계좌번호 문자로 찍어 보내주세요."

"고맙습니다."

10분 뒤에 택시기사에게 전화가 왔다.

"해운대에서 물건 한 개를 받아 유원오피스텔 앞으로 갖다 드리라고 하던데 어디로 가면 되겠습니까?"

"유원오피스텔 앞 부산은행에서 전화 주십시오."

"알겠습니다."

"얼마나 걸리겠습니까?"

"한 30분 정도 걸릴 것 같습니다."

30분 뒤 택시기사가 도착했다.

그러고는 택시기사에게 택시비 만 오천 원을 지불하고 해운대에서 보낸 통장을 받았다.

쇼핑백을 열어보니 통장과 민증 사본이 가지런히 정리되어 있었다.

이 여자들이 원하는 것은 급한 돈이었기 때문에 조금 전 계좌번호 문자를 보고 390만 원씩 이체를 해주었다.

그러고는 문자를 한 통 남겼다. 입금해 드렸으니 확인해보라고.

아가씨에게 전화가 왔다. 며칠 있다가 아는 동생들도 통장을 만들어도 되냐고 묻는다.

"당연하죠."

통장 만들 사람 있으면 언제든지 연락 달라며 전화를 마쳤다.

"언제 또 저 여자는 꼬셨습니까?"

치용이가 묻는다.

"마, 내다. 내. 부산지점장."

해운대에서 26개 그리고 용민에게 65개 등 91개의 통장을 들고 본부인 인천으로 차를 돌렸다.

부산 톨게이트를 지날 때쯤에 진광에게 전화를 걸었다.

"진광아, 형이다."

"예, 형님."

"지금 부산에서 고속도로 올라탔으니 11시쯤에 안산 중앙동에 도착할 것이다. 오늘 물건은 91개 들고 올라가니 아마이, 아난에게 약속 잡아놓아라."

"알겠습니다."

"올라가서 보자."

장거리 운전이라 다들 피곤한 상태여서 3교대를 해가지고 어느덧 10시 50분쯤 안산 톨게이트를 지나 진광이를 만났다.

편의점 앞에서 쇼핑백을 들고 진광이가 서 있었다.

"진광아, 차에 타라."

"알겠습니다."

진광이가 인사를 한다.

"형님께서는 부산만 갔다 오시면 얼굴이 좋아지시는 것 같습니다."

"마! 형님 고향 아이가?"

그러고는 쇼핑백을 들이민다.

"어제 7천200 중에 4천만 원 계좌로 보내고 남은 3천200만 원입니다."

역시나 진광이는 실망시키지 않았다.

"7천200만 원 들고 도망갈까 형이 조금 조마조마했는데 역시 너는 잔챙이가 아니구나."

"형님! 저를 뭐로 보고 그러십니까? 형님 옆에 있으면 더 큰돈을 벌 수 있는데 이깟 7천에 흔들릴 진광이가 아닙니다."

"그래, 내 동생 최진광이가?"

"예, 형님."

평소와 다름없이 아마이, 아난이를 만나서 통장을 주고 오늘은 부산에서 안산까지 온다고 피곤했기 때문에 진광이가 술 한잔하자는 데도 불구하고 며칠 있다가 한잔하자며 술 약속을 미루었다.

"진광아, 내일부터는 기존에 올리던 동생들과 함께 또 다른 동생이 통장을 신경써준다고 했으니 물량이 150개 정도는 항상 준비될 것이니 너도 그리 알고 있어라."

"이야, 형님. 오늘도 한 건 하셨군요."

"부산지점장 아이가?"

내일 보자며 헤어졌다.

우리는 인천 본부로 차를 돌렸다. 다음날 각자의 위치에서 열심히 맡은 일을 하고 있었다.

역시 용민이라는 동생은 실망시키지 않았다.

오후 4시쯤에 전화가 왔다.

"형님, 용민입니다."

"그래."

"통장 다 만들었습니다. 어떻게 할까요?"

"몇 개나 만들었는데?"

"7명이 91개 만들었습니다."

"오늘은 많이 했네?"

"돈 벌 기회가 왔는데 신경을 좀 써야 안 되겠습니까?"

용민이는 대부업 사무실을 크게 했기 때문에 급전이 급한 사람들이 신용등급이 낮거나 신용불량자인 사람들이 신용대출이 되지 않기 때문에 이런 사람들이 통장 만드는 것에는 아무 이상이 없다는 것을 악용해서 통장을 만들어 오는 사람들에게 10만 원씩 개당 쳐주고 나에게 20만 원을 남겨 먹는 그런 일을 하고 있었다.

"일단 가지런히 정리해서 민증 복사본 뒤에 비밀번호 적어서 KTX 퀵 화물로 광명역으로 보내라."

"알겠습니다. 물건 값은 언제 보내주시겠습니까?"

"통장 받으면 바로 보내줄게."

"알겠습니다."

기존에 하고 있던 동생들도 통장을 다 만들었다고 줄줄이 연락이 왔다. 퀵 송장번호가 문자로 하나씩하나씩 들어오고 있었다.

내가 태성하고 치용에게 입을 열었다.

"이번에도 그래도 내가 쓸 만한 놈을 한 명 찾은 거 같구나. 민철이가 소개시켜준 용민이가 생각보다 일을 잘하네. 오늘 혼자서 91개 만들었단다."

"이야, 일당백인데요?" 하면서 치용이가 말한다.

"일단 당분간 통장 물량 딸릴 일은 없을 것 같구나."

"용민이 이 새끼 돈 갈쿠리로 끌겠습니다."라고 태성이가 말한다.

"열심히 하는데 열심히 한 만큼 돈을 벌어야 안 되겠나?"

일단 수식이와 봉진이가 보낸 통장이 52개, 원창이와 승찬이가 보낸 것이 65개, 용민이가 보낸 것이 91개. 합이 208개나 되는 어마어마한 물량이었다.

통장 매입을 시작하고 제일 많은 물량을 확보한 것이었다.

진광에게 전화를 했다.

"진광아."

"예, 형님."

"오늘은 몇 시까지 만날꼬?"

"물량은 몇 개나 되시는데요?"

"208개다."

"이야, 형님 너무 신경 바짝 쓰시는 거 아닙니까?"

"마, 통장에 살고 통장에 죽는 우리 아이가? 부산지점장이 이 정도는 해야지, 지점장이지."

"10시까지 안산에 만났던 곳에서 뵙겠습니다."

"알았다."

부산에서 용민이가 보낸 퀵 도착이 8시 30분, 그리고 대구에서 보낸 수식이 봉진이 퀵 도착이 7시 도착, 대전에서 원창이와 승찬이가 보낸 것이 7시 30분 도착이라서 9시까지 광명역 KTX 퀵 화물 수화물센터에서 물건을 찾아 10시까지 진광이를 만나 아마이와 아난에게 물건을 전해주고 오늘은 술을 마시지 않고 인천 본부로 일찍 들어왔다.

본부에서 샤워하고 담배를 한 대 피고 있는데 치용이와 태성이가 "형님, 오랜만에 당구 한 게임 하시겠습니까?" 묻는다.

"당구 타이틀이 있어야 안 되겠나?"

"타이틀은 바에서 30만 원어치 술 한 잔 쏘는 것으로 하겠습니다."

"좋다."

3명이 당구 치수가 비슷했기 때문에 이런 내기를 해도 누구 하나 손해 보는 것이 없는 우리들이었다.

본부가 조금 외진 곳에 있어 당구장을 가려면 걸어서는 시간이 걸리기 때문에 1킬로미터 정도인데도 차를 타고 갔다.

주차할 곳이 마땅히 없어 중국집 골목에 장사를 끝낸 것 같아 거기에 주차하고 당구장으로 올라갔다.

3명에서 최선을 다해 당구를 쳤지만 아쉽게도 1점 차이로 태성이가 져서 술을 사게 되었다.

계산하고 주차해놓은 곳으로 내려갔지만 우리 차 앞에 짱깨 배달 오토바이가 주차되어 차가 빠질 수 없는 상황이었다.

태성이가 당구장으로 올라가 밑에 오토바이를 빼달라고 하니 당구를 치다 말고 짜증을 내며 투덜거리면서 한 남자가 걸어 나온다.

그 남자도 당구를 치다가 오토바이를 빼러 나온 것이 짜증이 났는지 태성에게 거기 개인 주차장도 아닌데 차를 주차시키면 어떻게 하냐면서 기분 나쁜 소리를 한다.

태성이도 당구에 져서 30만 원 잃은 상태에서 짜증이 나 있었지만 짜증까지 내는 그 남자에게 한마디 한다.

"마, 거기 너거 땅이가? 오토바이 빼라면 빼지. 말이 많노?"

그러자 짱깨가 한마디 한다.

"그래, 우리 땅이다. 와? 오토바이 못 빼겠다면 어쩔 것인데?"라고 말하는 것이다.

"귀뚜라미 같은 게 어디서 까부노?"

"뭐! 귀뚜라미? 그게 뭔데?"라는 것이다.

"니 같은 쪼다를 가지고 귀뚜라미라는 것이다, 인마. 마, 짱깨 배달이 어데 벼슬이가? 마, 니는 중국집 주차 관리보다는 짜장면 안 불어 터지게 화이바 꾹 눌러쓰고 배달만 열심히 하면 된다. 어디서 좆 만한 놈이 귀엽게 쫑알쫑알대노? 이리 와봐라. 형이 니 같은 것은 귀엽다고 꼬치 한 번 잡아 땡기줄게?"

분위기가 조금 안 좋아진 걸 알았는지 짱깨 배달원은 결국 "죄송합니다."라며 오토바이를 빼서 바에 술을 한잔 마시러 갔다.

술 먹는 자리에서 치용, 태성이가 한마디 한다.

"형님, 우리가 지금 하는 일은 정말 멋진 일인 것 같습니다."

"왜 그렇게 생각하는데?"

보이스피싱과
대포통장의
정체

# 5부

"아무리 경제가 힘들고 어려워도 통장 찾는 사람은 더 늘어나고 통장 매입해도 재고가 없으니깐요? 그냥 앉아서 버는 돈이지 않습니까? 돈도 적게 버는 것도 아니고요?"

"이럴 때일수록 사고가 나지 않게 더욱더 긴장해야 한단다. 요즘 나도 그렇고 너희들도 그렇고 긴장이 좀 풀리긴 풀렸다. 맞제?"

그것은 그런 것 같다. 예전보다 긴장이 좀 풀린 것 같았다.

"요즘 형이 타고 다니던 차가 차량번호도 그렇고 많이 날린 것 같은데 내일 차를 좀 바꾸러 가야겠다."

"형님께서는 차를 너무 자주 바꾸시는 것 같습니다." 치용이가 얘기한다.

"마, 어디 멋 내고 때기 잡으려고 차 바꾸나? 사고를 미리 방지하는 차

원에서 바꾸는 것이지."

(나는 거의 한 달에 한 번꼴로 차를 바꾸었다. 차도 항상 대포차량만 타고 다녔으며 부산에 2년 위의 형님께서 노름방, 급전이 필요한 사람에게 비싼 이자를 받고 차차차 대출로 많은 차를 매입해서 많은 대포차를 유통했기 때문에 대포차는 손쉽게 구할 수 있었다.)

2년 위에 부산 대포차를 유통하는 준현 형님께 전화를 했다.

"기동입니다. 형님!"

"그래, 잘 있나?"

"저야 뭐 형님께서 항상 안전한 차를 구해주셔서 잘 지내고 있습니다. 다름이 아니라 차 좀 바꾸려고 합니다."

"차는 얼마든지 있으니까 뭐로 탈 건데?"

"차주에 기소중지 없는 차로 중대형 차로 어떤 것이 있습니까?"

"뉴 오피러스 진주 색깔이 있는데, 이 차 괜찮다. 풀 옵션이고 저번에 감둥이 뉴 에쿠스 가지고 갔으니깐 니 차주고 200만 원만 더 주면 된다."

"알겠습니다."

"마! 형은 니한테 남기는 거 하나도 없는 거 알제?"라고 말한다.

장사꾼마다 하는 입에 발린 말이다. 나이 많은 사람이 늙으면 빨리 죽어야 한다는 것과 처녀가 시집 안 간다는 말 그리고 장사꾼이 남는 거 없다는 말이 우리나라 3대 거짓말이다.

'남는 것이 없는데 무엇 때문에 장사하겠노?' 하는 생각에 한마디 하려고 하다가 그래도 몇 년 동안 차를 형님에게 구입해서 타고 다녔는데 사고가 없었기 때문에 긍정적으로 생각했다.

"언제 차 가져갈 거고?"

"지금 인천이라서 며칠 있다가 가지러 가겠습니다."

"아니면 형이 차를 인천으로 보내줄까?"

"형님께서 안 번거로우시겠습니까?"

"마, 장사하는 사람이 돈 되는 일에 귀찮아해서 되겠나? 왔다 갔다 기름 값 20만 원만 더 추가해주면 된다. 어차피 기동이 니가 움직여도 그만한 경비는 들어간다 아이가?"

"알겠습니다."

"그럼 니 차 차량등록증하고 내일 서류 준비해 가지고 기다리고 있어라."

"잘 알겠습니다. 언제쯤 도착하실 수 있겠습니까?"

"내일 오전에 출발할 것이니 늦어도 오후 3시까지는 인천에 들어갈 것이다."

"알겠습니다."

"그래, 내일 또 통화하자."

우리도 바에서 양주 두 병을 마시고 본부 집으로 들어왔다.


다음날 오전 10시경 준현 형님께 전화가 왔다.

"기동아, 형이다."

"예, 형님."

"지금 출발할까 하는데 어디로 가면 되노?"

"인천 문학경기장 정문 앞으로 오시면 됩니다."

"알았다."

"도착하기 20분 전에 전화 주십시오."

"알았다."

조금 있다가 다시 통화하자며 전화를 마쳤다.

지금이 8월 말이었는데 이번 해에만 벌써 차를 5대나 바꾸었다.

그래서 친구들이나 동생들 아는 지인을 만날 때에 또 차가 바뀌었냐는 소리를 종종 들었다.

4시간 뒤에 준현 형님께 전화가 왔다.

"인천 톨게이트 이제 막 들어왔으니 20분 있으면 문학경기장에 도착할 것 같구나."라며 전화가 왔다.

"알겠습니다. 지금 준비해서 바로 나가겠습니다."라며 전화를 마쳤다.

예전에 타고 다니던 감동이 에쿠스 차를 타고 차량등록증과 서류를 챙겨들고 인천 문학경기장으로 나섰다.

우리 본부에서 5분이면 가는 거리라 내가 먼저 도착해서 비상 깜박이를 켜고 기다리고 있었다.

마침 준현 형님께서 뉴 오피러스 차를 타고 비상 깜박이를 켜며 나의 차 앞에 주차를 시켰다.

차에서 내려서 오랜만에 만난 형님께 인사를 드렸다.

"형님! 먼 길 오신다고 고생하셨습니다."

"아니다. 일부러 무리해서 온 것도 아닌데 뭘 그러노? 차 한번 타봐라."

"부산에서 인천까지 무사히 아무 일 없이 굴러온 거 보면 이상은 없는 듯합니다. 제 차는 한번 둘러보십시오. 형님께 한 달 전에 차 사가지고 며칠 전에 HID라이트 전구 하나 끼우고 브레이크 라이닝 갈고, 타이어 갈고 돈만 150만 원 정도 더 들어갔습니다."

겉으로 봐도 때깔이 좋아 보이는 차를 보더니 형님께서 씩 웃는다.

"차량등록증하고 서류는 여기 있다."

"차주 기소중지 같은 것은 없지예?"

"당연한 거 아니가?"

"여기 잔금 220만 원입니다."라며 차량등록증과 잔금이 오른손, 왼손 하며 거래가 끝이 났다.

"먼 길 오셨는데 형님 식사나 하고 가시죠?"

"아니다. 일찍 출발해야 조금이라도 일찍 도착 안하겠나? 내려가면서 휴게소에서 우동 한 그릇 먹고 가면 된다. 다음에 또 보자." 하면서 에쿠스 차를 타고 사라졌다.

새로 산 뉴 오피러스 차를 타고 본부로 돌아왔다.

부산지점장 얘기로는 1주일 뒤 경찰조사를 받아야 한다고 했기 때문에 지점장이 가르쳐준 시나리오 계획대로 준비하고 있었다.

보영 씨와 정은 씨는 통장을 주고 나자 어느 날 경찰서에서 연락이 왔다.

"최보영 씨 되십니까?"

"여기는 해운대경찰서 지능팀 저는 ○○○ 경위입니다. 조사할 것이 있는데 경찰서에 출석해줘야 할 것 같습니다."

"무슨 일이죠?"

보영 씨는 대충 무슨 일인지는 알고 있었지만 시치미를 뚝 떼며 물었다.

"무슨 일인지는 와보시면 아니깐 내일 오후 2시까지 해운대경찰서 지능팀으로 오시면 됩니다. 출석하지 아니 하면 불이익을 받을 수 있으니 꼭 오시길 바랍니다."라며 전화를 마친다.

다음날 경찰서에 조사를 받으러 들어갔는데 경찰도 참 어이없는 표정을 짓는다.

"보영 씨 통장이 보이스피싱에 사용되었는데 어떻게 된 것입니까?"

보영 씨는 대충 정황을 알고 있었는데 부산지점장(통장 매입해 간 사람)이 돈 받고 통장을 주었다고 그러면 엄청난 불이익을 받는다고 했기 때문에 아무것도 모르는 표정을 지으며 부산지점장이 가르쳐준 시나리오대로 신문광고에 신용-불량자도 대출해준다는 광고 보고 대출받기 위해 전화했더니 통장 13개 만들어 달라고 해서 주었다며 계획된 시나리오대로 얘기한다.

일정한 직업이 없고 업소를 다닌다는 것을 알고 구린 냄새가 조금 났던 보영 씨에게 강도 높은 추궁에 들어간다.

"이보세요, 아가씨. 신용 좋은 사람도 대출이 안 되는데 신용-불량자가 어떻게 대출이 됩니까? 다 알고 물어보는 것이니 통장 만들어서 누구한테 주었습니까?"

경찰이 공갈을 치기 시작한다.

혐의를 입증시키는 일이 경찰의 의무였기 때문에 수사할 때 자주 일어나는 일이다.

"빨리 사실대로 얘기 안합니까? 용서를 해주려고 했는데, 이 여자 안되겠네? 보영 씨가 만들어준 통장으로 인해 지금 얼마나 많은 피해자가 얼마나 많은 피해를 입었는지 알고 있습니까?"

경찰이 수갑을 꺼내면서 유치장에 집어넣을 테니 똑바로 얘기하라고 공갈을 친다.

부산지점장 얘기로는 끝까지 오리발을 내밀어야 한다, 절대 대가를 받고 통장 만들어준 사실이 인정되면 더 엄청난 불이익을 받는다고 했기 때문에 그 말도 일리가 있었다.

무언가 혼들린다는 것을 알았는지 경찰은 혐의를 입증시키기 위해 계속 공갈을 친다.

"자꾸 사건 은폐하려고 하고 공범들 숨겨주면 보영 씨만 더 힘들어집니다."라며 형사가 얘길 한다.

보영 씨는 눈물을 흘리고 만다.

너무 무서워서 마음이 혼들린다. 부산지점장을 불까? 하지만 이름도 몰랐고 마지막까지 부산지점장이 시키는 대로 끝까지 우기기로 했다.

"경찰이 지금 왜 우십니까?" 물어본다. 망설였다가 보영 씨가 입을 연다.

"나는 아무것도 모르고 대출하기 위해 통장을 만들어주었을 뿐인데 사기당한 돈 그리고 그 책임을 저보고 다 지라고 하니 무서워서 우는 것입니다."

경찰도 보영 씨가 이렇게까지 울면서 얘기하는데 그것이 진실이라 판단하고 "보영 씨, 앞으로는 통장 만들어서 양도·양수하면 안 됩니다. 그만 돌아가세요."

"저는 어떻게 되는 겁니까?"

"판사, 검사들이 알아서 하겠죠?"

그러고는 보영 씨는 집으로 돌아왔다.

부산지점장에게 경찰조사를 받고 나온 정황을 얘기하려고 전화했지만 전화는 정지되어 있었다.

그리고 두 달 뒤 집으로 검찰청에서 등기가 날아왔다.

"최보영 씨, 되십니까?"

"예, 맞습니다."

"등기 왔으니 사인 하나 해주십시오."

그것은 한 달 전에 부산지점장에게 통장 만들어준 대가로 전자금융거래법위반죄명으로 벌금500만 원 청구서였다. 100~200만 원이 아니라 500만 원이어서 잘못 본 줄 알고 다시 보니 벌금 500만 원 청구서였다.

이제 와서 생각해보니 사기라는 생각이 들었다.

돈 390만 원 받은 것은 찔끔찔끔 써서 어디에 썼는지 표도 나지 않았고, 500만 원 벌금을 내지 않으면 노역형 집행이 떨어져 교도소에 수감되어야 하는 현실이었다.

정은 씨도 결과는 마찬가지였다. 서로서로 너 때문에 그렇게 된 것이니, 너 때문에 그렇게 된 것이니 하며 불이익을 서로의 탓으로 돌리고 있다.

벌금을 내기 위해 또 비싼 사채를 빌려야 하고 이자에 이자, 결국 이 사람들도 사기를 당한 피해자들이었다. 도대체 어디까지가 피해자인가? 이렇게 통장 만들어주는 사람들이 범죄행위라는 것을 모르기 때문에 계속 피해는 늘어난다.


오늘도 변함없는 일상생활에 모두가 제자리로 돌아가 통장 매입이며 보이스피싱 일을 하고 있었다.

민철이 동생 용민에게 전화가 왔다.

"형님! 용민입니다."

"그래."

"식사 하셨습니까?"

"그래, 조금 전에 먹었다."

"통장 7사람 명의로 91개 준비되었는데 어제 보냈던 대로 KTX로 광명으로 보내겠습니다."

"알았다. 오늘 고생 많이 했네."

"아닙니다. 돈 벌 기회가 왔는데 열심히 해야 안 되겠습니까?"

"그래, 물건 받고 통화하자."

"알겠습니다."

전화를 마쳤다.

수식, 원창에게도 통장이 다 만들어졌다고 광명역으로 물건을 보냈다고 연락이 왔다.

진광에게 물량을 얘기해주고 광명역에서 동생들이 보낸 통장을 찾아 진광이를 만나 아마이와 아난에게 통장을 양도하니 밤 10시 30분이 되었다.

밤 11시가 넘으면 ATM기계 카드로 입금이 되지 않았다.

물건 값을 기다리고 있는 동생들에게 돈을 입금해줘야 되기 때문에 서둘러서 은행으로 갔다.

기존에 거래했던 수식, 원창, 봉진, 승찬 등은 내 동생들이기 때문에 믿을 수 있어 대포통장을 쓰지 않고 내 명의로 된 계좌에서 동생들 본명으로 된 계자로 텔레뱅킹을 해도 안심이 되지만 용민에게는 아직까지 내 이름을 오픈하기엔 진단이 더 필요한 시기였다.

통장 대금을 기다리던 용민에게 전화가 한 통 왔다.

"형님! 용민입니다."

"그래, 안 그래도 형이 지금 전화할 참이었는데. 시간이 많이 지체되어 이제 형도 통장 값을 받았는데 손에 지금 돈을 들고 있단다. 너한테 입금해주려고 하니 은행 ATM 현금지급기 문이 닫혀서 지금 상황이 곤란한데 내일 일찍 받으면 안 되겠냐?"

"형님, 저도 지금 돈 해결할 데가 있어 형님만 기다리고 있었는데, 오늘 좀 해결해주시면 안 되겠습니까?"

"대포통장 안에 잔고가 없어 이체가 어려울 것 같은데? 지금 형이 손에 돈을 들고 있으니 은행 문 여는 데로 입금해서 보내줄게."

"형님! 형님께서 저한테 실수할 사람도 아니라는 것 잘 알고 내일 아침에 보내주신다는데 여유가 되면 제가 형님께 이런 부탁하겠습니까? 더 열심히 할 테니 오늘 한번만 신경 한번 써 주십시오." 하는 것이다.

"일단 알았으니 10분 뒤에 통화하자." 하면서 전화를 마쳤다.

"태성아! 용민이 점마 믿을만한 놈이가?"

"왜 그러십니까?"

"지금까지 통장 값을 대포통장에서 대포통장으로 입금해주었는데 지금 시간이 늦어서 은행 문이 닫혔는데 형 명의로 된 계좌에서 용민 이름으로 된 계좌로 텔레뱅킹하려고 하는데 쪼끔 찝찝해서 진단이 안 내려진다."

"내일 입금해준다고 하면 안 되겠습니까?" 치용이가 말한다.

"지금 돈 들어갈 데가 있다고 형만 기다리고 있었다는데 신경 한번 써 달라고 사정사정하고 있는데 장고가 들어가는구나."

치용이가 얘기한다.

"형님! 민철 형님 동생이고 요즘에 일 열심히 하려고 노력 많이 하는 것 같은데 사고야 나겠습니까? 이제 저희들이랑 한 식구나 다름없는데 신경 써 주는 게 맞는 것 같습니다."

그래서 나는 텔레뱅킹을 해주기로 마음을 먹었다.

용민에게 전화를 걸었다.

"용민입니다. 형님."

"형인데. 니 깡패 맞제?"

"예, 형님."

"형이 웬만해선 형 이름 자체를 오픈하지 않는데. 니가 민철이 동생이고 또 깡패라고 하니깐 대포통장이 아닌 형 이름으로 된 정상적인 계좌에서 뱅킹 쏘아줄 테니 니도 대포통장 말고 니 이름으로 된 계좌번호 하나 문자로 찍어놓아라."

"감사합니다. 형님."

"마, 형 이름 전화번호는 그 누구에게도 오픈해서는 안 된다."

"그거는 걱정 마십시오."

"형이 믿는 만큼 니도 실망시키지 마라. 91×30=2,730만 원 바로 입금이 될 것이니 계좌번호부터 문자로 보내라."

"잘 알겠습니다."라며 통화를 마친다.

'행복은행: 김용민 312-××××-××××'

말 끝나기가 무섭게 문자로 계좌번호가 바로 전송되어 왔다.

밤 12시 30분부터 텔레뱅킹 ARS 서비스 점검시간이기 때문에 지갑에서 보안카드를 꺼내어 2,730만 원을 텔레뱅킹 해주었다.

나머지 동생들에게도 통장 값을 뱅킹해주고 오늘도 해야 할 일들을 모두 마쳤다.

용민이와 이런 거래를 10일 정도 했을 때쯤 용민에게도 대형사고가 나고 말았다.

용민에게 대부업 광고를 보고 통장을 만들어준 사람들이 보이스피싱 계좌로 사용되었기 때문에 경찰 조사를 받았다.

용민이가 통장 만드는 바지들에게 경찰 조사를 받았을 경우 정황이 이러니깐 이런 식으로 경찰 조사를 받으라고 교육을 제대로 했어야 했는데 민철이 또한 연락이 되지 않고 의사 전달이 확실히 되지 않아서 통장을 만들어준 바지들이 유원오피스텔 대부업하는 사람에게 대출을 받으러 갔다가 대출이 되지 않아 통장을 만들어주면 개당 10만 원씩 준다고 해서 만들어주었다고 그렇게 진술하고 말았다.

그것도 한두 사람이 아닌 여러 사람이 그렇게 진술했기 때문에 용민이 사무실이 수사 표적 대상이 되었다.

경찰들이 통장을 만들어준 사람들에게 "무슨 일이 있어도 내가 만든 통장을 양도·양수해서는 아니 됩니다. 통장을 만들어서 양도·양수한 자는 전자금융거래법위반으로 형사 처분을 받게 되니 그렇게 알고 돌아가세요."

통장을 만들어준 사람들이 반발한다.

"내가 사기 친 것도 아니고 내가 나쁜 데 쓰일 줄도 모르고 만들어주었는데 왜 제가 형사 처분을 받아야 합니까?"

"범죄에 사용될 줄 모르고 만들어주었다고 해서 여러분을 처벌하지 않으면 당신들이 무심코 만들어준 통장으로 인해 보이스피싱 사기를 당한 피해자들은 누구한테 하소연하며 우리나라 법질서는 어떻게 되겠습니까? 그런 부분에 대해서는 판검사들이 정확하게 판결할 것이니 앞으로는 절대 통장을 만들어서 팔면 안 됩니다. 열심히 일해서 돈 벌라고요. 알겠습니까?"

이 사람들은 전부 형사처분을 받게 된다.

통장을 13개 만들어주고 10만 원씩 130만 원을 받았는데 벌금은 500만 원을 받게 된다.

"젠장, 이런 개 같은 법이 어디 있노?"

어디에다 하소연해도 결과는 똑같았다.

보이스피싱 사기 당한 사람만이 피해자가 아니라 통장을 만들어준 사람도 피해자였다. 그리고 용민의 유원오피스텔이 압수수색 영장을 받아 경찰에게 공격을 당하게 되었다.

용민이가 평소와 같이 대출이 안 되는 사람들에게 통장 만들어주면 10만 원씩 준다는 얘기를 하고 통장을 만들고 있는데 체포영장을 가지고 용민이를 긴급체포했다.

"김용민, 전자금융거래법 위반, 사기방조 혐의로 긴급체포한다. 묵비권을 행사할 수 있으며, 변호사를 선임할 수 있습니다."

어이없는 표정을 지으며 "내가 무슨 전자금융거래법 위반, 사기방조죄를 저질렀습니까?" 하면서 대꾸한다.

"자세한 것은 경찰서 가서 알아보면 되니까 경찰서로 갑시다."라며 용민의 손에 수갑을 채우며 경찰서로 연행한다.

남부경찰서 지능 1팀에서 조사를 받았다.

"최현우, 남경진, 서경수 등등 약 40명이나 되는 사람들이 520개나 되는 통장을 만들어서 김용민 씨에게 통장을 양도했다고 하는그 통장 어디에 썼습니까?"

용민이는 마음속으로 어떻게 해야 할지 곰곰이 생각한다.

이 사람들은 우리 대부업 사무실에 대출하기 위해 찾아온 손님들로 대출이 되지 않아 내가 통장을 만들어 오라고 지시한 사람들이었다.

그래서 기동이 형님이 가르쳐준 대로 "인터넷 광고에 통장 산다는 사람이 있어 인터넷 광고 보고 팔았습니다."라고 대답한다.

"야, 인마 지금 장난하나?" 하면서 경찰이 화가 난 목소리로 용민에게 묻는다.

"한두 개도 아니고 500개 이상이 넘는 통장을 팔아서 이 통장이 어디에 쓰이는지 알고 팔았나?"

"잘 모르겠습니다."

"니가 팔아먹은 통장이 보이스피싱에 사용되어서 힘든 서민들이 얼마나 큰 피해를 입었는지, 그리고 대학교 등록금을 내기 위해 4년 동안 아르바이트해서 안 쓰고 모아둔 돈을 보이스피싱에 사기 당해서 자살까지 했는데 니는 이 책임을 어떻게 질 것인데?"

경찰이 용민에게 물었다.

"제가 사기를 칠 줄 알고 팔았습니까? 그 책임을 왜 제가 집니까?"라고 용민이가 대꾸를 한다.

"이 새끼가 반성은 안하고 어디서 두 눈을 바락 뜨고 말대꾸 하노? 통장 사가는 새끼들이 다 사기꾼 새끼들이지! 사기꾼들이 사기 치기 위해 니한테 통장을 산 것이고 니는 사기를 치라고 대가를 받고 사기꾼이 사기를 칠 수 있게끔 통장을 팔아 방조한 것이 아닌가?"

"아닙니다. 저는 정말로 보이스피싱에 사용될 줄 몰랐습니다."

"마! 사기 치는 것을 알고 팔았건, 모르고 팔았건 니는 대가를 받고 통장을 팔았으니 니가 다 책임지라."

"통장 팔아서 부당한 이익 챙긴 죄는 제가 달게 받겠습니다. 하지만 그 통장으로 인해 사기당한 피해자가 자살한 것은 저하고는 무관합니다."

"니가 판검사야? 니가 판단하게? 너는 전자금융거래법 위반, 사기방조 그리고 미필적 고의에 의한 살인죄를 적용시켜 10년은 썩게 만들 테니 그리 알아라."

용민이는 자기가 팔아먹은 통장이 보이스피싱에 사용되어 피해자가 자살까지 했다는 말에 마음이 흔들리기 시작했다.

"형사님! 제가 어떻게 하면 됩니까?"

"어떻게 하면 되기는 징역 10년 정도 살고 나오면 되지."

"장난 그만 하시죠."

"야, 이 새끼야! 지금 장난치는 것으로 보이나?"

형사가 피해자가 자살한 사건을 용민에게 대충 보여주며 공갈을 친다.

"제가 협조할 것은 협조하겠습니다. 어떻게 하면 됩니까?"

"니가 팔아먹은 통장 누가 사갔는지 빨리 윗선을 불어."

아무리 그래도 그것은 아닌 것 같아 긴 장고를 때리며 끝까지 그것은 모른다며 용민이가 부인한다.

경찰도 용민이 눈빛에서 무언가 알면서 자꾸 숨긴다는 것을 알았는지 끝까지 추궁에 들어간다.

"야, 인마! 니가 다 총대 멜 끼가? 니는 니 말대로 통장 팔아먹고 10만 원 남겨 먹은 죄밖에 없는데 살인죄까지 덮어쓸 거가?"

형사가 이간질을 시키며 용민이의 마음을 흔들어놓는다.

"잘 생각해라. 세상 의리 지키고 멋지게 살다가는 평생 징역만 산다는 사실을 니는 와 모르노?"

용민이가 또 곰곰이 생각해보니 형사 말도 맞는 것 같았다.

통장 520개 팔아서 20만 원씩 이익을 남겨 1억 400만 원 부당 이익을 챙긴 것이 전부인데 1억 천400만 원에 징역 10년은 아닌 것 같은 판단을 내려 넘지 말아야 할 선을 넘고 말았다.

"누구한테 팔았어?" 형사가 또 고함을 지른다.

"정말로 누구한테 통장을 팔았는지 윗선을 알려주면 나는 참작해주는 것입니까? 그 대신에 제가 얘기했다고 말하면 절대 안 됩니다. 저도 신변에 문제가 생길 수도 있습니다."

"알았다. 그것은 내가 약속한다."

"정태성이라는 친구를 통해 이기동이라는 2년 위의 형님에게 건네주었습니다. 이기동이라는 2년 위의 형님입니다."

"확실해?"

"에, 맞습니다."

"이기동이가 맞는지 어떻게 확신하는데?" 경찰이 묻는다.

있었던 정황을 그대로 설명했다.

"통장 값 입금해줄 때 대포통장이 아닌 자기 명의로 된 통장으로 텔레뱅킹을 해주어서 확신합니다. 자기 명의로 된 통장으로 계좌이체를 한다며 형님 이름 이기동은 절대 다른 사람들에게 알리지 마라며 나에게 신신당부를 했습니다. 그리고 정태성에게는 제가 유원오피스텔 앞에서 직접 주었고요."

"이기동이랑 거래는 언제부터 했고 얼마나 했는데?"

"거래는 2주 전부터 했고 통장은 약 520개 정도 보냈던 것 같습니다."

"이기동이가 중국 사람들도 같이 데리고 다니면서 조직적으로 움직이는데 대한민국에 거의 최고 상선입니다. 제가 수사에 협조해주었으니 참작해서 불구속 수사로 해주십시오."

"마, 지금 해결된 것이 하나도 없는데 이기동이를 잡아야 참작해주더라도 해주지. 안 그렇나?"

"그럼 어떻게 해야 합니까?" 용민이가 묻는다.

"이기동이 지금 어디 있노?"

"정확한 것은 모르는데 경기도 광명 쪽에 있는 것 같습니다. 계속 광명역 쪽으로 제가 통장을 보냈으니까요."

"이기동이 전화번호 몇 번이고?" 형사가 묻는다.

"010-××××-×××× 이 전화번호는 대포폰이 아니라 동생들하고만 통화하는 정상적인 폰이라고 이 전화번호도 절대 가르쳐주지 말라고 했습니다."

"통화 한번 해 봐라."

"통화해서 뭐라고 할까요?"

"경찰에 잡혔다는 소리하지 말고 그냥 안부 통화하는 식으로."

스피커폰을 켜고 용민이 전화를 건다.

아무것도 모른 채 나를 죽이려고 전화하는지도 모르고 나는 전화를 받고 만다.

평소와 다름없이 본부에서 치용, 태성과 일을 보고 있는데 전화 한 통이 온다.

"여보세요?"

"용민입니다. 형님."

"그래, 오전부터 무슨 일이고?"

"다름이 아니라 당분간 통장 올리는 것은 좀 어려울 것 같습니다."

"왜? 무슨 일 있나?"

"전에 통장 만들어 올린 사람들에게 문제가 좀 생겨서 말입니다."

"무슨 문제가 생겼는데?"

"경찰서에서 연락이 와서 조사 받고 왔는데 내 통장 어디에 썼냐고 시끄럽게 해서 분위기가 조금 좋지 않아 좀 쉬어야겠습니다."

"일 마무리는 잘되었나?"

"바지들에게 제가 돈 좀 찔러주면서 정리는 잘되었습니다."

"깝깝한 장면 나오면 형 대포폰 전화번호 가르쳐주면서 이 사람한테 팔기로 했는데 돈 10원짜리 하나 받지 못했다며 니도 사기당한 피해자라면서 대충 둘러대라. 절대 형 이름, 형 전화번호 가르쳐주면 안 된다."

"잘 알겠습니다. 당분간 전화 못 드립니다."라며 전화를 마친다.

"이제 되었습니까?" 용민이가 말한다.

"그래! 약속대로 수사 협조했으니 불구속 수사 해준다. 하지만 이기동이한테 전화해서 증거 인멸하라니 걸렸다고 숨으라고 하면 다시 구속 수사 시킬 것이니 그리 알아라."

"알겠습니다."

"이기동이 차는 뭐 타고 다니노? 검거하려면 무슨 차를 타고 다니는지 알아야 검거에 도움이 되겠는데?"

"차량번호는 모르지만 2주 전에 유원오피스텔 앞에서 보았는데 검은색 신형 에쿠스가 확실합니다."

"그래, 고맙다."

이 정도 증거, 이 정도 물증이면 이기동이 구속시키는 데 확신한다는 표정을 형사들이 지었다.

나를 잡기 위해 형사들이 몇 번을 시도했지만 법망을 이리저리 피해 다녔고 보이스피싱이 사회에 논란이 되고 있음에도 불구하고 형사들은 윗선을 잡아내기란 쉬운 일이 아니었다.

용민이는 내 차가 에쿠스에서 오피러스로 바뀐 지 전혀 알고 있지 못한 채 그것이 진실이라 생각하고 형사들에게 모든 것을 얘기해주었다.

용민이는 일단 수사에 협조했기 때문에 불구속 수사로 남부경찰서를 빠져나왔다.

남부경찰서 지능팀 형사들은 이기동이가 조직적으로 중국인들까지 끼고 움직이는 최고 상선이라는 제보를 듣고 전담반을 꾸려 수사를 시작했다.

일단 용민이가 가르쳐준 이기동의 핸드폰 번호를 남부경찰서 형사들은 위치추적해서 실시간 이기동의 이동경로를 파악하고 있었다.

위치 추적 수사 결과 전국을 돌아다니는 경로가 파악되었지만 인천 문학동에 있는 시간이 제일 많았고, 인천 문학동에서 신형 검은색 에쿠스를 찾아 잠복을 치고 있다가 검거하기로 형사들은 그렇게 작전을 짜고 디데이를 잡아 검거에 나선다.

형사들 7명이서 전담반을 꾸려 이기동을 검거하기 위해 체포영장을 받아 핸드폰 위치 추적이 가리키는 인천 문학동을 이 잡듯이 뒤져 이기동이 타고 다니던 검은색 에쿠스를 찾았지만 검은색 에쿠스는 많이 있었는데 이기동 일당은 나타나지 않았다.

형사들이 잠복에 들어간 지 일주일째 확실한 은신처를 찾지 못해 애를 먹고 있었다.

형사가 용민에게 전화를 건다.

"용민아!"

"예, 형사님."

"이기동이가 타고 다니는 차 검은색 에쿠스 맞나?"

"예, 하늘에 맹세코 맞습니다."

"지금 일주일 동안 이기동이 핸드폰이 가리키는 기지국 동서남북 전 방 1킬로미터에 형사들이 검은색 에쿠스는 다 뒤졌는데 아무래도 차가 잘못된 것 같은데."라며 다시 한 번 용민에게 확인한다.

"정말 맞습니다. 일이 이렇게까지 되었는데 제가 거짓말할 이유라도 있습니까?"

"일단 알았다." 또 통화하자며 전화를 마친다.

이기동이가 쓰는 전화번호의 위치 추적 결과 인천 문학동을 계속 가리키고 있었기 때문에 이 근처에 있는 것은 틀림없었다.

남부경찰서 지능팀 팀장이 형사들을 모아두고 다시 작전을 짠다.

이기동이가 이 근처에 있는 것은 틀림없으니 편의점이나 PC방 그리고 당구장, 식당 위주로 다시 탐문수사를 계속 하길 바란다며 다시 수사 지시를 내린다.

형사들이 뿔뿔이 흩어져서 이기동, 정태성, 그리고 김치용 사진을 들고 다니며 상인들에게 하나하나 물어본다.

"혹시 장사하시다가 부산 말투 쓰고 이런 사람들 보셨습니까?"

상인들에게 형사가 묻는다.

"아니, 못 봤습니다."

수사가 제대로 이루어지지 않아 형사들이 잠깐 휴식을 취하기 위해 편의점 파라솔에서 커피를 마시고 있는 순간 짱깨 배달하는 배달원이 오토바이를 타고 오다 편의점에서 담배를 사기 위해 오토바이를 세운다.

이기동 일당들이 살기 위해서는 먹어야 한다는 것을 형사가 생각하고 짱깨 배달원에게 형사가 양해를 구하면서 사진을 보여준다.

"혹시 배달하시면서 이런 사람들 보셨습니까? 부산 말투를 쓰면서 덩치들이 전부 큰 아이들인데 잘 한번 생각해보십시오."

그러자 짱깨 배달원 눈이 똥그레지며 사진을 유심히 쳐다본다. 그리고 입을 연다.

"이 사람은 며칠 전에 당구장 앞에서 우리 가게에 불법주차를 해놓고 오토바이를 빨리 빼 달라며 당구치고 있는 나에게 귀뚜라미 같은 놈이라며 협박한 사람입니다."

"틀림없습니까?"

"틀림없습니다. 제가 직업은 이래도 눈썰미가 있는 사람이니 확실합니다."

"어디서 보셨습니까?"

"요 앞에 당구장에서 일이 있었는데 그때뿐만 아니라 배달하다가 종종 보이는 사람들이니 이곳에 계시면 만날 수 있을 것입니다."

"혹시 그 사람들 차는 무슨 차를 타고 다니는지 아십니까?" 형사가 물었다. 그것도 정확하게 기억하고 있습니다.

"저한테 협박했을 때는 검은색 에쿠스를 타고 다녔는데 며칠 전 배달 가다가 슈퍼에서 우연히 보았는데 차가 진주색 뉴 오피러스로 바뀐 것을 두 눈으로 보았습니다."

"에쿠스가 아니고 오피러스라고요?"

"네, 그것도 확실합니다. 제 눈으로 똑똑히 보았습니다."

형사가 "고맙다."고 얘기한다.

그러더니 짱깨 배달원은 화이바를 다시 쓰면서 "그 귀뚜라미 새끼들 진짜 나쁜 놈들이니 꼭 잡아주세요. 고생하십시오."라고 말하면서 가던 길을 가고 만다.

형사들이 얘기한다.

"이봐라, 내가 에쿠스는 아니라고 했제? 이런 것도 모르고 일주일 동안 검은색 에쿠스 차만 뒤졌으니 이기동이가 나오겠나? 일단 여기서 기다려보자."면서 다시 잠복을 친다.

325

나와 치용, 태성은 수사가 이렇게까지 나의 목을 쪼아왔다는 것은 상상도 못하고 있었다.

평소와 같이 본부 인천 집에서 일어나 통장 매입하는 동생들과 통화를 마치고 광명역에 KTX 퀵 화물로 통장 도착 시간을 기다리고 있었다.

치용이가 나에게 말을 건다.

"형님! 세탁소에 가서 옷 좀 찾아오겠습니다."

"그래, 다녀오나. 뭐 심부름 시킬 것 없습니까?"

"그러면 차 타고 가는 김에 광명역 가서 통장 찾아오나. 제일 마지막 물건이 8시이니깐 지금 출발하면 딱 되겠네."

"알겠습니다. 물품 번호 가르쳐주십시오."

핸드폰 문자에 전송된 물품번호를 치용 핸드폰에 전송해서 보내주었다.

"대전에서 수식이, 봉진이 팀이 보낸 것 하나, 대구에서 원창, 승찬 팀이 보낸 것 하나 2개니깐 빠뜨리지 말고 제대로 찾아오나! 올 때 세탁소에서 형 추리닝도 찾아오고!"

"잘 알겠습니다."

"요즘 용민이는 물건 올리는 게 뜸한 것 같습니다. 한 일주일은 쉰 것 같은데 무슨 일 있는 것 아닙니까?"

"일이 좀 있어 당분간 물건 못 올린다고 했으니 연락 올 때까지 기다려보자. 무슨 일이야 있겠나?"

"다녀오겠습니다."

"10시까지 진광이 만나러 가기로 했으니 딴 짓 하지 말고 일보고 바로 들어와야 한다."

"알겠습니다."라며 태성이와 치용이가 본부를 나선다.

1시간이면 왔다 갔다 왕복하기 때문에 나도 얼른 샤워하고 어질러져 있는 집안을 대충 정리했다.

미향이가 있었다면 집안 청소를 했을 텐데 집에 여자 없이 남자만 세 명이서 생활했기 때문에 속옷 빨래며 설거지는 돌아가면서 우리 몫이 었다.

며칠 밀려 있는 양말, 팬티, 수건 등을 드럼세탁기에 넣고 가루 세제를 넣고 세탁기를 돌렸다.

샤워를 끝내고 진광이를 만나러 가기 위해 치용이와 태성이를 기다 리고 있었다.

태성이와 치용이는 광명역 퀵 수화물센터에서 통장을 찾고 본부로 돌 아오는 길이었다.

돌아오는 길에 세탁소에 들러서 옷을 찾는데 세탁소가 경찰이 잠복하 고 있던 편의점 근처라서 형사들에게 발각되고 만다.

"점마 저거 이기동이 밑에 있는 동생들 태성이하고 치용이네."

형사들끼리 수군대고 있다.

"차도 진주색 뉴 오피러스 맞고 일단 눈치 못 채게 미행해서 본부를 덮치자."

"본부를 덮쳐야 중국인과 이기동이를 검거할 수 있지 않겠나?"

형사들이 팀장 말이 맞다며 팀장 지시에 따르고, 세탁소에서 태성이가 세탁물을 차에 싣고 운전석에 앉아 어디론가 이동한다.

형사들도 태성이가 몰고 있는 차를 조심스레 따라간다.

치용이와 태성이는 형사들이 잠복을 치며 따라올 것이라는 생각은 전 혀 못하고 있었다.

그러고는 오피스텔 본부에 주차를 한다. 세탁물 통장을 들고 본부가 1 층에 있었기 때문에 태성이와 치용이가 다녀왔다며 문을 열고 인사한다.

그 순간 시커먼 남자들이 우르르 뛰어 들어오면서 "꼼짝 마." 하는 것 이다.

나는 이 사람들이 경찰이란 생각은 전혀 하지 못했고 강도라는 생각에 방구석에 세워두었던 야구 방망이를 손에 들었다.

그러자 한 남자가 입을 연다.

"이기동! 우리는 부산 남부경찰서 지능팀 형사들이다. 전자금융거래법 위반, 사기방조죄로 긴급 체포하니 야구 방망이 내려놓아라."

그 순간 나는 강도가 아니라 형사라는 말에 야구 방망이를 놓고 만다.

"묵비권을 행사할 수 있으며, 변호사를 선임할 수 있다."면서 수갑을 채운다.

그러고는 형사들이 삼삼오오 나누어 본부를 수색하기 시작한다.

침대고 장판이며 서랍장, 화장실을 수색하던 중 형사 한 명이 심각한 표정을 지으며 싱크대 옆에 떨어져 있는 가루비누를 보며 한마디 한다.

"이 새끼들 봐라."라고 하면서 가루비누를 손에 찍어 맛을 본다. 가루비누를 히로뽕으로 착각했기 때문이다.

내가 어이없다는 표정으로 "어이, 형사 아저씨. 정신 좀 차리소. 수색이나 제대로 하시지예? 사람을 뭘로 보고? 누굴 뽕쟁이로 보나? 슈퍼타이하고 필로폰하고 구분도 못요? 참 저런 것도 형사라고."

내가 말을 비꼬았다.

수색 결과 본부를 두들겨 맞았기 때문에 나 또한 타격이 장난이 아니었다.

진광에게 양도하기 위해 가지고 있던 통장 300개 그리고 대포전화기 그리고 3일 동안 거래했던 장부를 빼앗겼다.

그리고 우리 세 명의 손목에 수갑을 채운 채 경찰차 스타렉스에 호송한다.

경찰이 담배를 하나 주면서 나에게 말을 건다.

"니가 이기동이가?"

"예, 제가 이기동입니다."

"니는 이쪽 세계에서 소문을 들어보니 참 유명한 놈이던데……"라고 말하는 것이다.

내 주위에는 야당이 없었기 때문에 용민이가 만세 했다는 것을 100% 확신하고 있었다. 요 근래에 하던 행동들도 이상했고. 그래서 내가 한마디 했다.

"그 소문 낸 김용민이를 때려 지기면 되겠네?"라고 하니 형사가 눈이 똥그래지며 웃으면서 얘기한다.

"용민이가 누고? 기동아! 용민이는 니가 담배 피우는지 안 피우는지, 그리고 니 차가 무슨 차인지도 모르더라."면서 비꼬며 얘기한다.

"그놈이 얘기했건 하지 않았건 나는 그 새끼 진짜 가만히 안 둡니다." 라고 말했다.

그러니 형사는 끝까지 용민이를 지켜주기 위해 아니라고 거짓말했다.

형사가 말을 건다.

"기동아, 니 위에 중국인이 있는 거 다 알고 있으니까 빨리 더 큰 피해를 막기 위해서라도 잡아야 하니깐 어디 있노?" 묻는 것이다.

"중국인은 무슨 중국인요? 중국인은 중국에 있겠죠? 무슨 한국에서 중국인을 찾습니까?"

"마, 다 알고 있는데 끝까지 잡아뗄 끼가?"라면서 공갈을 친다.

"어이, 형사 아저씨. 다 알고 있으면 가서 잡으면 되지. 내한테는 뭐 하러 물어봅니까? 수색 다 끝났으면 갑시다."라고 형사에게 말했다.

"마, 이기동이. 니 진짜 이럴 끼가?"

"뭐를 말이요?"

"자꾸 공범들을 은닉시킬 끼가?"

"수사와 검거는 형사가 하는 것이지. 내가 그런 것까지 도와주어야 합니까?"

"그럼 니가 지금까지 통장 양도한 거 니 혼자 다 덮어쓸 거가?"라면서 슬슬 공갈을 치기 시작한다. 이런 공갈에 흔들릴 내가 아니었다.

"당연한 거 아닙니까? 내가 통장 판 거 내가 책임져야죠! 누가 책임집니까? 뭐 위에 상선 나온다고 해서 달라질 거나 있습니까? 중국인 상선 나오면 전국 뉴스에 매스컴 띄워서 이기동이 보이스피싱 중국인 최상선에 조직적으로 움직이면서 보이스피싱이 깊숙이 가담해 있다고 징역 배팅하려는 거 누가 모릅니까? 괜히 잔챙이 취급하지 마시고 갑시다. 알고 있는 것도 아무것도 없고 알아도 못 가르쳐줍니다."

그렇게 경찰과 실랑이를 벌이고 있는데 마침 압수되어 있는 나의 핸드폰에 최진광이가 연락이 왔다. 형사가 무슨 전화인지 전화를 받았다.

조선족 어눌한 목소리로 형님이라고 하니, 형사가 "기동이 아는 형인데 기동이 잠깐 밖에 담배 사러 갔는데 무슨 일인데?" 하는 것이다.

그러자 진광이가 이상한 낌새를 눈치 챘는지 "나중에 다시 전화 드리겠습니다."라고 전화를 마친다.

전화를 끊자마자 형사가 한마디 한다.

"마, 금방 전화 온 사람 말이 더듬더듬 거리는 것을 보니 중국인 맞는데 니 자꾸 거짓말할래?" 하는 것이다.

"무슨 중국인 말입니까?"라고 말을 둘러대니 "그럼 조금 전에 전화 온 사람 누구고?" 하는 것이다.

"말이 더듬더듬 거리는 것 보니 중국집 짱깨 배달하는 사람이겠죠? 갑시다. 경찰서로."

"마, 지금 니 내하고 장난하나?"

"장난은 지금 누가 장난한단 말인교."

형사들은 윗선을 검거하지 못한 채 아쉬웠는지 부산으로 차를 돌리지 않고 끝까지 나를 추궁한다.

여기에 흔들릴 내가 아니었다.

20분 뒤 압수되어 있던 핸드폰에 전화벨소리가 한 번 더 울린다.

지금 이 시간은 진광이를 만나 아마이, 아난에게 통장을 양도하러 가는 시간인데 전화 연락이 되지 않아서 최진광이가 계속 거는 것이었다.

형사가 전화를 받는다.

"여보세요?"

진광이가 "기동 형님, 아직 안 들어왔습니까?" 물었다.

바쁜 일이 있어 잠시 나갔는데 기동이가 그쪽 분 전화 오면 기동이 살고 있는 인천 집으로 오라고 얘기하고 나갔다고 얘기한다.

이리로 오라며 최진광을 형사들이 유인했다.

더 이상은 지켜볼 수 없어 있는 힘을 다해 "형 잡혀가니깐 절대 오면 안 된다. 마, 튀라."라고 얘기하니 형사가 깜짝 놀라며 당황했는지 전화기의 종료버튼을 눌러 꺼버렸다.

"야! 이기동이 너 진짜 이렇게 할 끼가?"

"아따, 진짜 남의 전화기 들고 뭐하는 겁니까? 전화기 가지고 오소. 얄팍한 방법으로 잡으라고 하지 말고 열심히 수사해서 뛰어다니면서 잡으시지요."

"전화기는 범죄에 사용되었으니 압수다. 못 준다." 하면서 형사가 화를 내는 것이다.

상선을 검거하는 것은 물거품으로 돌아가고 태성, 치용과 수갑을 찬채 부산 남부경찰서로 왔다.

한참 경찰 조사가 진행되었다.

"이기동이 김용민에게 통장 520개 받은 사실 있나?"

"520개는 정확하게 기억 안 나고 받은 사실 있습니다."

"그 통장 어디에 사용했노?"

"어디에 사용했는지 저는 모릅니다."

"그게 무슨 말이고?"

"인터넷에서 통장 매입하는 사람이 있어 용민에게 30만 원 주고 산 통장 20만 원 남겨 먹고 50만 원에 팔았습니다."

"누구한테 팔았노?"

"얼굴은 보지 못했습니다. 전화번호만 알고 있습니다."

"전화번호는 무엇이고?"

잡혔을 때를 대비해서 미리 중국인 앞으로 개통되어 있는 대포폰을 가르쳐주었다.

"이 많은 통장이 보이스피싱에 사용되었는데 보이스피싱에 사용될 줄 알고 팔았나? 모르고 팔았나?"

"모르고 팔았습니다."

"마, 한두 개도 아니고 이렇게 많은 물량을 팔았는데 보이스피싱에 쓰일 줄 모르고 팔았다는 것이 나는 이해되지 않는데 어떻게 생각하노?"

"그것은 형사님 생각이고. 저는 통장만 팔아 이익만 남겼을 뿐 이 통장으로 무슨 일했는지 관심이 없습니다."

조사하던 경찰이 울화통이 터지는지 고함을 지른다.

"검거되지 않은 중국인 상선들이 있다고 하던데 그것은 어찌 된 것이고?"

"그런 사람들은 없었으며 저는 아무것도 모릅니다."

"인천에서 검거되었을 때 어눌한 조선족 목소리로 전화가 온 것을 박 형사가 받았는데 그때 기동이 니가 형 잡혀간다고 튀라고 했는데 그 사람은 누구고?"

"그냥 인터넷에서 만난 저에게 통장 사간 사람입니다."

"마, 이기동이 지금 니하고 장난하는 것 아니다. 있는 그대로 얘기 안 할래?"

"이것이 있는 그대로인데 무슨 사실을 얘기하라는 겁니까?"

일단 무조건 혐의 자체를 부인했다.

도저히 나하고는 대화되지 않는지 니는 두고 보라면서 자꾸 범행 자백을 요구했다.

이 시각 치용이와 태성에게 혐의를 자백 받을 수 있을 것 같아 다른 형사들이 치용과 태성에게 강도 높은 추궁에 들어갔다.

일단 태성에게 먼저 수사가 들어갔다.

"김용민에게 통장 양도 받은 사실 있제?"

"아니요. 저는 양도 받은 사실이 없는데요."

어이없는 표정을 형사는 지으며 또 물어본다.

"체포되었을 때 이기동이랑 김치용이랑 인천 문학동 오피스텔에서 같이 있었는데 너는 그곳에서 어떤 역할 했노?"

"무슨 역할 말입니까?"

"거기서 기동이랑 치용이랑 같이 합숙하면서 한 역할이 있을 거 아니가?" 하면서 공갈을 친다.

3초 정도를 고민하더니 "마땅히 한 역할은 없는데 꼭 역할을 말해라면 파출부라고 해야 할까?"

형사가 눈이 뚱그레지면서 되묻는다.

"파출부?"

"예, 파출부."

"저는 인천 오피스텔에 있는 동안 치용 형님하고 기동 형님이 시키는 대로 방 청소하고 시장보고 빨래하고 한 것이 전부입니다."라고 얘기한다.

기가 찬 태성이 진술에 "야, 이 새끼야. 지금 내하고 농담 따먹기 하나? 사실대로 얘기 안하나!" 하는 것이다.

"아, 맞다. 빠져 먹은 것이 하나 있네! 제일 중요한 게 빠졌네. 설거지도 제가 했습니다."라고 얘기한다.

"거기 있는 동안 방 청소, 시장 본 거, 빨래, 설거지한 것이 전부라고?"

형사가 어이없는 표정을 지으며 되묻는다.

"아따, 그렇다니깐 몇 번을 물어봅니까?"라면서 혐의를 완전히 부인한다.

마지막 남은 치용에게 강도 높은 추궁이 들어간다.

"야, 김치용이 김용민에게 통장 양도 받은 사실 있나?"

"아니, 없습니다."

"너 또한 체포되었을 때 인천 문학동 오피스텔에 이기동이랑 정태성이랑 같이 있었는데 거기에 있는 동안 무슨 역할 했노?"

3초 동안 장고를 때린다.

그러자 형사가 치용의 흔들리는 마음을 알아채고는 "마, 이기동, 정태성이 다 불었으니 사실대로 얘기해라."면서 강도 높은 공갈을 친다.

그러자 치용이가 웃으면서 얘기한다.

"기동 형님하고 태성이가 얘기했으면 다 아시겠네요. 시장 보고 설거지 하고 빨래하고 방청소 했다는 거. 아, 참 하나를 빠뜨렸네요." 하면서 무언가 말하려고 치용이가 심각한 표정을 짓는다.

형사가 빠뜨린 것이 무엇이냐며 되묻는다.

"저는 태성이보다 형이라서 사실 설거지는 제가 한 것이 아닙니다."라고 형사를 비꼰다.

"이 새끼들 완전 미친 새끼들 아이가? 마, 너거들 하자는 대로 해놓았으니 검사한테 가서 얘기하든 말든 알아서 해라. 자꾸 부인하면 너희들만 징역 배팅한다는 것을 와 모르노?"

그러고는 판사 영장실질심사를 다녀왔다.

체포되었을 때 대포통장이 본부에 대량 있었고 대포폰 통장 판매한 장부가 있었기 때문에 이것만으로도 충분한 정황이 드러났고 증거 인멸, 도주의 우려가 있다고 치용, 태성 그리고 나 세 명 다 구속영장이 발부되었다.

그러고는 체포된 지 10일째 되는 날 부산구치소로 이송되기 전 검찰청에 가서 검사에게 강도 높은 추궁을 받았다.

검사 조사 내용 또한 경찰조사와 같이 무조건 범죄 혐의를 시인하라며 공갈을 쳤다. 나 또한 흔들림 없이 진술 내용이 똑같았다.

나는 김용민에게 520개 통장을 양도 받은 사실은 있으나 그 통장이 보이스피싱에 사용될 줄 모르고 성명불상에게 인터넷으로 팔았다는 것과 중국인 상선은 없다는 것을 주장했다.

검사는 자기가 원하는 대답이 내 입에서 나오지 않고 엉뚱한 소리만 해대는 것에 열이 받았는지 책상을 두드리면서 한마디 한다.

"마, 이기동이 네가 검사를 우습게 보는 것 같은데 내 강력 부장검사 최만재다. 니가 판 통장이 보이스피싱에 사용되어 사기당한 피해자 중 두 명이나 자살했다. 니가 사기 치라고 통장을 팔아서 사기방조만 하지 않았다면 사기 칠 일도 없었을 테고 사기를 당하지 않았으면 저 피해자 대학생도 죽지 않았을 것인데 니로 인해 대학생이 죽은 것이니 니가 죽인 것이나 다름없다. 니는 미필적 고의에 의한 살인죄로 양형에 참작해서 엄한 처벌할 것이니 그리 알아라."면서 검사가 공갈을 친다.

"지금 내하고 장난합니까? 그 사람이 죽은 거랑 내랑 무슨 상관입니까? 얼마를 사기 당했는지는 모르겠는데 몇백만 원 사기 당했다고 자살한다면 대한민국 국민 전부 다 자살해야 합니다. 안 그렇습니까?"

"뭐라고? 새끼야?"

대꾸하는 나의 진술에 검사가 열을 내면서 한마디 한다.

"니가 잘했어? 인마, 그래?"

"누가 잘했답니까? 내가 통장 판 죄는 인정한다 이겁니다. 하지만 사람이 죽은 것에 대해서는 저와는 무관합니다."

"니가 죽였어, 인마. 너는 천벌을 받아야 해."

"검사님 똑똑하고 공부 열심히 해서 검사 된 것이 아닙니까? 똑똑한 분이 와 그러십니까?

이런 사건으로 나에게 살인죄를 적용한다면 불낸 방화 살인범 수사할 때 슈퍼마켓에서 라이터 판 사람들도 살인죄로 처벌 받습니까? 그리고 흉기에 의한 살인죄를 저지른 사건은 칼을 판 슈퍼마켓 주인도 살인죄로 처벌을 받습니까?”

내가 다른 사건과 비교해 가면서 검사를 열 받게 했다.

“인마, 당연히 불을 낼 줄 알고 라이터를 팔았다면 당연히 처벌을 받아야지. 그리고 칼 또한 사람을 죽일 줄 알고 팔았다면 처벌을 받아야지. 어디서 나를 훈계하고 가르칠라고 그러노? 니가 그리고도 살아남을 것 같나?”

“그래, 제 말은 저도 사람이 자살할 줄 모르고 통장 팔았기 때문에 살인죄랑은 무관하다 이겁니다. 뭐가 잘못되었습니까? 제 말이 틀렸습니까?”

“사람을 죽이고 안 죽이고 그것은 판사님이 판결할 것이고 나는 최고 구형할 것이니 그리 알아라.”

나에게 자백을 받아내기 위해 공갈을 치고 있다는 것을 나는 알고 있었다.

그리고 검사는 형사랑 수사하는 자체가 달랐다.

나의 계좌 통장 내역을 벌써 다 수사해놓은 상태였다.

원창, 수식, 승찬, 봉진에게 수천만 원씩 입금해준 계좌내역 그리고 최진광이 내가 부산에 있었을 때 통장 값으로 4천만 원 송금해준 내역을 들고 추궁한다.

원창, 수식, 승찬, 봉진에게 무슨 이렇게 많은 돈을 입금해주었는지 추궁한다.

“형과 동생 사이에 돈 거래도 못합니까?”

“그래, 이게 무슨 돈인데?”

“빌려주고 받은 돈입니다. 그리고 빌리고 갚았던지…….”

“그래, 무엇을 한다고 이렇게 큰돈을 빌려주었는데?”

“돈 빌려줄 때 요즘에는 검찰청에 검사한테 보고하고 돈 빌려주어야 합니까? 그것은 묵비권 행사하겠습니다.”

"니 멋대로 한번 해봐라. 그리고 최진광이 이 사람은 누군데 니한테 4천만 원을 송금했노?"

"잘 모르겠습니다. 오래되어 기억이 안 납니다."

"니 통장에 저 큰돈은 입금해주었는데 기억이 안 난다니 말이 되는 소리가?"

"나는 그런 거는 기억하고 다니지 않아서 잘 모르겠습니다."

"혹시 인천에서 수사 중에 이기동이 니 위에 상선인 중국인이 있었다고 하는데 최진광 이 사람이 아니가?"

"위에 중국인 상선이 없었으니 이 사람도 그 사람이 아니겠죠?"

역시 검사는 나의 진술에서 원하는 대답을 듣지 못해 열을 받고 있었다.

치용, 태성에게도 검사는 원하는 대답을 듣지 못한 채 수사는 원점이었다.

최진광이는 내가 형사에게 잡혀 갔다는 소리를 듣고 방황하고 있었다.

내가 없으면 대포통장 매입이 되지 않기 때문에 보이스피싱의 심장인 대포통장이 유통되지 않기 때문에 보이스피싱 사기 자체가 돌아갈 일이 없었다.

중국 총책에서 용가리 형, 달수 형도 최진광이랑 통화하면서 내가 구속되었다는 것을 알았다. 용가리 형이 "진광아, 일단 분위기가 좋지 않으니 니도 중국으로 들어와서 당분간 쉬어."라고 했다.

한국에서 정리할 것 좀 정리하고 며칠 안으로 중국으로 들어간다는 약속하고 오랜만에 아난이와 아마이를 만나 마카오 룸에서 술을 한잔하다가 불법체류, 단속기간이라 단속하는 출입국관리소 직원에게 불심검문을 받고 취업비자가 만료되어 추방되기 위해 출입국관리소에 유치되어 버린다.

비자가 만료되어 추방되는 것은 형사사건과 상관이 없다는 것은 알고 있었기 때문에 며칠만 있으면 나의 고향으로 입국할 수 있다는 생각에 못 잤던 잠도 자고 쉬고 있었다.

그러는 도중 수사하던 담당 검사가 최진광이 출입국관리소에 있다는 것을 알게 된다.

출입국관리소에 사기혐의가 있는 사람이니 입국 정지를 시켜놓고 최진광을 데려온다.

최진광이 검찰 조사를 받는다.

검사가 미란다 원칙 그리고 수사받기 전 고지하는데 최진광은 아무 대꾸하지 않는다. 아무 말을 하지 않자 벙어리인 것 같아 검사가 "말을 못합니까?" 최진광에게 재차 질문한다. 최진광은 한국말을 할 수 있음에도 불구하고 중국말로 계속 "팅부동." "팅부동." 하는 것이다.

이것은 중국말로 모르겠다는 뜻이다.

"너 한국말 할 줄 몰라?" 하면서 검사가 얘기한다.

한국말을 할 줄 알면서도 불구하고 시간을 벌기 위해 자꾸 중국말로 진술할 수 없게 부인한다. 중국말을 할 수 없었던 담당 검사는 통역을 데리고 온 후에 다시 최진광에 대한 수사를 한다. 담당검사와 통역 그리고 최진광 이렇게 수사를 시작했다.

담당검사: 변호사 선임해서 조사받을 겁니까?
최진광: 아닙니다.
담당검사: 불리한 진술은 거부하시거나 대답 안하셔도 됩니다.
최진광: 네.
담당검사: (내 사진을 보여주면서) 이기동 알죠? 이 사람.
최진광: (얼굴 표정 하나 바뀌지 않으면서) 처음 보는 사람입니다.
담당검사: 본인 본적은 중국 맞습니까?
최진광: 네, 맞습니다.

담당검사: 한국 이름이 최진광 맞습니까?

최진광: 네, 맞습니다.

담당검사: 이기동에게 돈 입금해준 사실 있습니까?

최진광: 아니, 없습니다.


검사가 최진광 행복은행 계좌에서 나의 계좌로 계좌 이체된 내역을 최진광에게 내밀면서 추궁한다.

"2008년 O월 OO일 최진광 씨 계좌에서 4천만 원 이기동 계좌로 이체되었는데 너 자꾸 거짓말할 거야?"

최진광이 가슴이 콩닥거리면서 한 달 전 부산에 있을 때 기동 형님께 통장대금으로 보내준 4천만 원이라는 것을 알고 머릿속에 잔머리를 굴린다.

검사들도 확실한 증거가 없었기 때문에 진광이가 자꾸 부인해서 기소를 시키기란 쉬운 일이 아니었다. 검사가 고함을 친다.

"인마, 돈을 송금해주었구먼. 거짓말할 생각하지 말고 사실대로 얘기해라."

은행 CCTV 이체하는 과정까지 최진광에게 들먹이며 말한다.

"봐. 인마, 너 맞잖아. 이체하는 사람이. 이기동에게 돈 왜 송금했어? 그것도 중국인이 그 큰돈 4천만 원을 말이야?"

짧은 시간에 최진광은 잔머리를 굴리며 나의 통장으로 CCTV까지 찍혀 돈을 이체한 것만큼은 부인할 수 없었다.

긴 장고 끝에 최진광이 입을 열었다.

"심부름으로 형 부탁으로 이체해주었습니다."

최진광 입에서 또 검사가 원하는 대답이 나오지 않았다. 황당한 나머지 끝까지 추궁한다.

"누구 심부름? 이체시킨 사람이 누구야?"

이상한 중국인 왕하오 이름을 한 명 대며 이 사람이 시켰다고 한다.

"야, 이 새끼야. 지금 그것을 말이라고 하나?"

최진광은 대꾸하지 않는다. 돈을 이체한 용도와 목적이 밝혀지지 않았기 때문에 최진광을 기소할 수 없었다.

"마, 최진광이 너는 대한민국 수사를 무시하나? 너희 중국은 어떤 식으로 수사하는지 모르겠지만 여기는 대한민국이다."

"심부름했던 니가 이기동이와 나쁜 거래를 했던 돈 보낸 자체가 불법 행위이니 너는 대한민국 검사를 기망한 죄와 사기죄로 사기 최고 형량인 15년은 검사 권한으로 구형할 것"이라며 법전을 꺼내어 펼치며 최진광에게 보여주며 공갈을 친다.

이어 최진광이 검사의 공갈에 흔들리기 시작한다.

"그리고 너 조선족이라고 해놓고 인마 한국말 할 줄 몰라?" 검사가 얘기한다.

통역하는 수사관이 최진광에게 통역하니 최진광이 머리를 푹 숙인다.

그제야 최진광이 한국말로 "한국말을 할 줄 안다."며 입을 열었다.

"이 새끼 이거 한국말 할 줄 알면서 지금까지 쇼한 거가? 참 나쁜 새끼네. 이거?"

그러고는 검사도 참 기가 막힌지 헛웃음을 짓는다.

원래 중국인들은 불리한 일이 생기면 한국말을 잘하면서도 시간을 벌기 위해 한국말을 못하는 것처럼 중국말로 쇼를 한다.

"인마, 다시 묻는다. 돈 무엇 때문에 입금했어? 사실대로 말해라. 그럼 정상 참작해준다. 기동이가 다 불었어, 인마. 무언가 착각하고 있는 것 같은데 증거가 이렇게 명백한데 입 닫고 있으면 너만 불리하다. 어떤 게 널 위한 길인지 생각해봐라."

1년 6개월 동안 기동이 형님을 겪어본 결과로는 만세 할 사람이 아닌 것은 확실했다. 그래서 끝까지 나는 무슨 돈인지 모르고 아는 형 심부름으로 4천만 원을 이체를 해달라고 해서 심부름 해준 죄밖에 없다면서 끝까지 부인한다.

"심부름 시킨 사람은 누구야?"

최진광이 이상한 중국인 이름 왕하오를 대며 이 사람이 심부름을 시켰다고 끝까지 우긴다.

검사가 원하는 대답이 나오지 않았는지 또 음성을 높이며 강도 높은 조사가 시작되었다.

"왕하오 지금 어디 있어? 또 전화번호는 알고 있는데 모르는 사람이라고 얘기하려고 했제?"

이미 최진광의 대답을 알고라도 있는 듯이 검사가 얘기했다. 이런 진술은 범죄자의 증거를 은폐하려고 하는 계획적인 진술이라는 것을 검사도 알고 있었기 때문이다.

"예, 전화번호는 알고 있는데 지금 어디 있는지 모르겠습니다."라며 최진광이 얘기한다.

"인마, 그런데 왜 한국말 잘하면서 처음에 한국말 못하는 사람처럼 나를 기만하고 중국말로 자꾸 엉뚱한 소리를 지그렸어? 니가 잘못한 게 있으니까 그런 행동한 거 아니야?"

"아닙니다."

"아니긴 뭐가 아니야? 일단 니가 이 돈에 대해 해명을 못하니깐 너는 도주의 우려가 있고 증거인멸 할 수 있으니까 구속영장을 칠 것이니 그리 알아라. 그리고 중국에서는 어떤 식으로 판결하는지 모르겠는데 한국에서는 사건 자꾸 부인하고 은폐하려고 하면 형량이 얼마나 가중 처벌되는지 내가 한번 보여줄게. 계속 거짓말해라. 알겠나? 인마."

검사가 얘기했다.

생각해보니 4천만 원이 어찌 보면 큰돈도 아니었는데 이 부분에 대해서는 시인하기로 마음먹었다. 내가 이체한 기록이 있기 때문에 부인할 사항도 아니었고 나머지 부분이야 직거래로 아마이, 아난을 만나 통장과 돈이 오른손, 왼손 했기 때문에 증거로 잡힐 위험이 없었다.

그리고 무언가를 결심했는지 최진광이 입을 열었다.

"기동인지 그 사람 얼굴은 모르겠고 통장을 사서 통장 값으로 보낸 것이 맞습니다."

이제 원하는 대답을 얻었는지 검사가 흐뭇한 표정을 짓고 있었다.

"그래, 인마. 이렇게 얘기할 거 쫌 빨리 말하지. 숨긴다고 될 게 아니야. 이 상황이. 증거가 이렇게 확실한데. 정상 참작해줄 테니 빨리 불어라. 기동이를 어떻게 알게 되었노?"

"기동이가 누구입니까?"

"니가 돈 붙여준 사람이 기동이잖아."

"길동인지 희동인지는 잘 모르겠고 인터넷 광고 보고 돈 붙여준 사람은 맞습니다."

"어디에 인터넷 광고?"

"시간이 오래되어서 정확하게 기억은 나질 않지만 아마도 네이버 포털 사이트 통장 매입한다는 광고인 것 같습니다."

"통장 몇 개를 이 사람에게 구입했노?"

"4천만 원을 입금해주었으니 80만 원씩 해서 50개 구입했습니다."

"50개가 전부야?"

"네."

"이 새끼 또 거짓말하네. 지금 기동이가 통장을 매입한 물량만 드러난 것이 1,000개가 넘는데 50개밖에 구입 안 했다는 게 말이 되나?"

"통장 구입하는 사람은 많으니 다른 사람한테도 팔았겠죠? 제가 구입한 것은 50개입니다."

"확실해?"

"네, 맞습니다."

증거가 없었기 때문에 확실히 잡아떼었다.

"이기동이한테 구입한 통장을 어떻게 했어?"

"이상한 중국인 이름을 대면서 010-××××-×××× 이 사람한테 90만 원에 팔았습니다."

"이 사람은 어떻게 만난 사람이야?"

"안산 중국인 타워에서 술 먹다가 만난 중국인 친구입니다. 개인 통장을 매입한다고 해서 일을 한번 시작해본 것입니다."

"왕하오 이름이 본명이 확실해?"

"확실한지는 모르겠는데 자기가 그렇게 소개했습니다."

(그런 사람이 있을 턱이 없었다. 일단 최진광은 사건을 최소로 축소시키기 위해 나름대로 쇼를 하는 것이었다).

"니가 판 통장이 보이스피싱에 사용되어 범죄에 사용될 줄 알았나? 몰랐나?"

"몰랐습니다."

"야, 이 새끼야. 대포통장 쓰는 목적이 뭐고? 범죄에 사용하기 위해서 아니가?"

"그것은 제가 알 이유도 없고 저는 통장을 팔아먹고 10만 원 이익을 남기기 위해 통장을 팔았을 뿐입니다."

얼마나 강도 높은 교육을 받았는지 이기동, 김치용, 정태성에 이어 최진광까지 윗선을 절대 협조하지 않았다.

"통장은 어떤 식으로 이기동에게 받았나?"

"오토바이 퀵으로 안산에서 받았습니다."

"4천만 원 그 큰돈을 입금해주기란 쉬운 일이 아니었을 텐데 처음 거래하는 사람이 그 큰돈을 입금해주는 이유가 무엇이고? 내가 너였더라면 4천만 원 사기치고 입금 안 해주었을 텐데 니가 그 전에도 이기동이와 거래하고 서로 만나고 믿음이 있었으니 그만한 4천만 원도 쉽게 입금해주었던 것 아니가? 그에 대해서 이해가 갈 수 있게끔 설명해라."

검사가 강도 높은 추궁에 들어간다.

"이것을 해명하지 못하면 나도 니 말 못 믿는다."

긴 장고 끝에 최진광이 입을 열었다.

"분명 4천만 원 큰돈인지 알고 있습니다. 저도 4천만 원 사기 치기 위해 통장을 받으려고 했지만 통장 보내는 이기동이란 사람이 머리가 똑똑해서 통장 비밀번호를 가르쳐주지 않은 상태에서 통장을 보냈기 때문에 저한테는 비밀번호 모르는 통장이 무용지물이었습니다. 비밀번호 모르는 통장 50개를 받고 나서 4천만 원을 입금해주지 않으면 비밀번호를 가르쳐 주지 않는다고 해서 이것을 팔면 500만 원이 남기 때문에 그 큰돈 4천만 원을 보내준 것입니다."

이 방법은 기동 형이 잘 써먹던 방법이라 경험 속에서 나온 지혜였다. 말문이 막혀 갑갑할 뻔했지만 축소해서 잘 정리된 것 같았다.

그러자 일리가 있는 말이어서 검사도 대꾸하지 못했다. 윗선을 캐지 못했지만 이 정도 정황 증거로 최진광이 구속 사유는 충분한 것 같아 여기서 최진광은 수사 종결한다.

그러고는 나의 통장거래 내역에 수억 원 돈이 오고간 정황을 파악하고 봉진, 수식, 원창, 승찬을 검찰청에 소환해서 강도 높은 추궁에 들어갔다.

수식이부터 조사를 받았다.

"불리한 진술을 거부할 수 있고 묵비권 행사도 할 수 있습니다. 변호사 없이 조사 받으시겠습니까?"

"네."

"이기동이 알고 있습니까?"

"네, 알고 있습니다."

"어떻게 아는 사람입니까?"

"중학교 선배이자 동네 형입니다."

"이기동이 행복은행 계좌에서 정수식 씨 희망은행 계좌로 수천만 원이 오갔는데 이것은 무슨 돈입니까?"

"형님한테 빌린 돈입니다."

"무엇 때문에 무슨 용도에 사용하기 위해 돈을 빌렸습니까?"

수식이 화를 내며 "이런 것까지 얘기해야 합니까?"라며 검사와 내공 싸움을 한다.

존댓말을 하며 예의를 지키던 검사도 열을 받았는지 십 원짜리 말을 쓰며 수식에게 강도 높은 추궁에 들어간다.

"마, 너희들이 세금 꼬박꼬박 내고 정상적으로 살면 내가 이딴 거 무엇 때문에 물어보겠노?

하도 수상한 게 많고, 인마 돈 1억 원이면 보통 사람들 4년 연봉이다. 그런 돈을 니는 어디에 쓴다고 했길래 기동이가 담보도 없이 그 큰돈을 빌려준단 말이고? 니가 입장을 바꾸어서 기동이면 그 큰돈을 빌려주겠나? 마, 기동이도 다 자백했고 다 알고 물어보는데 니는 끝까지 거짓말 할 거야?"

기동 형님께서 만세 하는 사람이 아니긴 한데 돈 1억 부분에 대해 해명할 길이 없었다. 목적도 담보도 없이 돈 1억을 빌려주었다는 말은 앞뒤가 맞지 않아도 너무 맞지 않았다. 검찰의 말에 수식이도 흔들리기 시작한다.

"통장을 보내고 통장 값으로 받은 돈이 맞습니다."

"통장 어떤 식으로 매입했어?"

신용불량자도 대출해준다는 방식으로 피해자를 속여 통장을 만들어서 팔았다고 하면 피해자를 기망하여 사기를 친 것이기 때문에 죄질이 더욱더 좋지 않을 것 같아 "인터넷 광고에 통장 매입한다는 블로그를 만들어 전화 오는 사람들에게 통장을 만들었습니다."

"한 개에 얼마씩 받고 얼마에 팔았어?"

"통장 만들어 오는 사람에게 30만 원에 매입해서 50만 원에 기동 형님에게 팔았습니다."

"몇 개나 팔았어?"

"정확하게 알 수는 없지만 기동 형님께서 나에게 입금해준 돈이 1억 가까이 되니깐 50만 원씩 200개 정도 보낸 것 같습니다."

"이 통장이 보이스피싱에 사용될 줄 알았나?"

"아니, 몰랐습니다."

보이스피싱에 사용될 줄 알고 통장을 팔았다고 하면 가중처벌이 될 것 같아 그것만큼은 아니라고 부인했다.

"마, 일이 이렇게 된 마당에 니 끝까지 부인할 끼가? 알고 팔았잖아! 보이스피싱에 사용될 줄 알고!"

"아닙니다. 저는 통장 대금에만 관심 있었을 뿐 통장 1개를 거래하면 50만 원 준다는 말에 30만 원에 사서 50만 원에 팔아 20만 원 이익 챙긴 것이 전부입니다."

"혹시 중국인 최진광이라는 사람 아나?"

"아니, 처음 듣는 이름입니다."

원창이, 승찬이 또한 수식이와 진술과 같이 통장을 기동 형님께 팔고 양도했긴 했는데 용도에 대해서는 보이스피싱에 사용될 줄 모르고 했다며 끝까지 부인했고 중국인 최진광이 또한 모르는 사람이라고 부인했다.

통장을 하나를 팔면 20만 원이 남기 때문에 무슨 목적으로 통장을 사용했는지 관심도 없을뿐더러 나는 정말 몰랐다고 조사를 받았다.

마지막으로 묻는다.

"정말로 보이스피싱 범죄에 사용될 줄 모르고 이기동에게 양도했나?"

"예, 정말 몰랐습니다."

마지막으로 고봉진이 조사를 받았다.

"고봉진 씨, 불리한 진술은 거부할 수 있고 묵비권 행사를 할 수 있습니다. 변호사 선임해서 조사 받겠습니까?"

"아닙니다."

"이기동이 알죠?"

"예, 알고 있습니다."

"어떤 관계입니까?"

"중학교 선배이자 동네 형입니다."

"이기동 행복은행계좌에서 고봉진 씨 사랑은행 계좌에 약 1억 원이나 되는 돈이 계좌이체로 넘어왔는데 무슨 목적으로 받은 돈입니까?"

"형님께 빌린 돈입니다."

"1억을 빌릴 때 담보는 하고 빌렸습니까?"

"아니요. 담보 없이 빌렸습니다."

어이없는 표정을 지으며 검사가 한마디 한다.

"다른 사람들 원창, 승찬, 수식이는 다 시인했으니 그냥 시인하세요."라고 검사가 차분히 얘기한다.

기동 형님 또한 그리고 나의 친구들은 절대 시인할 사람이 아니라는 것을 확신하고 '아, 내가 제일 만만하게 보여 나에게 넘겨짚기하고 공갈을 치는구나.' 생각하며 끝까지 부인했다.

짜증이 난 검사가 조금 전까지만 해도 예의를 갖추더니 십 원짜리 욕을 써가면서 추궁한다.

"야, 이 새끼야. 안 그래도 너거 사건 수사한다고 최진광하고 이기동 때문에 머리가 아파 죽겠는데 덜 떨어진 니까지 애를 먹이나? 시간 끌지 말고 공범들이 통장 판 돈이라고 시인했으니 빨리 시인해라."

"잘못한 게 없는데 시인은 무슨 시인이요? 그리고 지금 내한테 덜 떨어졌다고 했습니까? 이 양반이 사람을 뭐로 보고 그런 막말하는 거요?"

"인마, 니가 모자란 행동하니깐 덜 떨어졌다고 하지 빨리 똑바로 얘기 안할 꺼가?"

"아이고, 나는 자꾸 불리한 것을 물어보니 진술 거부하겠습니다."

"이 새끼 이거 진짜 정신 나간 새끼 아니가?"

"인마. 원창, 수식, 승찬 전부 시인했다니깐 이래 되면 니한테 더 불리한지 모르나?"

검사가 넘겨짚기 한다는 생각에 그리고 공범들은 절대 만세 했을 리가 없다는 생각에 끝까지 부인했다.

"원창, 수식, 승찬이가 시인했으면 저거끼리 뭐 범죄 한 거겠지요. 저하고는 상관없으니 이 시간 이후부터 묵비권 행사하겠습니다."

"니 마음대로 해라. 니는 내가 강력한 처벌 원할 것이니 그리 알아라."

그리고는 원창, 수식, 승찬, 봉진이가 구속영장 실질검사를 받으러 갔다.

판사가 묻는다.

"원창, 승찬, 수식은 범행을 인정합니까?"

"통장을 팔아서 부정한 목적으로 돈 벌려고 했던 것은 잘못했습니다."라며 일부를 시인했다.

"고봉진 씨는 검찰 조사에서 진술권을 거부하며 묵비권 행사하셨는데 통장을 사고 판 사실이 없습니까?"

검찰에서 부인했기 때문에 여기서 시인하면 모양새가 좀 이상할 것 같아 그리고 범죄를 하다가 현행범으로 잡히지 않고 시간이 많이 흘렀기 때문에 부인하기로 마음먹었다.

"네, 저는 통장 판 사실이 없습니다."

"고봉진 씨, 사랑은행 계좌에 이기동 씨가 1억 원을 입금했는데 그 돈은 무슨 돈입니까?"

"그것은 빌린 돈입니다."

"잘 알겠습니다."

판사는 고봉진이가 거짓말을 하고 있다는 것을 알고 있었다.

실질심사를 받고 대기실에서 수갑을 차고 있는데 수식, 원창, 승찬이가 마구 뭐라 한다.

"돈 들어온 기록이 있는데 그것은 통장 값이라고 시인해야지, 인마."

"아따, 진짜 일 희한하게 처리하네. 니 때문에 우리까지 괘씸죄 붙는다."

"마, 증거가 없다 아이가? 통장 판 돈이라는 거. 부정한 돈 들어와 있는 게 증거 아니가?"

"그러면 인마, 돈 빌린 돈이라는 증거는 있나?"

"마, 내 일은 내가 알아서 하니까 너거는 너거 일이나 잘 봐라."

"나는 오늘 증거 불충분으로 영장 기각으로 석방되어서 갈 것이니 잘 봐라."며 오히려 자기가 더 큰소리를 친다.

병아리 통으로 들어와 영장실질 결과를 기다리고 있는데 봉진, 수식, 원창, 승찬 모두 도주의 우려, 증거 인멸할 위험이 있다며 구속영장이 떨어졌다.

이어 봉진이가 혼자말로 한마디 한다.

"집에 갈 차비도 없는데 도주의 우려는 무슨 도주의 우려고." 하면서 무언가 일이 잘못되었다는 것을 알았는지 혼자말로 구시렁댄다.

문제는 나 이기동이다.

마지막으로 검사도 나에게 최진광과의 거래를 자백 받기 위해 검찰청에 소환했다.

"마, 이기동이 이제 그만 할 때 안 되었나? 최진광도 다 시인했으니 니도 이제 그만하고 빨리 시인해라."

"뭘 더 시인하란 말입니까?"

"최진광이 니한테 통장 값을 송금해주었다는데? 4천만 원."

"그러면 맞겠지요. 나는 최진광이 누군지도 모르고 너무 많은 통장을 팔고 사고했기 때문에 저는 누가 누군지 모르겠습니다. 이 돈 또한 붙여준 사람이 맞는다고 하면 맞겠지요."

"통장 1개당 80만 원씩 50개 최진광한테 판 거 맞제?" 검사가 묻는다.

"최진광이 누군지 모르고 돈 붙여준 사람한테 판 것은 맞습니다. 그러니 맞겠지요."

"그리고 저번에 진술할 때는 통장 한 개 30만 원에 매입 잡아서 50만 원에 팔았다고 하더만 최진광이 진술 들어보니 한 개당 80 주고 샀다는데, 왜 또 거짓말했어."

"통장 가격이 정해져 있는 것도 아니고 50에 판 것도 있고 80에 판 것도 있고 그것은 그때그때마다 다르니 정확하게 잘 모르겠습니다. 돈 붙여준 사람이 맞다고 하면 맞겠지요? 오래 되어 기억이 잘 안 납니다."

역시 나는 계획된 시나리오대로 사건을 축소시키기 위해 지능적으로 진술했다.

"어떻게 거래하게 되었노?"

"인터넷 포털 사이트에 통장 사고판다고 광고 올려놓았는데 전화가 와서 거래한 것 같습니다."

윗선은 밝히지 못했지만 이만하면 최진광과 이기동의 공범관계를 입증할 만한 증거를 찾았으니 검사는 수사를 종결한다.

이리저리 내 동생 수식, 원창, 봉진, 승찬에게 통장 매입 약 800개 그리고 배신자 김용민에게 매입 받은 520개 통장 양도·양수로 전자금융거래법 위반, 사기방조, 주민등록법 위반으로 기소되어 이기동, 최진광, 정태성, 김치용, 전수식, 박원창, 천승찬, 고봉진 등은 재판을 받게 되었다.

그리고 부산구치소에 수감된다.

본방에 배방이 되어 방 사람과 이리저리 이야기보따리를 풀고 대화하고 있는데 1651 이기동 접견 종이와 함께 연출이 온다.

접견자를 보니 아버지, 어머니 그리고 미향이었다. 미향이는 오랜 시간 나와 교제했기 때문에 우리 부모님과도 연락하는 사이였고 장시간 나와 연락이 되지 않자 아버지, 어머니에게 연락해서 구치소에 수감되어 있다는 것을 알고 시간을 내어 이렇게 접견을 같이 온 것이다. 내가 미워도 그것이 오랜 시간 나와의 정이었다.

깨끗한 옷을 갈아입고 접견장으로 나서는데 부산구치소는 지금 조직폭력배와의 전쟁을 선포하고 조직폭력배 약 3백 명이 구속되어 있는 상태였다.

오고가다가 친구들, 동생들, 형님들 사회에 있을 때부터 친분이 있던 형제들을 수도 없이 만나게 된다.

"기동아, 또 무슨 일로 들어왔노?"

"형님, 또 어쩐 일입니까?"

"친구야, 돈 엄청 많이 벌었다고 대한민국에 소문이 자자하던데 돈 많이 벌었으면 나누어 쓰자."며 별의별 소리를 다한다.

"누가 그런 소리하더노?"

"인마, 니 구속되고 전부 니 얘기밖에 안한다."

'참 밖에서 보이지 않던 놈들은 전부 여기에 들어앉아 있네.' 하며 접견대기실에서 접견 대기하고 있는데 어디서 많이 보던 놈이 요시찰 노랑명찰을 차고 들어오는 것이다.

요시찰 노랑명찰이란 조직폭력배들이 차고 다니는 명찰이다.

그것은 바로 용민이를 소개시켜준 민철이었다.

반가운 얼굴 반 짜증나는 얼굴 반으로 내가 말을 걸었다.

"마! 민철이."

"어, 기동아. 니가 어쩐 일이고?"

"마, 니는 뭐 하나 제대로 하는 게 없노?"

"어찌된 일인데?"

"니 잘난 동생 용민이가 대한민국 만세 해서 잡혀왔지."

"아따, 진짜 돌겠네! 이 개새끼 진짜 사람새끼 아니네!"라고 말한다.

"우리 ○○파 식구가 ○○파 식구들하고 전쟁을 해서 우리 식구 60명, 반대식구 40명이 지금 구속이 되었는데 용민이도 지금 조직활동 죄로 잡혀서 여기 구속되어 있는 상태에서 인마가 지금 니뿐만 아니고 우리 조직 계보도부터 시작해서 우리 사건 검사한테까지 만세 다 해버렸다. 그래서 며칠 전에 구치소에서 내한테 싸대기 몇 대 맞았는데 내가 얘기하면 진술 번복해서 바꾸어줄 수 있으니 그래라도 해줄까?"

"마, 그런 색깔도 제목도 없는 놈을 깡패로 생활시키고 내한테 소개해주었나? 그리고 검찰청에서 검사한테 모든 것을 시인 다 했는데 지금 와서 무슨 번복이고? 됐다. 내 일은 내가 알아서 한다. 재판은 어떻게 되었노?"

"일단 4조 조직범죄 단체로 기소되었기 때문에 4조 3항은 최하 징역이 2년 6월이란다. 일단 변호사 전관예우 되는 거 선임해서 최선을 다해보고 있으니 잘될 끼다."

"반대식구 아들은 많이 다쳤나?"

"야구 방망이로 몇 대 주고 팔다리 몇 명 뿌아놓았다."

"정신 좀 차리소. 나이가 몇 개인데 아직도 그러고 다니요?"

"글쎄다." 하면서 한숨을 쉰다.

몇 분 얘기도 하지 못했는데 나의 접견 차례가 다가왔다.

"그래, 민철아. 재판 잘 받아라."

또 보자면서 접견실로 들어갔다. 철창 하나 사이로 사회와 교도소 부모님을 마주하고 접견이 시작되었다. 먼저 잔소리가 많으신 어머니부터 입을 연다. 그래도 자식 건강이 먼저인지 어디 아픈 곳은 없는지 물어본다.

"예, 아픈 곳은 없습니다."

"기동아, 봐라. 아무리 돈이 좋아도 결국 끝은 이곳 교도소 아이가? 아버지, 어머니가 니가 하는 일이 나쁜 일이라고 그렇게 하지 마라, 그만하라고 그래도 법조항이 있니 없니 처벌을 받니 마니 그런 소리 하드만 이 무슨 우사고 동네 창피하게끔. 처벌 조항이 없는데 왜 그래 들어

앉아 있노?"

하도 답답한지 어머니께서 마음속에 담긴 마음을 하소연하고 있다.

"죄송합니다."라는 말밖에 딱히 할 말이 없었다.

아버지께서 한마디 하신다.

"기동아."

"네, 아버지."

"실수할 수 있는 것이 사람이란다. 그리고 실수하면 두 번 다시는 실수하지 않는 것이 또한 사람이고. 너는 왜 똑같은 실수를 반복하는데? 너는 사람이 아니가?"

아무 말도 못하고 고개를 푹 숙이고 있었다.

"사람은 누구나 한 가지 일을 경험하면 나쁜 일이든 좋은 일이든 한 가지 지혜를 챙겨놓아야 한단다. 경험 속에서 만들어진 지혜야말로 으뜸이고 그것은 살아가면서 인생에 두고두고 큰 힌트를 주게 되는 것이다. 잘못하고 나서 또 똑같은 잘못을 저지르는 것은 지난번의 실수에 지혜를 챙겨놓지 않기 때문이라는 것을 잊지 말고 지혜로운 내 아들이 되어라."

그러고는 미향이를 보면서 아버지가 "너희들도 할 얘기 많을 텐데 얘기하라."며 센스 있게 어머니, 아버지가 자리를 비켜주셨다.

미향이가 먼저 사건과 연관되어 있는 얘기를 할 수도 있어서 손가락으로 쉿 표시를 하며 가슴에 꽂혀 있던 볼펜을 들어 손바닥에 적었다.

접견 대화 녹음되고 있으니 사건 얘기는 하지 말라는 내용이었다.

그러고는 철장 사이 유리 쪽으로 손바닥을 펼치며 전하고 싶은 내 마음을 녹음이 되지 않도록 전달했다.

미향이도 내 마음을 이해했는지 고개를 끄덕이고 있다.

"내 여기 있는지 어찌 알았노?"

내가 물었다.

"하도 연락이 안 되어서 어머니께 전화 드렸더니 여기 있다고 해서 어머니, 아버지 모시고 같이 왔지."

어찌 된 것인지 묻는다.

"대충 동생들에게 들어보니 민철 씨 동생 때문에 들어왔다고 하던데, 맞나?"

"교도소 들어오는데 이유가 있겠나? 잘못했으니 왔지."

혹시 나 때문에 그리 된 것은 아니냐며 미안한 표정을 짓는다.

"그런 거 아니니깐 그런 생각하지 마라. 생각해보니 남 탓할 것도 없더라. 친구 잘못 만났다 그러면 친구는 또 내 잘못 만났다 그런다. 사나이 대장부가 자기 잘못을 남 탓으로 돌리면 쪽팔린다 아이가? 나는 괜찮으니 니도 웃어라. 니는 웃는 모습이 이쁘다."

"이제 어찌 되는데."

"사람 직이고 강도짓 한 게 아닌데 뭐 큰일이야 나겠나? 못한 말은 내가 상세히 써서 너희 집으로 보낼 테니 편지 내용대로 행동하고 앞으로는 접견오지 마라. 잘살아라, 인마." 하니깐 "영영 안 볼 사람처럼 왜 그러는데." 하면서 우는 것이다.

"꼭 편지내용대로 실천해야 한다."

삐 소리와 함께 짧은 접견 7분이라는 시간이 흘러갔다.

접견을 마치고 방에 들어왔다. 방에 들어와서 접견 시간에 미향에게 하지 못했던 지난 얘기를 편지에 마음을 담았다.

검찰에서 나에게 하도 의심 가는 부분이 많아서 접견실 대화 내용이며 편지 내용까지 수사를 받고 있을 것 같아 같은 방에 잇는 동생 이름으로 편지를 보내기로 마음먹었다.

예전에는 편지 수신, 발신을 교도소에서 검열해서 보내거나 받았지만 요즘에는 인권침해라고 해서 교도소 행정이 많이 좋아졌다.

검찰에서 사건을 부인하는 사람 증거를 인멸할 사람이 있는 사람은 검찰이 교도소에 지위를 내려서 편지를 검열하라고 하지만 대부분 재소자들이 편지 검열을 하지 않기 때문에 나는 전자에 해당하는 사람이기 때문에 그리고 미향이 또한 지난 시간 개인정보 빼내는 역할을 해서 잘못했기 때문에 사건과 관련된 쓸데없는 소리하면 검찰 조사 대상에 찍혀 불이익을 받기 때문에 조심해야 할 이유가 있었다.

밥상을 펴고 편지지에 글을 쓰기 시작했다.

미워할 수 없는 미향아!

접견을 마치고 돌아와서 이렇게 내 마음을 전한다.

검찰청에서 지금 내 사건을 조사하기 위해 나를 날카로운 눈빛으로 관심 있게 내 주위를 지켜보고 있으니 접견장에서도 그렇고 이 편지까지 동생 이름으로 보내는 것이니 읽고 나서 바로 찢어 폐기하길 바란다.

미향아! 어디서부터 무엇이 잘못된 것일까?

너와 마주 앉아서 손 꼭 잡고 환하게 웃는 것이 행복이었는데 나는 행복을 너무 멀리서 찾은 것 같구나!

비록 나는 자유를 구속당해 이렇게 법의 심판을 받고 있지만 미향이 나라도 불이익을 받지 않아 자유의 몸이니 나는 그것으로 만족할란다.

너를 사랑하면서도 한 번씩 슬프게 했던 나인데 오늘은 그것이 자꾸 미안해서 눈물이 나려고 한단다.

지난 5년 동안 너와 함께하면서 니가 바라는 만큼 원하는 만큼 내가 해주진 못했지만 너의 곁에서 내가 딸랑딸랑 하면서 방긋 웃던 모습이 진정 내가 너를 사랑했던 나의 진심이었단다.

그러니깐 미워하지도 말고 좋았던 추억만 기억해주길 바란다.

지금 너도 알다시피 검찰, 경찰에서 눈을 시퍼렇게 뜨고 나의 주위를 살피고 있으니 너도 용의자 선상에서 검찰의 날카로운 칼날을 피해가지 못하고 불이익을 받을 것이 분명하니 답장도 하지 말고 접견도 오지 마라.

나는 이번에 징역을 좀 살아야 하니 기다려 달라는 것도 나의 욕심이고 좋은 남자 만나서 시집가서 행복하게 잘살아라.

예전에 드라마 「골든타임」에서 이성민이 수술실에서 하던 대사가 생각나는구나!

지금은 좋은 것과 나쁜 것 중 둘 중에 하나를 고르는 것이 아니라 나쁜 것과 더 나쁜 것 중에 하나를 고르는 것이니 억지 부리지 말고 내가 하는 말 따라주길 바란다.

이것을 무시하고 자꾸 접견오고 편지 오가면 너와 나 서로 악수를 떠서 엄청난 불이익이 온다는 것을 명심해라.

미향아! 누구나 사람은 좋은 기억, 좋은 추억을 만들기 위해 세상을 살아간다고 했단다.

내가 지금까지 너에게 했던 행동들도 니가 나에게 지금까지 했던 행동들 좋은 추억을 만들기 위한 과정이 아니었나 생각해본단다.

나처럼 차갑고 나쁜 남자가 아닌 너는 가슴이 따뜻한 사람을 만나야 한단다.

자유가 없는 이곳 교도소에서 내가 불리한 입장에서 이별을 선언하는 것이니 너의 이쁘고 넓은 마음으로 이해해주길 바란다.

가스나야, 행복하고 잘살아라.

앞으로는 얼굴 보는 일 없을 것이다.


추신: 책을 읽다가 너와 나 어울리는 시가 있어 이렇게 써서 보낸다.

아름다운 사랑이 있었기에 가슴 아픈 이별이 있고 기쁜 추억이 될 당신이 있었기에 슬프고 목이 멜 이별을 맞이하네!

꽃은 아름답지만 언젠가 시들어 떨어지게 되고 사랑은 아름답지만 언젠가 이별을 맞이하네.

꽃이 시들어 떨어지므로 해서 더욱더 향기롭고 예쁜 꽃을 피울 수 있듯이 사랑도 가슴 아픈 이별이 있었기에 더욱더 멋진 사랑이 찾아오는 거라네!

마음이 이쁘고 아름다운 니가 있었기에 5년 동안 좋은 추억 잘 만들었다. 잘살아라.

-부산지점장- 이기동

그러고는 편지 봉투에 보내는 사람 주소에 임태수 동생 칭호 번호를 쓰고 미향이 주소를 써서 편지를 발송시켰다.

원래 교도소는 잘못된 지난 시간들을 반성하고 참회하는 곳인데 그런 사람들은 거의 없다.

제2의 범죄를 계획하는 곳이라고 할까?

끼리끼리 모여서 부족한 범죄 수법을 조언해주는 곳이 이곳 교도소이다.

그래서인지 한번 교도소를 다녀온 사람들은 새로운 사람으로 거듭 태어나긴 정말 힘들 것이다.

이번에 내가 왜 잡혀왔는지 앞으로는 그런 부분만 조심하면 잡히지 않고 완전범죄 할 수 있겠다.

"이것은 돈 안 되는 범죄이니 출소 날짜가 비슷한 사람들은 공모 계획해서 우리 출소하면 이거 돈 되는 다른 범죄 해서 역전 없는 인생 살자."라며 방안에서 하루 종일 자기 사건 범죄 얘기한다.

나의 사건 보이스피싱도 일반 범죄보다는 선고 양형이 낮은 것과 돈이 된다는 것을 알고 출소하면 같이 한 건 더 하자는 사람이 여러 제의가 들어온다.

대부업 사무실을 하던 신 사장이 "나는 직업이 대부업이기 때문에 대출 안 되는 사람 대포통장은 힘대로 만들어줄 수 있다고 출소하는 시기도 비슷할 것인데 출소하면 제대로 한탕 더 하자."면서 제의가 들어온다.

"내야 뭐 통장에 살고 통장에 죽는 사람이니 통장만 있으면 무조건 환영입니다."라며 얘기했다.

그러자 인터넷 중고나라 사기로 들어와 제일 고생하고 있던 막내 태수가 한마디 한다.

"형님, 형님은 이제 나이도 있으신데 징역 가시면 안 되지 않습니까? 저는 나이가 있어 아직 한 5년까지는 거뜬히 살 수 있으니 그런 영화 같은 범죄에 한번 끼워주십시오. 총대는 제가 메겠습니다. 제 스타일 아시지 않습니까? 사람 죽이고도 절대 안 부는 스타일. 검사하고 경찰한데 조사를 받으러 가면 아예 대화가 안 됩니다. 제가 입을 안 열어서."

조금 전에 접견 갔다 와서 부모님께 잘못했다고 열심히 산다고 하고 온 지 2시간도 채 되지 않아 또 범죄를 계획하는 순간이다. 이것이 교도소의 현실이다.

"좋다. 우리 멋지게 한탕 더 해보자."

"아직까지는 보이스피싱 당하는 사람이 많으니 통장만 준비되면 돈 버는 것은 일도 아니니깐 신 사장님 통장만 무궁무진하게 준비되면 한번 해봅시다."

"내 직업이 대부업이니 통장 만드는 것은 일도 아니라니깐?"

두 말하면 잔소리라는 표정을 지으며 그래 꼭 나가서 시원하게 한탕 더 하자는 것이다.

그런 범죄 계획하며 몇 달이 흘러갔다.


구치소에 수감되어 사건을 계속 부인했기 때문에 검사도 원하는 대답을 얻지 못했는지 긴 시간 수사를 해서 수사종결을 했다. 이렇게까지 나도 완전 봉쇄를 해서 수사기관의 수를 환하게 읽고 있으니 수사가 될 턱이 없었다. 미향이 또한 내가 쓴 편지를 받고 검찰 조사를 받을 수 있다는 생각에 불이익을 받지 않게 하기 위해 어쩔 수 없이 손을 놓아버린다.

자기 실수로 인해 서로에게 마이너스가 되기 때문에 일단 나의 말대로 시간이 흘러가기만을 기다리며 연락을 끊어버렸다. 지금은 힘들지만 어찌 보면 시간이 해결할 것이라는 것을 서로 알았기 때문이다.

심리 날짜가 잡혔다.

대부분 재판은 오전인데 우리는 공범이 많아서 오후 재판을 했다. 재판은 오후 2시 2009년 4월 ○○일 점심을 먹고 출정에 나가게 된다.

법원으로 가기 전에 혹시 부정물품을 가지고 나가는 사람들을 위한 몸 검신하는 시간 어디서 노랑명찰을 차고 많이 본 사람이 걸어온다.

그놈은 대한민국 만세를 불러 나를 구속시킨 용민이었다. 검사 조사를 받으러 가는 것인지 나와 눈이 마주치면서 용민이 초점을 어디에 두어야 할지 정신을 못 차리고 있다. 죄를 짓고는 못 살기 때문이다.

화가 난 목소리로 내가 한마디 했다.

"마, 이리와!"

용민이가 나를 쳐다보며 머리를 푹 숙인다.

"니 머하는 새끼고?"

"죄송합니다. 형님."

"마, 제목이 뭐냐고 씨발 자슥아!"

너무 화가 난 나머지 욕을 하고 말았다.

"저도 상황이 깜깜한 상황이라 그때는 어쩔 수 없었습니다. 형님께는 정말 죄송합니다."

"야, 이 새끼야. 일이 그 지경이 되어서 형사한테 만세를 했으면 불구속으로 나와서 다음날이라도 '형님, 이렇게 돼서 어쩔 수 없이 만세를 해서 형님 전화번호랑 이름을 가르쳐주었으니 피하라'고 전화라도 한 통 해주었으면 일이 이 지경은 안 된다 아이가? 내 인천 사무실 본부를 두들겨 맞아 압수수색이 되었는데 니 어떻게 할 끼고?"

"죄송합니다. 형님."

그러자 내가 흥분한 나머지 목소리가 커져 무슨 일이 일어날 것을 알았는지 검신하던 교도관 직원이 "기동 씨, 이제 그만하세요."라고 흥분한 나의 불씨를 꺼버린다.

"니 살자고 너거 조직끼리 배신하고 만세 한 놈한테 내가 무엇을 바라겠노. 마, 어디를 가도 쪽팔리게 살지 마라."

내가 한마디 하며 포승을 묶는 곳으로 갔다.

많은 공범들과 재판을 같이 받기 때문에 법원으로 이송 갈 때 공범들 중 한 명 정도는 같은 버스를 타고 갈 줄 알았는데 역시나 담당검사가 우리 사건 부인하는 걸 알았는지 말을 맞추지 못하게 하기 위해 공범 분리를 확실히 한다고 했는지 나와는 같은 버스를 타고 가는 공범이 아무도 없었다.

재판 시간이 다 되어 법정으로 올라갔다. 나의 공범들이 포승을 한 채 먼저 올라와 대기하고 있었다.

오랜만에 구치소에서 떨어져 있던 동생들을 보는 순간 나도 환한 미소를 지었다.

치용, 태성이가 인사를 한다.

"반갑습니다. 형님."

"그래, 잘 지냈나?"

그러자 몇 마디도 하지 않았지만 교도관들이 담당검사가 증거 인멸할 위험이 있다며 공범 분리를 확실하게 지시 내렸으니 "이기동 씨는 이리로 오세요." 하면서 동생들 얼굴도 보지 못하게 반대 법정 대기실로 따라오라며 데리고 간다.

진광이, 봉진이도 나에게 무언가 할 말이 있는 것 같은데 교도관들이 대화하지 못하게 분리를 시켜놓았기 때문에 대화하지 못했던 게 너무나 아쉬웠다.

밑에 동생들 봉진, 수식, 승찬, 원창이 그리고 진광이가 뒤늦게 구속되었다는 소리는 소문을 듣고 알고 있었지만 어떤 식으로 조사를 받았는지 알 수 없었기 때문에 얘기를 해서 말을 맞추려고 했지만 역시나 검사는 먼저 지시를 내리고 증거 인멸을 차단했던 것이다.

그래도 구속되기 전 잡혔을 때 재현을 공범 동생들과 확실히 계획했기 때문에 그리고 증거도 없었기 때문에 증거로 드러난 것만 시인하며 보이스피싱에 사용될 줄 모르고 통장을 팔았다는 그런 정황으로 재판을 받기로 나는 결심했다.

공범들 중에 동생들은 윗선을 협조하려고 해도 정말 모르기 때문에 협조는 할 수 없었기 때문에 걱정이 되지 않았지만 문제는 최진광이었다. 어떤 식으로 조사를 받았는지 알 수 없었기 때문에 긴장을 풀 수 없었다.

재판 시간이 다 되어 교도관이 최진광, 이기동, 정태성, 김치용, 고봉진, 박원창, 천승찬, 전수식 순으로 호명한다.

공범들이 모두 "예." 대답하며 차례대로 손에 묶여 있던 수갑을 풀며 법정에 서게 된다.

날카로운 눈빛을 지으며 판사가 우리를 바라본다. 그러고는 입을 열었다.

"피고인 최진광."

"예."

최진광이 대답한다.

"주민번호 몇 번입니까?"

"820107-×××××××."

최진광이 대답한다.

"주소가 어떻게 됩니까?" 물으니 잡혀오기 전까지 살았던 오산터미널 옆 오피스텔 주소를 얘기한다.

"경기도 오산시 ○○○입니다."라고 얘기한다.

"다음 피고인, 이기동."

"예."

"주민번호 몇 번입니까?"

"810620-××××××."

"주소가 어떻게 됩니까?"

"부산 북구 화명동 ○○○입니다."

"다음 정태성!"

그다음 김치용 등 인적사항을 확인한 뒤 "모두 자리에 앉으세요."라고 얘기한다.

판사가 검사를 바라보더니 "검사 심문하세요." 하고 얘기한다.

그러자 판사보다 눈빛이 더 날카로운 검사가 일어서더니 최진광에게 질문한다.

"최진광 씨."

"네."

"최진광 씨는 옆에 있는 이기동 씨에게 2008년 ○월 ○일 ○○○등의 명의의 대포통장을 80만 원에 50개 양도 받아서 보이스피싱 조직원 성명 불상 일명 '왕하오'라고 불리는 중국인에게 개당 90만 원에 4천5백만 원 받고 양도한 사실이 있죠?"

최진광이 "네."라고 얘기한다.

피고인 이기동에게 묻겠습니다.

"피고인 이기동은 2007년부터 2008년까지 불특정 다수에게 박원창, 전수식, 고봉진, 천승찬, 김용민에게 약 1천 300개 되는 대포통장을 50만 원에 매입해서 최진광 등 성명불상 보이스피싱 조직원들에게 통장 1개당 80만 원을 받고 판 사실 있죠?"

"네, 있습니다."

"피고인 정태성, 김치용에게 묻겠습니다. 피고인 정태성과 김치용은 인천 문학동 오피스텔을 은신처로 삼아 합숙하면서 박원창, 전수식, 고봉진, 천승찬에게 통장을 양도 받아 2007년부터 2008년 9월까지 최진광 등 성명 불상 보이스피싱 조직원들에게 최고 상선인 이기동을 도와 통장 판매한 사실 있죠?"

정태성: 그런 일 없습니다.

김치용: 저 또한 그런 일 없습니다.

"정태성에게 묻겠습니다."

검사가 추궁에 들어간다.

"2008년 9월 4일 구속될 당시에 인천 문학동 오피스텔에서 이기동과 같이 체포되었는데 그때 그 문학동 오피스텔에서 대포전화기 10대, 대포통장 300개 그리고 통장 거래한 장부가 나왔는데 그래도 자꾸 부인하시겠습니까?"

정태성: 그것은 기동 형님께서 매입 잡은 통장이고 대포전화기 또한 형님 것입니다. 통장 거래한 장부는 저도 잘 모르겠습니다.

김치용 또한 통장을 매입한 사실도 판매한 사실도 없다며 강력하게 부인한다.

"고봉진에게 묻겠습니다."

검사: 고봉진 씨는 인터넷 포털 사이트 야후나 네이버에 통장 매입한다는 블로그 광고를 올려 불특정 다수 피해자들에게 통장을 30만 원에 양도해서 상선 이기동에게 약 200개 정도의 대포통장 양도한 사실이 있죠?

고봉진: 아니, 그런 사실 없습니다.

(검찰 조사에서도 부인하고 왔고 확실한 증거도 나오지 않았기 때문에 1억 원 부분에 대해서 기동 형이 빌려주었다는 얘기만 하면 무죄라는 생각에 끝까지 밀고 나가기로 결심했다.)

"그럼 고봉진 씨 사랑은행 계좌에 약 1억 원이나 되는 돈이 이기동 행복은행 계좌에서 이체 되어 왔는데 이 돈은 무슨 돈입니까?"

얼굴색 하나 변하지 않고 고봉진은 나를 믿었는지 :빌린 돈입니다."라며 얘기한다.

날카로운 눈빛으로 나를 보며 검사가 얘기한다.

"이기동 씨에게 묻겠습니다. 고봉진에게 몇 회에 걸쳐 1억 원 빌려준 사실 있습니까?"

고봉진이 동생을 도와주고 싶었지만 1억 원 부분에 대해 무슨 목적으로 담보도 없이 그 큰돈을 빌려 주었는지 검찰에 날카로운 칼날을 피해 나갈 자신이 없었다.

나는 3초 정도 망설이다가 "그런 사실 없다."고 얘기했다.

그러자 봉진이는 인상이 찡그려졌고……

검사가 나에게 다시 물었다.

"그럼 무슨 의도로 돈을 입금해주었습니까?" 묻는다.

"대포통장을 1개당 50만 원 매입한 돈입니다."라고 대답했다.

"고봉진에게 몇 개의 통장을 매입 받았습니까?"

"통장을 여러 군데에서 받아서 매입했기 때문에 정확한 개수는 모르지만 이체된 금액이 1억 원이니 50만 원씩 200개 정도 되는 것 같습니다."

고봉진 씨에게 묻겠습니다.

"이렇게 증거가 완벽한데도 자꾸 거짓말할 것입니까?"

고봉진: 죄송합니다.

"이기동 씨 말이 맞습니까?"

검사가 다시 물었다.

그러자 마지못해 "네."라고 대답한다.

"그리고 전수식, 천승찬, 박원창, 역시 2007년부터 2008년 9월까지 포털 사이트 네이버나 야후에 타인의 주민등록번호를 도용하여 통장을 매입한다는 광고를 올린 다음 불특정 다수 피해자에게 각각 약 200개씩 대포통장을 30만 원에 사들여서 상선 이기동에게 50만 원에 양도한 사실 있죠?"

전수식: 네.

천승찬: 네.

박원창: 네.

"피고인들은 계획적으로 공모하여 통장매입해서 중국인 보이스피싱 조직원들에게 통장 판매까지 조직적으로 범죄를 저질렀고 대포통장이 사회에 논란이 되고 있음에도 불구하고 확실한 처벌 방법이 없어 그 법을 악용하여 대부분 서민들이 보이스피싱 피해를 입었고, 그 피해자 일부 중에는 이 사건이 범행에 하나의 원인이 되어 목숨을 끊은 사람도 있다는 점을 비추어 피고인을 엄히 처벌해야 마땅합니다. 피고인 최진광에게 구형 3년을, 피고인 이기동에게 경합범 가중을 하여 구형 5년을, 피고인 정태성에게 구형 3년, 김치용에게 구형 3년, 고봉진에게 구형 3년, 박원창, 천승찬, 전수식에게 각각 구형 2년에 처한다."

"변호사 변론하세요."

판사가 얘기한다.

"사회에 이슈가 되어 무고한 서민들에게 무차별 공격을 당해 우리나라가 악의 구렁텅이에 빠져 비싼 돈을 주고 산 전관예우 변호사임에도 불구하고 모든 변호사들이 마땅히 할 말이 없어 피고인들이 깊이 반성하고 있습니다. 한번만 선처해주십시오."라는 말밖에 변호사도 유리한 정황이 없는지 긴 말을 하지 않았다.

판사가 날카로운 눈빛으로 나를 바라보며 "피고인 이기동에게 물어보겠습니다."라고 얘기한다.

그러고는 "불리한 진술은 대답하지 않으셔도 됩니다."라고 또 얘기한다.

"이기동 씨, 지금 수천 개나 되는 통장을 보이스피싱 조직원들에게 양도해서 엄청난 피해가 일어났습니다. 이 대포통장을 보이스피싱에 사용될 줄 알고 팔았습니까? 모르고 팔았습니까?"

내 생각에 2년에서 2년 6월이면 나의 구형이 딱 알맞을 거라는 생각을 갖고 있었는데 구형 5년이라는 검사 구형에 심장이 콩닥거렸는데 보이스피싱에 사용될 줄 알고 통장을 팔았다고 하면 징역이 가중처벌 될까 봐 한두 개도 아니고 천 개가 넘는 통장을 팔면서 보이스피싱에 사용될 줄 모르고 팔았다고 하면 말이 안 될 것 같아 나도 짧은 시간에 머리를 회전해서 애매한 대답으로 말을 던졌다.

"처음에는 몰랐는데 나중에는 알게 되었습니다."라고 말했다.

그러자 판사가 나를 뚫어지게 쳐다보더니 또 질문을 던졌다.

"언제 몰랐고 언제 알게 되었습니까?"

"처음에는 몰랐는데 통장을 만들어준 사람들이 통장이 보이스피싱에 사용되어서 경찰 조사를 받고 나와서 그 뒤에 보이스피싱에 사용되었다는 것을 알았습니다."

이렇게 대답했다.

그러자 판사가 안경을 벗더니 3초 동안 생각하다가 입을 연다.

"이기동 씨, 불리한 진술은 대답 안 해도 된다고 했지 거짓말하라는 소리는 안했습니다."라고 얘기한다.

판사는 이미 계획적으로 보이스피싱에 사용될 줄 알고 통장을 매입한 정황을 알고 있었다. 나는 아무런 대답도 하지 못하고 입을 다물고 있었다.

"조사 내용에 보니깐 인천 문학동에서 긴급 체포되었을 때 사라진 조선족 한 명이 있다고 했는데 그 사람이 최진광 아닙니까?"

"아닙니다."

최진광에게 묻겠습니다.

"최진광 씨는 본적이 중국 하얼빈인데 한국에 무엇 때문에 내려오게 되었습니까?"

"취업비자를 발급받아 한국에 일하기 위해 왔습니다."

"한국에 일하러 온 사람이 왜 일은 하지 않고 불법으로 통장을 매입해서 보이스피싱 조직원들에게 통장을 양도했습니까?"

"죄송합니다."

"최진광 씨 또한 50개 통장을 매입해서 양도했다고 진술이 되어 있는데 이 통장 또한 보이스피싱에 사용될 줄 알고 팔았습니까? 모르고 팔았습니까?"

최진광은 아무 대답도 하지 못했다.

불리한 진술은 대답하지 않아도 된다는 판사의 말에 자기 딴에 불리한 말인지 입을 열지 못했기 때문이다.

판사가 또 얘기한다.

"그리고 정태성, 김치용에게 묻겠습니다. 불리한 진술은 대답 안하서도 됩니다. 2008년 9월 긴급체포 되었을 때 인천 문학동 오피스텔에서 이기동과 같이 검거되었는데 문학동 오피스텔에 얼마나 이기동이랑 같이 있었습니까?"

"검거되기 저 일주일 전에 부산에서 기동 형님을 만나러 왔습니다."라고 태성이가 말한다.

그러자 판사가 "불리한 진술은 말하지 않아도 된다고 했지 거짓말하라는 소리는 안했는데 왜 자꾸 거짓말합니까?"라면서 야단을 친다.

"정태성 씨, 검거되기 약 한 달 전에 인천 문학동 당구장 밑의 주차장에서 오토바이가 차 앞에 주차되어 있어 이기동 소유의 에쿠스 차가 빠지지 않자 만리장성 중국집 배달원 ○○○씨에게 '귀뚜라미 같은 새끼!'라며 욕설을 하며 협박한 공갈 친 사실 있죠?"

정태성이 심장이 덜컹했다. 어찌 판사가 이런 것까지 인지하고 있을까

367

하는 생각에 너무 가슴이 콩닥거렸다.

이것은 명백한 증거 자료가 있어 부인할 수 없어 시인할 수밖에 없었다.

"예, 그런 사실 있습니다."

"그런데도 인천 문학동 오피스텔에 검거되기 전 1주일 전에 왔다고 자꾸 거짓말할 겁니까?"

판사는 판결만 하면 되는데 검사인지 판사인지 질문 자체가 너무 날카로워 구분이 가지 않았다. 판사가 다시 묻는다.

"인천 문학동 오피스텔에 언제 왔습니까?"

짱깨 배달원과 사건 생긴 지가 한 달 전이니까 한 달은 무조건 지나야 된다는 생각에 넉넉잡고 "정확하게 기억은 나질 않지만 두 달 정도 된 것 같다."고 또 거짓말했다.

인천에 올라온 지가 1년 6개월 정도 되었는데 그 긴 시간 동안 장보고 설거지하고 방청소를 했다고 내가 판사라도 말이 안 맞을 것 같아서 1년 6개월은 아닌 것 같아 두 달로 딱 잘랐다.

"두 달 동안 인천 문학동 오피스텔에서 어떤 일을 했습니까?"

정태성 또한 인천에서 일어난 일은 기동 형, 치용 형, 나 이렇게 세 명만이 아는 진실이라 증거가 없었기 때문에 검찰 조사대로 밀고 나가기로 결심했다.

"설거지하고 장보고 방청소하고 있었습니다."라고 태성이가 대답한다.

"김치용에게 묻겠습니다."

믿을 수 없다는 표정을 지으며 판사가 또 의문이 가는 정황을 물어본다.

"김치용 씨는 인천 문학동 오피스텔에 언제 올라가서 이기동 씨를 만났습니까?"

"기동 형님께서 놀러 오라고 해서 두 달 전에 정태성이랑 같이 인천에 올라갔습니다."

"두 달 동안 뭘 했습니까?"

"기동 형님께서 서울 구경도 시켜주고 술도 먹고 집안 청소도 도와주며 그렇게 시간을 보냈습니다."라고 얘기한다.

옆에서 보다가 짜증이 많이 난 검사가 범죄혐의를 추궁하기 위해 일어서더니 판사에게 "제가 한마디 물어보겠습니다."라며 말한다.

판사가 "그러세요."라고 대답한다.

날카로운 눈빛으로 정태성에게 추궁한다.

"범죄를 하기 위해 만들어진 인천 오피스텔에서 두 달 동안 설거지하고 방청소하고 장만 보았다는 것이 말이 되는 소리입니까? 사실대로 얘기 안합니까?"

"왜 말이 안 됩니까?" 태성이가 말했다. "그것은 사실입니다."

김치용 또한 그것이 사실이라고 한다. 이제 마지막으로 혐의를 입증시켜줄 사람은 나밖에 없는지 나를 날카로운 눈빛으로 쳐다본다.

검사가 나에게 추궁이 들어간다.

"피고인 이기동에게 묻겠습니다. 정태성 씨하고 어떤 관계입니까?"

"동네 동생이자 중학교 후배입니다."

"김치용 씨하고는 어떤 관계입니까?"

"동네 동생이자 중학교 후배입니다."

"2005년 부산지방법원에서 폭력 행위 등 처벌에 관한 법률 위반 등으로 징역 1년을 선고 받았을 때 이기동 씨 공범 아닙니까?"

언제 또 저런 것을 인지했는지 내 심장이 두근거렸다.

"네, 맞습니다."

"김치용 역시 어렸을 때부터 이기동 씨를 잘 따르던 둘도 없는 심복 같은 동생 아닙니까?"

"맞습니다."

"이들 말로는 인천 문학동 오피스텔에 이기동 씨와 두 달 동안 합숙하면서 이기동 씨가 시키는 일, 즉 설거지, 방청소, 장보는 일만 했다고 주장하는데 이들 말이 맞습니까?"

"네, 맞습니다."

"지금 장난합니까?" 그러자 내가 "장난하는 거 아닙니다."라고 대답했다.

그러자 검사가 재차 물어본다.

"이 중요한 동생들을 그런 허름한 일밖에 안 시켰다는 것이 저는 이해가 안 되는데 그에 대해서 어떻게 생각합니까?"

두 달 동안 설거지, 방청소만 했다는 것은 정말 내가 판검사라도 믿을 수 있는 정황이 아니었다. 그래서 내가 입을 열었다.

"한 번씩 중요한 심부름도 시켰습니다."

이런 진술을 기다렸다는 듯 검사가 또 물어본다.

"어떤 심부름을 시켰습니까?"

"밑에 동생들이 통장을 터미널에 보내주면 제가 한 번씩 바쁠 때 터미널에서 통장 가져오라는 심부름, 그리고 통장을 어디로 보내주라는 심부름 이런 심부름은 한 번씩 시켰습니다."라고 내가 얘기했다.

그러자 화가 난 검사가 자기가 원하는 진술이 나오지 않는지 나에게 고함을 지른다.

"이렇게 중요한 동생들을 그런 허름한 일만 시켰다는 게 말이 됩니까?"

강도 높은 추궁에 들어갔다.

그래서 내가 대답했다.

"저는 통장 유통에 있어 통장 가지고 오고 통장 보내주고 그것이 허름한 일이 아니라 그것이 제일 중요한 일이라고 생각합니다."라고 얘기했다.

지켜보고 있던 판사가 나를 보며 입을 연다.

"이기동 씨, 인천 문학동에서 체포되었을 때 인천 오피스텔에서 대포통장 300개 그리고 대포전화기 10개 통장거래한 장부가 나왔는데 그것은 누구 것입니까?"

"제가 팔려고 매입한 통장이며 장부 또한 제가 거래했던 것입니다".

"그럼 정태성과 김치용은 인천에서 아무 범죄를 하지 않았다는 말입니까?"

"네."

검사가 또 물어본다.

"이기동 씨, 지금 와서 피고인 김치용, 정태성 씨 죄를 이기동 씨가 다 덮어쓰고 숨겨주려고 하는데 이렇게 되면 엄한 중형이 선고될 것인데 그래도 자꾸 부인하며 공범들 죄를 숨겨줄 것입니까?"

마음은 흔들렸지만 검사도 마지막 발버둥 친다는 것을 나는 알았다.증거가 없었기 때문이다. 죽은 사람은 죽더라도 살 사람은 살아야 된다고 판단했기 때문이다.

"저는 있는 그대로를 얘기했으며 그것이 죄가 된다면 그에 대해서는 제가 벌을 받겠습니다."

그러자 내 입에서 쓸데없는 소리라도 나오면 큰일 난다는 것을 치용이와 태성이도 알았는지 원하는 진술이 나와 긴장이 이제 조금 풀렸는지 한숨을 길게 쉬었다.

그리고 판사가 고봉진에게 물어본다.

"불리한 진술은 대답 안하서도 됩니다."

"네."

"조금 전에 증언한 것과 같이 이기동 씨에게 1억 원 받은 돈 통장 매입한 돈이 맞습니까?"

더 이상 쓸데없는 부인하면 안 될 것 같아 고봉진이 "네, 맞습니다." 하고 대답한다.

"마지막으로 할 말 있습니까?"

최진광: 잘못했습니다.

이기동: 부정한 목적으로 돈 벌었던 거 정말 죄송합니다. 앞으로 열심히 살 기회가 주어진다면 열심히 살겠습니다.

정태성: 저는 정말 통장 판 사실이 없습니다.

김치용: 저도 잔심부름을 몇 번 했을 뿐 통장 판 사실이 없습니다.

고봉진: 거짓 진술한 거 잘못했고 앞으로 열심히 살겠습니다.

정수식: 죄송합니다.

천승찬: 죄송합니다.

고원창: 잘못했습니다.

"3주 뒤에 선고하겠습니다."

판사가 애기하며 심리를 마쳤다.

법정 대기실에서 수갑을 차고 포승을 묶는데 치용이와 태성이가 생명의 은인이라는 것을 아는지 "형님, 정말 감사합니다."라고 얘기한다.

거짓말 하다가 들통 난 봉진이가 입이 부산역까지 툭 튀어나와 있었다.

"마, 봉진아. 니는 부인할 것을 부인해라. 니한테 불이익을 주려고 한 것이 아니라 아닌 것은 아닌 거다."

"알겠습니다."

그러고는 법정에서 호송버스를 타고 구치소 방으로 들어왔다.

방에 들어와서 재판 정황을 곰곰이 생각해보니 시인할 것은 시인하고 축소시킬 것은 축소시키고 나름 심리가 잘되었다고 생각했다.

그래도 최진광보다 내가 구형이 2년 더 많이 나온 것에 대해 마음이 걸렸다.

내가 동생들을 숨겨주고 그래서 괘씸죄로 공갈 구형을 놓은 것이 아닌가 하는 생각으로 선고는 비슷하게 하겠지 하는 생각으로 쉽게 생각하고 있었다.

3주라는 시간이 어느새 금방 다가왔다.

법정에 20분 정도 일찍 도착해서 재판을 기다리고 있었다.

이놈의 재판은 어떻게 된 것인지 많은 재판을 받아보았음에도 불구하고 법정에 서기만 하면 떨리는 것은 부인할 수 없었다.

사건번호 2008고단 ××××

최진광, 이기동, 정태성, 김치용, 고봉진, 전수식, 천승찬, 박원창이 수갑을 풀고 차례대로 법정에 섰다.

조용한 법정에 판사가 "판결하겠다."고 얘기한다.

"먼저 피고인 최진광, 통장을 양도·양수해서는 아니 된다. 통장을 양도·양수했을 경우에 전자금융거래법 위반으로 형사 처분을 받게 됩니다. 피고인은 대량의 대포통장을 통장 모집책 최상선인 이기동으로부터 수십 개를 양도 받아 보이스피싱 조직원들에게 재차 양도 양수해서 부정한 돈을 벌어들였고, 그 통장이 보이스피싱 범죄에 사용되어 수많은 서민들이 피해를 입었고 일부의 피해자 중에는 이번 사건이 계기가 되어 목숨을 끊은 사람이 있다는 점을 생각하면 매우 죄질이 불량하다. 아직 나이가 어리고 초범인 점을 참작하여 피고인 최진광을 징역 1년 6월에 처한다."

최진광이가 1년 6월을 받았으면 나도 그 정도면 되지 않겠냐는 생각에 한결 마음이 가벼워졌다.

"피고인 이기동. 피고인 이기동은 왜 이리 많은 잘못을 했습니까?"

"죄송합니다."

"이기동 씨는 중국인 최진광보다 더 나쁜 사람입니다. 최진광이는 타국에서 내려와 보이스피싱 범죄를 해서 우리나라 돈을 중국으로 벌어들여 나라에 좋은 일했지만 이기동 씨는 나라를 팔아먹은 사람과 같습니다. 저는 보이스피싱 범죄를 최고 싫어합니다. 이기동 씨가 최진광보다 밑에 있는 사람이긴 하지만 최진광 씨보다 더 많은 추가 기소가 있기 때문에 가중처벌해서 양형에 참작해서 선고합니다. 계획적이고 지능적으로 성명 불상에게 김용민, 고봉진, 박원창, 정수식, 천승찬이 매입한 대포통장을 이기동 씨는 보이스피싱에 사용할 목적으로 재차 양도받아 보이스피싱 조직원들에게 수십억이나 되는 부정한 이익을 챙겼고, 공범들을 은폐하려고 하고 이번 사건이 계기가 되어 피해자 일부가 목숨을 끊은 점을 고려해보면 중형을 선고해야 마땅하다. 최상선에게 총괄 역할을 하고 총지휘를 내린 피고인 이기동에게 징역 2년 6월에 처한다."

1년 6월이면 될 것이라고 생각하는 내 생각은 그냥 생각일 뿐이었다.

"정태성, 김치용 피고인."

"네."

"통장을 양도·양수해서는 아니 됩니다. 통장을 양도·양수했을 경우에는 전자금융거래법 위반으로 처벌을 받게 됩니다. 정황을 보았을 때 심증은 가나 물증이 없으므로 이기동 씨가 터미널에 심부름으로 통장을 가져오라고 하고 통장을 보내준 정황이 포착되어 전자금융거래법 위반 죄는 유죄로 인정되나 주민등록법 위반, 사기방조죄는 이유가 없는 것 같아 무죄를 선고한다. 다만 피고인이 나이가 어려서 교화개선의 의지가 있다는 생각에 피고인 정태성, 김치용에게 각각 징역 10월에 처한다."

생각보다 좋은 재판 결과를 받았는지 흐뭇한 표정을 짓는다.

"피고인 고봉진."

고봉진이 "네."라고 대답한다.

"피고인은 불특정 다수 피해자들에게 수백 개의 대포통장을 양도받아 상선 이기동에게 재차 1억 원의 재산상의 이익을 챙기고 되팔았음에도 불구하고 반성은커녕 거짓으로 사건을 은폐하려고 하고 죄를 뉘우치지 않는 점 매우 죄질이 불량하다. 다만 나이가 어리고 열심히 살겠다는 각오가 확실해서 피고인 고봉진에게 징역 1년 6월에 처한다."

고봉진 두 눈이 뚱그레지며 머리가 멍한지 정신을 못 차리고 있다.

기껏 해봐야 징역 10월 많이 받으면 1년 생각했는데 징역 1년 6월은 정말 가혹한 판결인 것 같아 한숨을 쉬고 있다.

혼자말로 구시렁댄다.

'무슨 열심히 살 각오도 없고 나이만 어리지 않았으면 한 5년 때렸겠네?'

마음속으로 생각하며 짜증을 감출 수 없었다.

고봉진이 1년 6월을 선고받은 것을 정수식, 천승찬, 박원창은 두 눈으로 보고 심장이 떨리고 가슴이 철렁거렸다.

봉진이와 우리는 범죄 가담 정도가 비슷했기 때문에 봉진이가 1년 6월을 받았으니 우리들도 1년 6월 이상은 선고된다는 마음에 불안해하고 있었다.

"피고인 전수식, 천승찬, 박원창."

"네." 다들 대답한다.

"통장을 양도·양수해서는 아니 된다. 통장을 양도·양수했을 경우에는 전자금융거래법 위반으로 형사 처분을 받게 됩니다. 피고인들은 불특정 다수의 피해자들에게 인터넷으로 매입한 수백 개의 통장을 상선인 이기동에게 재차 팔아 수억 원이나 되는 재산상에 이득을 챙겼고 계획적으로 조직적으로 범죄가 이루어졌기 때문에 죄질이 매우 불량하다. 다만 잘못을 깊이 뉘우치고 있고 깊이 반성하며 나이가 어린 점을 감안하여 전수식, 천승찬, 박원창에게 각각 징역 1년씩에 처한다."


전수식과 천승찬, 박원창은 고봉진보다 생각 이상으로 재판을 잘 받았는지 흐뭇한 표정을 짓고 있다.

그러고는 판사가 한마디 한다.

"판결에 불복하고 인정을 못하는 피고인들은 1주일 안에 항소하시면 됩니다."라고 얘기한다.

그러고는 법정대기실로 돌아가 다시 수갑을 차고 포승을 묶고 있는데 고봉진이가 투덜투덜 대면서 공범들을 보면서 한마디 한다.

"형님, 이것은 아닌 것 같습니다."

"뭐가 아니고?"

내가 대답했다.

"증거가 없는데 1억 원 그 부분은 형님께서 빌려주신 돈이라고 진술해 주셨어야 하는 것 아닙니까?"

"니가 판사면 새끼야. 담보 보증 없이 1억 원 빌려주었다면 믿겠나? 수식, 승찬, 원창, 전부 시인했는데 니 혼자 부인하는 게 정황이 맞다고 생각하나? 그냥 시인하지 뭐하려고 쓸데없는 거짓말을 하노?"

"형님께서 증거가 없을 때는 끝까지 잡아떼라면서요? 그래서 잡아뗀 것 아닙니까?"

자기는 의리를 지키기 위해 거짓 진술한 것인데 공범들보다 6월 더 받은 것이 너무 억울했는지……

"형님, 진짜 세상 멋지게 살고 의리 지키다간 평생 징역만 살겠습니다." 라며 투덜거린다.

"마, 그 정황이랑 그 정황이랑 정황 자체가 같나? 내가 니한테 무슨 말을 하겠노? 항소해서 무서워서 거짓말했다며 싹싹 빌어봐라. 그럼 수식, 승찬, 원창이처럼 6월 깎아서 1년 안 맞추어 주겠나?"

"알겠습니다."

진광이도 나에게 미안한지 미안한 표정을 지으며 한마디 한다.

"형님, 형님께서 저보다 더 징역을 많이 받아서 어떻게 합니까?"

"진광아, 살 사람은 살아야 안 되겠나? 인생에 전반전은 이렇게 스톱을 하는데 이제 인생의 후반전을 다음에 시작해야 안 되겠나?"

"한국에 있는 동안 친동생처럼 보살펴주셔서 감사합니다. 앞으로는 제가 더 멋진 동생으로 보여드리겠습니다."라며 공범 분리를 하며 헤어졌다.

그리고 구치소로 돌아와 공범들 모두 형량이 많다고 항소했다.

그리고 이어 담당검사는 형량이 적다고 항소했다.

그리고 두 달 후 항소심 재판이 잡혔다. 두 달 만에 또 공범들과 얼굴을 볼 수 있어 반가웠고 항소심 재판하는 곳은 부장판사, 우심, 좌심 세명이 진행하기 때문에 법원 자체부터 1심 받았던 단독부 재판하는 곳과는 차원이 다르고 컸다.

판사 앞에서니 또 떨리는 것은 마찬가지였다.

검사에게 "심문하세요." 판사가 말한다.

"피고인들은 공모하여 조직적이고 계획적으로 불특정 다수들에게 대포통장을 매입해서 상선인 이기동에게 재차 양도해 부정한 이득을 남기고 한국 최고 통장모집 상선인 이기동은 중국인 보이스피싱 국내 총책 최진광에게 재차 양도해서 수억이나 되는 큰 이익을 챙겼고 일부 피해자들은 이번 사건이 계기가 되어 피해자들이 목숨을 끊은 사람들도 있고 대포통장이 사회에 논란이 되고 있음에도 불구하고 확실한 대책방법이 없어 그것을 악용한 사람들이기 때문에 죄질이 매우 좋지 않습니다. 피고인 최진광에게 구형대로 징역 3년을 이기동에게 구형대로 징역 5년, 그리고 정태성, 김치용에게 구형대로 징역 3년 그리고 고봉진, 전수식, 천승찬, 박원창을 구형대로 징역 2년에 처해주십시오."

담당 변호사가 각각 일어나서 변론한다. 마땅히 할 얘기가 없는지 피고인들이 죄를 뉘우치고 있다는 거 외엔 변호사도 할 말이 없는지 반성을 많이 하고 있다며 선처를 해 달라고 한다.

"피고인 최진광. 할 말 있습니까?" 별시리 잘한 것이 없는지 "죄송합니다."

"피고인 이기동. 할 말 있습니까?" 나도 잘못했다는 말 외에는 특별히 할 말이 없었다.

"피고인 정태성."

"잘못했습니다. 다시는 이런 일 없도록 하고 열심히 살겠습니다."

"피고인 고봉진." 다른 친구들보다 6월이나 징역을 많이 받았기 때문에 억울한 것이 많았는지 "판사님, 제가 다 잘못했습니다. 공범인 수식, 승찬, 원창이와 범죄에 가담한 정도가 비슷한데 공범들보다 6월 더 받는 것은 너무 억울합니다. 앞으로 열심히 살 기회가 주어진다면 열심히 살겠습니다."라고 말하며 많이 떨렸지만 하고 싶은 말은 다 한 것 같아 뿌듯한 표정을 짓고 있었다.

나머지 수식, 승찬, 원창, 또한 특별히 할 말이 없는지 "한번만 선처해 주십시오. 열심히 살겠습니다."라고 얘기한다.

"2주 뒤 선고하겠습니다."

그러고는 구치소로 돌아와 금방 2주라는 시간이 흘러갔다.


검사가 형량이 적다고 판사님께 같이 부대 항소를 했기 때문에 다들 1심에서 받은 형량보다 더 올려치기 당할 수도 있다는 생각에 다들 불안해하고 있었다.

떨리고 기다리던 마지막 항소 선고 날.

판사가 공범들 차례대로 일렬로 세워놓고 주문을 외운다.

"자, 판결하겠습니다. 먼저 최진광 피고인."

최진광이 "네."라고 대답한다.

"피고인 최진광에게 유리한 진술들을 볼 때 초범이고 반성하고 있고 나이가 어려 교화개선 의지가 있기 때문에 징역 1년 6월은 무거워 부당하다 최진광 씨가 주장하는 거 맞죠?"

최진광이 "네." 하고 대답한다.

"그리고 최진광에게 불리한 진술들 대포통장이 보이스피싱 전화금융사기에 사용될 줄 알면서 통장 모집책 상선 이기동에게 통장을 매입해서 재차 보이스피싱 중국인에게 되팔아 부정한 이익금을 챙겼고 최진광

씨가 매입해서 판 통장이 보이스피싱에 사용되어 불특정다수의 수십 명의 피해자가 생긴 것을 보면 원심이 피고인에게 선고한 형은 적정하고 너무 무겁거나 가벼워서 부당하다고는 인정되지 않으므로 피고인 및 검사의 양형 부당 주장은 모두 이유 없다고 판단할 것이다."

"피고인 이기동. 원심이 피고인에게 선고한 형(징역 2년 6월)은 너무 부당하다 항소하신 이유 맞죠?"

"네."라고 대답했다.

"이기동에게 유리한 진술들을 볼 때 피고인이 이 사건 범죄사실을 자백하고 그 잘못을 깊이 뉘우치고 있다고 진술하고 있는 점, 피고인의 지인들도 피고인에 대한 적극적인 관심과 선도를 다짐하면서 피고인에 대한 선처를 탄원하고 있는 점, 하지만 불리한 진술들 피고인은 여신금융업법 위반죄 사기방조 전자금융거래법 위반죄 등으로 수차례에 걸쳐 징역형 및 벌금형에 처벌을 받은 전력이 있고 더군다나 피고인은 이번 범죄에 조직적으로 계획적으로 한국에서 통장 모집책 총괄 역할을 하여 하범인 고봉진, 전수식, 천승찬, 박원창에게 수천 개의 대포통장을 양도받아 거액의 재산상 이익을 챙겼고 이렇게 불특정다수에게 매입한 통장으로 인해 우리나라에 수천 명의 불특정 다수의 피해자가 생긴 점 등에 비추어 그 죄질이 불량한 점, 그 밖에 이 사건 변론에 나타난 피고인의 연령, 직업, 가족 관계 등 이 사건 양형의 조건이 되는 여러 사정을 종합해보면 원심의 피고인에게 선고한 형은 적정하고 너무 무겁거나 가벼워서 부당하다고는 인정되지 아니 하므로 피고인 및 검사의 양형 부당주장은 모두 이유 없다 할 것이다."

"피고인 정태성, 김치용. 원심이 피고인들에게 각각 선고한 징역 10월은 너무 무거워서 부당하다 항소한 이유 맞죠?"

"피고인 정태성, 김치용 및 검사의 피고인 정태성, 김치용에 대한 양형 부당 주장을 살피건대 이 사건 변론 과정에서 나타난 피고인에게 유리한 여러 증상들, 즉 피고인들이 체포되었을 때 상선인 이기동과 인천 오피스텔에 같이 있었지만 여러 진술들을 들어보면 가담 정도가 피고인 이기동에 비하여 상대적으로 중하지 아니한 점 등 참작할 사정이 없지는 아니하다. 한편 피고인들은 이 사건 범행 이전에 이미 폭력 행위 등 처벌에 관한 법률 위반, 컴퓨터 사용사기 등으로 징역형을 선고받아 정태성 2005년 10월 8일, 김치용 2005년 12월의 그 형을 마치고 출소한 전력까지 있음에도 불구하고 자숙하지 아니한 채 누범 기간 중에 다시 이 사건 각 범행을 반복하여 저지른 점 등에 비추어 그 죄질이 불량한 점 그 밖에 이 사건 양형의 조건이 되는 여러 사정을 종합해보면 원심이 피고인에게 선고한 형은 적정하고 너무 무겁거나 가벼워서 부당하다고는 인정되지 아니 하므로, 피고인 및 검사의 양형부당 주장은 모두 이유 없다 할 것이다."

"피고인 고봉진. 원심이 피고인에게 선고한 징역 1년 6월은 너무 부당하다 항소한 이유 맞죠?"

고봉진: 네.

"피고인 고봉진은 불특정 다수 피해자에게 인터넷으로 대포통장을 매입해서 상선인 이기동에게 재차 부당한 이익을 받고 대포통장을 팔았음에도 불구하고 자꾸 잘못을 은폐하려고 하고 반성하지 않은 점을 매우 엄하게 다스려야 마땅하나 열심히 살려고 하는 마음이 확실하고 이 사건 변론에 나타난 피고인의 연령과 가족관계 등 이 사건 양형의 조건이 되는 여러 사정을 종합해보면 원심이 피고인에게 선고한 형은 적정하고 너무 무겁거나 가벼워서 부당하다고는 인정되지 아니 하므로 피고인 및 검사의 양형 부당 주장은 모두 이유 없다 할 것이다."

판결 주문을 외우고 나서 고봉진을 쳐다보며 판사가 한마디 더 한다.

"피고인 고봉진은 항소심에서도 반성하지 않고 계속 사건 부인했으면 제가 검사 구형대로 징역 3년 선고하려고 했어요. 앞으로는 잘못했더라도 거짓이 아닌 진실한 사람이 되길 바랍니다."

봉진이는 얼굴이 찡그러졌다.

'잔소리하면 징역을 깎아주던가!' 뭐라 할 것 다하고 징역은 징역대로 주는 판사가 마음에 들지 않았는지 꿍한 표정을 지으며 인상 쓰고 있다.

우리 공범들도 봉진이가 범행 가담 정도에 비해 6월을 많이 받았기 때문에 다른 사람은 몰라도 봉진이는 6월이 깎일 줄 알았는데 기각당하는 모습을 보고 안타까웠다.

"피고인 전수식, 천승찬, 박원창. 원심이 피고인들에게 각각 선고한 징역 1년은 너무 무거워서 부당하다 항소한 이유가 맞죠?"

모두 "네."라고 대답한다.

"살피건대 이 사건 변론 과정에서 나타난 피고인에게 유리한 여러 정황들, 즉 피고인들은 이 사건의 범죄 사실을 모두 자백하고 그 잘못을 깊이 뉘우치고 있다고 진술하고 있는 점, 피고인들의 가족이 피고인에 대한 적극적인 관심과 선도를 다짐하면서도 피고인들에 대해 선처를 탄원하고 있는 점과 피고인들의 불리한 여러 정황들 피고인들은 조직적으로 계획을 짜서 불특정 다수 피해자들에게 수백 개의 대포통장을 매입해서 상선인 이기동에게 대포통장을 재차 되팔아 부정한 수익을 얻었고 그 수많은 통장으로 인해 보이스피싱 사기가 일어나 대부분 힘들게 살아가는 서민들이 수많은 피해가 일어난 것을 보면 엄히 다스려야 마땅하나 그밖에 이 사건 변론에 나타난 피고인들의 연령, 가족관계 등 이 사건에 양형의 조건이 되는 여러 사정을 종합해보면 원심이 피고인들에게 선고한형은 적정하고 너무 무겁거나 가벼워서 부당하다고는 인정되지 아니하므로 피고인 및 검사의 양형 부당 주장은 모두 이유 없다고 할 것이다."

"결론. 그렇다면 피고인들 및 검사의 항소는 모두 이유 없으므로 형사소송법 제364조 제4항에 의하여 이를 모두 기각하기로 주문과 같이 판결한다."

체포된 날로부터 항소심 재판까지 8개월이라는 지옥 같은 시간이 끝이 나버렸다.

수갑을 차고 포승을 하기 위해 법정 대기실에 서 있는데 고봉진이 투덜댄다.

무슨 재판이 장난하는 것도 아니고 똑같이 범죄를 저질렀는데 왜 나는 1년 6월이고 다른 사람들은 1년이냐며 형평성이 없다는 등 투덜거린다.

수식, 승찬, 원창을 바라보며 "너희들은 열심히 살 각오가 확실해서 1년이고 나는 열심히 살 각오가 확실한데 와 1년 6월이고 이런 개 같은 판결이 어디 있노?"

진짜 우리나라 법은 너무 형평성이 없었다.

"저 개놈의 판사 입에서 나오는 대로 판결 씨부리네. 열심히 살기는 개가 열심히 사나? 내가 꼭 출소해서 제대로 된 보이스피싱 범죄 한 건 더 한다."

두고 보라면서 혼자 구시렁댄다.

"마, 봉진아 똥 밟았나? 그만 좀 구시렁대라."

"형님, 지금 판결 한번 보십시오. 구시렁 안 대게 생겼습니까?"

"뭐, 인마. 판사가 똑바른 소리 하드만. 진실하게 살아라! 하더라 아니가? 인마, 거짓말하지 말고."

"형님까지 왜 그러십니까?"

"소고기국밥에 퀵 착불 소쿠리 무게까지 판사가 다 알고 있는갑다."

"형님, 여기서 소고기국밥 얘기가 또 왜 나옵니까?"

"그러니깐 인마 어~름한 짓 하지 말고 똑바로 살라고, 인마."

치용, 태성, 수식, 원창에 이어 승찬이까지 웃는다.

"마, 형은 징역 2년 6월 받고도 이렇게 웃고 있는데 이제 그만 인상 펴라."

"알겠습니다."

최진광이 또한 나에게 입을 연다.

"형님, 이제 재판도 끝났고 출소하기 전까지는 정말로 형님 뵐 일이 없는 것 같습니다."

"대전으로 이감을 가더라도 형 수번 1651번이니 편지해라."

"잘 알겠습니다."

"너희들도 이제 출소하는 날까지 보기 힘들 것이니 출소하면 접견 오고 멀리 이감 가면 편지하고 개구쟁이라도 좋으니깐 어디를 가도 쪽팔리지 않게 씩씩하게 잘 지내라."

"알겠습니다. 형님도 몸 건강하십시오."

동생들이 인사를 한다.

이산가족 작별인사라도 하듯이 짧은 시간 대화를 끝마치고 호송버스를 타고 구치소로 돌아왔다.

재판이 끝났기 때문에 실형이 확정된 사람들을 모아두는 방 확정 방으로 와서 교도소 이감을 기다리고 있었다.

이감은 교도소 1급 비밀이기 때문에 이감 가기 하루 전날에도 가르쳐주지 않는다.

자고 일어나면 근무자가 몇 번 몇 번 이감이라고 얘기해준다. 그래서 아침시간에는 전부 신경이 날카롭다.

대부분 멀리 이감 가는 사람들은 아침 일찍 새벽에 이감을 알려주고 여기가 부산이기 때문에 경상남도 근처에 이감 가는 사람들은 아침 식사 후에 알려주는데, 확정 방에 온 지 한 달 정도 되었을 때 '2009년 11월 30일 1651 이기동 이감'이라고 한다.

이제야 구치소에서 더 큰집으로 진정 징역을 살러 가야 하는 현실이었다.

확정 방에 있을 때도 여러 동료들과 짧은 시간이지만 정이 많이 들었고 그리고 출소 날이 비슷한 사람들끼리는 마음 맞추어 보이스피싱 범죄를 한 건 더 하자는 그런 계획을 약속한 사람들도 몇 명 있었다.

이감이라는 소리에 이감 짐 보따리를 매고 나가려는 순간 범죄를 계획했던 동생들이 "형님, 출소해서 꼭 찾아뵙겠습니다. 이감 가서 편지 드리겠습니다."라며 이감 보따리를 매고 여기가 어딘지도 모른 채 교도소 직원이 가자고 하는 대로 끌려갔다. 도착해서 보니 김해교도소였다.

그러고는 비누 퐁퐁 가루비누 만드는 공장에 출력해서 나름대로 자리를 잡고 세월이 흘러갔다.

요즘에는 교도소, 구치소에서도 TV가 있기 때문에 뉴스를 교정청에서 틀어준다.

뉴스를 볼 때마다 그리고 신문을 볼 때마다 1주일에 한 번씩은 보이스피싱 범죄에 대해 사회 이슈로 보도되고 있다.

어눌한 조선족 말투로 소포가 반송되어 왔다는 보이스피싱은 이제 구 버전이 되어버렸다고 하면서 더욱더 지능화된 수법으로 피해가 확산되어 가짜 사이트로 낚는 피싱, 파밍, 스미싱 피싱으로 또 온 국민이 위기를 맞게 되었다.

그런 사건 사고 신문 그리고 뉴스를 볼 때마다 나는 아쉬움이 남았다.

사회에 있었으면 저거 전부 내 돈인데 하면서 출소해서 한탕 더 해야겠다는 생각, 마음이 머릿속에 아른거렸고 어쨌든 빨리 출소해서 보이스피싱 범죄에 더욱더 깊숙이 가담해서 돈 벌어야겠다는 생각밖에 들지 않았다.


어느덧 최진광에게서 편지가 왔다.

최진광이는 국적이 중국이기 때문에 외국인 교도소인 대전으로 이감 가서 잘 지내고 있다고 편지가 왔다.

"한국에 있는 동안 고마웠습니다. 이제 몇 개월만 있으면 저는 1년 6

월형을 종료하고 중국으로 추방되어 날아갑니다. 저는 이곳에서 외국인 상대로 통역해주고 있다며 보안 과장님에게도 신임을 받으며 잘 지내고 있습니다."

사회에서나 교도서나 최진광은 중국말, 한국말을 잘했기 때문에 통역으로 먹고 사는 것은 틀림이 없었다.

밥도 맛있고 중국에 평범한 가정집에서 먹는 밥보다 훨씬 반찬도 잘 나온다며 이런 게 징역이라면 한국에서는 10년 아니 무기징역도 산다고 했다.

그곳 대전은 보이스피싱 범죄로 온 외국인들이 최고 많으며 같은 방에 흑룡강성, 복권성, 산둥성 보이스피싱 조직들과 같이 있다며 "제가 형님 자랑을 무지 많이 했으니 출소하면 형님을 꼭 보고 싶다."고 합니다.

그러니 이제는 나가서서 어설프게 잡혀 오는 일 없이 이번에는 제대로 후반전을 시작해보자며 메일 주소와 집 전화번호를 남겨놓았다.

편지를 세 통 정도 주고받다가 최진광은 1년 6월 만기가 되어 출소해서 중국 하얼빈으로 입국했다.

나도 보이스피싱 범죄에 대해 더욱더 공부를 열심히 했고 보이스피싱에서 최고 중요한 것은 대포통장이기 때문에 어떻게 하면 통장을 많이 매입할 수 있을까 하루에도 수없이 깊은 생각에 빠지곤 했다.

태성, 치용, 봉진, 원창, 수식, 승찬이도 모두 출소해서 사회로 돌아가 나에게 접견을 들어왔다.

"형님, 빨리 나오셔서 저희들 좀 이끌어주십시오. 형님과 같이 사회에서 움직였을 때에는 정말 어려운 것 없었고 힘든 줄 몰랐는데 출소해서 뭘 좀 해보려고 해도 자꾸 주위 사람들에게 사기만 맞고 어느 물에 가는지도 모르겠습니다. 이제 한 8개월 정도 남으셨으니 형님 조금만 참으십시오. 동생들이 든든하게 버팀목이 되어 기다리고 있겠습니다."

"그래, 고맙다."

"봉진아, 니도 고생 많이 했다."

"아닙니다! 처음에는 아이들보다 6월 더 받아서 정말 힘들었는데 세월이 흘러서 이제 사회에 있으니 다 좋은 추억이 된 것 같습니다."

"이제야 니가 정신 좀 차렸네. 요즘에는 사기 같은 거 안 맞고 돌아다니제?"

"며칠 전에 대포차 한 대 산다고 중고차 사이트에서 인터넷 쇼핑하다가 착수금 명목으로 100만 원 사기 당했습니다."라고 치용이가 웃으면서 얘기했다.

그러자 봉진이가 한마디 한다.

"마, 니가 그런 소리하면 형님이 나를 뭐라 생각하겠노?"

이제 그만하라는 것이다. "뭐라 생각하기는 호구로 보지." 하면서 봉진이가 웃었다.

아직까지 봉진이는 나를 실망시키지 않았다.

"일단 형이 출소하면 중국에 선을 만들어 최진광이랑 다시 일을 시작할 테니 그리 알고 마음의 준비하고 있어라."

"알겠습니다. 형님 다음에 뵙는 날까지 건강하십시오."

"서신 드리고 또 찾아뵙겠습니다."

형이 확정된 기결수들은 한 달에 접견이 네 번밖에 되지 않기 때문에 15분씩 접견시간이 주어졌다.

15분도 어느새 흘러갔는지 어느새 접견이 끝이 나버렸다.


나는 1남 1녀로 태어나 내 위로 두 살 많은 누나가 있었다.

결혼한 지 5년이 되었는데 다섯 살 된 상범이라고 조카가 한 명 있었다.

똘망똘망해서 말도 잘 듣고 집안에 보물단지였던 상범이.

누나는 대학병원에서 근무하는 간호사이고 매형은 회사에 다니는 평범한 회사원이었다.

먹고 사는 것이 빠듯해서 누나와 매형은 맞벌이를 해서 나름대로 고민 없이 평범하게 행복하게 사는 가정이었다.

그렇기 때문에 조카 상범이는 누나가 일하러 가는 시간 그리고 매형이 일하러 가는 시간이 되면 ○○유치원에서 선생님의 사랑을 받으며 생활하고 있었다.

평소와 다름없이 조카 상범이를 유치원에 보내고 매형은 출근하고 누나는 나이트 야간 근무를 마치고 집에서 2시경 일어나 밀린 집안일을 하고 있었다.

그러는 도중 누나 핸드폰으로 모르는 발신번호로 전화가 한 통 왔다. 어떤 목소리가 고운 아가씨였다.

누나: 여보세요?

사기범: 상범이 어머니 되십니까?

누나: 그런데요. 어디십니까?

사기범: 저는 ○○유치원 상범이 담임선생입니다.

누나: 네.

사기범: 혹시 상범이 집으로 왔습니까? 상범이가 갑자기 없어져서 말이에요.

누나: 아니 상범이 마치려면 아직 2시간이나 남았는데 상범이가 없어졌다니 그게 무슨 소리예요?

사기범: 상범이가 조금 전까지만 해도 있었는데 잠깐 슈퍼에 사탕 사러 갔다 온다며 갔는데 보이지 않아서 연락을 드리는 겁니다. 별일 아닐 테니 제가 주위를 찾아보고 다시 전화 드리겠습니다. 걱정하지 마세요. 유치원 근처에 있을 것입니다.

그러면서 전화를 마쳤다. 누나는 상범이가 사라졌다는 담임선생님 전화에 걱정이 되어 불안한 마음을 감출 수 없었다. 그래서 상범이가 다니고 있는 유치원으로 재차 전화를 걸었다.

통화 중이었다. 종료 버튼을 누르고 다시 통화버튼을 눌렀지만 계속 통화 중이었다. 조금 전에 걸려온 상범이 담임선생님 번호를 통화 목록에서 찾아 통화를 걸어보았지만 이 전화 또한 통화 중이었다.

일단 진정을 좀 해야겠다는 생각에 상범이 소식을 기다리고 있는데, 모르는 발신번호로 전화 한 통이 걸려왔다. 굵은 목소리로 이번에는 남자였다.

사기범: 상범이 어머니 되십니까?

누나: 누구세요?

사기범: 저는 상범이를 데리고 있는 사람입니다. 상범이를 찾고 싶으면 불러주는 계좌로 3천만 원을 입금하시오.

누나: 3천만 원이나 큰돈이 지금 어디에 있습니까? 우리 아들 목소리 좀 들려주세요.

사기범: 이 아줌마가 어디 사람을 호구로 보나? 돈 없으면 그냥 상범이 죽여 버리고 바다에 던져버릴 것이니 그리 아시오.

이렇게 말하며 강하게 협박한다. 수화기 너머로 상범이가 엉엉 울면서 '엄마 살려주세요!'라면서 애타게 엄마를 부르면서 울고 있다.

사기범: 돈 있어? 없어?

누나: 우리 같이 월급쟁이가 무슨 3천만 원이 있겠어요.

정말 3천만 원이 있었으면 보내주고 싶은 심정이었지만 정말 돈이 없었다.

통장에 잔액이라고는 생활비와 비상금으로 가지고 있던 5백만 원 정도가 전부였다.

누나: 3천만 원은 정말로 없고 5백만 원 정도 있는데 그것이라도 보내
드릴까요?
사기범: 이 아줌마가 정말 우리를 거지로 아나? 어이 아줌마, 정말 아
들 보기 싫어? 죽여 버린다! 진짜?
누나: 아들이 죽는다는데 그깟 돈 3천만 원 있으면 드리죠. 정말 죄
송합니다.

이때 아파트 옆 동에 사는 우리 어머니가 밑반찬을 들고 비밀번호 현
관문을 열고 들어왔다.

사기범: 그럼 신용은행 312-000-××××-×××× 통장주 이상은으로 5
백만 원이라도 입금하시오. 아니면 정말 아들 죽여서 강물에 던져버립
니다.

그때서야 누나는 어머니와 눈이 마주쳤고 누나는 손가락으로 어머니
께 아무 말도 하지 마라는 신호를 보냈다.
어머니도 누나의 노랗게 뜬 얼굴에 울고불고 하는 모습에 무슨 사고가
났다는 것은 대충 짐작으로 느끼고 있었다,
누나는 차분한 목소리로 사기범에게 계좌번호를 불러 달라고 다시 묻
는다.
그러고는 메모지와 볼펜을 가져와서 어머니께 상범이가 납치되었다고
하니 빨리 상범이 유치원에 전화 한 번 걸어보라며 상범이 유치원 가방
에 적혀 있는 전화번호를 가르쳐주었다.
그리고 어머니는 전화번호를 어머니 휴대폰에 찍어 유치원에 담임선생

님과 통화를 시도하기 위해 베란다로 나갔다.

신호가 간다.

"○○유치원입니까?"

"네, 어디십니까?"

"상범이 할머니입니다."

"네, 할머님."

"상범이 지금 거기에 있습니까?"

"상범이 지금 잘 놀고 있는데 무슨 일 있습니까?"

"일단 잘 알겠습니다."라며 전화를 마친다.

그러고는 어머니가 누나에게 "상범이 유치원에 있단다."

그제야 화가 난 목소리로 누나가 사기꾼에게 한마디 한다.

"야, 이 쓰레기 같은 놈들아. 어디 할 짓이 없어서 자식을 담보로 이런 사기를 치는 것이고? 천벌 받는다! 이 사기꾼들아."

그러자 사기꾼들도 사기 행각이 들통 났다는 것을 알았는지 전화를 끊어버린다.

그러자 누나가 한숨을 쉬며 어머니에게 말을 건다.

"상범이를 납치하고 있다고 좀 전에 전화 왔던 사기꾼들이 3천만 원을 보내달라고 하는데 나 정말 3천만 원 있었으면 돈 보내주었을 것 같아."

그러자 어머니가 한마디 한다.

"이런 처 죽일 놈들 세상이 어떻게 되려고 이런 범죄가 기승을 부리는지."

누나가 한마디 한다.

"뉴스나 신문을 보며 보이스피싱, 보이스피싱 얘기만 들었지 나한테 이런 전화가 걸려올 줄이야 나는 상상도 못하고 있었는데. 내가 예전에 기동이한테 보이스피싱에 대해 들은 적도 있고 혹시나 해서 상범이 학원에 전화를 했는데 계속 통화 중이던데 내가 전화해볼 것을 대비해서 통화 중은 어떻게 걸었으며 내 전화번호는 어떻게 알았는지……. 참 그것이 의문이네."

그러자 어머니가 한마디 한다.

"그러니깐 사기꾼들이지……."

"니 동생이 저렇게 많은 죄를 저질러 교도소에 들어앉아 있는데 하늘이 우리 가족에게 벌을 주시는 건갑다. 앞으로는 못난 아들 기동이 위해서라도 내가 더 열심히 살아야겠다. 상범이 무사하니깐 그냥 악몽 꿨다고 생각하고 잊어라."

그러고는 우리 집 보물단지 상범이가 유치원을 마치고 가정으로 돌아왔다.

날이 가면 갈수록 보이스피싱 수법도 더욱 지능화되고 계속 방법 또한 변경되니 정부는 항상 사기범들을 뒤따라가는 현실을 맞이하게 된다.


뉴스와 신문에 또 대문짝만하게 사건사고가 실린다.

이런 일이 우리 가정에 일어났는지도 모르고 나는 출소해서 보이스피싱 범죄를 더욱더 열심히 하기 위해 계획을 짜고 있었다.

뉴스를 볼 때마다 '아, 저거 다 내 돈인데' 하면서 출소 날만 기다리고 있었다.징역 2년 6월 선고 받고 나도 이제 2년 3개월이라는 시간이 흘러 3개월 후면 만기 출소하는 날이 다가왔다.

평소와 변함없이 교도소에서 출력하며 공장에서 일하고 있는데 '876번 접견'이라는 것이다.

접견 용지 밑에 누가 왔는지 이름을 보니 어머니와 누나였다.

못난 아들 한번 제대로 키워보기 위해 하나밖에 없는 아들 한 달에 한번씩은 빠지지 않고 어머니께서는 접견을 꼬박꼬박 오셨다.

누나는 직장생활하느라 지금까지 접견 한 번도 오지 않았고 직장생활을 하지 않더라도 교도소는 쳐다보지도 않는 그런 사람인데 접견을 온 것을 보니 '이제 내가 출소할 때가 다 되어서 그래도 2년 6월 징역 살 동안 가족이 그것도 누나가 한번 들여다보지 않으면 그것도 예는 아닌 것 같아 접견을 온 것이구나.' 하면서 접견실로 향했다.

접견실로 들어서자마자 누나 그리고 어머니 얼굴을 보며 너무 반가워 환하게 웃었다.

"누나, 웬일이고? 이렇게 정확한 사람이 이렇게 누추한 교도소에 다 오고 말이야?"

그러자 누나가 그동안 잘 지냈냐고 안부부터 물었다.

"내야 잘 지내지."

그런데 누나와 어머니가 얼굴이 많이 어두워 보였다.

"무슨 일 있나? 얼굴이 왜 이리 어둡노?"

내가 물었다.

어머니가 입을 연다.

"실은 며칠 전에 너희 누나가 상범이 납치되었다는 전화 한 통을 받고 기절초풍하고 쓰러질 뻔했다."

"그래서 어떻게 되었는데? 상범이는 괜찮나?"

"납치된 것도 아니고 상범이도 괜찮은데 전화금융사기(보이스피싱)인가 그거인 거 같은데?"

"그래서 돈은? 사기는 얼마나 당했는데?"

"뒤늦게 상범이가 유치원에 있다는 거 알고 사기는 안 당했지."

"그리고 너거 누나가 힘들게 노력하면서 고생하고 사는데 사기 당할 돈이 어디 있노?"

"사기 안 당하고 상범이 괜찮으면 되었다."

내가 아무것도 아니라는 듯이 누나를 보며 얘기했다.

"야, 사기를 당하고 안 당하고 그게 중요한 게 아니라 니가 부모인 심정에서 그런 괴한들한테 전화를 받아봐야 내 심정을 안다. 한 주가 시작되는 월요일 사기를 당하고 안 당하고가 중요한 것이 아니라 상범이 납치되었다는 전화 자체가 스트레스를 받고 심장이 떨리는 것을 어떻게 하노?"

간혀 있는 나에게 하소연하는 것이 나는 짜증이 나서 한마디를 했다.

"그럼 내보고 어떻게 하란 말인데……."

누나와 내가 대화하던 것을 지켜보던 어머니가 입을 연다.

"기동아, 니가 보이스피싱인지 뭔지 희한한 일을 하고 돌아다니니깐 하늘도 우리에게 이런 벌을 주는 거 아니가?"

누나하고 엄마 얘기는 이제까지 일은 모두 잊고 앞으로는 남에게 피해를 주며 살지 마라는 얘기다.

"돈도 열심히 노력해서 벌고……. 무슨 말인지 알겠제?"

"알았어요."

"누나가 보이스피싱 전화 받은 것을 엄마가 옆에서 보니 남 일이 아니라서 하는 소리이니 니만 앞으로 잘하면 된다."라고 하는 것이다.

그러고는 15분의 접견시간이 금방 흘러가버렸다,

"다음에 또 올게."

좋은 생각 많이 하고 있으라면서 누나와 어머니는 접견실을 나갔다.

그날 저녁 생활하는 사동으로 돌아와 늦은 시간이 되었는데도 누나와 어머니가 했던 얘기가 마음에 걸렸는지 계속해서 잠을 이루지 못하고 누워서 깊은 생각에 빠졌다.

그러고는 아버지께서 접견 오셔서 종종 해주시던 말씀도 생각났다.

"기동아, 사람은 한 가지 일을 경험하면 나쁜 일이든 좋은 일이든 한 가지 지혜를 챙겨놓아야 한단다. 경험 속에서 만들어진 지혜야말로 지혜 중에 으뜸이고 그것은 살아가면서 두고두고 큰 힌트를 주게 되는 것이란다. 잘못하고 또 똑같은 잘못을 저지르는 것은 지난번의 실수에 지혜를 챙겨놓지 않았기 때문이다."

하권에 계속